FÜR IMMER MEIN

WEITERE TITEL VON D.K. HOOD

In deutscher Sprache

Detectives-Kane-und-Alton-Serie

Sie sagt kein Sterbenswort

Schenk mir Blumen

Niemand hört dich

Zeit zu sterben

Wo Engel sich fürchten

Ein Flüstern im Dunkeln

Endloses Schweigen

Ihre gebrochene Seele

Ihr dunkles Grab

Ein dunkles Versprechen

Für immer Mein

Ich schwöre es

Gefallener Engel

In englischer Sprache

Detectives-Kane-und-Alton-Serie

Don't Tell A Soul

Bring Me Flowers

Follow Me Home

The Crying Season

Where Angels Fear

Whisper in the Night

Break the Silence

Her Broken Wings

Her Shallow Grave

Promises in the Dark

Be Mine Forever

Cross My Heart

Fallen Angel

Lose Your Breath

Pray for Mercy

Kiss Her Goodnight

Her Bleeding Heart

Chase Her Shadow

Now You See Me

Their Wicked Games

Where Hidden Souls Lie

A Song for the Dead

Eyes Tight Shut

DETECTIVE-BETH-KATZ-SERIE

Wildflower Girls

Shadow Angels

Dark Hearts

Forgotten Girls

D.K. HOOD

FÜR IMMER MEIN

Übersetzt von Katherina Kisner

bookouture

Die Originalausgabe erschien 2021 unter dem Titel
„Be Mine Forever"
bei Storyfire Ltd. trading als Bookouture.

Deutsche Erstausgabe herausgegeben von Bookouture, 2024
1. Auflage Juni 2024

Ein Imprint von Storyfire Ltd.
Carmelite House
50 Victoria Embankment
London EC4Y 0DZ

deutschland.bookouture.com

ISBN: 978-1-83525-733-3
eBook ISBN: 978-1-83525-732-6

Dieses Buch ist all den Menschen gewidmet, die in unruhigen Zeiten unermüdlich daran arbeiten, unsere Sicherheit zu gewährleisten.

PROLOG

SAMSTAG

Black Rock Falls

Voller Angst schlang Laurie Turner ihren Mantel enger um ihren Körper und beschleunigte ihren Schritt auf der Stanton Road. Die Nacht hatte sich wie ein Vorhang über das Land gelegt und sie mitten im Nirgendwo in Dunkelheit gehüllt. Ein Gewitter grollte in der Ferne und die ersten Regentropfen streiften ihre Wangen. Als der Donner den Mitternachtshimmel erschütterte, verwandelte sich der tagsüber wunderschöne Wald in eine gefährliche Bedrohung. Während Blitze die Nacht erhellten, huschten Schatten schemenhaft zwischen den Bäumen umher, wie gesichtslose Männer in langen schwarzen Mänteln.

Sie hastete durch die Dunkelheit und stolperte auf dem unebenen Bürgersteig. Die Verbindungsstraße zum Ravens Way lag nur noch wenige Meter von ihr entfernt. Die Erde erbebte, und als der nächste Blitz den Himmel zerriss, warf sie einen Blick über die Schulter zurück. Die Straße war leer. Nicht eine Menschenseele war bei dem Sturm unterwegs, nicht ein Fahrzeug fuhr über den schwarzen Asphalt. Aber war sie wirklich allein? Mit dem unerklärlichen Gefühl, verfolgt zu werden, bog sie in die dunkle Gasse ein und eilte weiter. Bei jedem Schritt streckten die Bäume ihre langen, hexenartigen Finger nach ihr aus, um sie in ihre düsteren Tiefen zu ziehen. Mitten im Schritt hielt sie inne, um zu lauschen, als ein fremdartiges Geräusch ganz in ihrer Nähe erklang. Doch der einzige Laut, der jetzt an ihre Ohren drang, war der Wind, der durch die Gasse pfiff. Aufgepeitscht durch einen Windstoß wirbelte Herbstlaub, vermischt mit Zweigen und Schmutz, auf. Weiter vorn erkannte sie den schummrigen Schein der Straßenlaternen und hastete darauf zu. Panik ergriff sie, als sie Schritte auf dem Schotter vernahm. Versteckte sich jemand in der Dunkelheit hinter ihr? Mit klopfendem Herzen rannte sie los, stürmte über den Bürgersteig und in Richtung ihres Hauses. An der nächsten Straßenecke verlangsamte sie den Schritt und sah sich noch einmal auf der leeren Straße um.

Als sie sich wieder zurückdrehte, wurde sie vom Scheinwerferlicht eines Fahrzeugs geblendet, das gerade um die Ecke bog und neben ihr die Geschwindigkeit verlangsamte. Ihre Nerven lagen blank und sie griff nach ihrem Rucksack, um ihn als Waffe zu benutzen. Laurie seufzte erleichtert auf, als sie in ein bekanntes Gesicht blickte.

»Soll ich dich mitnehmen?«

Laurie ließ den Blick über die Umgebung schweifen, nestelte an der Türklinke und stieg dann ein. »Ich bin so froh, dich zu sehen. Mein Auto ist nicht angesprungen und mein Handy ist mir runtergefallen, also musste ich laufen.« Nachdem sie sich angeschnallt hatte, lehnte sie sich zurück und schloss die Augen. »Es ist irgendwie gruselig heute Abend. Wegen dem Sturm und so.«

»Mhm.« Er drehte das Radio auf und trat aufs Gas.

Als er an ihrer Straße vorbeiraste und zurück zur Stanton Road fuhr, schluckte sie schwer. Wo brachte er sie hin? Unbehagen kroch ihr die Wirbelsäule hinauf. »Ich wohne am Ravens Way.«

»Mhm.« Mit seinen Augen fixierte er weiterhin die Straße. »Vorhin habe ich im Wald ein Reh gesehen und will herausfinden, ob es noch lebt.« Er hielt den Wagen an und zeigte auf die Bäume. »Dort drüben.«

Der Regen prasselte gegen die Windschutzscheibe und ein Donnergrollen erschütterte die Erde. Sie drehte sich um und starrte in den dunklen Wald. »Ich kann da nichts erkennen.«

»Überraschung«, tönte es in einem seltsamen Singsang von der Rückbank.

Im nächsten Augenblick schloss sich eine Schnur um Lauries Hals und sie wurde gewaltsam nach oben und gegen den Sitz gezerrt. Festgehalten durch den Sicherheitsgurt griff sich Laurie hilflos an die Kehle und riss mit einem stummen Schrei den Mund auf, um nach Luft zu schnappen. Stoff wurde in ihren Mund gestopft und hinterließ einen widerlichen Geschmack auf ihrer Zunge. Dann zog jemand ihre Hände weg, sodass sie nicht länger gegen die Schnur ankämpfen konnte.

Ihr Herz drohte zu bersten, Schmerzen durchbohrten ihren Kopf, und während ihr Blick immer wieder verschwamm, vernahm sie hinter sich ein irres Kichern. Als der nächste Blitz das Innere des Fahrzeugs erhellte, starrte sie in das verzerrte, grinsende Gesicht des reinsten Bösen.

EINS

SONNTAG

»Er ist perfekt – vielleicht zu perfekt.« Nachdem Sheriff Jenna Alton die Bewerbungsunterlagen für die freie Stelle für einen neuen Deputy gesichtet hatte, war sie endlich auf einen geeigneten Kandidaten gestoßen. »Also gut, ich hatte euch alle gebeten, mir bei der Suche nach einem adäquaten Deputy zu helfen, und von den sechs Bewerbern ist der hier wirklich vielversprechend. Wer von euch hat Zac Rio aufgestöbert?«

»Ich habe ihn gebeten, sich zu bewerben.« Shane Wolfe schenkte ihr ein Lächeln. »Und ich bin froh, dass er es getan hat.«

Jenna hob den Blick und sah ihren guten Freund Shane Wolfe, den Rechtsmediziner von Black Rock Falls, über den gedeckten Tisch hinweg an. »Wie bist du auf ihn gekommen?«

Es war Sonntag und Jenna und ihre Freunde hatten sich draußen auf ihrer Ranch zu einem Grillfest eingefunden. An diesem wunderschönen Herbsttag fanden sie etwas Zeit zum Entspannen und genossen die gegenseitige Gesellschaft. Dr. Shane Wolfe war ein überaus vielschichtiger Mann. Als Kontaktperson von Deputy Dave Kane, einem untergetauchten

Ex-Scharfschützen der Special Forces, hatte er Kontakte, die bis ins Amtszimmer des US-Präsidenten reichten. Der stolze Texaner, der äußerlich einem Wikinger ähnelte, war Witwer und Vater von drei Mädchen. Mit der Erziehung seiner Töchter und seiner Arbeit als Rechtsmediziner, die sich über drei Countys in Montana erstreckte, war er mehr als gut beschäftigt.

»Genau genommen war es Julie.« Wolfe sprach von einer seiner Töchter. »Sie hat ein paar neue Mitschüler kennengelernt, die zufällig erwähnten, dass ihr Bruder Detective beim Los Angeles Police Department war. Inzwischen arbeitet er als Aushilfslehrer an der Highschool. Kaum eine passende Beschäftigung für einen Mann mit seinen Fähigkeiten. Ich habe ihn unter die Lupe genommen, mich ihm vorgestellt und ihn gefragt, ob er nicht Interesse hätte, sich zu bewerben.« Wolfe lächelte ihr zu und nippte an seinem Bier. »Er würde gut in dein Team passen und dem Sheriff's Department gehört ein großes Haus mit einer Einliegerwohnung für eine Haushälterin oder ein Kindermädchen, das momentan ungenutzt ist.«

Jenna warf einen weiteren Blick auf das Bild des jungen Mannes. Zac Rio, fünfundzwanzig Jahre alt, eins neunzig, dunkles, gelocktes Haar und mit Fähigkeiten ausgestattet, die weit über das hinausgingen, was sie von einem Deputy erwartete. Sie schüttelte den Kopf. »Ich weiß nicht so recht. Er hat eine Menge Abschlüsse. Wie hat er das mit seinen fünfundzwanzig Jahren geschafft?« Sie reichte das iPad an ihren Deputy Sheriff und engen Freund Dave Kane. »Was denkst du, Dave? Er klingt zu gut, um wahr zu sein, und er ist definitiv überqualifiziert für den Job. Warum sollte sich jemand wie er entscheiden, in Black Rock Falls zu leben?«

»Seine Hintergrundprüfung hat noch einiges mehr ergeben.« Kane zuckte mit den Schultern. »Er ist genau der Richtige. Vielleicht will er hier zur Ruhe kommen. Schwer vorstellbar, wie es sein muss, über ein Gedächtnis oder einen

IQ wie er zu verfügen. Er wäre ein Wunderkind gewesen, wenn jemand erkannt hätte, wie intelligent er ist. Rio hat ein Jurastudium abgeschlossen, allerdings das Staatsexamen wegen familiären Problemen nicht abgelegt. Zu diesem Zeitpunkt hatte er bereits andere Abschlüsse in der Tasche. Er ist dem Los Angeles Police Department beigetreten und hat es bis zum Detective gebracht, aber seine Eltern sind bei einem Flugzeugabsturz gestorben und dann ist es mit seiner Familie schnell den Bach runtergegangen. Also hat er beschlossen, sich um die sechzehnjährigen Zwillinge Cade und Piper zu kümmern. Die beiden sind ziemlich wild, weshalb er beschlossen hat, den Wohnort zu wechseln.« Dave kratzte sich an der Wange und begegnete Jennas Blick. »Ein Kandidat für meinen Posten, was? Er ist ebenfalls Scharfschütze.«

»Vergiss es.« Jenna lachte hell auf. »Seine Hobbys und Interessen haben alle etwas mit Medien zu tun. Er wäre eine Bereicherung an Tatorten und könnte die gefürchteten Presseerklärungen übernehmen.«

»Das erklärt allerdings nicht, weshalb er den Sonnenstaat verlassen hat, um hierherzuziehen. Kalifornien ist groß und bietet genug Möglichkeiten für einen Tapetenwechsel.« Deputy Jake Rowley reichte seiner Frau Sandy einen Teller mit Gegrilltem und ließ sich selbst auf einem Stuhl nieder.

»Davor haben die Zwillinge bei ihrer Großmutter gelebt.« Wolfe lehnte sich zurück und streckte überkreuzt die Beine aus. »Bei ihrer Stiefgroßmutter, um genau zu sein, und sie sind mit ihr nicht klargekommen. Sie haben angefangen, Ärger in der Schule zu machen.« Er hob die Augenbrauen. »Nach einem solchen tragischen Verlust ist dieses Verhalten keine Seltenheit; die Kinder fühlen sich verloren und lassen ihren Frust an ihrer Umgebung aus. Zac hat es mit ihnen in Los Angeles versucht, aber das hat nicht funktioniert. Er hofft, ein Bruch und ein Neuanfang in einer abgelegenen Provinz wird die beiden wieder auf Kurs bringen. Seit etwa einem Monat sind sie jetzt hier.«

»Ein Neuanfang in Black Rock Falls?« Kane legte zwei Finger an seine Stirn. »Kennt er den Ruf, den die Stadt hat?«

»Er kennt ihn.« Wolfe zuckte mit den Schultern. »Ich habe mit ihm gesprochen und er stellt sich gern der Herausforderung. Zac ist überzeugt, dafür sorgen zu können, dass seine Geschwister hier ein sicheres Leben führen können.«

»In letzter Zeit gab es einen Zustrom an Zwillingen.« Sandy, Rowleys Frau, reichte ihrem Mann die Salatschüssel. »Mit den beiden Geschwistern gibt es jetzt drei neue Zwillingspaare in der Stadt, die alle im gleichen Alter und zweieiig sind. Susie Hartwig hat das gestern im Aunt Betty's erwähnt.«

»Rio könnte interessant sein.« Plötzlich verspürte Jenna Hunger und lud sich Essen auf den Teller. »Meinst du, er kommt zurecht? Black Rock Falls ist nicht Los Angeles.«

»Ich glaube schon. Er wird den gemütlicheren Lebensrhythmus zu schätzen wissen und in seiner Freizeit findet er hier genug Abwechslung. Wir haben gute Schulen und er kann sich in der örtlichen Theatergruppe engagieren. Ich habe gehört, dass er Drehbücher schreibt und gern Regie führt.« Wolfe sah sich um, als seine Töchter aus Jennas Ranchhaus herauskamen.

Jenna starrte ihn überrascht an. »Also ist er ein Mann mit vielen Talenten? Ich mag die Tatsache, dass er Interesse an kulturellen Themen hat.«

»Soll das heißen, dass wir nicht kultiviert sind?« Kane grinste sie an und hob das mit Pinot Noir gefüllte Weinglas, um ihr zuzuprosten. »Ich denke, wir sind da gar nicht so übel dran. Sieh dir Julie an, sie hat ihre Kunstwerke im Rathaus ausgestellt. Kultivierter geht's wohl kaum.«

Jenna schmunzelte. »Natürlich wollte ich keineswegs damit andeuten, ihr wärt alle nicht kultiviert. Um auf die Diskussion über den neuen Deputy zurückzukommen: Ich möchte, dass wir die Entscheidung als Team treffen, und wenn alle einverstanden sind, dann werden wir ihn einstellen.«

»Wir brauchen Unterstützung und er scheint eine solide Wahl zu sein.« Kane bediente sich am Steak und an den Beilagen. »Außerdem haben wir noch einen SUV, der nur auf dem Parkplatz herumsteht.«

»Ich bin auch dafür.« Rowleys Mund verzog sich zu einem Grinsen. »Ich arbeite ihn gern ein.«

»Super, das wäre also geklärt. Ich rufe ihn nachher an.« Jenna schaute auf, als sich Emily, Wolfes älteste Tochter und Rechtsmedizinerin in spe, zusammen mit der sechzehnjährigen Julie und Anna, dem Nesthäkchen der Familie, an den Tisch setzte. Sie ließ ihren Blick über die drei Schwestern wandern. »Greift zu, bevor es kalt wird.«

Sie hatte ihre Mahlzeit kaum beendet, als ein Notruf einging. Jenna stand auf und schlug den Weg zum Haus ein, um sich falls nötig Notizen zu machen. Als sie die Treppe erreichte, nahm sie den Anruf entgegen. »Sheriff's Department, wie kann ich Ihnen helfen?«

»Meine Tochter ist verschwunden.« Der Mann klang verzweifelt und seine Stimme zitterte, als er sprach. »Sie wollte gestern Abend zum Cheerleader-Training und war heute Morgen nicht in ihrem Bett. Zuerst habe ich gedacht, sie wäre früh aufgebrochen und ich hätte sie verpasst, aber sie geht nicht ans Handy.«

Jenna betrat das Haus und vernahm Schritte hinter sich. Kane war ihr gefolgt und drängte sich an ihr vorbei in die Küche. Seine Stiefel klapperten auf dem Holzboden. Als sie den Raum betrat, lagen Stift und Notizblock für sie bereit auf dem Tisch. Sie stellte den Anrufer auf Lautsprecher. »In Ordnung, ich nehme die Einzelheiten auf. Wer ist dran, bitte?«

»Dr. Bob Turner vom Ravens Way.« Sein Atem ging schnell, als wäre er gerannt. »Meine Tochter heißt Laurie, Laurie Turner.«

Jenna setzte sich und legte das Handy auf den Tisch. »In Ordnung, Dr. Turner, Sie sprechen mit Sheriff Alton. Ich brauche Ihre vollständigen Daten und die von Laurie. Wie alt ist Ihre Tochter?«

»Sechzehn.« Turner diktierte ihr seine Daten. »Ich habe ihre Freunde angerufen, aber niemand hat sie gesehen, seit sie gestern Abend nach dem Training die Schulturnhalle verlassen hat.«

Jenna lief ein Schauer des Unbehagens über den Rücken, der ihr allzu vertraut war, und sie tauschte einen bedeutungsschweren Blick mit Kane. »Okay, und um wie viel Uhr war das?«

»Gegen neun, halb zehn, gestern Abend.« Turner stieß einen langen Seufzer aus. »Mir ist erst heute Morgen aufgefallen, dass sie nicht da ist. Ich habe versucht sie anzurufen, aber ihr Handy ist aus. Also bin ich aufgebrochen, um nach ihr zu suchen, für den Fall, dass wir uns einfach nur verpasst haben. Ich war im Aunt Betty's Café und habe sie dann in der Stadt gesucht, sie dort aber nicht gefunden.«

Während sie gedanklich die Verfahrensanweisung bei Vermisstenmeldungen durchging, starrte Jenna für einen Moment ins Leere. »Besitzt sie ein Auto?«

»Ja, aber es ist nicht hier.« Dr. Turners Stimme hatte einen panischen Klang angenommen. »Niemand hat es gesehen, dabei ist es sehr auffällig. Sie fährt einen 1950er Ford Pick-up mit einer feuerroten Lackierung.«

Jenna machte sich Notizen. »In Ordnung, wir geben eine Fahndung nach dem Pick-up heraus. Hat sie einen festen Freund, bei dem sie sein könnte?«

»Nein. Sie hat sich vor ein paar Wochen von einem Jungen namens Wyatt Cooper getrennt. Ich habe ihn angerufen und er hat mir versichert, seitdem nicht mehr mit ihr gesprochen zu haben.«

Bis zu diesem Anruf war es ein entspannter Sonntag gewesen. Jenna sah Kane an, erhaschte einen Blick auf sein grimmiges Gesicht und rief sich selbst zur Ordnung. »Okay, Dr. Turner. Ich bin schon unterwegs.« Sie legte auf und verstaute das Handy in ihrer Tasche.

»Ich hole meine Jacke und die Waffe.« Kane eilte aus dem Haus.

»Was ist passiert?« Wolfe betrat die Küche, voll beladen mit schmutzigem Geschirr.

Jenna schilderte ihm die Situation. »Wir brechen gleich auf. Tut mir leid wegen des ruinierten Grillfests.«

»Wir haben einen entspannten Nachmittag zusammen verbracht. Es war wunderbar.« Wolfe lächelte ihr zu. »Mach dir keinen Kopf. Ich werde die anderen über die Geschehnisse informieren und das hier in die Spülmaschine räumen. Die Alarmanlage stelle ich dann scharf, wenn wir gehen.«

Erleichtert erwiderte Jenna sein Lächeln. »Danke, Shane. Ich weiß deine Hilfe sehr zu schätzen.«

»Ich versorge die Pferde, falls es bei euch spät wird.« Rowley erschien auf der Türschwelle zur Küche und brachte Teller mit Essen herein. »Sandy verstaut die Reste im Kühlschrank.«

Jenna war dankbar über so gute Freunde, und drückte Rowleys Arm. »Danke, Jake.«

Sie stürmte in ihr Schlafzimmer, um ihren Einsatzgürtel und ihre Dienstjacke zu holen. Mit einem Abschiedsgruß an ihre Freunde eilte sie durch die Tür hinaus, als Kane mit seinem Zivilwagen vorfuhr, den er liebevoll »das Biest« nannte. Jenna stieg ein, schnallte sich an und gab die Adresse in das Navi ein, als ihr plötzlich ein Gedanke kam. »Wie viele Gläser Wein hast du getrunken, Dave?«

»Eins.« Kane warf ihr einen langen Blick zu. »Hast du jemals erlebt, dass ich mehr als zwei Gläser Wein getrunken hätte?«

Jenna schüttelte den Kopf. Sie ließen die Einfahrt hinter

sich und fuhren auf die Straße hinaus. »Nein, nicht dass ich wüsste. Warum eigentlich nicht?«

»Das Leben in Black Rock Falls ist Vergnügen und Fluch zugleich.« Kane bedachte sie mit einem flüchtigen Blick. »Man weiß nie, was als Nächstes passiert, und ich bin gern bei klarem Verstand und stets auf alles vorbereitet.«

ZWEI

Die Täler und Berge rund um Jennas Ranch glänzten noch feucht von dem Sturm am Abend zuvor und erweckten den Eindruck, als hätten sie einen neuen Farbanstrich bekommen. Unter der Nachmittagssonne funkelten sie in allen möglichen Herbstfarben, die die Mischpalette eines Malers aufzubieten hatte, und verströmten einen frischen Duft. Der Sturm hatte zwar laut getobt, aber nach der anhaltenden Trockenheit war der Regen dringend nötig gewesen und hatte die Landschaft in üppiges Grün getaucht. Jenna hatte feststellen müssen, dass Duke, Kanes Spürhund, neben dem Tierarzt und der Aussicht auf ein Bad auch heftige Stürme fürchtete. Ihr unterhaltsamer Samstagabend mit Kane, an dem sie sich ein paar Filme angesehen hatten, war durch das Heulen des Sturms unterbrochen worden, der laut genug war, um selbst einen Toten zum Leben zu erwecken. Der Lärm hatte ihre schwarze Katze Pumpkin dazu gebracht, die Vorhänge hochzuklettern und laut zu fauchen. Nachdem Kane in Dukes Geheul eingestimmt hatte, weil er es amüsant fand, hatte sie eine Ewigkeit gebraucht, um Pumpkin aus dem Stoff zu entwirren und sie zu beruhigen.

Das war ein Beispiel für die Art von Veränderungen, die in

letzter Zeit in Dave Kanes Wesen vorangegangen waren. Nachdem seine Frau bei einem Autobombenanschlag gestorben war, war er sehr verschlossen gewesen, doch im Laufe der Jahre hatte er sich langsam mit seinem Verlust abgefunden. Er war immer noch dieselbe durchtrainierte Kampfmaschine, derselbe Ex-Militär und Scharfschütze, der vor einigen Jahren in die Stadt gezogen war. Doch auf eine unerklärliche Art und Weise lachte er jetzt mehr und schien sein Leben in vollen Zügen zu genießen. Es war, als wäre ihm eine große Last von seinen Schultern genommen worden, und es brachte Jenna zum Lächeln, ihn so glücklich zu sehen. Gemeinsam waren sie die ersten zaghaften Schritte gegangen, die zu einer Beziehung führen könnten, hatten sich aber einstimmig dafür ausgesprochen, es vorerst strikt privat zu halten. Als Sheriff oblag ihr eine gewisse Verantwortung, und wenn es zwischen ihnen nicht funktionieren sollte, würden sie Freunde bleiben und niemand würde etwas davon erfahren.

Sie erreichten die Stadt Black Rock Falls und Jenna ließ den Blick über die Menschen schweifen, die mit der Reparatur der regennassen Herbstfestivalbanner beschäftigt waren. Als Kane das Biest verlangsamte, um an der Menschenmenge auf der Main Street vorbeizufahren, erwiderte Jenna den Gruß der Stadtbewohner, die ihr fröhlich zuwinkten. Erst kürzlich hatten sie sie für eine weitere Amtsperiode von fünf Jahren gewählt, während derer sie für ihren Schutz sorgen würde. Das Festival würde von Dienstag bis Samstag stattfinden und war eine mit Ungeduld erwartete Touristenattraktion. Abgesehen von den berühmten Wildwasserbahnen und dem Wandern oder Reiten im Wald richtete die Stadt in diesem Jahr auch Meisterschaften im Kettensägenschnitzen auf dem Ausstellungsgelände, einen Kunstwettbewerb im Rathaus und einen Bauernmarkt in den Parkanlagen aus. Jenna hoffte, dass das Festival mit den Ständen und Straßenkünstlern die Grausamkeiten, mit denen sich ihr Berufsstand auseinandersetzen musste, in den Hintergrund rücken lassen würde.

Sie warf Kane einen Blick zu. »Ich werde die Presse benachrichtigen, sobald wir mit Dr. Turner gesprochen haben, und werde dann Leute brauchen, um die Hotline zu besetzen.«

»Ja, Maggie und Walters könnten vielleicht die erste Schicht übernehmen.« Kane sah zu ihr hinüber. »Nachts könnten wir die Anrufe auf unsere Handys weiterleiten und uns ab morgen früh um eine bessere Lösung bemühen?«

Jenna erwog, ihre Sekretärin Magnolia Brewster, oder kurz Maggie, wie sie von allen genannt wurde, und Deputy Walters, der sich im Vorruhestand befand, zu bitten, die Sonntagsschicht zu übernehmen und seufzte. »Ja, Rowley hat ein paar Bier intus und sollte bis morgen früh wieder einsatzfähig sein. Ich bin froh, dass Sandy ihn nach Hause fährt. Obwohl sie vermutlich bald nicht mehr hinters Lenkrad passt, wenn ihr Babybauch weiterhin so wächst. Wie weit ist sie jetzt? Doch erst im sechsten Monat, oder?«

»Sie könnte Zwillinge erwarten.« Kane zuckte mit den Schultern. »Obwohl Rowley nichts davon erwähnt hat, nachdem sie vergangene Woche beim Ultraschall waren.«

Jenna lächelte ihn an. »Ja, Sandy hält sich auch bedeckt. Die meisten werdenden Mütter können es kaum erwarten, Ultraschallbilder herumzuzeigen.«

»Ich schätze, sie möchten es für sich behalten.« Kane zwinkerte ihr zu. »Manchmal ist es das Beste, was man tun kann.«

»Oh, absolut.« Jenna lenkte ihre Aufmerksamkeit auf das Navi. »Der Ravens Way verläuft parallel zur Stanton Road. Ich nenne es mal den gruseligen Teil der Stadt. Nach Einbruch der Dunkelheit würde ich mich nicht in die Nähe der kleinen Straßen dort begeben. Warum gibt es in diesem Abschnitt der Stanton Road eigentlich keine Straßenbeleuchtung?«

»Der Stadtverwaltung muss es entgangen sein, dass die Stadt gewachsen ist.« Kane bog nach rechts ab und folgte der

Anweisung des Navis, indem er die erste Straße links nahm. »Hier wurde eine Straßenbeleuchtung installiert. Es ist eine neuere Gegend.« Er hielt vor einem Backsteinhaus mit einem weißen Palisadenzaun an. »Das muss es sein.«

Jenna ging durch das Tor und die Einfahrt hinauf voraus. Sie klopfte an die Tür und diese wurde sofort aufgerissen. Ihr Blick fiel auf einen zerzausten Mann mit einem wilden Ausdruck in den Augen. Das dünne Haar, das er seitlich über den Kopf gekämmt hatte, um lichte Stellen zu verdecken, hing ihm über ein Ohr. »Dr. Turner?«

»Ja, das bin ich.« Turner sah sie finster an. Es war offensichtlich, dass er aufgebracht war. »Warum hat das so lange gedauert?«

Jenna ignorierte die Fahne in seinem alkoholgeschwängerten Atem und senkte ihre Stimme zu einem beruhigenden Tonfall. »Meine Ranch liegt auf der anderen Seite der Stadt und ich hatte Besuch. Nach Ihrem Anruf bin ich sofort aufgebrochen. Dürfen wir reinkommen und mit Ihnen reden?«

»Ich denke schon.« Turner beäugte Kane misstrauisch.

Jenna folgte seinem Blick. Sie musste zugeben, dass Kane – ganz in Schwarz gekleidet, mit dem Stetson über den Augen und der Waffe an seinem Gürtel – mehr nach Revolverheld als nach einem Polizeibeamten aussah. Auch seine Größe von eins sechsundneunzig und die hundertfünfundzwanzig Kilo Muskelmasse waren nicht unmittelbar vertrauenserweckend. »Ah, das ist Deputy Kane.«

»Okay, kommen Sie rein, aber Sie müssen nach Laurie suchen.« Turner ging einen kurzen Gang hinunter und betrat ein Wohnzimmer. »Sie könnte von jemandem entführt worden sein.«

»Warum sollte sie jemand entführen? Hat jemand Kontakt mit Ihnen aufgenommen?« Kane zückte Notizblock und Stift.

»Nein, es hat niemand angerufen.« In Turners Augen blitzte Wut auf. »Das hätte ich Ihnen doch erzählt.«

»Wäre es möglich, dass sie ausgerissen ist? Haben Sie sich kürzlich gestritten?« Kane nahm kein Blatt vor den Mund.

»Nicht schlimmer als gewöhnlich.« Turner setzte sich auf ein Sofa, stütze den Kopf in die Hände und starrte auf den Teppich. »Sie hat ihren Führerschein erst seit ein paar Monaten und fährt viel zu schnell. Ich hätte ihr den Ford niemals zum Geburtstag schenken dürfen. Sie könnte jetzt irgendwo im Graben liegen.«

Der arme Mann war außer sich vor Sorge. Jenna wechselte einen Blick mit Kane und schüttelte leicht den Kopf, womit sie ihm zu verstehen gab, sich etwas zurückzuhalten. »Haben Sie ein Foto von Laurie, das wir verwenden können?«

»Ja.« Turner stand auf und nahm ein gerahmtes Bild vom Kaminsims, das ein Mädchen neben einem alten roten Ford Pick-up zeigte. Er betrachtete es eine Weile und reichte es dann an Jenna weiter. »Das habe ich an ihrem Geburtstag aufgenommen.«

Jenna holte ihr Handy hervor und fotografierte das Bild mit ihrer Kamera ab. »Ist das ihr Wagen? War sie gestern Abend damit unterwegs?«

»Ja.« Turner seufzte. »Von hier aus ist es nur eine kurze Strecke bis zur Schule.« In dem Versuch, sein Haar zu ordnen, fuhr er sich mit den Fingern durch die fettigen Strähnen. »Da diese Woche kein Spiel stattfand, haben sich die Cheerleaderinnen entschieden zu üben. Das Training findet immer in der Turnhalle der Schule statt und endet normalerweise gegen halb neun oder spätestens um neun.«

»Wie kommt es, dass Ihnen nicht aufgefallen ist, dass sie nicht nach Hause gekommen ist?« Kane hob den Blick von seinen Notizen. »Sie hätte spätestens um zehn zu Hause sein müssen.«

»Ich bin vor dem Fernseher eingeschlafen.« Turner konnte nicht still sitzen und wippte vor und zurück. »Es war nicht das erste Mal und sie lässt mich normalerweise schlafen. Ich bekomme schlechte Laune, wenn ich plötzlich aus dem Schlaf gerissen werde.«

»Ich verstehe.« Kane heftete den Blick wieder auf seinen Notizblock. »Trinken Sie vor dem Schlafengehen gern noch den einen oder anderen Schluck?«

»Ja, seit meine Frau mich verlassen hat, trinke ich mehr, als ich sollte.« Turner mied Jennas Blick. »Aber jetzt gerade bin ich stocknüchtern.«

»Okay.« Jenna beugte sich vor. »Also, wann ist Ihnen aufgefallen, dass Laurie nicht zu Hause ist?« Sie zog die Stirn in Falten. »Es war kurz nach drei, als Sie mich angerufen haben.«

»Ich dachte, sie wäre schon weg, als ich zum Frühstück runterkam.« Turner sah sie aus rot unterlaufenen Augen an. »Ich habe sie angerufen, um ihr zu sagen, dass sie Milch mitbringen soll, aber ich konnte sie nicht erreichen. Ich habe den ganzen Tag immer wieder versucht sie anzurufen, dann rief ich bei ihren Freunden an.«

»Wie spät war es da?« Kane saß mit erhobenem Stift da und sah ihn an.

»Gegen elf.« Turner griff nach einem Kissen und presste es sich an die Brust. »Alle ihre Freunde sagten, sie hätten sie nicht mehr gesehen, seitdem sie gestern das Schulgebäude verlassen hat. Eine ihrer Freundinnen erwähnte, dass sie gern ins Aunt Betty's Café geht, also bin ich hingefahren und habe die Managerin gefragt, ob sie sie gesehen hätte. Die nette Frau hat mich ins Hinterzimmer geführt und mir die Überwachungsvideos gezeigt. Keine Spur von Laurie. Es ist, als ob sie vom Erdboden verschluckt worden wäre.«

»Es dürfte nicht so leicht sein, einen 1950er Ford Pick-up zu verstecken.« Kane hob die Augenbrauen. »Könnte sie ihre Mutter besuchen?«

»Wir wissen nicht, wo sie wohnt.« Turner schlug die Hände zusammen. »Eines Tages kam ich von der Arbeit nach Hause und Jeanette war weg. Sie hat mir nicht mal eine Nachricht hinterlassen, sondern hat einfach unser Bankkonto leergeräumt und ist verschwunden. Das ist sechs Jahre her. Ich habe das alleinige Sorgerecht für Laurie und seitdem haben wir nichts mehr von Jeanette gehört.«

»Sie haben Ihre Frau damals nicht als vermisst gemeldet?« Kanes Blick verhärtete sich. »Waren Sie denn nicht um ihre Sicherheit besorgt?«

»Nein! Sie wird nicht vermisst.« Turner wirkte verärgert. »Sie hatte mir gedroht, mich zu verlassen und sich nie wieder bei mir zu melden, wenn ich nicht mit dem Trinken aufhöre. Schließlich hat sie ihre Sachen zusammengepackt, ist in ihr Auto gestiegen und hat unser Geld mitgenommen.« Er blitzte Kane an. »Ich würde sagen, es geht ihr ausgezeichnet.«

»Haben Sie Ihre Frau geschlagen?« Kanes Gesicht zeigte keine Rührung. »Oder Ihre Tochter?«

»Ich erinnere mich nicht an viel, wenn ich trinke.« Turner begann wieder zu wippen. »Aber sie hat sich ständig über alles Mögliche beschwert.«

»Ich verstehe.« Kane warf ihm einen langen, nachdenklichen Blick zu. »Gibt es etwas, dass Sie uns sagen möchten, Dr. Turner? Sie sind Psychologe und praktizieren immer noch, also nehme ich an, dass Ihre Frau Sie nie wegen Misshandlung angezeigt hat?«

»Das würde sie nicht wagen.« Dr. Turner lächelte süffisant. »Das Gericht hat sie als untaugliche Mutter eingestuft. Sollte mir etwas zustoßen, würde Laurie in eine Pflegefamilie kommen. Das würde sie nicht wollen, nicht wahr?«

»Ich denke, wir müssen sie finden und sie selbst fragen.« Kane lenkte seinen Fokus auf Jenna. »Laurie könnte auf dem Highway eine Panne gehabt haben. Vielleicht sollten wir zur Highschool fahren und ihren Nachhauseweg nachvollziehen?«

»Gute Idee.« Jenna nickte. »Hätten Sie etwas dagegen, wenn wir uns in Lauries Zimmer umsehen? Hat sie einen Laptop?«

»Nur zu, aber ihr Bett ist frisch bezogen.« Turner stand auf. »Sie hat gestern die Bettwäsche gewechselt und sie in die Wäsche getan. Ihr Zimmer ist wie aus dem Ei gepellt.«

Wie praktisch. Jenna zog die Stirn in Falten. »Dann sollte uns immerhin der Laptop einen besseren Überblick darüber verschaffen, mit wem sie über Social Media in Kontakt steht.« Sie verzog ihre Lippen zu einem dünnen, aber beruhigenden Lächeln. »Setzen Sie sich. Wo finde ich Lauries Zimmer?«

»Treppe hoch und gleich links.« Turner ließ sich auf einen Stuhl fallen. »Nehmen Sie mit, was immer Sie wollen.«

Jenna stand auf. »Danke. Zusätzlich brauche ich Ihre schriftliche Erlaubnis, Lauries Handyaufzeichnungen zu überprüfen. Deputy Kane wird Ihnen einige Papiere zur Unterschrift vorlegen. Sie müssen eine Vermisstenanzeige ausfüllen und eine kurze Erklärung über Ihre Situation verfassen. Darunter auch die Tatsache, dass Sie keinen Kontakt mehr zu Ihrer Frau pflegen und nichts über ihren Verbleib wissen.«

»Ist das alles wirklich nötig, Sheriff?«

Am liebsten hätte Jenna angesichts seiner mangelnden Kooperationsbereitschaft die Augen verdreht. »Die Informationen, die Sie uns jetzt geben, ermöglichen es, dass wir uns darauf konzentrieren können, Laurie zu finden, statt Leuten nachzujagen, die kein Teil ihres Lebens mehr sind.«

»Na gut.« Dr. Turners Nasenlöcher blähten sich mit einem entrüsteten Schnauben auf. »Geben Sie mir die Papiere.«

Jenna ging die Treppe hinauf und fand Lauries Zimmer. Es war blitzsauber. Sie durchforstete die Nachttischschubladen und fand Fotos von Cheerleaderinnen mit Laurie im Vordergrund und in ihrer Mitte, aber kein Tagebuch. Sie verstaute den Laptop in einem Beweismittelbeutel und wollte gerade wieder nach unten gehen, als sie den Riegel auf der Innenseite der Tür bemerkte. Sie holte ihr Handy heraus und schoss ein paar Fotos von der Tür und dem Zimmer, bevor sie die Treppe hinab eilte.

Als sie das Wohnzimmer betrat, klemmte sie sich den

Laptop unter den Arm und wandte sich an Dr. Turner. »Bevor wir gehen, brauche ich die Kontaktdaten von Lauries Ex-Freund, und hat sie eine beste Freundin? Wenn ja, brauche ich auch ihre Daten.« Sie sah den aufgelösten Mann an und reichte ihm ihre Visitenkarte. »Rufen Sie mich an, wenn sie sich bei Ihnen meldet. Ich werde die Presse benachrichtigen und eine Fahndung nach dem Pick-up herausgeben. Sobald wir etwas wissen, rufe ich Sie an. Rühren Sie sich nicht vom Fleck, Dr. Turner. Wir geben unser Bestes, um Ihre Tochter zu finden.«

Sie stiegen ins Biest ein und Jenna sah Kane an. »Das läuft auf zwei mögliche Szenarien heraus: Wenn der Wagen verschollen bleibt, ist sie entweder ausgerissen oder hat von ihrer Mutter gehört und ist aufgebrochen, um sie zu sehen. Wenn wir das Auto finden, muss ihr etwas zugestoßen sein, denn ihrem Gesichtsausdruck auf dem Foto nach zu urteilen, muss es ihr verdammt viel bedeuten. Sie würde es nicht zurücklassen.«

»Mein Bauchgefühl sagt mir, dass hier etwas faul ist.« Kane starrte das Haus an.

Jenna hielt ihm ihr Handy vors Gesicht, um ihm das Bild vom Schlafzimmer zu zeigen. »Sie hat einen schweren Riegel an ihrer Schlafzimmertür.«

»Wenn Turner gewalttätig war, wundert mich das nicht.« Kane schnaubte. »Ich kann es nicht tolerieren, wenn Männer Frauen schlagen.«

Jenna ließ ihren Sicherheitsgurt zuschnappen. »Wie schätzt du ihn ein? Seine Gemütslage wechselte von besorgt zu wütend, als würde er einen Schalter umlegen. Und ist es nicht immer ein Grund zur Sorge, wenn eine Person ihrem Gegenüber nicht in die Augen sehen kann?«

»Das stimmt und ich sehe jede Menge Gründe, warum ein Teenager aus dieser Umgebung wegwollen würde. Ihr Vater trinkt und schlug seine Frau. Möglicherweise schlägt er auch sie selbst.« Kane rieb sich nachdenklich das Kinn. »Obwohl er gerade angegeben hat, von seiner Frau ausgenommen worden zu sein, hat er einer Sechzehnjährigen einen getunten Oldtimer geschenkt? Das erscheint mir ein wenig zu großzügig.« Er seufzte. »Die meisten Eltern fangen mit etwas an, das mehr Sicherheit bietet und weniger kostspielig ist. Für mich riecht das nach Bestechung. Was er erzählt hat, gibt mir nicht gerade ein gutes Gefühl.«

Besorgt drehte sich Jenna auf ihrem Sitz um. »Ich denke, er könnte in die Sache involviert sein, aber wenn dem so ist, warum hat er uns dann angerufen und Laurie als vermisst gemeldet?«

»Es ist nicht ungewöhnlich, dass jemand, der in ein Verbrechen verwickelt ist, versucht, sich in die Ermittlungen einzuschalten. Unter anderem macht das den Nervenkitzel aus. Normalerweise haben diese Leute ein wasserdichtes Alibi.« Kane startete den Motor. »Angenommen, er ist tatsächlich um zehn vor dem Fernseher eingeschlafen, dann wäre er bis zum Morgen wieder nüchtern gewesen. Es ist unwahrscheinlich, dass sie ihn auf ihrem Weg nach draußen nicht aufgeweckt hätte. Und der Pick-up wäre mit laufendem Motor laut gewesen.« Er bog auf die Stanton Road ab und fuhr Richtung Highschool. »Wenn er ihr gestern Abend etwas angetan hat, hätte er die ganze Nacht Zeit gehabt, ihre Leiche verschwinden zu lassen und die nötigen Anrufe zu tätigen. Dass er uns kontaktiert hat, könnte Teil seines Plans sein.«

DREI

Unter normalen Umständen hätte Jenna bei einer Vermisstenmeldung sofort Such- und Rettungskräfte ausgesandt, vor allem, wenn es um eine Person ging, die erst sechzehn Jahre alt war, aber irgendetwas passte hier nicht zusammen. Bevor sie einen Suchtrupp organisierte, musste sie sichergehen, dass das Mädchen tatsächlich verschwunden war. Das Erstellen einer Timeline und die Identifizierung der Person, die Laurie zuletzt lebend gesehen hatte, gehörten zum üblichen Prozedere. Sie mussten in Erfahrung bringen, worauf sie sich bei der Suche konzentrieren sollten. Natürlich würden die Stadtbewohner ihre Hilfe anbieten, sobald die Presseerklärung aufgegeben wurde, und mit der Hilfe der Förster und des Such- und Rettungstrupps würden sie den Wald und das umliegende Gelände in gut organisierten Teams durchkämmen.

Jenna instruierte Maggie und Walters, die Anrufe auf der Hotline, die sie für Hinweise aus der Bevölkerung eingerichtet hatten, entgegenzunehmen. Nun, da sie alle Vorbereitungen abgeschlossen hatte, konnte sie sich auf die Ermittlungen konzentrieren. Sie lehnte sich in ihrem Sitz zurück und sah Kane an. »Ich werde die Suche zurückstellen, bis wir mit

Lauries Ex-Freund und ihrer besten Freundin gesprochen haben. Wenn Laurie zu Hause Schwierigkeiten hatte und abgehauen ist, könnten ihre Freunde sie decken. Wir sollten uns bei der Befragung aufteilen; die Freundin dürfte sich eher mir und der Ex-Freund eher dir gegenüber öffnen.«

»Wäre möglich.« Kane fuhr auf den Parkplatz der Highschool. »Na, sieh mal an, was wir hier haben.«

Der feuerrote Oldtimer war kaum zu übersehen. Er funkelte und glitzerte, als wäre er gerade erst aus der Waschanlage gefahren. »Welch eine Schande, ihn auf Fingerabdrücke abstauben zu müssen.«

Sie spähte ins Innere, während Kane das Biest daneben parkte, dann stieg sie aus, um sich den Pick-up genauer anzusehen. »Leer. Wie kommt man da rein, auf dieser Seite gibt es kein Schloss.«

»Das Modell lässt sich auf der Beifahrerseite öffnen. Warum hat sie es hier stehen lassen?« Kane kletterte aus seinem SUV und trat neben sie, während er sich Handschuhe anzog. »Die Türen sind verriegelt, und sie muss die Schlüssel bei sich haben. Was ist passiert, das sie daran gehindert hat, nach Hause zurückzufahren?« Er ging zur Motorhaube und schob seine Finger in den Kühlergrill. »Ah, ich hab's.« Die Motorhaube sprang auf, er hob sie an und warf einen Blick hinein. »Sabotage.« Er deutete auf den Motor. »Jemand hat die Batteriekabel durchtrennt.«

Jenna ging um den Pick-up herum. »Also ist sie auf der Beifahrerseite ausgestiegen und hat dann die Tür verriegelt?«

»Ja.« Kane lächelte sie an. »Als der Oldtimer gebaut wurde, stellte das Aussteigen bei vorbeirasendem Verkehr ein Sicherheitsrisiko dar, also rutschte man über die Sitzbank und stieg auf der Beifahrerseite aus. Damals waren die Straßen noch nicht so breit.«

Etwas knirschte unter Jennas Stiefeln und sie bückte sich, um es sich genauer anzusehen. »Hier unten sind Teile eines

Handys und der Akku liegt da beim Hinterreifen. Ich würde sagen, ihr Handy ist ihr runtergefallen und kaputtgegangen.« Sie richtete sich auf und lief hin und her. »Sonst ist hier nichts weiter, die Schutzhülle muss sie mitgenommen haben.«

»Laurie hätte sie nicht aufgesammelt, wenn sie in Schwierigkeiten gesteckt hätte.« Mit in die Hüften gestemmten Händen starrte Kane auf den Pick-up. »Wir können also davon ausgehen, dass sie mit einem Freund mitgefahren oder zu Fuß gegangen ist. Ihr Haus liegt etwa einen Kilometer von hier entfernt.« Er kehrte zum Biest zurück und holte den Forensik-Koffer. »Ich staube ihn auf Fingerabdrücke ab.«

Jenna sah ihm dabei zu und war nicht wirklich überrascht, als das Fahrzeug sich als sauber entpuppte. »Mhm, das ist nicht gut. Der Wagen wurde fahruntüchtig gemacht und dann sauber abgewischt.« Sie runzelte die Stirn. »Also ist sie in eine Falle gelockt worden; wir müssen herausfinden, wer sie aufgehalten hat, sodass sie keine der anderen Cheerleaderinnen um Hilfe bitten konnte.«

»Das ist ganz und gar nicht gut, Jenna.« Kane zog die Handschuhe aus. »Allein das Cheerleader-Team besteht aus unzähligen Mitgliedern. Dann noch die Eltern, Freunde und Familienmitglieder – das gleitet uns schon jetzt aus der Hand.« Er ließ den Blick über den Parkplatz schweifen. »Sie wird bereits seit Stunden vermisst. Wenn ihr Handy kaputtgegangen ist, wäre sie doch trotzdem nach Hause oder – falls das nicht möglich war – zu einer Freundin gegangen, um dort zu übernachten. Da keiner ihrer Freunde sie gesehen hat und wir nicht wissen, ob sie mit ihrer Mutter in Kontakt steht, müssen wir davon ausgehen, dass sie in Schwierigkeiten steckt.«

Jenna dachte kurz darüber nach. »Okay, lass uns zu ihrer besten Freundin fahren und herausfinden, was sie weiß. Sie wird uns den Namen der Anführerin des Cheerleader-Teams geben können. Als Nächstes suchen wir sie auf und bitten sie, alle zu kontaktieren, die beim Training anwesend waren. Sie sollen sich um sechs in der Turnhalle versammeln.« Sie zückte ihr Handy. »Ich rufe den Schuldirektor an und bitte ihn, die Halle aufzuschließen.« Auf dem Weg zum Biest tätigte Jenna den Anruf.

»Das klingt nach einem Plan.« Kane kletterte hinter das Lenkrad und gab die Koordinaten in das Navi ein. »Die Freundin wohnt fünf Minuten von hier entfernt.«

Vicky Perez lebte in einem malerischen Farmhaus am Ende einer langen Zufahrtsstraße an der Pine Road. Jenna atmete den Duft, den die Blumen verströmten, tief ein und bewunderte die überquellenden Gartenbeete zu beiden Seiten der Veranda. Eingerahmt von unzähligen Kiefern schien das hübsche, gepflegte Haus mit seiner Umgebung zu verschmelzen. Sie trat allein an die Haustür und klopfte an. Eine Frau mittleren Alters öffnete die Tür und presste sich eine Hand auf den Mund, als sie sie erblickte. Jenna beeilte sich, sie zu beruhigen. »Mrs Perez? Machen Sie sich bitte keine Sorgen. Ich möchte mit Vicky über Laurie Turner sprechen.«

»Bob hat heute Morgen angerufen und sich nach Laurie erkundigt. Ist ihr etwas zugestoßen?« Mrs Perez winkte Jenna herein. »Kommen Sie rein, ich werde Vicky für Sie holen.«

Jenna folgte ihr in eine saubere Küche. »Wir versuchen herauszufinden, wo sich Laurie aufhält. Sie ist gestern Abend nicht nach Hause gekommen.«

»Oh, das ist furchtbar.« Mrs Perez ging hinaus und blieb am Fuß der Treppe stehen. »Vicky, kommst du bitte runter in die Küche? Sheriff Alton will mit dir über Laurie sprechen.«

Das Mädchen erschien umgehend und eilte schnell die Treppe hinunter. Sie hatte dunkles Haar und war außergewöhnlich hübsch. Jenna lächelte sie an. »Können Sie sich daran erinnern, was gestern Abend nach dem Training passiert ist?«

»Ja, wir haben unser Zeug geholt und sind gegangen. So wie

immer.« Vicky runzelte die Stirn. »Das habe ich Lauries Dad bereits erzählt. Sie wissen doch sicher, dass er Vertrauenslehrer ist, oder? Er hat mich mit Fragen gelöchert, als hätte ich etwas verbrochen.«

Jenna blinzelte verblüfft. »Wirklich? Er hat mir gegenüber nichts davon erwähnt. Erinnern Sie sich noch daran, zu welcher Uhrzeit Sie Laurie zuletzt gesehen haben? Was hatte sie an und mit wem war sie zusammen? Ist Ihnen sonst irgendetwas Auffälliges an ihr aufgefallen?«

»Zum Training tragen wir immer unsere alten Uniformen. Der Großteil des Teams ist zum Parkplatz gelaufen und sie ist zu ihrem Pick-up gegangen.« Vicky wickelte sich eine Haarsträhne um den Finger. »Es gab ein mächtiges Donnergrollen. Jemand hat sie angerempelt und ihr Handy ist runtergefallen. Es ist kaputtgegangen.«

Neugierig, wer Laurie aufgehalten haben könnte, hob Jenna die Augenbrauen. »Wer hat sie angerempelt?«

»Das habe ich nicht gesehen. Es waren jede Menge von unseren Leuten da, die da herumgelaufen sind. Eines der Mädchen, denke ich, aber sicher kann ich es nicht sagen. Der Gedanke, ihr Vater könnte das mit dem Handy herausfinden, hat Laurie ziemlich mitgenommen, also hat Becky vorgeschlagen, es zu Cory zu bringen. Er ist der Hausmeister und räumt die Turnhalle nach dem Training auf. Cory ist sehr gut darin, Dinge zu reparieren, vor allem Handys. Also ist Laurie los, um mit ihm zu sprechen. Becky ist Wyatt Cooper nachgejagt und dann sind wir alle nach Hause gegangen.«

Jenna holte ihren Notizblock und einen Stift hervor und notierte sich die Namen. »Wie heißen Becky und Cory mit Nachnamen?«

»Becky Powell und Cory Hughes.« Vicky zog die Augenbrauen hoch. »Becky sollte die Finger von Lauries Freund lassen. Sie haben sich bloß gestritten. Ich denke nicht, dass es zwischen den beiden wirklich vorbei ist. Er war da, um ihr beim

Training zuzusehen, so wie immer.« Sie seufzte. »Obwohl jeder weiß, dass sie auf Cory steht. Sie hat seit Langem ein Auge auf ihn geworfen.«

Jenna ignorierte die Äußerung und nickte zustimmend. »Haben Sie gesehen, ob sie sich an diesem Abend länger mit jemandem unterhalten hat?«

»Ja, mit ein paar Leuten.« Vicky überlegte kurz. »Wir sind zum Kiosk rübergegangen, um uns etwas zu trinken zu holen, und sie hat mit Dale gesprochen. Er hat dort abkassiert. Dale spielt in der Footballmannschaft mit. Seiner Tante gehört der Kiosk und er öffnet ihn für uns während des Trainings. Marlene war auch dort, Marlene Moore, sie ist eine von den Cheerleaderinnen. Sie hängt ständig mit Dale ab. Er ist der Quarterback und alle Mädchen träumen davon, mit ihm zum Abschlussball zu gehen.«

Es bereitete Jenna einige Mühe, den privaten Belangen eines Teenagers zu folgen. »Wollte Laurie das auch?«

»Alle wollten es.« Vicky grinste. »Aber er hat den Unbeteiligten gespielt.«

»Verstehe.« Jenna hätte am liebsten die Augen verdreht. »Können Sie mir den Namen der Cheerleader-Anführerin nennen?«

»Sie steht direkt vor Ihnen.« Vickys Mund verzog sich zu einem Lächeln.

Jenna stieß einen erleichterten Seufzer aus. Wenigstens war dieser Teil der Untersuchungen einfach. »Trommeln Sie bitte alle aus dem Team zusammen, die beim gestrigen Training anwesend waren. Teilen Sie ihnen mit, dass der Sheriff sie heute Abend um sechs in der Turnhalle sehen will. Laurie wird vermisst und wir müssen herausfinden, wo sie ist. Wir haben ihren Pick-up auf dem Parkplatz der Schule gefunden, also muss sie jemand mitgenommen haben.«

»Sie würde niemals zu einem Fremden ins Auto steigen.« Vicky hob das Kinn. »Sie ist clever und überhaupt nicht dumm.

Ich habe heute alle angerufen und niemand hat sie seit gestern Abend gesehen. Sind Sie sicher, dass ihr Dad sie nicht im Keller eingesperrt hat? Er bedroht sie ständig. Er erzählt auch herum, er wisse nicht, wo Lauries Mom ist, dabei arbeitet sie immer noch im Schönheitssalon in der Stadt. Er hat ihr gedroht, dass er sie umbringen wird, wenn sie versuchen sollte, ihm Laurie wieder wegzunehmen.«

Jenna sah die junge Frau eindringlich an. »Haben Sie gehört, wie er Lauries Mutter gedroht hat?«

»Nein, aber das wird hier herumerzählt.« Vicky riss ihre braunen Augen weit auf. »Was, wenn er Laurie getötet hat?«

»Erzähl keinen Unsinn, Vicky. Er ist ein guter Vertrauenslehrer und mir ist nie ein schlechtes Wort über Dr. Turner zu Ohren gekommen.« Mrs Perez wedelte mit ihrem Finger in Richtung ihrer Tochter. »Du darfst nicht alles glauben, was herumerzählt wird.«

Jenna hob die Hand, um einer Auseinandersetzung vorzubeugen. »Sie haben nicht zufällig Mrs Turners Telefonnummer oder wissen, wo ich sie finden könnte?«

»Doch, natürlich. Ich kenne ihre Nummer auswendig, wir haben früher dieselbe Schule besucht.« Mrs Perez ratterte die Nummer herunter.

Jenna tippte die Ziffern in ihr Handy ein. »Hat sie schon jemand angerufen?«

»Nicht dass ich wüsste.« Mrs Perez runzelte die Stirn. »Sie wohnt zu weit weg, als dass Laurie nachts zu Fuß allein dorthin gehen würde. Sie wohnt in der Stadt.«

Jenna gab die letzten Ziffern ein. »Ich rufe sie an.« Sie ging den Flur entlang und trat nach draußen.

Es dauerte eine Weile, bevor eine Frauenstimme ertönte. »Sheriff Alton hier. Spreche ich mit Jeanette Turner?«

»Ja, das bin ich.«

Um die Frau nicht zu beunruhigen, begann Jenna das

Gespräch mit einer Pauschalfrage. »Können Sie mir sagen, wann Sie zuletzt mit Laurie gesprochen haben?«

»Sie hat mich letzten Donnerstag angerufen, um mit mir über das Herbstfestival zu plaudern. Ihr Team sollte Teil der Parade sein und sie wollte, dass ich komme. Warum? Steckt sie in Schwierigkeiten? Es ist der verdammte Pick-up, nicht wahr? Hatte sie einen Unfall?«

Jenna atmete tief durch und hielt ihre Stimme ruhig und professionell. »Nicht dass ich wüsste. Ich versuche herauszufinden, wo sie sich aufhält. Sie ist gestern Abend nicht nach Hause gekommen. Mit dem Gesetz steht sie nicht im Konflikt, Mrs Turner. Würden Sie mich bitte anrufen, sollte Laurie sich bei Ihnen melden oder vorbeikommen?«

»Ja, natürlich. Ich rufe Laurie sofort an. Bei mir geht sie immer dran.«

In Jenna wuchs die Sorge um Laurie. Das war nicht die Nachricht, die sie jetzt gebraucht hätte. »Vielen Dank.« Sie trennte die Verbindung, betrat das Haus und kehrte in die Küche zurück. »Jeanette hat auch nichts von ihr gehört.«

»Okay. Vicky, schnapp dir dein Handy und wir teilen uns die Liste auf, um die Leute in die Turnhalle zu kriegen.« Mrs Perez griff nach dem Festnetztelefon und sah Jenna an. »Üblicherweise telefonieren wir alle Teammitglieder ab, wenn wir die Pläne für das Team erstellen. Ich werde dafür sorgen, dass sich das gesamte Team in der Turnhalle einfindet.«

Jenna lächelte sie erleichtert an. »Ich weiß Ihre Hilfe wirklich zu schätzen, vielen Dank.« Sie reichte der Frau ihre Visitenkarte. »Das sind meine Kontaktdaten. Rufen Sie mich an, wenn Sie irgendetwas hören. Egal was, auch wenn es noch so unbedeutend erscheint.«

»Okay.« Mrs Perez holte einen Notizblock aus einer der Küchenschubladen hervor. »Komm schon, Vicky. Fang an zu wählen.«

Jenna machte sich auf den Weg zur Tür. »Auf Wiedersehen.«

Zügig eilte sie den Flur hinunter und draußen auf Kanes Wagen zu. Nachdem sie ihn auf den neusten Stand gebracht hatte, lehnte sie sich in ihrem Sitz zurück. »Der Freund oder Ex-Freund könnte Bescheid wissen. Ihn knöpfen wir uns als Nächstes vor und ich werde eine Presseerklärung herausgeben. Mal sehen, ob nicht doch jemand Laurie gesehen hat.«

»Es kommt mir seltsam vor, dass eine junge Frau ihren Alters, die so viele Freunde hat, niemanden anrufen würde, wenn sie nachts nach Hause laufen muss. Ich meine, sie hätte auch ihre Mutter anrufen können, denn offensichtlich kommen sie gut miteinander aus. Selbst wenn sie absichtlich nicht nach Hause gegangen ist, hätte sie doch jemand aus ihrem Freundeskreis gesehen haben müssen.« Kane wendete den Wagen und kehrte zur Stanton Road zurück. »Ich schätze, es wird nicht schaden, mit ihrem Freund zu sprechen. Aber die Sache stinkt zum Himmel, Jenna. Wenn sie auf der Straße angegriffen wurde, stehen die Chancen, sie lebend zu finden, eher schlecht. Ich denke, wir sollten mit unserer Suche entlang der Stanton Road beginnen, und zwar in dem Abschnitt ohne Straßenbeleuchtung. Jeder hätte sie in den angrenzenden Wald zerren können, ohne dass es jemand mitbekommt.«

VIER

»Du wirst es nie zu etwas bringen.« Die Stimme seiner Ma durchschnitt seine Gedanken. »Du vergeudest nur meine Zeit. Je schneller du die Schule abschließt und bei deinem Pa arbeitest, desto besser. Am liebsten sehe ich dich von hinten.«

»Es tut mir leid, dass ich nicht mehr verdiene, Ma.« Er sah, wie sich ihre Lippen verzogen. »Ich gebe mein Bestes. Pa hat noch keine Stelle für mich. Sobald er eine hat, ziehe ich aus.«

»Und lässt mich hier mit nichts zurück?« Seine Ma zeigte mit dem Finger auf ihn. »Du bist genauso wie er und scherst dich nicht darum, ob ich lebe oder sterbe.«

Er konnte nicht gewinnen. Nichts von dem, was er hätte sagen können, würde sie zufrieden stellen. »Ich werde auch weiterhin für dich sorgen, Ma, aber jetzt muss ich etwas erledigen, bevor es dunkel wird.« Er drehte sich um, um zu gehen.

»So ist es recht, lass mich nur wieder allein.« Sie ging mit geballten Fäusten auf ihn zu. »Wenn du noch klein wärst, würde ich dich im Wandschrank einsperren, um dir Respekt beizubringen.«

Das erinnerte ihn an die entsetzlich dunkle und stinkende kleine Wandkammer und er wich vor ihr zurück. Sie hatte ihm genug »Respekt« für zwei Leben eingetrichtert. »Ich habe Respekt vor dir, Ma. Ich bin bald zurück und dann sehen wir uns zusammen einen Film an.«

»Lügner! Du gehst wieder zu ihr, stimmt's?« Sie spuckte in seine Richtung. »Du bist genauso wie dein Vater, ein nutzloser Mistkerl.«

Es hatte keinen Sinn, sich mit ihr zu streiten. Wenn sie ihn ansah, blickte sie auf das Ebenbild des Mannes, der sie betrogen und durch eine Blondine ersetzt hatte. Er ging zur Tür und verfluchte es, in diesem Haus leben zu müssen. An dem Tag, als sein Pa gegangen war, hatte dieser ihm deutlich zu verstehen gegeben, dass es in seinem neuen Leben keinen Platz für ihn gab, aber er hatte ihm eine Stelle in seinem Geschäft versprochen, auch wenn er dort ganz unten anfangen und sich hocharbeiten müsste. Neuerdings half er seinem Pa aus, fuhr sonntags zu ihm, um Gartenarbeit zu erledigen, und schaute jeden Morgen im Geschäft vorbei, um ihn von seinem Eifer zu überzeugen. Er musste dringend hier raus. Alles wäre besser als das Leben mit seiner Ma.

Er lief an den Bäumen vorbei und einen Pfad entlang, der zu einer alten Scheune führte, und lächelte beim Anblick eines freundlichen Gesichts. Sie war sein Ein und Alles und sie wollten zusammenziehen, aber zuerst mussten sie einen Platz für Laurie Turner finden. Er trat an sie heran und sie küssten sich. »Ich habe mich schon den ganzen Tag darauf gefreut, hierherzukommen.«

»Ja, ich auch.« Sie hakte sich bei ihm unter. »Ich hatte gestern Abend so viel Spaß. Ich möchte es gern wiederholen.«

Zusammen liefen sie zu der alten Scheune und er holte den Schlüssel für das Vorhängeschloss hervor. »Ich auch.«

Es hatte ihn berauscht, ihr dabei zuzusehen, wie sie Laurie erwürgt und dann an ihren geheimen Ort gebracht hatte. Sie hatten Laurie in eine sitzende Position gehievt, sodass sie ihnen beim Herummachen zugesehen hatte, und das hatte etwas

Wildes in ihm geweckt. Es war wie ein unstillbarer Hunger, und es verlangte ihn nach mehr. »Wir bringen sie hier raus und entsorgen sie. Ich kenne eine Menge Stellen, wo wir sie verstecken können.«

Der Geruch des Todes wehte ihm entgegen, als er die Scheunentür öffnete. Gegen die Wand gelehnt starrte Laurie mit toten Augen in die Dunkelheit. Ihre Haut war blau und ihre Beine ragten unter ihr heraus und waren so zerschrammt, dass es aussah, als hätte sie in Blut gesessen. Neben sich spürte er, wie ein Zittern seine Freundin durchfuhr. »Jetzt sieht sie nicht mehr so hübsch aus, was?«

»Es macht mich wahnsinnig, sie an unserem besonderen Ort zu sehen.« Seine Freundin sah ihn finster an. »Sie wird den ganzen Kofferraum vollstinken.«

Er schüttelte den Kopf. »Nein, wird sie nicht. Weißt du noch, als ich letzten Sommer die Küche für Ma gestrichen habe? Ich habe eine ganze Kiste mit Plastikfolie aus dem Gemischtwarenladen mitgenommen. Davon liegt noch jede Menge hier herum. Wir wickeln sie darin ein und entsorgen sie dann.«

»Sieh nur, was ich dabeihabe.« Sie grinste und öffnete ihre Handtasche, um ein paar OP-Handschuhe herauszuziehen. »Wir nehmen alles mit, ihre Kleidung und ihre Schuhe, und sobald wir sie losgeworden sind, verbrennen wir das Zeug, zusammen mit der Plastikfolie. Wir wollen schließlich nicht, dass irgendjemand die Spur zu uns zurückverfolgt, denn ich bin noch längst nicht fertig.« Sie betrat die Scheune und starrte auf Lauries Leiche herunter. »Auch mit ihr bin ich noch nicht fertig. Schau nur, wie sie mich ansieht – sie hält sich wohl für ganz toll.« Sie drehte sich um und ein verbissener Ausdruck huschte über ihr Gesicht. »Ich will eine komplette Serie von ihnen machen. Wir gehen als die Cheerleaderinnen-Mörder in die Geschichte ein.« Sie schnaubte und brach plötzlich in Gelächter aus, hielt dann inne und runzelte die Stirn. »Wir müssen klug vorgehen. Ich werde nicht im Gefängnis enden.«

»Zerbrich dir darüber nicht deinen hübschen Kopf.« Er legte ihr den Arm um die Schulter und bestaunte ihre erste gemeinsame Jagdbeute. »Wir sind viel zu klug, als dass die Cops uns das anhängen könnten. Wir werfen ihren Rucksack im Wald weg und in den Minen werden sie niemals nach ihr suchen.« Er zog sie an sich. »Nichts wird darauf hindeuten, dass sie mal hier gewesen ist. Ich kenne die perfekte Stelle, um alles zu verbrennen.«

FÜNF

Jenna und Kane fuhren langsam die Stanton Road ab, von der Highschool bis zu der kleinen Straße, die Laurie zu Fuß genommen haben musste. Jenna spähte in den Wald. Bei Duke, der auf dem Rücksitz war, würde jeglicher Verwesungsgeruch üblicherweise eine Reaktion hervorrufen, doch der Spürhund saß die gesamte Strecke regungslos da. »Wir brauchen einen Suchtrupp, wenn wir etwas erreichen wollen.«

»Wenn Laurie Opfer eines Mordes ohne erkennbares Motiv geworden ist, ist es unwahrscheinlich, dass der Mörder sie sehr tief in den Wald verschleppt hat.« Kane warf ihr einen kurzen Blick zu. »Der Mörder könnte sie attackiert und dafür gesorgt haben, dass sie in den Wald läuft, um sie dort umzubringen und dann selbst wegzulaufen. Wenn sie bereits tot ist, könnte ihre Leiche, denke ich, irgendwo am Waldrand liegen.«

Jenna strich sich das Haar aus dem Gesicht. »Ja, es sei denn, sie ist mit jemandem mitgefahren.« Sie warf die Hände in die Luft. »Warum muss immer etwas passieren, sobald es ein Festival in der Stadt gibt?« Sie starrte auf den schwarzen Straßenbelag. »Sollte die junge Frau verletzt oder ermordet worden sein, müssen wir auch die vielen Touristen und Festivalbesucher in Betracht ziehen. Es läuft auf eine Suche nach der Nadel im Heuhaufen hinaus.«

»Hoffen wir, dass sie sich bei einer Freundin verkrochen hat und wir nach Hause fahren können, um die Reste von dem Grillfest zu verspeisen.« Kane ließ ein Lächeln aufblitzen. »Sonst wären wir gezwungen, zum Abendessen beim Aunt Betty's vorbeizufahren. Da Rowley angeboten hat, die Pferde zu versorgen, und ich genügend Futter für Duke im Wagen habe, gibt es keinen Grund vor dem Treffen nach Hause zurückzukehren.«

Jenna stieß ein Schnauben aus. »Wie kommt es, dass du immer eine Ausrede findest, um beim Aunt Betty's vorbeizufahren? Sei es inmitten eines Mordfalls oder nach einer Autopsie. Es ist immer dasselbe.«

»Ein Mann muss essen, um bei Kräften zu bleiben.« Kane schmunzelte. »Deshalb jagen und angeln wir, um unsere Familien zu versorgen.«

»Heutzutage bekommt man alles im Supermarkt.« Jenna gähnte. »Ich habe mich schon oft gefragt, wie du ohne das Aunt Betty's Café überleben würdest.«

»Oh, ich würde überleben.« Auf der Stanton Road beschleunigte Kane den Wagen. »Hast du die Größe der Steaks beim Antlers gesehen?«

Während sie zu Wyatt Coopers Haus fuhren, rief Jenna zunächst Rowley und dann Wolfe an, um sie auf den neusten Stand zu bringen. Es war ihr wichtig, das gesamte Team auf dem Laufenden zu halten. Als das Biest neben einer kleinen Hütte im Blockhausstil zum Stehen kam, überprüfte sie die Adresse und zuckte mit den Schultern. »Wir sind hier richtig. Ich hoffe, Wyatt Cooper ist zu Hause. Du übernimmst die Führung und ich halte mich zurück.« Sie rutschte von ihrem Sitz und ging über den Gartenweg auf das Haus zu. »Mit dir könnte er reden, so von Mann zu Mann.« Ein widerlicher

Brandgeruch schlug ihnen als Rauchwolke aus dem Hinterhof entgegen.

»Das bezweifle ich.« Kanes Nasenflügel bebten. »Für ihn bin und bleibe ich ein Cop.«

Jenna klopfte an die Tür, die von einem Mann in den Fünfzigern geöffnet wurde. Er trug ein kariertes Hemd und eine Jeans und starrte sie mit offenem Mund an. »Sheriff? Stimmt was nicht? Sind Sie wegen dem Rauch hier?«

»Nein.« Kane tippte sich an den Hut. »Mr Cooper? Wir würden gern ein paar Worte mit Wyatt wechseln.«

»Sicher, sicher. Kommen Sie rein.« Mr Cooper wandte sich ab und ging hinein. »Er verbrennt den Müll hinter dem Haus. Ich hole ihn rein.« Er durchquerte das Haus. »Warten Sie hier.«

Jenna hielt sich zurück, als ein schlanker, muskulöser junger Mann von etwa sechzehn Jahren, der nach Rauch roch, den Flur betrat. Er ignorierte sie vollkommen und sah zu Kane auf.

»Wo haben Sie Football gespielt, Mann?« Wyatt grinste Kane an.

»Zuletzt im College.« Kane erwiderte sein Lächeln und nahm eine entspannte Pose ein; es war von Vorteil, nicht zu bedrohlich zu wirken. »Ich denke, Sie wissen, warum wir hier sind?«

Jenna verbiss sich ein Lächeln. Ein gängiger Trick, um sein Gegenüber glauben zu lassen, man wüsste, dass er oder sie in etwas verwickelt war. Gespannt wartete sie auf Wyatts Antwort.

»Nö, ich habe keine Ahnung, warum Sie und der Sheriff hier sind.« Wyatt sah sie an. »Ma'am … Was führt Sie an einem Sonntagnachmittag zu mir?«

»Wie ich höre, haben Sie sich von Laurie getrennt?« Kane senkte die Stimme, als er sich verschwörerisch zu ihm vorbeugte. »Gab es einen Streit?«

»Ah, jetzt weiß ich, worum es geht.« Wyatt warf den Kopf

zurück. »Ihr Vater hat mich angerufen, weil er wissen wollte, ob ich sie gestern Abend gesehen hätte. Ich habe seine Frage bejaht und ihm mitgeteilt, dass ich gesehen habe, wie ihr das Handy runtergefallen und kaputtgegangen ist. Aber bevor ich auch nur ein Wort sagen konnte, ist sie ins Gebäude verduftet, um mit Cory zu sprechen. Genau das habe ich ihrem Vater gesagt, woraufhin er aufgelegt hat.«

»Sie haben also mitbekommen, dass sie in Schwierigkeiten war, und haben auf dem Parkplatz trotzdem nicht auf sie gewartet?« Kane behielt den ruhigen Tonfall bei. »Haben Sie sich denn keine Sorgen gemacht, dass sie nachts ganz allein zurückgeblieben ist, nachdem der Rest gegangen war?«

»Schauen Sie, Mann! Sie hängt mit Cory ab, seit er den Job in der Schule angenommen hat.« Wyatt seufzte. »Er ist ein Loser, raucht Gras und ist viel zu alt für sie. Ich habe sie vor die Wahl gestellt: entweder er oder ich. Sie hat mich einfach ignoriert und ist abgehauen. Warum sollte ich auf dem Parkplatz herumlungern und auf sie warten? Ich bin zum Aunt Betty's gegangen, habe mir dort einen Burger geholt, und bin dann nach Hause aufgebrochen.«

»Wie spät war es da?« Kane trug seinen gelangweilten Gesichtsausdruck.

»Er war um zehn Uhr hier.« Mr Cooper steckte seinen Kopf durch die Tür. »Meine Frau lag bereits im Bett und ich habe auf ihn gewartet. Wir haben uns zusammen die Nachrichten angesehen. Warum wollen Sie das wissen?«

»Laurie hat es gestern Abend nicht nach Hause geschafft.« Kane richtete sich auf. »Irgendeine Idee, wo sie sein könnte?«

»Nein. Ihr Vater hat nicht erwähnt, dass sie nicht nach Hause gekommen ist.« Wyatt fuhr sich mit der Hand durchs Haar und starrte ins Leere. »Er hätte mich gestern Abend anrufen sollen, dann hätte ich mit den Jungs nach ihr gesucht. Ihr Wagen ist kaum zu übersehen.«

»Ihr Wagen steht noch immer auf dem Parkplatz.« Kane beobachtete ihn genau.

»Heilige Scheiße!« Wyatt marschierte unruhig auf und ab, sein Blick irrte umher. »Haben Sie Vicky angerufen? Sie wohnt nicht weit von hier und Laurie wäre zu ihr gegangen, wenn sie Probleme mit ihrem Wagen gehabt hätte.«

»Ja, wir haben mit Vicky gesprochen.« Kane verschränkte die Arme vor der Brust. »Was lässt Sie glauben, dass es ein Problem mit ihrem Wagen gab?«

»Das würde Sinn ergeben, wenn sie ihren wertvollen Pick-up stehen gelassen hat, um zu Fuß nach Hause zu gehen. Sie konnte ja niemanden anrufen, um sich helfen zu lassen, oder?« Wyatt zuckte mit den Schultern. »Ich bezweifle, dass sie auf Cory gewartet hat, bis er mit der Arbeit fertig war, um sich von ihm fahren zu lassen. Seine Schwester hasst sie und sie hätte ihm die Hölle heißgemacht, wenn sie herausgefunden hätte, dass er Laurie mitgenommen hat.«

»Seine Schwester?« Kane holte Notizblock und Stift hervor. »Niemand hat erwähnt, dass er eine Schwester hat.«

»Doch, klar. Sie ist im Cheerleader-Team. Ihr Name ist Verna, Verna Hughes.« Wyatt rieb sich den Nacken. »Cory muss die Turnhalle nach dem Training aufräumen und abschließen, aber seine Schwester bleibt nicht so lang. Sie sucht sich eine Mitfahrgelegenheit oder fährt mit dem Wagen ihrer Ma.«

»Wer hat noch zugesehen?« Kane machte sich Notizen.

»Die üblichen Verdächtigen. Ein paar Leute aus der Footballmannschaft, Cory natürlich, Stan Williams, der Fotograf, und Dale Collins, der wie üblich im Kiosk gearbeitet hat.« Wyatt fuhr sich mit einer Hand durch das Haar. »Verdammt, ich kann mich nicht an alle erinnern.«

Das Haustelefon klingelte und kurz darauf betrat Mr Cooper den Flur.

»Das war Vicky. Alle, die gestern Abend in der Turnhalle

waren, sollen dort heute um sechs erscheinen.« Mr Cooper zog die Augenbrauen hoch. »Sie sagt auch, dass Laurie verschwunden ist. Du sollst alle Freunde anrufen, von denen du dir sicher bist, dass sie dort waren.«

»Na klar, Dad.« Wyatt blickte wieder zu Kane. »Ich gehe jetzt besser. Werden Sie heute Abend in der Turnhalle sein?«

»Ja.« Kane klappte seinen Notizblock zusammen und schob ihn in seine Tasche. »Wir sehen uns dann dort.«

Jenna wandte sich zum Gehen und verließ das Haus. Als sie das Biest erreichten, warf sie Kane über die Motorhaube hinweg einen Blick zu. »Glaubst du, er ist da irgendwie mit drin verwickelt?«

»Schwer zu sagen.« Kane zog die Tür auf und glitt hinter das Lenkrad.

Jenna kletterte hinein, kraulte Duke hinter den Ohren und machte es sich auf dem Sitz bequem. »Er schien mir etwas zu nervös zu sein.«

»Ja, weil er offensichtlich immer noch Gefühle für Laurie hat. Außerdem dürfte es die meisten Menschen nervös machen, von Polizeibeamten befragt zu werden.« Kane startete den Motor. »Er schien um ihr Wohlergehen besorgt zu sein, was ein gutes Zeichen ist, aber wenn wir sie ermordet auffinden, dann stehen alle Optionen offen.«

Jenna zückte ihr Handy. »Ich schätze, es ist Zeit für eine Presseerklärung. Laurie Turner scheint wirklich spurlos verschwunden zu sein.«

SECHS

Die Nachricht über Lauries Verschwinden schlug in der Presse ein wie eine Bombe. Einige Anrufe waren eingegangen, die Aufschluss über Lauries Aufenthaltsort geben könnten. Wie üblich hatten sich einige Stadtbewohner für den freiwilligen Suchtrupp gemeldet. Bis Jenna die Zeit gefunden hatte, ihre Leute zu organisieren, hatte der örtliche Such- und Rettungsdienst das Kommando übernommen. Bei Einbruch der Dämmerung würde die Suche im Wald unterbrochen und erst wieder bei Tagesanbruch aufgenommen werden. Kane hatte Jenna gegenüber Platz genommen, während sie im Aunt Betty's Café eine Kommandozentrale einrichtete und die Deputys aus den umliegenden Countys zusammentrommelte, die ihnen bei der Suche nach Zeugen helfen und die Anwohner befragen sollten. Das Gebiet erstreckte sich von der Schule und bis zu Lauries Haus. Jenna ging selbstsicher und zielgerichtet vor, denn leider war die Organisation von Suchaktionen in Black Rock Falls zu einem Teil ihres Lebens geworden. Dass Black Rock Falls inmitten von Wäldern lag, hatte seine Vorteile: Sie konnten auf die Unterstützung der Förster vertrauen, und natürlich hatte auch ihr enger Freund Atohi Blackhawk, ein Indigener, bereits angerufen, um ihnen seine Hilfe anzubieten.

Kane warf einen Blick auf seine Uhr. Ihnen blieb noch eine Stunde Zeit, bevor sie zu dem Treffen in der Turnhalle der Schule aufbrechen mussten, und er hatte darauf bestanden, etwas zu essen. Schließlich hatten sie eine ganze Nacht voller Ermittlungsarbeit vor sich. Es war ihm nicht entgangen, dass Jenna in Krisenzeiten gern Mahlzeiten ausließ, doch auch wenn es auf den ersten Blick trivial schien, war Essen so wichtig wie das Atmen selbst. Sie mussten Nahrung zu sich nehmen, um unter dem Arbeitsdruck und den langen Arbeitszeiten nicht zusammenzubrechen. Ohne Nahrungszufuhr würde die Konzentration schnell nachlassen und wichtige Entscheidungen könnten nicht mehr getroffen werden. Es gab einige Gründe, weshalb er das Aunt Betty's Café bevorzugte. Zum einen wurde dort wunderbares Essen serviert, zum anderen war das Café von sechs Uhr in der Früh bis nach dreiundzwanzig Uhr in der Nacht geöffnet. Nur selten versiegte dort der Strom an zahlungswilligen Kunden, dennoch wurde das Team des Sheriff's Department jederzeit unverzüglich bedient und konnte entweder vor Ort eine Mahlzeit einnehmen oder sich diese zum Mitnehmen einpacken lassen.

Er nahm die angespannten Züge in Jennas Gesicht wahr, während sie die Anrufe tätigte. Es juckte ihn in den Fingern, seine Hand auszustrecken, um ihre zu ergreifen und ihr mit der Berührung etwas Trost zu spenden. Er schenkte ihr ein Lächeln, als sie das Handy auf den Tisch legte. »Ich brauche nicht nachzufragen, ob alles organisiert ist. Du hast die Situation voll im Griff.«

»Ich bin nur froh, dass Webber noch immer Deputy ist. Er hat sich angeboten, heute Abend den Kommandoposten zu übernehmen. Rowley übernimmt dann morgen früh. Wir leiten die Einsatzkräfte vor Ort, bis Schichtablösung durch die ankommenden Deputys eintrifft.« Jenna rieb sich die Schläfen.

»Cory Hughes wird heute Abend die Turnhalle aufschließen. Wenn er Lauries Handy immer noch hat, will ich es haben. Er könnte der letzte Mensch gewesen sein, der sie lebend gesehen hat.«

»Oder aber er hält sie irgendwo versteckt.« Kane nippte an seinem Kaffee. »Es war eine gute Idee, alle potenziellen Zeugen an einem Ort zu versammeln. Das spart uns eine Menge Arbeit.«

»Wir brauchen mehr Deputys.« Jenna ließ einen langen Seufzer entweichen. »Ich muss ständig Unterstützung aus Blackwater anfordern.«

»Wir haben Glück, dass Webber verfügbar ist.« Kane lehnte sich in seinem Stuhl zurück. »Er ist sonntags oft beim Angeln.«

Ursprünglich war Colt Webber als Praktikant bei Wolfe eingestiegen. Vor Kurzem hatte er die Stelle als forensischer Assistent im Büro des Rechtsmediziners angetreten. Da er aber noch immer als Deputy auf der Gehaltsliste geführt wurde, plante ihn Jenna in Krisenzeiten mit ein. Kane nickte. »Ah, das Essen ist fertig.« Er musterte sie forschend. »Bitte iss etwas. Ich mache mir Sorgen um dich.«

Das Essen wurde aufgetragen, sie bedankten sich bei der Bedienung und Kane registrierte Jennas verdutzten Blick. »Was?«

»Warum hast du immer das Bedürfnis, mich zu beschützen?« Jenna knabberte an ihren Pommes. »Einerseits gefällt es mir, dass du dich um mich sorgst, aber andererseits befürchte ich, dass dieses Verhalten bei der Arbeit zu Problemen führen könnte – so wie bei deiner Ankunft.« Sie hob den Blick und sah ihn direkt an. »Oder dass du wieder anfängst, mich Ma'am zu nennen.«

Kane bemühte sich darum, sich das Grinsen zu verkneifen, schnitt in sein Ribeye Steak und seufzte. »Ich werde dir immer den Rücken freihalten, Jenna. Das wird sich niemals ändern.« Er sah zu ihr auf. »Würde ich mich für dich in die Schusslinie werfen? Aber so was von.« Er schmunzelte. »Das wäre keine Überfürsorglichkeit, sondern einfach mein Job.«

»Okay. Du hast gewonnen.« Jenna seufzte müde. »Die Zeit drängt, lass uns essen.«

Nachdem sie ihre Mahlzeit beendet hatten, legte Kane ein paar Scheine auf den Tisch und folgte Jenna aus dem Café nach draußen. Sie waren früh dran und würden vor der angesetzten Zeit in der Turnhalle eintreffen, was ihnen die Möglichkeit verschaffte, alles vorzubereiten. Auf dem Weg schauten sie im Sheriff's Department vorbei und nahmen einen Stapel Visitenkarten und Abzüge von Lauries Foto mit, um sie auszuteilen. Als sie ankamen, war der Parkplatz vor der Schule brechend voll, also stellte Kane seinen Wagen vor der Turnhalle ab. »Sieht aus, als könnten wir eine rege Beteiligung erwarten. Ich schätze, sie haben sich die Nachrichten angeschaut.«

»Ja, vermutlich.« Jenna sammelte ihre Sachen zusammen. »Ich hoffe sehr darauf, dass uns jemand nützliche Informationen liefern kann, sonst ist das Ganze reine Zeitverschwendung.« Sie ließ den Blick über die Umgebung schweifen. »Sie könnte irgendwo da draußen sein – allein und verletzt.«

Kane drehte sich zu ihr um. »Sobald es sich bestätigt hatte, dass sie vermisst wird, hast du Leute nach ihr suchen lassen. Wir hätten nicht viel mehr tun können. Es wäre hilfreich gewesen, wenn ihr Vater uns früh am Morgen angerufen hätte, statt bis fünfzehn Uhr zu warten. Du weißt so gut wie ich, dass die Chancen, sie lebend zu finden, nach einer so langen Zeitspanne nicht besonders gut stehen. Es sind beinahe vierundzwanzig Stunden vergangen, seit sie zum letzten Mal gesehen wurde.«

»Ja, ich weiß. Mit jeder Stunde, die vergeht, sinkt die Wahrscheinlichkeit, dass wir sie lebend finden werden.« Jenna stieg aus und nahm einen Stapel Notizblöcke vom Rücksitz. »Obwohl sie sich mit sechzehn auch bloß irgendwo versteckt haben könnte. Also besteht noch Hoffnung.«

Kane rutschte vom Fahrersitz und löste Dukes Geschirr. Er

achtete darauf, dass sein Hund im Wagen immer gesichert war. Kane war oft mit hohem Tempo unterwegs, und wenn der Hund mit seinen fünfzig Kilogramm bei einem Unfall durch die Windschutzscheibe flog, könnte das tödlich enden – sowohl für sein geliebtes Haustier als auch für denjenigen, der das Pech hatte, mit ihm zu kollidieren. Dukes Geschirr im Rückhaltesystem einzuklinken, nahm nicht viel Zeit in Anspruch und Kane hasste es, wenn Hundebesitzer ihre Tiere auf dem Rücksitz ungesichert ließen, als wären ihnen die Tiere selbst und die anderen Verkehrsteilnehmer egal. Er kraulte den Hund hinter den Ohren. »Ich weiß, es war ein langer Tag, Kumpel. Bald fahren wir nach Hause.«

»Wenigstens kann er schlafen, wenn er will. Dieses Glück ist uns nicht vergönnt.« Jenna reichte ihm einen Stapel Handzettel. »Wir brauchen die Namen von allen, die heute Abend hier sind.«

»Sicher.« Kane nahm die Papiere entgegen und sie gingen hinein.

Die hell erleuchtete Halle war voller Menschen, die auf aufgereihten Plastikstühlen saßen, als würden sie eine Stadtversammlung erwarten. Der typische Sporthallengeruch – leicht säuerlich mit einem Hauch von Alte-Socken-Parfüm und Büchern – hing in der Luft. Er hatte damit gerechnet, dass viele Menschen kommen würden. Zu seiner Überraschung wurde er von Emily an der Tür begrüßt, während Shane Wolfe und seine Tochter Julie ganz in der Nähe standen. »Hallo, Emily. Hast du das alles organisiert?«

»Ich?« Emily kicherte. »Ich habe geholfen, aber es war Dads Idee. Er hat sie sogar davon überzeugt, den Kiosk für Erfrischungen zu öffnen, sobald ihr die Gespräche beendet habt. Als die Leute nach und nach eintrudelten, hat er Stühle aus dem Abstellraum holen und in Reihen aufstellen lassen. Julie hat mir dabei geholfen, die Personalien der Leute aufzunehmen, die durch die Türen kamen. Wir haben uns überlegt, dass das

Zeit sparen könnte.« Sie überreichte Jenna zwei Notizblöcke. »Ich warte an der Tür, falls noch jemand vorbeikommt.«

»Ich kann euch gar nicht genug danken.« Jenna zog sie in eine Umarmung. »Die Halle ist voll, das sind doch sicher nicht nur Leute, die beim Training der Cheerleaderinnen dabei gewesen sind?«

»Ich fürchte nicht.« Emily deutete auf eine Nachrichtencrew. »Sie haben eine Live-Übertragung vor der Turnhalle ausgestrahlt und Lauries roten Pick-up gezeigt, woraufhin eine Menge Leute dazukamen. Wir haben diejenigen, die beim Training waren, auf die rechte und die Schaulustigen auf die linke Seite der Halle gesetzt.« Sie zuckte mit den Schultern. »Das war Julies Idee. Auf diese Weise kann man sie direkt befragen.«

Kane sah Jenna an und hob eine Augenbraue. »Wenn also alle hier sind, wer bildet dann die Suchtrupps?«

»Ich habe das unter Kontrolle. Es haben sich über einhundert Freiwillige für den Suchtrupp gemeldet und die suchen jetzt nach ihr.« Jenna richtete sich auf. »Hier werden wir die Antwort auf die Frage finden, was Laurie zugestoßen ist, und den Fokus auf das Wesentliche richten können.« Sie warf ihm einen Blick zu. »Ich hasse es, vor einer Menschenmenge zu stehen. Das hier ist noch schlimmer als bei meiner letzten Wahl.« Sie ging auf das Podium zu.

Kane ging neben ihr her. »Das sind deine Leute, Jenna. Sie warten auf Anweisungen – das schaffst du schon.«

SIEBEN

Nachdem sie Laurie Turner in Plastikfolie gewickelt hatten, hievten sie sie auf den Rücksitz und bedeckten sie mit einer Decke. Sie wog schwerer als angenommen. Vor Anstrengung perlte Schweiß auf seiner Stirn und rann ihm den Rücken hinunter. Seine Freundin hatte ihnen Schürzen aus Plastikfolie gebastelt, die sie um ihre Körper gewickelt trugen. Er hatte genug Polizeiserien geschaut, um zu wissen, wie man es vermied, Beweise zu hinterlassen. Als das erledigt war, fuhren sie durch die Stadt. Fernab der Suchtrupps schlugen sie den Weg zu den alten Minen ein. Lange Schatten umgaben sie, und er fuhrlangsam zu der Stelle, die sie für die Entsorgung von Lauries Leiche ausgewählt hatten. Die Erregung, die er empfunden hatte, als seine Freundin sie erwürgt hatte, war längst verflogen. Dieser Teil des Plans war überhaupt nicht erregend. »Wir müssen es schnell hinter uns bringen. Hast du die Nachrichten gesehen? Der Sheriff hat angeordnet, dass sich alle um sechs in der Turnhalle versammeln, die beim Cheerleader-Training dabei waren.«

»Ich weiß. Du siehst gelangweilt aus.« Sie wickelte sich eine Haarsträhne um den Finger und legte ihre freie Hand auf seinen Oberschenkel. »Du findest sie nicht mehr ganz so lustig, wenn sie erst einmal tot sind, was?«

Er ließ den Wagen neben einen alten Mineneingang heranrollen, und als er ihn wendete, warfen die Scheinwerfer ihr Licht auf die Staubwolke, die sie hinter sich hergezogen hatten. »Kann sein.« Er zuckte mit den Schultern.

»Hilf mir, sie herauszuheben.« Sie stieg aus. Mit den blauen OP-Handschuhen und der um ihre Jeans gewickelten Plastikfolie sah sie seltsam aus.

Ein entsetzlicher Gestank drang aus dem Bündel, als sie Laurie zum Mieneneingang zerrten. Im Innern der Mine war der Gang, der zum Schacht führte, dunkel und Unheil verkündend. Ein »Betreten verboten«-Schild versperrte ihnen den Weg. Sie ließen sie auf den Boden fallen und rissen die Plastikfolie herunter. Gemeinsam packten sie sie aus, bis ihr nackter Körper auf der kargen Erde lag. Er schluckte schwer. Laurie blickte ihn mit ausdrucksloser Miene und leichenblass an. Ihre einst rosa Lippen waren blau, und ihr vor Gesundheit strahlendes Äußeres war einer starren Maske gewichen. Er musste dringend hier raus.

»Sieh sie dir nur an. Sie starrt mich immer noch an.« Seine Freundin zielte mit einem Tritt auf den Körper. »Hör auf mich anzusehen, Laurie. Du kannst ihn nicht haben, er gehört mir.«

»Hey.« Er versuchte sie zu beruhigen. »Sie ist tot. Lass uns gehen.«

Ohne Vorwarnung zog seine Freundin einen Schraubendreher aus ihrem Stiefel und warf sich auf die Leiche. Er wandte sich ab, unfähig, sie anzusehen. Es war aufregend und spannend gewesen, sie beim Töten zu beobachten, aber bei dem, was jetzt geschah, wurde ihm speiübel.

»Warum blutet sie nicht?« Seine Freundin sah ihn schwer atmend über die Schulter hinweg an. »Ich will sie bluten sehen.«

Er griff nach ihrem Arm, zog sie auf die Beine und entwand

ihr den Schraubendreher, bevor er ihn in den Minenschacht warf. »Sie ist tot. Wie soll sie bluten, wenn ihr Herz nicht schlägt? Hilf mir, hier aufzuräumen, damit wir zur Schule fahren können, bevor unsere Abwesenheit auffällt. Wir müssen im Park anhalten und uns dort sauber machen.«

Nachdem sie die Plastikfolie eingesammelt und zusammen mit ihren Handschuhen und den Plastikschürzen zu einem großen Ball geformt hatten, schleppten sie ihn zum Kofferraum. Später würde er das alles verbrennen. Er stellte den Wagen etwa fünfzig Meter von der Leiche entfernt ab und sie rannten zurück. Mit abgestorbenen Ästen fegten sie über den Boden, um Fußabdrücke und Reifenspuren zu verwischen. Als sie das Fahrzeug erreichten, hatte sich seine Freundin etwas beruhigt, trug aber noch immer einen angesäuerten Gesichtsausdruck zur Schau.

Auf der Fahrt in die Stadt warf er ihr einen Blick zu. »Was ist los? Es hat sich doch gut angefühlt, sie zu töten, oder? Du hast ihr eine Lektion erteilt.«

»Ich fühle gar nichts. Es hätte besser sein können. Die Nächste werde ich richtig übel zurichten.« Sie verschränkte die Arme vor der Brust. »Du weißt doch, dass ich dich liebe, oder? Also könntest du sie vielleicht in ein Haus locken, das ich in der Stadt gesehen habe, und so tun, als würdest du sie zu einem Date einladen und dann ... ›Überraschung!‹. Ich werde dort auf sie warten. Ich will, dass sie begreift, dass ich besser bin als sie und dass du mich ihr vorgezogen hast. Ich will, dass sie noch lebt und leidet, und das Letzte, was sie sieht, sollen wir beide zusammen sein. Laurie zu erwürgen, ging zu schnell. Es hat nicht lange genug gedauert.«

Der wilde Ausdruck in ihren Augen und die Art, wie sie sprach, erregten ihn. Sein Herz raste. Sein Körper kribbelte vor Aufregung und er befeuchtete die Lippen. Ihr bei dem Mord an Laurie zuzusehen, hatte seine Freundin in seinen Augen zu einer Superheldin katapultiert. Er betete sie an. Sie hatte gesagt, dass sie ihn liebte, und das weckte in ihm das Gefühl, begehrt zu werden. Nicht einmal seine Ma hatte das getan. Wenn es seine Freundin glücklich machte, würde er durchs Feuer gehen, um ihr wieder beim Töten zuzusehen. Er legte einen Arm um ihre Schulter und zog sie näher an sich heran. Sie roch wie Laurie, leicht nach Verwesung, aber die Erinnerung daran, wie sie das Mädchen für ihn gewürgt hatte, ließ ihn lächeln. »Ja, lass sie leiden.« Er rieb sein Kinn an ihrem Haar. »Sie alle verdienen es zu leiden.«

ACHT

Stille kehrte in der Halle ein, als Jenna vor das Rednerpult trat. Als sich die Presse in Bewegung setzte, fühlte sie sich plötzlich entblößt. Ihr Leben als DEA-Agentin Avril Parker war längst vorbei, aber trotz der gesichtsverändernden Operationen, denen sie sich unterzogen hatte, überkam sie jedes Mal, wenn sie vor eine Kamera trat, ein Gefühl von Schutzlosigkeit. Es gab zwei Dinge, die sie an sich nicht ändern konnte: ihre Stimme und ihre Augen. Die Vorstellung, entdeckt zu werden, während sie sich vor aller Augen in Black Rock Falls versteckte, beunruhigte sie sehr. Obwohl alle für tot erklärt worden waren, hatte das Kartell, gegen das sie vorgegangen war, seine Augen und Ohren überall.

Bei Dave war es nicht anders; obwohl er offiziell als tot galt und in Black Rock Falls untergetaucht war, hatte ihn sein früheres Leben wieder eingeholt. Wie sehr sie sich auch bemühten, sich zu verstecken, die Bedrohung, entdeckt zu werden, war wie ein ständiger, nagender Schmerz. Sie warf ihm einen Blick zu. Er stand direkt neben ihr – ihr Fels in der Brandung. Jenna räusperte sich. »Schön, dass Sie sich alle hier eingefunden haben. Zunächst muss ich wissen, ob jemand während des Trainings etwas Ungewöhnliches bemerkt hat. Hat Laurie sich mit irgendjemandem gestritten?« Alle Hände blieben unten. »Okay, als Nächstes will ich wissen, wer nach dem Training mit Laurie auf dem Parkplatz war.«

Ein paar Hände wanderten nach oben. »Okay. Stellen Sie sich bitte an die Wand. Deputy Kane wird ihre Aussagen aufnehmen, aber bevor Sie gehen – hat jemand von Ihnen Laurie zurück in die Turnhalle begleitet, nachdem ihr das Handy runtergefallen ist?«

Sie wartete kurz, aber niemand hob die Hand. »In Ordnung. Hat jemand mit Laurie gesprochen, nachdem sie die Turnhalle wieder betreten hatte?«

»Ja.« Ein Mann in Jeans und einem ausgebleichten T-Shirt erhob sich. »Ich habe mit ihr gesprochen.«

Ein Stimmengewirr ging durch den Raum. Jenna nickte. Der Mann musste Cory Hughes sein, den Vicky als Hausmeister und Reinigungskraft der Schule bereits erwähnt hatte.

»Okay. Ich muss mit Ihnen sprechen, sobald ich hier fertig bin.« Sie ließ den Blick über die Leute in der Halle schweifen. »Ist jemandem eine Person aufgefallen, die sich in der Nähe von Lauries Pick-up aufgehalten oder den Wagen angefasst hat, als Sie den Parkplatz verlassen haben?«

Nicht eine Hand schnellte nach oben, aber die Leute beäugten Hughes misstrauisch. Jenna wartete darauf, bis die Gespräche verebbten, und sah sich in der Menge um. Immer noch strömten Neuankömmlinge durch die Türen und Emily nahm ihre Namen auf. »Also gut, hat jemand der Anwesenden Laurie gestern Abend zwischen neun und neun Uhr dreißig gesehen?«

»Ich habe sie gesehen.« Eine ältere Frau mit Brille winkte Jenna zu. Jenna lächelte sie an, um sie zu ermutigen. »Würden Sie bitte zu mir kommen und es mir erzählen?« Sie sah sich im Raum um. »Noch jemand, der sie gesehen oder etwas Ungewöhnliches in dem Gebiet zwischen der Stanton Road, der Schule und Ravens Hill gehört hat?«

Niemand trat vor. Enttäuscht ließ Jenna ein Seufzen entweichen.

»Gut. Ich bin noch auf der Suche nach Freiwilligen für die Suchtrupps, die bei Tagesanbruch losgehen und so lange weitersuchen werden, bis wir Laurie gefunden haben. Bitte melden Sie sich in der Kommandozentrale vor dem Sheriff's Department. Die Suchtrupps werden im Laufe des Tages abgelöst, die Gruppen starten versetzt, um sechs und um zwölf. Wir würden es sehr zu schätzen wissen, falls sich jemand bereit erklärt, die Freiwilligen mit Kaffee, Wasser, Sandwiches und dergleichen zu unterstützen.«

Eine Gruppe junger Männer winkte ihr zu und sie deutete auf einen von ihnen. »Ja?«

»Wir haben Trailbikes und können dabei helfen, den Proviant unter den Suchtrupps zu verteilen.« Er lächelte. »Ich heiße Levi Jones. An wen sollen wir uns wenden?«

»An mich.« Susie Hartwig vom Aunt Betty's Café stand auf. »Ich sorge dafür, dass ihr alles Notwendige bekommt.«

Zu Jennas Überraschung trat Bürgermeister Petersham aus der hinteren Ecke der Turnhalle vor. Er nickte Jenna zu. »Guten Abend, Sheriff. Die Stadtverwaltung wird die Rechnung für die Verpflegung übernehmen. Schicken Sie die Rechnung an mein Büro, Susie.«

»Aber nur für die Selbstkosten.« Susie zog die Stirn in Falten. »Ich habe nicht vor, Profit aus anderer Leute Unglück zu schlagen.«

»Wir alle wissen doch, wie viel das Aunt Betty's Café zur Gemeinschaft beiträgt.« Bürgermeister Petersham lächelte breit. »Nicht wahr, Leute?«

Nachdem der Applaus abgeebbt war, nickte Jenna Richtung Kiosk. »Der Kiosk öffnet jetzt für Erfrischungen. Vielen

Dank fürs Kommen. Mit dem einen oder anderen sehen wir uns dann bei Sonnenaufgang.«

Als Jenna zurücktrat, um mit Cory Hughes zu sprechen, drängte sich eine schlanke Frau, gefolgt von einem Kameramann, neben sie und hielt ihr ein Mikrofon ins Gesicht. Überrascht wich sie einen Schritt zurück und sah sie wortlos an.

»Deni Crawford, *Blackwater News*. Sagen Sie, Sheriff Alton, wie ist es Ihnen gelungen, eine weitere Amtszeit als Sheriff zu gewinnen?« Crawford beugte sich vor und ihr übelriechender Atem, der an verdorbenen Fisch erinnerte, streifte Jennas Nase. »Sie scheinen die Kriminalität in Black Rock Falls nicht bewältigen zu können. Hier geht es zu wie in einer Mörderzentrale.«

Jenna verspürte den Drang, sich die Nase zuzuhalten, und wich weiter zurück, aber die Frau folgte ihr, unerbittlich und unhöflich. Sie straffte die Schultern. »Ich bin mir nicht sicher, was Sie meinen. Es geht hier um eine vermisste junge Frau und nicht um einen Mord. Tatsächlich geschah der letzte Mord in Black Rock Falls vor beinahe einem Jahr. Soweit ich mich erinnere, wurden letzten Sommer drei Morde in Blackwater verübt, nicht hier. Das ist Ihre Stadt, nicht meine. Mein Bezirk erstreckt sich über Tausende von Kilometern und ja, es gibt Verbrecher, die unsere dichten Wälder nutzen, um von der Bildfläche zu verschwinden. Aber, meine Güte, in einer Großstadt würden Sie mit Ihren Reportagen über Verbrechen wohl kaum hinterherkommen. Eine Sekunde.« Sie scrollte auf dem Display ihres Handys. »Hier ein Beispiel: Allein in Chicago wurden diese Woche fünfundzwanzig Menschen angeschossen und zwölf an einem Tag ermordet vorgefunden. Verglichen damit, ist es in Black Rock Falls fast schon friedlich, finden Sie nicht auch?« Sie hielt ihr Handy hoch, um ihr die Nachrichten zu zeigen.

»Ma'am.« Kane kam an ihre Seite. »Da ist jemand, mit dem Sie sich unterhalten sollten.«

Jenna nickte, erfreut, verschwinden zu können. Sie sah die Frau direkt an. »Ich bin gern bereit, die Presse über die Suche nach Laurie Turner auf dem Laufenden zu halten, aber ich habe keine Zeit, mit Ihnen über Statistiken zu diskutieren.«

»Okay, Leute. Schnitt.« Crawford blickte Kane an. »Wie kommt es, dass Sie immer da sind, um den Sheriff zu retten? Glauben Sie nicht, sie ist selbst in der Lage, ihren Job zu erledigen?« Sie schenkte ihm ein Lächeln und ließ eine Wolke ihres schlechten Atems in Jennas Richtung entweichen. »Oder ist eine kleine Romanze zwischen Ihnen beiden im Gange, weshalb Sie überfürsorglich reagieren? Sie leben zusammen auf einer Ranch. Wie wäre es mit einer kleinen Insider-Story darüber, was im Hintergrund abläuft, sobald Sie nicht im Dienst sind?« Sie berührte seinen Arm. »Das wäre eine tolle Wochenendbeilage auf farbenfrohen Hochglanzseiten.«

»Die Frau in Gelb, dort drüben, Sheriff.« Kane ignorierte Crawford vollkommen und deutete zum hinteren Teil der Halle. »Ich gehe dann zu den anderen.« Er drehte ihr den Rücken zu und ging davon.

Jenna nickte. »Ich komme nach, sobald ich mit den Zeugen gesprochen habe.« Widerwillig lenkte sie ihre Aufmerksamkeit zurück zu Crawford. »Sie sagten, Sie wollen eine exklusive Sensationsmeldung? Ich habe eine für Sie.«

»Fahren Sie fort.« Crawford zog ihr Notizbuch hervor.

Jenna rümpfte die Nase. »Im Gemischtwarenladen gibt es Mundwasser im Angebot.« Mit diesen Worten ging sie davon, um mit Cory Hughes zu sprechen.

»Hey.« Kane schloss zu ihr auf. »Was war das denn?«

»Ich habe keine Ahnung.« Jenna zuckte mit den Schultern. »Eine Frau, die dem Größenwahn verfallen ist, würde ich sagen. Sie irrt sich, wenn sie glaubt, dass unser Privatleben ein zentrales Thema ist. Die Stadtbewohner haben besseres mit ihrer Zeit anzufangen.«

»Ich bin mir nicht sicher, ob mir ihre Andeutung gefallen

hat, du könntest deinen Job ohne mich nicht erledigen.« Kane legte die Stirn in Falten. »Für eine Reporterin ist sie erstaunlich schlecht informiert.«

Jenna sah ihn an. »Glaub mir, es ist mir egal, was sie denkt. Es gibt genug egozentrische Menschen, mit denen wir uns auseinandersetzen müssen. Vergiss sie und konzentriere dich auf den Fall.«

»Natürlich.« Kanes Mund verzog sich zu einem Lächeln. »Gib mir einfach ein Zeichen, wenn du einen Beschützer brauchst.« Er ging davon.

Nachdem Cory Hughes Jenna in eine ruhige Ecke begleitet hatte, holte sie ihren Notizblock und ihren Stift hervor. Cory war groß und schlank, knapp über zwanzig und das Haar, das ihm über ein Auge hing, reichte ihm bis zum Kragen. »Danke, dass Sie sich gemeldet haben. Erzählen Sie mir, wo sie Laurie nach dem Training hier gesehen haben?«

»Ja, sicher.« Hughes lehnte sich gegen die Wand. »Ich war gerade am Kehren, als sie vollkommen panisch durch die Tür hereingerannt kam. Ihr war das Handy aus der Hand gefallen. Es bestand nur noch aus Bruchstücken, das Display war zersprungen und die Batterie fehlte. Sie hat mich gebeten, es zu reparieren.«

Jenna nickte. »Haben Sie es getan?«

»Nein, dafür war es zu sehr beschädigt und das habe ich ihr auch gesagt.« Hughes kratzte sich an der Wange. »Sie war den Tränen nahe, sagte ihr Pa würde wütend werden. Ich versprach ihr nachzusehen, ob im Fundbüro Handys abgegeben und nicht abgeholt worden waren. Möglicherweise hätte sie eines davon für ihre SIM-Karte benutzen können.«

Jenna hoffte, dass die Reste des Handys noch immer bei ihm waren, und fuhr fort, sich Notizen zu machen. »Und wo ist das Handy jetzt?«

»In meinem Büro, nun ja, wenn man den Wandschrank, in dem ich meine Sachen aufbewahre, als Büro bezeichnen kann.«

Er schenkte ihr ein weiteres Lächeln. »Ich hatte noch keine Zeit, im Fundbüro nachzusehen.«

»Großartig!« Jenna lächelte. »Könnten Sie es bitte für mich holen? Ich kenne jemanden, der es notfalls reparieren kann, und ich habe die Batterie gefunden.«

»Klar.« Hughes richtete sich auf. »Ich hole es.«

»Bevor Sie gehen …« Jenna stellte sich ihm in den Weg. »Was ist danach geschehen?« Sie musterte ihn eingehend und wartete auf eine Veränderung in seiner Körpersprache.

»Nichts, ich habe die Handyteile in eine Plastiktüte gepackt und sie in einem Regal in meinem Büro verstaut.« Er zuckte mit den Schultern. »Danach habe ich die Eingangstür hinter ihr abgeschlossen und bin nach Hause gegangen.«

»Haben Sie ihren Wagen auf dem Parkplatz gesehen?« Jenna klappte ihren Notizblock zu und schob es in ihre Tasche, dann zog sie eine Visitenkarte heraus und reichte sie ihm.

»Nein.« Er starrte auf die Visitenkarte und drehte sie in seinen Fingern. »Ich mache die Beleuchtung aus, bevor ich gehe, und mein Wagen steht weit hinten. Ich habe mich nicht umgesehen, um festzustellen, ob sich noch jemand hier aufhielt. Ich wollte einfach nach Hause.«

Jenna kaute auf ihrem Stift herum. »Also hätte sie im Dunkeln zu ihrem Wagen zurücklaufen müssen?«

»Es wäre nicht weit gewesen und sie hatte genug Zeit, ihn zu erreichen, bevor ich abgeschlossen habe.« Hughes hob die Schultern. »Es war schon spät, und wenn ich die Beleuchtung abstelle, brechen die Teenager meist nach Hause auf. Ich bin nicht ihre Nanny und sie sind keine Babys mehr.«

Leicht verunsichert zog Jenna die Stirn in Falten. »Sind Ihnen andere Autos auf der Straße aufgefallen?«

»Ja, ich habe einen Lastwagen überholt, als ich stadtauswärts unterwegs war, aber auf der Main Street ist mir sonst niemand aufgefallen.« Er schüttelte den Kopf. »Ich achte nicht so sehr auf die Autos, an denen ich vorbeifahre, es sei denn, die Fahrer tun etwas Dummes.«

»Leben Sie mit jemandem zusammen?« Jenna hob das Kinn. »Mit jemandem, der bestätigen kann, um wie viel Uhr Sie zu Hause waren?«

»Ich lebe mit meiner Ma und meiner Schwester zusammen. Mein Pa hat uns kürzlich verlassen.« Er runzelte die Stirn. »Allerdings war meine Ma um zehn schon im Bett und Verna kam später nach Hause. Sie werden sich auf mein Wort verlassen müssen, Sheriff.«

Jenna nickte. »Okay, danke. Holen Sie das Handy, und wenn Ihnen noch etwas einfällt oder Sie jemanden über Laurie reden hören, rufen Sie mich bitte an.«

»Klar doch.« Hughes verschwand in der Menge.

»Ähm.« Jemand räusperte sich hinter Jenna.

Sie drehte sich um und erblickte eine ältere Frau in einem gelben Kleid, die sie über ihre Brille hinweg anschaute. »Ah, entschuldigen Sie, dass ich Sie habe warten lassen. Sie haben Laurie gestern Abend noch gesehen?«

»Ja, das habe ich in der Tat.« Die Frau nestelte an ihrer Handtasche herum. »Sie hat ihr Cheerleader-Kostüm getragen und hatte einen Rucksack dabei. Stellen Sie sich bloß vor – eine junge Frau, die mitten in der Nacht so gekleidet herumläuft! Dann habe ich gesehen, wie ein Auto neben ihr gehalten hat, so wie man es aus dem Fernsehen kennt, wenn Männer Straßenmädchen hinterherfahren. Sie ist direkt eingestiegen und danach ist das Auto in die entgegengesetzte Richtung zur Stanton Road gefahren. Inzwischen weiß ich ja, dass Laurie draußen am Ravens Way wohnt, und kann mir gar nicht erklären, warum sie in das Auto eingestiegen ist, da sie fast schon zu Hause war.«

Mit klopfendem Herzen griff Jenna wieder zu ihrem Notizblock. »Bitte geben Sie mir Ihren Namen und Ihre Adresse, Ma'am.«

»Mrs York.« Sie ratterte ihre Adressdaten herunter.

Es wäre unglaublich, einen Durchbruch in diesem frühen Ermittlungsstadium zu erlangen. Jenna brauchte alle Einzelheiten. Sie winkte Kane heran, da er die Gabe zu haben schien, jede Automarke zu kennen, die auf diesem Planeten existierte. »Erinnern Sie sich noch an die genaue Uhrzeit?«

»Es war kurz vor halb zehn.« Mrs York nickte. »Ein Sturm zog auf, also habe ich den Hund im Garten Gassi geführt und war wieder auf dem Weg ins Haus, als sie aus der Straße gerannt kam.«

Jenna hob die Hand und sah sie an. »Sie ist gerannt? Wurde sie von jemandem verfolgt?«

»Das habe ich nicht genau erkennen können, weil mir die Äste die Sicht versperrten. Aber ich weiß genau, dass es Laurie war.« Mrs York richtete ihre Aufmerksamkeit auf Kane und dann wieder auf Jenna. »Sie ist unter die Straßenlaterne gelaufen, hat sich umgesehen und ist dann weiter den Bürgersteig entlanggeeilt. Einen Augenblick später tauchten die Scheinwerfer hinter der nächsten Ecke auf, das Auto hielt an und sie sprang hinein. Gemeinsam fuhren sie davon und ich ging wieder ins Haus. Das alles ging mich schließlich nichts an.«

Jenna bohrte nach. »Haben Sie den Fahrer erkennen oder sehen können, ob es weitere Insassen gab?«

»Ich fürchte, nein.« Mrs York verdrehte die Augen »Nein, ein dunkler Umriss ist alles, woran ich mich erinnere. Wissen Sie, Laurie hat sich vorgebeugt und durch das Fenster geschaut. Sie hat mir die Sicht versperrt.«

»Das ist Deputy Kane.« Jenna deutete auf Kane. »Können Sie ihm bitte das Fahrzeug beschreiben?«

»Das kann ich durchaus. Es war nicht eines dieser Autos, die junge Leute gern fahren, sondern ein Chrysler, vielleicht grün oder grau.« Mrs York lächelte Kane an. »Ich weiß, dass es ein Chrysler war, weil wir auch einen haben, und der Wagen sah ähnlich aus.«

»Ich suche mal ein paar Bilder raus.« Kane zog sein Handy heraus. »Schauen wir mal, ob Ihnen eines davon bekannt vorkommt.«

Jenna kehrte zum Rednerpult zurück. »Darf ich um Ihre Aufmerksamkeit bitten?« Sie wartete, bis das Stimmengewirr erstarb. »Kennt jemand von Ihnen jemanden, der einen grünen oder grauen Chrysler fährt?«

Die Stille war ohrenbetäubend. »Okay, auf dem Tisch neben dem Eingang liegt ein Stapel Visitenkarten. Nehmen Sie sich bitte eine mit, und wenn Sie jemanden sehen, der ein entsprechendes Fahrzeug fährt, notieren Sie sich bitte das Kennzeichen und rufen Sie die Nummer der Hotline auf der Karte an. Vielen Dank.«

Jenna sah sich in der Halle um. Hughes kam mit einer Plastiktüte auf sie zu. Sie trat vom Rednerpult zurück und stellte sich an Kanes Seite. »Entschuldige, Dave. Hast du die Aussagen der Leute aufgenommen, die mit Laurie auf dem Parkplatz gesprochen haben?«

»Wolfe hat mich abgelöst, damit ich dich vor den Reportern beschützen kann.« Kane schenkte ihr ein schiefes Lächeln. »So wie es aussieht, ist er gleich fertig.«

»Gut.« Jenna reichte Mrs York ihre Visitenkarte. »Ich überlasse Sie jetzt Deputy Kane. Sollte Ihnen noch etwas einfallen, rufen Sie mich an. Irgendetwas, egal was.« Sie warf Kane einen Blick zu. »Schließ das hier ab. Ich werde noch einmal mit Hughes sprechen, und dann eine Runde durch die Halle drehen. Wir schauen dann noch kurz in der Kommandozentrale vorbei und fahren nach Hause. Morgen müssen wir früh raus.«

NEUN

MONTAG

Nebelschwaden waberten noch immer über der Tiefebene, als Jenna und Kane bei Tagesanbruch die Kommandozentrale erreichten. Der Herbstmorgen brachte frische Luft und den würzigen Duft nach feuchter Erde und trockenen Blättern mit sich. In der Ferne dominierten die schneebedeckten Berge die Landschaft. Die Nacht war kalt gewesen, und sollte Laurie allein da draußen und verletzt sein, standen ihre Chancen zu überleben, sehr schlecht. Die Suchtrupps hatten darauf bestanden, die Suche bis tief in die Nacht auszudehnen, und sich erst dann zurückgezogen, als es zu gefährlich wurde, sich im Wald zu bewegen. Als sie das Gebäude am Morgen umrundeten, starrte Jenna auf das Gedränge. Menschen hatten sich hinter dem Sheriff's Department versammelt und standen bis auf den Bürgersteig. Sie erkannte einige der Deputys aus Louan und Blackwater wieder, aber nicht den Mann, der neben Rowley stand. Jenna bewegte sich durch die Menge auf ihn zu. Augenscheinlich hatte Rowley die Organisation der Suchtrupps zu einer unchristlichen Stunde abgeschlossen. Ausgestattet mit Landkarten und in Begleitung von Förstern und Deputys brachen die Gruppen auf.

»Morgen.« Rowley nickte ihr zu und reichte einem anderen Deputy einen Stapel Landkarten. »Keine Spur von Laurie in der Nacht. Wir haben die Suche auf ein Gebiet von zwei Kilometern entlang der Stanton Road ausgeweitet. Atohi wird um die Mittagszeit wieder zu uns stoßen. Er ist mit seinem Team bis spät in die Nacht alle Pfade abgefahren, die breit genug waren, um sie mit einem Wagen zu passieren. Da nun alle wissen, was sie zu tun haben, werde ich die Kommandozentrale an den Empfang verlegen.«

»Du hast also alles im Griff?« Jenna lächelte ihn an.

»Ja, Ma'am.« Rowley sammelte seine Sachen zusammen. »Maggie und Walters treffen gegen neun ein, sodass ich dann eine Pause einlegen und frühstücken kann.«

»Ich kann den Empfang übernehmen.« Emily Wolfe, die an ihrem silbernen Colorado lehnte, richtete sich auf und kam auf sie zu. »Ich habe heute keine Vorlesungen. Geh du essen.«

»Danke.« Rowley wirkte müde. »Ich werde nicht lange brauchen.«

Jenna runzelte die Stirn. »Nimm dir Zeit, du siehst erschöpft aus. Wir schaffen das hier schon.«

Sie musterte den jungen Mann neben ihm. Er trug die Uniform der Black-Rock-Falls-Deputys und konnte nur Zac Rio sein. Er war etwa eins neunzig, groß, schlank und muskulös, und er strahlte Freundlichkeit und Intelligenz aus. Sein Haar war dunkel und gelockt. Sie reichte ihm die Hand. »Sie müssen Zac Rio sein? Ich bin Jenna Alton und das ist Dave Kane. Aber nennen Sie mich gern Jenna. Unter Kollegen pflegen wir einen familiären Umgang.«

»Danke, ich bin Zac.« Sein Händedruck war fest, aber kurz.

»Willkommen im Kriminalitätsbrennpunkt Black Rock Falls.« Kane schüttelte ihm die Hand.

»Oh, das ist übertrieben.« Rio schüttelte den Kopf. »Die Verbrechensdichte der vergangenen Jahre hier wird woanders an einem Wochenende überschritten. Black Rock Falls ist ein großes County. Mich überrascht es nicht, dass Leute hierherkommen, um unterzutauchen.«

Jenna fand ihn sofort sympathisch. »Komm Zac, lass dich herumführen.«

»Danke.« Rio sah sich um. »So wie es aussieht, bin ich gerade zur rechten Zeit hier eingetroffen. Wie hast du das Arbeitspensum mithilfe von nur zwei Vollzeit-Deputys bewältigen können?«

»Wir haben uns Hilfe aus den anderen Countys geholt.« Jenna erreichte die Treppen, die zum Gebäudeeingang hinaufführten. »Aktuell suchen wir nach einer jungen Frau, die vermisst wird. Ich bringe dich auf den neusten Stand.«

»Nicht nötig.« Rio streifte sie mit seinem Blick. »Wolfe ist den Fall gestern Abend mit mir durchgegangen.« Er streichelte Dukes Kopf. »Außerdem weiß ich inzwischen alles über Duke, und Wolfe hat mich in alle neuen forensischen Methoden eingeführt, die er in den letzten Monaten angewendet hat.«

»Ja, das macht er gern, aber ab einem gewissen Punkt verliere ich den Überblick.« Jenna verzog das Gesicht zu einer Grimasse. »Trotzdem hört Wolfe nie auf, mich zu verblüffen. Er investiert viel Zeit in seinen Beruf und ist großartig darin.« Sie betraten das Gebäude. »Er und seine Töchter haben gestern Abend in der Schulturnhalle ausgeholfen. Ohne ihre Hilfe wären wir dort bis weit nach Mitternacht beschäftigt gewesen.«

Sie erreichten das Büro und sie sank auf ihren Stuhl an ihrem Arbeitsplatz. Kane nahm ebenfalls Platz, während Rio stehen blieb. Jenna lächelte ihn an. »Setz dich. Du wirst im Hauptbüro zusammen mit Kane und Rowley arbeiten. Außerdem gibt es einen Besprechungsraum, den wir bei Bedarf nutzen können. Mein Büro wird innerhalb der nächsten Wochen umgebaut. Wie du an den Arbeiten im Außenbereich erkennen kannst, haben wir das Gebäude umfangreich erweitern lassen.« Sie dachte einen Moment nach. »Ah, und zum Haus: Es ist voll möbliert und bietet genug zusätzlichen Platz für eine Haushälterin. Es gehört dem Sheriff's Department, also musst du keine Miete zahlen. Ich habe alle Matratzen und die Bettwäsche erneuern lassen. Es ist bezugsfertig. Du kannst einziehen, wenn du so weit bist.«

»Ja, Wolfe hat das bereits erwähnt.« Er lächelte. »Ich habe für meine aktuelle Unterkunft die Miete bis Ende nächster Woche bezahlt, also ziehe ich dann um. Ich brauche etwas Zeit, um zu packen.«

»Gut.« Jenna lehnte sich auf den Tisch und faltete die Hände. »Erzähl mir alles über die Erfahrungen, die du mit Vermissten und Mordfällen gesammelt hast.«

»Beides ist mir in Los Angeles untergekommen und alle Fälle wurden gelöst, bis auf einen.« Rio nahm seinen Stetson ab und legte ihn auf ihrem Schreibtisch ab. »Ich interessiere mich sehr für kriminelles Verhalten, und weil ich mit einem Supergedächtnis gesegnet beziehungsweise verdammt bin, merke ich mir alles, was ich lese oder sehe. Mein Problem ist, dass ich kein Verhaltensanalytiker bin. Ich habe erfahren, dass Deputy Kane ein Profiler ist, und Wolfe hat mich darüber in Kenntnis gesetzt, dass Jo Wells, die beste Verhaltensanalytikerin des FBI, stets ein offenes Ohr für dich hat. Ich könnte dir spontan Fallstudien liefern, die hilfreich sein könnten.« Er verschränkte die Hände. »Ich lese mich gerade in die Rechtsordnung Montanas ein, da es zwischen den Staaten beträchtliche Unterschiede gibt, wie ihr sicher wisst. Ihr kommt beide nicht aus der Gegend, nicht wahr?« Er zuckte mit den Schultern. »Das ist eine weitere lästige Eigenart: Ich kann Akzente exakt einer Region zuordnen – wobei Kanes Aussprache mich irritiert.«

»Ist das so?« Kane warf Jenna einen wissenden Blick zu. »Ich dachte, ich hätte mich gut integriert.«

»Bei dir ist es eine bunte Mischung, also würde ich sagen, du bist als Kind herumgekommen.« Rio schnippte mit den Fingern. »Soldatenkind?«

»Stimmt, wir sind ein paarmal umgezogen.« Kane lächelte. »Hast du dein ganzes Leben in Kalifornien verbracht?«

»Ja, aber jetzt sind wir hier zu Hause.« Rio runzelte die Stirn. »Meine Eltern sind vor einem Jahr bei einem Flugzeugabsturz gestorben. Ich habe meinen Bruder und meine Schwester bei meiner Großmutter zurückgelassen, aber sie sind dort nicht zurechtgekommen. Es war ein Albtraum. Sie sind ausgerissen und ich habe Wochen gebraucht, um sie zu finden.« Er fuhr sich mit der Hand durch die Haare. »Zwei Fünfzehnjährige mit mir in einer Einzimmerwohnung; das wäre nicht gutgegangen, also sind wir hierhergezogen. Ich habe jeden Job angenommen, den ich finden konnte, und habe die Kinder in der Schule eingeschrieben. Sie haben sich gut eingelebt, aber mir hat der Polizeidienst gefehlt. Als Wolfe mich gefunden und mir von der freien Stelle erzählt hat, habe ich mich einfach bewerben müssen.«

Jenna nickte. »Die Arbeit unterscheidet sich von der eines Detective, wir arbeiten hier gemäß unseren Stärken zusammen.«

»Ja, Wolfe hat es mir erklärt.« Rio warf Kane einen Blick zu. »Eine gute Führungskraft baut auf die Stärken ihrer Leute, und so wie ich das sehe, hat sich noch niemand beschwert.«

»In deiner Bewerbung hast du dein Interesse an der Presse erwähnt.« Kane stand auf und ging zum Tresen, um Jennas Kaffeekanne mit Leitungswasser aufzufüllen. »Heißt das, du könntest dich um die gefürchteten Presseerklärungen kümmern?«

»Klar.« Rio lächelte. »Ich kann Tatorte dokumentieren und alle Fotos machen, die ihr braucht. Mir steht ein voller Kofferraum an Ausrüstung zur Verfügung.«

Jenna grinste. »Fantastisch. Ich denke, wir werden alle gut miteinander auskommen.« Sie stand auf, nahm ihren Notizblock und griff nach dem Textmarker für das Whiteboard. »Jetzt schreibe ich erst einmal alles auf, was uns über das Verschwinden von Laurie Turner bekannt ist.«

»Wenn du gestattest, Sheriff?« Rio lächelte. »Ich kann das Whiteboard übernehmen. Ich brauche ohnehin nicht mitzuschreiben, es bleibt alles hier drin.« Er tippte sich an den Kopf.

»Klar, das würde mir eine Menge Zeit sparen.« Sie reichte ihm den Textmarker. »Mach gern weiter.«

»Ich erkenne auch Verhaltensmuster schnell und kann euch falls nötig auf Orte hinweisen, wo der Mörder als Nächstes zuschlagen könnte.« Rio räusperte sich. »Nun ja, in einem Gebiet dieser Größe wäre es zumindest eine Eingrenzung.«

»Ja.« Kane sammelte die Becher zusammen und stellte Milch und Zucker auf Jennas Tisch. »Wir haben uns bei unserem letzten Fall mit Jo über Komfortzonen ausgetauscht. Es ist gut zu wissen, dass du Muster schnell erkennst, das spart uns Zeit.«

Jenna lehnte sich in ihrem Stuhl zurück und sah sie an. »Im Augenblick wird eine junge Frau vermisst. Also konzentrieren wir uns auf die bisherigen Hinweise. Das Fahrzeug ist signifikant und die Frau, die Laurie gesehen hat, hat ausgesagt, dass sie einen Rucksack trug.«

»Stimmt, könnte sie also geplant haben, mit jemandem auszureißen? Vielleicht mit ihrem festen Freund?« Rio hatte aufgehört, das Whiteboard zu beschriften, und stand mit weit geöffneten Armen da. »Das machen junge Frauen in Lauries Alter doch ständig.«

»Hast du Erfahrung mit Fällen, in die Sechzehnjährige verwickelt sind?« Kane goss Kaffee in drei Becher, stellte die Kanne auf die Wärmeplatte zurück und nahm wieder Platz.

»Zufällig schon.« Rio setzte sich wieder hin, ignorierte Zucker und Milch und pustete auf das heiße Gebräu. »Meine Schwester und mein Bruder sind Zwillinge. Sie sind gerade sechzehn geworden. Ich kann mich nicht daran erinnern, dass das Leben in diesem Alter so kompliziert gewesen ist. Es ist, als wären sie mit dem Rest der Welt im Krieg.« Er warf Jenna einen Blick zu. »Sie sind einfach abgehauen und ich habe sie drei Tage später in einer Suppenküche aufgelesen.«

»Hatten sie ein Problem mit eurer Großmutter?« Kane gab Milch und Zucker in seinen Becher und rührte langsam um.

»Ja, sie neigt dazu, meine Familie schlechtzumachen, und glaubt, dass alle nutzlos sind.« Rio seufzte. »Das ist jetzt Schnee von gestern. Sie sind glücklich an der Highschool von Black Rock Falls und haben sich wunderbar eingewöhnt. Ich habe eigentlich damit gerechnet, dass es länger dauern wird, aber offenbar wissen sie die Chance auf einen Neuanfang zu schätzen.«

»Gut zu wissen.« Jenna lächelte, als Kane ihr den Becher zuschob und sich dann seinem eigenen zuwandte. »Aber die vermisste junge Frau hatte sich von ihrem Freund getrennt. Wir haben mit ihm und mit dem Kerl gesprochen, den sie offenbar mochte ...«

»Cory Hughes.« Rio zeigte auf das Whiteboard. »Er hatte ihr Handy, ist aber nicht der letzte Mensch, der sie lebend gesehen hat.«

»Ja, und außerdem fährt er keinen Chrysler, sondern einen GMC Pick-up.« Kane blätterte durch die Aussagen, die Wolfe am Vorabend aufgenommen hatte. »Er war sehr kooperativ. Das Handy ist jetzt bei Wolfe, er wird die Einzelverbindungsnachweise überprüfen und uns eine Liste mit Laurie Turners Kontakten verschaffen.«

»Mhm.« Rio sah Kane an. »Also. Eine unbekannte Person rempelt sie an, ihr Handy fällt runter, sie bringt es zu Hugh, und als sie die Schule verlässt, stellt sie fest, dass sich jemand an ihrem Auto zu schaffen gemacht hat.« Er verengte seine Augen. »Ich weiß nichts über Motoren. Wie lange hätte jemand gebraucht, um ihren Wagen fahruntüchtig zu machen?«

»Wenn die Person wusste, wie man die Motorhaube anhebt, dann ginge das ganz schnell, aber wie viele Leute sind mit dem Mechanismus vertraut? Ich kenne mich damit auch nur aus, weil ich als Junge am gleichen Modell herumgeschraubt habe.« Kane wirkte nachdenklich. »Angenommen, die anderen Jugendlichen waren schon am Gehen, als Laurie in die Turnhalle zurückgekehrt ist, und niemand hat bemerkt, dass jemand ihren Pick-up manipuliert hat.«

Jennas Verstand arbeitete auf Hochtouren und sie spielte die Szene immer wieder in ihrem Kopf durch. »Ich denke, Lauries Entführung war geplant.« Sie sah von einem Deputy zum anderen. »Ich denke, die Manipulation fand während des Trainings statt. Ihre Freundin Vicky sagte aus, dass jemand Laurie im Gedränge angerempelt hat und ihr deshalb das Handy heruntergefallen ist. Das könnte Absicht gewesen sein. Es war kein Geheimnis, dass sie Hughes attraktiv fand, und wen sonst hätte sie um Hilfe bitten sollen? Alle haben ausgesagt, dass er alles Mögliche repariert, auch Handys.«

»Ja, das ergibt Sinn.« Kane nippte an seinem Kaffee.

Plötzlich sah Jenna alles glasklar. »Laurie geht zu Hughes, um mit ihm zu sprechen. Er kann ihr Handy nicht reparieren, also macht sie sich auf den Weg zurück zu ihrem Pick-up. In der gleichen Zeit fährt Hughes weg, und als Laurie realisiert, dass ihr Wagen nicht anspringt, sitzt sie in der Patsche. Hughes ist weg, sie hat kein Handy, also geht sie zu Fuß nach Hause. Wer auch immer sie mitgenommen hat, muss ihr gefolgt sein und angehalten haben, um ihr eine Mitfahrgelegenheit nach Hause anzubieten.« Sie stand auf und fügte Notizen auf das Whiteboard hinzu. »Sie kennt die Person, die den Chrysler gefahren hat, und ist bedenkenlos eingestiegen. Was wir herausfinden müssen, ist, was als Nächstes passiert ist.«

Ein Klopfen ertönte an der Tür. Es war Emily. »Wir haben eine Leiche!«

ZEHN

Ein beklemmendes Gefühl überkam Jenna und sie starrte Emily ungläubig an. »Weiblich?«

»Ja. Ein Leitungsmonteur hat sie bei der alten Mine gefunden. Er sagte, sie sei nackt und weise Schnitte auf. Hier sind die Koordinaten. Der Mann ist immer noch am Tatort. Sein Name ist Al Watson.« Emilys Gesicht blieb regungslos, als sie Jenna ein Stück Papier reichte. Sie beherrschte die Fähigkeit, ihre Emotionen zu verbergen, die jeder Rechtsmediziner brauchte. »Ich rufe Dad an.« Sie drehte sich so abrupt um, dass ihr blondes Haar herumwirbelte und verschwand im Flur.

»Ist sie die angehende Rechtsmedizinerin?« Rio sah ihr mit offensichtlichem Interesse nach. »Dafür scheint sie zu jung zu sein.«

»Tja, so wie du auch ist sie ihrem Alter weit voraus.« Kane lächelte. »Es wird noch Jahre dauern, bis sie ihr Studium abgeschlossen hat, aber unter Wolfes Anleitung wird sie sich zu einer guten Rechtsmedizinerin entwickeln.« Kane trank seinen Kaffee aus und stand auf. »Ich rufe Rowley an und sage ihm, dass wir das Büro abschließen werden.« Er ging zur Tür, Duke folgte dicht dahinter.

Jenna stand auf. »Gute Idee, danke.« Sie sah Rio an. »Hast du deine Kameraausrüstung dabei?«

»Ja, sie liegt immer in meinem Wagen.« Rio lächelte ihr zu. »Es ist ein Hobby.«

Jenna nickte. »Sehr gut, dann folge uns zum Tatort. Du übernimmst die Aufnahmen.«

»Klar, aber was ist mit Rowley?« Rio sah ernsthaft besorgt aus. »Er ist mein Vorgesetzter und ich möchte niemandem auf die Füße treten.«

Seine Besorgnis erstaunte Jenna. Ihre Blicke trafen sich. »Ich bin deine Vorgesetzte, Kane ist Deputy Sheriff, aber wir arbeiten als Team. Ich will, dass Rowley hier die Stellung hält, während wir die Leiche bergen, und du den Tatort dokumentierst.« Sie lächelte. »Es gibt kein Patentrezept für ein bestimmtes Vorgehen, ich treffe die Entscheidungen von Fall zu Fall, Zac, so läuft das hier.«

»Okay.« Rio trank den Rest seines Kaffees aus und strich sich die Haare glatt, bevor er sich den Stetson aufsetzte. »Ich denke, ich werde gerne hier arbeiten.«

Sie brachen in einem Konvoi auf, und bemühten sich, in der Stadt nicht zu viel Aufmerksamkeit zu erregen. Das Letzte, was Jenna brauchte, war die Presse, die Beweise am Tatort zerstörte. Da die Aufmerksamkeit der Presse auf den Suchtrupps lag, hatten sie die Vans der Fernseh- und Radiosender bald hinter sich gelassen. Sie verließen die Stadt und bewegten sich auf die gewerblich genutzte Tiefebene zwischen Black Rock Falls und Blackwater zu. Das Navi führte sie über eine alte, unwegsame Straße. Erdhügel und Felsen, die längst mit Unkraut überwuchert waren, säumten das umliegende Grasland. Unbewohnte Häuser, aus deren Dachrinnen Pflanzen wuchsen, fielen dem Verfall anheim. Die ausgeschöpften Goldminen waren vor Kurzem an ein Bergbauunternehmen verkauft worden, das vielversprechende Proben gefunden hatte und deshalb plante, den gewinnbringenden Industriezweig wieder zum Leben zu erwecken. Neue Minen bedeuteten Wohlstand für die Stadt und Arbeit für eine Menge Menschen. Eine gute Energieversorgung war unerlässlich, weshalb in den vergangenen sechs Monaten neue Stromleitungen verlegt worden waren.

Die weiße Farbe eines Fahrzeugs blitzte in der Morgensonne auf, und Jenna erkannte den Wagen des Leitungsmonteurs, der neben einem der neuen Strommasten parkte. »Das muss unser Mann sein.«

»Wenn er allein arbeitet, muss es für ihn ein Schock gewesen sein, hier draußen eine Leiche zu finden.« Kane hielt neben dem Wagen an. »Ich frage mich, was er drüben bei dem Minenschacht gemacht hat. Bis dorthin ist es ein weiter Weg.«

Jenna ließ den Blick über die Umgebung schweifen und löste den Sicherheitsgurt. »Ich schätze, das werden wir gleich herausfinden.«

Rio verlangsamte den Wagen und hielt hinter ihr an. Wie Wolfe blieb auch er sitzen. Jenna lächelte in sich hinein. Den Tatort nicht sofort zu stürmen, sondern auf Anweisungen zu warten, bevor man ihn betrat, zeichnete einen guten Detective aus. Sobald sie sich der Leiche näherten, würde Wolfe die Führung übernehmen. Die Ermittlungen des Rechtsmediziners hatten am Tatort Vorrang und sie schätzte seine Erfahrung sehr. Sie öffnete die Tür und ihre Stiefel trafen auf hartem Boden auf. Als sie die Motorhaube umrundet hatte, hatte Kane den Mann bereits aus dem Innenraum seines Fahrzeugs gelockt. Sie ging auf ihn zu. »Al Watson?« Sie stellte sich selbst und das Team vor. »Wo haben Sie die Leiche gefunden?«

»Dort drüben.« Watson zeigte nach rechts. »Ich habe die Schaltverbindung repariert und etwas gesehen, also bin ich rübergefahren, um nachzusehen.«

Jenna nickte. »Sind Sie ausgestiegen oder haben Sie etwas angefasst?«

»Nein, Ma'am.« Watsons Gesicht wurde blass. »Ich habe sofort gewendet, bin hierher zurückgefahren und habe einen Notruf getätigt.«

»Sie haben genau richtig gehandelt.« Erleichtert warf Jenna Kane einen Blick zu und er ging zu Wolfe hinüber, um mit ihm zu sprechen. Sie wandte sich wieder an Watson. »Ist Ihnen jemand in der Nähe aufgefallen oder ist Ihnen jemand entgegengekommen?«

»Nein, keine Menschenseele.« Watson fuhr sich mit beiden Händen über das Gesicht. »Es war ein Schock, eine junge Frau so zu sehen.«

Jenna kannte das Gefühl. »Kommen Sie zurecht?«

»Schätze schon.« Watson schluckte schwer und sein Adamsapfel hüpfte dabei sichtlich auf und ab. Er war nun kalkweiß. »Ist sie die Vermisste, die überall in den Nachrichten zu sehen ist?«

»Das weiß ich noch nicht.« Jenna musste ihn davon abhalten, die Presse zu informieren. »Ich muss darauf bestehen, dass Sie mit niemandem darüber sprechen, bis wir festgestellt haben, um wen es sich handelt, und bis wir die Angehörigen benachrichtigt haben. Die Presse wird sich darauf stürzen und es wäre ein furchtbarer Schock für die Familie, wenn sie davon aus den Nachrichten erfährt. Außerdem könnten entscheidende Beweise zerstört werden, wenn die Presse hier auftaucht und am Tatort herumtrampelt. Haben Sie das verstanden, Mr Watson?«

»Ja, sicher.« Watsons Blick wanderte zu Wolfes Van. »Ich werde mich krankmelden und nach Hause fahren. Ich bin hier fürs Erste fertig.«

»Das wäre das Beste.« Jenna begleitete ihn zu seinem Wagen. »Wir haben Ihre Kontaktdaten und werden uns bei Ihnen melden, wenn wir weitere Informationen benötigen.« Sie reichte ihm ihre Visitenkarte. »Rufen Sie mich bitte an, sollte Ihnen noch irgendetwas einfallen.«

»Das werde ich, vielen Dank.« Watson stieg in seinen Wagen und fuhr davon.

Jenna ging zum Biest zurück und stieg ein. Kane wartete bereits im Wagen. »Er hat die Leiche vom Strommast aus gesehen und ist dorthin gefahren, um nachzusehen.«

»Ich hatte gehofft, dass wir Laurie Turner lebend finden würden. Aber seitdem wir entdeckt haben, dass ihr Wagen manipuliert wurde, war ich nicht sehr optimistisch.« Kane fuhr an Wolfes Van heran und parkte den Wagen auf einer langen, trockenen Grasfläche.

Als sie sich vorsichtig den Weg um Wolfes Van bahnte, nahm sie den Geruch von Verwesung wahr. Jenna zog ein paar Gesichtsmasken heraus und reichte Kane eine davon. »Dem Geruch nach zu urteilen, muss sie seit Samstagnacht tot sein.«

»Was haben wir?« Kane stand neben ihr am Rand des Tatorts, während Wolfe die Leiche untersuchte.

»Weiblich, Größe, Alter und Haarfarbe passen zu Laurie Turner, aber das Gesicht ist zu lädiert, um sie hier mit Sicherheit zu identifizieren.« Wolfe blickte sie über seine Gesichtsmaske hinweg an. »Ich lasse Rio den Tatort zu Ende erfassen und Webber Fotos machen, bevor ich die Leiche untersuche. Aber ich weiß, dass der Mörder ihr die Stichwunden post mortem zugefügt hat, weil es keinen Blutverlust gab. Sie ist nicht hier ermordet worden. Die Leichenflecken, die bläulichviolette Verfärbung unter der Haut an ihren Beinen und ihrem Gesäß sind auf die Schwerkraft des Blutes nach dem Tod zurückzuführen und deuten darauf hin, dass sie sich stundenlang in einer sitzenden Position befunden hat, bevor sie bewegt wurde.«

Ein Gefühl der Schwere breitete sich beim Anblick der Leiche in Jennas Bauch aus. Die junge Frau hatte Striemen um ihren Hals und zahlreiche Stichwunden im Gesicht und auf der Brust. Es bedurfte keines fundierten Wissens, um die Wut hinter dem Angriff zu erkennen. Zahlreiche Stichwunden im

Gesicht deuteten auf ein sehr persönliches Motiv hin. Wer auch immer ihr das angetan hatte, hatte die junge Frau gehasst. Sie drehte sich um, um nach Kane zu sehen, der sich am Tatort umsah und hin- und herlief. Als er mit dem Handy in der Hand auf sie zuging, trat sie an seine Seite. »Was gefunden?«

»Ja.« Kane deutete hinter sich. »Jemand hat sich die Mühe gemacht, seine Spuren zu verwischen. Der Bereich wurde gekehrt.«

Ein Kribbeln lief Jenna über den Rücken. »Zeig es mir.«

»Jemand hat diese vertrockneten Büsche dort drüben über ihre Spuren gezogen. Die Büsche sind schwer, was bedeutet, dass der Täter stark sein muss. Ich tippe auf männlich mit Muskelmasse.« Er stülpte sich ein sauberes Paar OP-Handschuhe über. »Ich habe sie probeweise ein Stück weit gezogen und es war nicht einfach.«

»Mhm. Interessant.« Rio trat an ihre Seite. »Ich bin mit der Tatorterfassung fertig. Ich habe die Bilder mit einem Rasterfilter geschossen, was es uns erleichtern sollte, Beweise zu identifizieren, nachdem wir den Tatort verlassen haben.« Er runzelte die Stirn. »Diese Frau wurde nicht hier ermordet. Ihr Körper ist sauber, keine sichtbaren Abwehrverletzungen, kein Blut. Es ist ein Abladeplatz, aber es gibt Spuren neben der Leiche. Etwas, das der UT übersehen hat. Es sieht aus, als hätte jemand neben der Leiche gekniet, um ihr Wunden zuzufügen. Kleine Stichwunden, wie mit einem Eispickel oder Ähnlichem.«

»UT?« Jenna sah ihn an. »Diesen Begriff habe ich bereits bei Jo gehört, welche Bedeutung hat er?«

»Unbekannter Täter.« Rio betrachtete sie mit einem überraschten Gesichtsausdruck. »Ihr habt doch mit dem FBI an Fällen zusammengearbeitet. Es ist ein Begriff, den sie neuerdings häufig verwenden. Ich schätze, um das Wort ›Mörder‹ abzuschwächen, denn in Wahrheit ist es das, worauf es hinausläuft. Es ist ein gängiger Begriff im Polizeivollzugsdienst.«

Jenna betrachtete ihren neuen Deputy beeindruckt. *Lebe ich völlig hinter dem Mond?* »Okay. Sprich weiter.«

»Wenn die junge Frau also nicht hier ermordet wurde, muss es irgendwo einen primären Tatort geben.« Rio warf Kane einen Blick zu. »Mir ist aufgefallen, dass du den Boden untersucht hast. Es sieht aus, als hätte der Mörder seine Spuren verwischt.«

»Ja, sieht so aus.« Kane musterte ihn prüfend. »Welchen Eindruck hast du noch vom Angriff?«

»Hass.« Rios Mund verzog sich nach unten. »Der Täter wollte sichergehen, dass das Opfer tot ist, was mich glauben lässt, dass das Opfer den UT gut gekannt haben muss.«

»Ich denke, Mrs Yorks Beschreibung, wie Laurie in den Chrysler gestiegen ist, untermauert diese Vermutung.« Kane schüttelte langsam den Kopf. »Ihrer Schilderung nach, wirkte Laurie verängstigt und froh, die Person im Fahrzeug zu sehen.«

Das allzu vertraute Gefühl des Grauens überkam Jenna, sie schlang die Arme um sich und starrte auf die Leiche. »Diese Person lebt mitten unter uns. Wir müssen den Chrysler finden. Beginnen wir mit den städtischen Überwachungskameras und sehen nach, ob und wann er vorbeigefahren ist. Sie müssten auf ihrem Weg von der Highschool bis hierher durch die Stadt gefahren sein.«

»Vielleicht.« Kane rieb sich das Kinn. »Wenn er von hier ist, weiß er, wo die Überwachungskameras angebracht sind, und würde sie auf Seitenstraßen umfahren. Er scheint mir ein bisschen zu vorsichtig zu sein, um zu riskieren, gefilmt zu werden.«

ELF

Wolfe untersuchte den Bereich rund um das Opfer. Selbst ohne Blutverlust hinterließ ein solch brutaler Angriff Spritzer von Körperflüssigkeiten. Er wies alle an, Abstand zu halten, bis er Proben entnommen hatte. Am Schachteingang waren eindeutige Spritzer zu sehen, und Wolfe stellte sicher, dass Webber Aufnahmen von dem Muster machte. Soweit er es beurteilen konnte, war es ein stürmischer Angriff vor allem auf das Gesicht und die Augen des Opfers gewesen. Die Verletzungen waren post mortem zugefügt worden. Es konnte ein nachträglicher Einfall gewesen sein, um Beweise zu vernichten, oder aber der Mörder hatte ein grundlegendes psychisches Problem. Er würde seine Feststellungen mit Kane besprechen und sogar Jo Wells, die Verhaltensanalytikerin des FBI, heranzuziehen, damit sie sich das Opfer ansah.

»Hast du das gesehen?« Kane zeigte auf die Innenseite des Schachteingangs. »Das sind Spritzer von etwas, das herumgeschleudert wurde.« Er zog seine Taschenlampe heraus und suchte den sandigen Boden des Eingangs ab. »Keine Fußabdrücke oder Kehrspuren.« Er drehte sich zu Wolfe um und lächelte. »Ich denke, er hat die Mordwaffe den Minenschacht heruntergeworfen.«

Wolfe ging näher heran. »Na, so etwas!« Er untersuchte die Spuren. »Ich stimme zu. Wie weit führt der Schacht wohl rein, bevor es in die Tiefe geht?«

»Der Hauptschacht sollte abgedeckt worden sein.« Kane schob sich ein Stück weit in den Gang hinein und hielt sich dabei nahe der Wand. »Als die Mine verkauft wurde, haben sie ihn aus Sicherheitsgründen abgesperrt. Mit etwas Glück finden wir die Waffe da drin.«

Fasziniert folgte Wolfe ihm dicht auf den Fersen und suchte den Boden mit dem Strahl seiner Taschenlampe ab. »Da ist ein frischer Ausbruch im Stützbalken, die Waffe muss an dieser Stelle abgeprallt sein und sollte sich in deiner Nähe befinden.«

»Hab sie.« Kane duckte sich und leuchtete mit seiner Taschenlampe auf einen Schraubendreher. »Willst du auch Bodenproben von hier haben?«

Wolfe tütete den Schraubendreher in einen Beweisbeutel ein, beschriftete ihn und wartete auf Kane. »Das ist ein wichtiges Beweisstück. Ich hoffe sehr, dass wir Fingerabdrücke darauf finden können.« Er machte sich auf den Weg zu der Leiche. »Trage es für mich auf die Beweismittelliste. Hinten in meinem Van ist eine Kiste. Leg das dort zusammen mit den Bodenproben rein.«

»Natürlich.« Kane nahm die Beweismittelbeutel und trat aus der Mine heraus.

Wolfe trat an die Leiche heran, um die Wunden zu untersuchen. Er hegte keinen Zweifel, dass sie die Tatwaffe gefunden hatten. Er lehnte sich näher heran und erkannte etwas im Mund des Opfers. Wolfe wandte sich an Emily. »Es steckt etwas in ihrem Mund. Ich öffne ihren Kiefer und du ziehst das Objekt heraus.« Er blickte zu Webber. »Mach einen Beweismittelbeutel auf, wir wollen keine Kontamination.«

Wolfe schob den Kiefer auf und er ließ sich leicht öffnen – die Leichenstarre war gekommen und gegangen. Jetzt erkannte er ein Stoffknäuel, und als Emily es mithilfe einer Zange aus dem Mund des Opfers zog, schüttelte er ungläubig den Kopf. »Versiegle den Beutel.« Er wandte sich an Jenna. »Das Opfer hat einen Herrenslip im Mund. Das hat für den Mörder eine Bedeutung. Es ist ein signifikanter Hinweis.«

»Was denkst du, Kane?« Jenna drehte sich um und sah ihn an.

»Ich stimme zu.« Kane trat näher. »Ich will keine Vermutungen anstellen, bis Wolfe sie nicht auf seinem Obduktionstisch untersucht hat. Ich kann unter anderem Anzeichen von Strangulation erkennen. Nichts ergibt hier wirklich Sinn. Der gesamte Tatort ist sonderbar.«

»Sonderbar ist der richtige Begriff.« Rio schüttelte den Kopf. »Ich würde gern wissen, was im Kopf des Mörders vor sich ging.«

Wolfe sah Jenna an. »Wir werden Dr. Turners DNA für einen Abgleich brauchen. Noch besser wäre allerdings die mitochondriale DNA. Kannst du die Mutter kontaktieren? Wenn du mit den Eltern sprichst: Ich würde empfehlen, sie die Leiche nicht sehen zu lassen und die Identifizierung mir zu überlassen.«

»Ihre Mutter arbeitet im Schönheitssalon.« Jenna wirkte bekümmert. »Es wird kein Kinderspiel, ihr die schlechte Nachricht zu überbringen. Auch wenn es noch nicht bestätigt wurde, wissen wir alle, dass das Laurie Turner ist. Ich habe hier genug gesehen. Ich fahre zum Salon und sehe nach, ob wir ihre Mutter auffinden können. Führst du heute Nachmittag die Obduktion durch?«

Wolfe nickte, während er weiterhin die Leiche betrachtete. »Ja. Hier muss so viel abgearbeitet werden. Ich werde mit der Voruntersuchung beginnen, sobald wir ins Leichenschauhaus zurückgekehrt sind.« Er runzelte die Stirn. »Ihre Verwesung ist schon weit fortgeschritten. Ich werde den genauen Zeitpunkt ihres Todes bestimmen, sobald ich sie im Labor untersucht habe. Ihrer Temperatur und der Leichenstarre nach zu urteilen, ist sie etwa zur gleichen Zeit gestorben, zu der sie in das Fahrzeug gestiegen ist.«

»Möglicherweise durch Strangulation?« Jenna rieb sich die Schläfen.

Wolfe hob aufgebracht die Augenbrauen. »Du weißt sehr gut, dass ich dir die Todesursache nicht nennen kann, bis ich die Autopsie abgeschlossen habe. Aufgrund der Blutergüsse an ihrem Hals ist es offensichtlich, dass sie in irgendeiner Form stranguliert wurde. Alles deutet darauf hin, dass sie von hinten mit einer gespannten Schnur angegriffen wurde.

»Es tut mir leid, ich sollte keine voreiligen Schlüsse ziehen.« Jenna trat gegen ein Grasbüschel und sah Kane an. »Aber sie war doch im Fahrzeug, und so wie ich das sehe, sind die Blutergüsse sehr weit oben am Hals, als hätte jemand auf dem Rücksitz gewartet und sie von hinten stranguliert.«

»Ja.« Kane kam näher. »Oder, was noch wahrscheinlicher ist: Sie wurde von hinten angegriffen, als sie aus dem Fahrzeug steigen wollte. Mrs York hat eine recht gute Erinnerung an den Vorfall. Sie hat nicht erwähnt, dass Laurie zum Rücksitz geschaut hätte, und eine weitere Person im Wagen hätte ihr eigentlich auffallen müssen.«

Wolfe blickte von einem zum anderen. »Bis ich die Todesursache bestimmt habe, ist diese Diskussion reine Zeitverschwendung.« Er deutete auf Rio. »Kommst du auch zur Autopsie?«

»Klar, wenn ich nicht anderweitig gebraucht werde.« Rio warf Jenna einen Blick zu. »Soll ich Rowley ablösen?«

»Zuerst musst du dich mit den Büroabläufen vertraut machen.« Jenna räusperte sich. »Die Einheimischen werden dir gegenüber anfangs misstrauisch sein. Wenn Rowley ihnen einen Rat gibt, nehmen sie ihn an.«

»Gut zu wissen.« Rio ging davon, um mit Emily zu sprechen, die gerade den Leichensack schloss.

Wolfe blieb zurück und wartete darauf, dass Emily ihre Arbeit beendete, dann wandte er sich an Jenna. »Ich bin hier fertig. Wir werden sie ins Leichenschauhaus bringen. Die Autopsie findet um zwei statt, aber ich brauche die DNA von Mrs Turner, und das am besten noch gestern.«

»Ich kümmere mich darum.« Jenna nickte und schaute Rio an. »Fahr zurück zum Sheriff's Department und lad die Bilder und das Filmmaterial hoch. Rowley wird dir die Passwörter geben und sicherstellen, dass Wolfe sämtliche Informationen zuerst bekommt. Wir werden bald zurück sein.« Auf sein Nicken hin, drehte sie sich zu Kane um. »Lass uns aufbrechen und Mrs Turner finden.«

Wolfe sah ihr nach. Jenna sah distanziert aus, sie hatte ihre professionelle Maske aufgesetzt. Das war auch gut so; einer Mutter mitzuteilen, dass ihre Tochter vermutlich getötet wurde, war herzzerreißend. Ebenso schlimm war es, die Eltern zu überzeugen, dass es besser war, wenn sie die Leiche nicht zu sehen bekamen. Manche Eltern bestanden trotzdem darauf, und dann brannte sich ihnen das Bild ihres verstümmelten Kindes für immer ins Gedächtnis.

ZWÖLF

Jenna unterdrückte das Gefühl, das es bei ihr ausgelöst hatte, eine brutal ermordete junge Frau zu sehen, die wie Müll weggeworfen worden war. Sie entfernte sich vom Tatort, atmete ein paarmal tief durch, um den Kopf freizubekommen, und zog Mundschutz und Handschuhe aus. Sie knüllte beides zusammen und steckte es in eine Papiertüte, die Kane ihr hinhielt. Als er das obere Ende der Tüte zusammenrollte und sie auf dem Rücksitz verstaute, sah sie ihn eindringlich an. Seine Wimpern verdeckten den Ausdruck in seinen Augen, aber sie wusste, dass sein Verstand unaufhörlich arbeitete. Während ihrer Zeit in Quantico hatte sie eine enge Freundschaft mit einem Schriftsteller geschlossen, der oft schweigend in die Ferne gestarrt oder einfach dagesessen und nichts gemacht hatte. Kane tat das Gleiche, und sie fragte sich oft, was ihm durch den Kopf ging. Ihr Freund hatte ihr erzählt, er befinde sich in solchen Momenten in einer Art Trance und dass in solchen Momenten eine Geschichte in seinem schöpferischen Geist entstand. Aber bei Kane war es anders. Wog er vielleicht die Beweise ab? Als er Duke hinter den Ohren kraulte, hörte sie, wie er dem Hund etwas zuflüsterte, das ihm ein

Bellen entlockte. Das laute Geräusch im Innenraum von Kanes Wagen schreckte sie auf. »Was hat er?«

»Es geht ihm gut.« Kane lächelte ihr zu. »Ich habe ihm nur gerade erzählt, dass wir uns bald auf den Weg zum Aunt Betty's Café machen, und da heute Montag ist, wird Susie ein paar Reste vom Sonntagsessen für ihn haben. Sie legt immer etwas für Duke zurück.«

Jenna wartete ab, bis er sich hinter das Lenkrad gesetzt hatte. »Susie ist immer so nett zu allen. Ich frage mich, warum sie noch nicht verheiratet ist. Man sollte meinen, sie lernt bei ihrer Arbeit im Aunt Betty's jeden heiratswürdigen Kandidaten kennen.«

»Mhm.« Kane rieb sich das Kinn und dachte einen Moment lang nach, dann zwinkerte er ihr zu. »Nee. So nett sie auch ist – ich würde niemals ihren Speck mit Eiern gegen deinen Toast eintauschen.« Er grinste. »Ich finde es niedlich, wie du versuchst, die verbrannten Stellen mit extra viel Butter zu überdecken.«

Jenna schmunzelte. Es tat gut, die Schrecken des Morgens mit einer kleinen, leichten Stichelei zu unterbrechen. »O Gott, Dave, jetzt werde ich rot.« Sie klimperte mit den Wimpern und presste sich eine Hand auf das Herz.

»Das heißt nicht, dass ich von dir erwarte, dass du mir Frühstück zubereitest.« Kane lächelte und seine Zähne blitzten weiß auf. »Ich übernehme es gern. Das weißt du doch, oder?«

»Ja, Dave, das weiß ich.« Jenna seufzte. »Ich zerstöre die Stimmung nur ungern, aber wir haben einen Job zu erledigen, und zwar einen sehr unangenehmen. Das wird das zweite Mal sein, dass ich jemandem im Schönheitssalon eine schlechte Nachricht überbringen muss. Sie werden mir bald den Zutritt verweigern.«

»Ich weiß, was du meinst. Dieser Teil des Jobs ist furchtbar.« Kane wendete das Biest und sie fuhren Richtung Highway. »Ich hoffe, es bleibt bei diesem einen Opfer, aber wenn der

Kerl erneut zuschlägt, werden wir den Ort ausfindig machen müssen, wo er seine Opfer hinbringt, um sie zu töten. Eine Scheune oder vielleicht eine Garage.«

Jenna blickte auf ein Panorama aus Haargerste. Als der Wind über die Felder blies und die Gerste sachte im Wind wogte, verwandelte sich die Tiefebene in einen goldenen Ozean, und sie wünschte, sie wäre irgendwo weit weg an einem Strand. Sie musste sich zwingen, den Gedanken, in Wellen zu planschen und Sand zwischen ihren nackten Zehen zu spüren, niederzuringen und Kane zuzuhören. Jenna nickte. »Ja, der Schraubendreher war eine sonderbare Wahl für eine Waffe. Bei so vielen Leuten, die Jagdmesser mit sich herumtragen, erscheint es seltsam, einen Schraubendreher hierher mitzubringen.« Sie blinzelte Kane an, als ihr ein Bild durch den Kopf schoss. »Ich habe schon oft gesehen, dass Tischler oder Heimwerker Schraubendreher in ihren Gesäßtaschen oder am Werkzeuggürtel mit sich tragen.« Sie versuchte sich zu erinnern. »Genau genommen bin ich mir sogar ziemlich sicher, dass ich den Griff eines solchen aus der Tasche von Cory Hughes Arbeitshemd hervorblitzen gesehen habe.«

»Wir werden das nach der Autopsie überprüfen.« Kane zuckte mit den Achseln. »Wolfe könnte Fingerabdrücke oder Beweisspuren gefunden haben.«

»Das hoffe ich. Allerdings fährt Hughes keinen Chrysler. Also können wir ihn wohl von unserer Liste streichen.« Jenna lehnte sich zurück und versuchte, sich im Geiste die Sätze für ihre Begegnung mit Lauries Mutter zurechtzulegen.

Niederschmetternde Nachrichten zu überbringen erforderte Taktgefühl und ein ruhiges Auftreten. Nachdem sie alles zu ihrer Zufriedenheit durchdacht hatte, warf sie Kane einen Blick zu. »Dein erster Eindruck von Rio?«

»Intelligent und up to date.« Kane bog auf die Stanton Road und fuhr Richtung Stadt. »Fachlich liegt er geschätzt irgendwo zwischen Rowley und Ty Carter. Ty hat Erfahrung und kann das Gesamtbild eines Tatorts erfassen, als würde er die Tat in seinem Kopf durchleben. Das kommt daher, dass er an vielen Tatorten gearbeitet hat. Rowley ist noch etwas grün hinter den Ohren. Er ist gut, braucht aber noch Anleitung – allerdings muss er sich mir gegenüber nicht beweisen, seine Arbeit ist solide.«

Jenna nahm ihren Notizblock heraus und blätterte durch die Seiten. »Es wird interessant sein zu sehen, ob Rios Gedächtnis wirklich so gut ist, wie er behauptet. Ich habe über Menschen wie ihn gelesen und über ein Supergedächtnis zu verfügen, ist wirklich großartig. Er scheint auf Zack zu sein, und mir hat seine Vorgehensweise am Tatort gefallen. Er hat recht, der Angriff auf Laurie Turner schien sehr persönlicher Natur zu sein. Es muss jemand gewesen sein, den sie kannte.«

»Ja, scheint so.« Kane fuhr vor dem Schönheitssalon vor und sah sie an. »Kommst du klar? Du bist kreidebleich.«

Jenna löste ihren Sicherheitsgurt und befeuchtete die Lippen. »Ja, es wird schon gehen, aber komm mit mir rein. In der Regel hast du eine beruhigende Wirkung und du könntest sie auffangen, falls sie ohnmächtig werden sollte.«

»Da geht mein guter Ruf dahin.« Kane nahm seinen Stetson ab, und fuhr sich mit der Hand durchs Haar, bevor er ihn wieder aufsetzte. »Jetzt werden alle Jungs in der Stadt denken, dass ich mir die Haare von einer Stylistin schneiden lasse. Das wird man mir nie vergessen.«

Sie kannte Kane gut genug, um zu wissen, dass er versuchte, die Stimmung zu lockern, um der schrecklichen Aufgabe, die ihnen bevorstand, etwas entgegenzusetzen. Jenna drückte seinen Arm und stieg aus dem Wagen. Sie fand Mrs Turner im Pausenraum, wo sie an einem Kaffee nippte. Eine schlanke Frau mit roten Lippen und Fingernägeln in derselben Farbe, die ihr langes rotes Haar kunstvoll zusammengebunden hatte, hob ihren Kopf von einer Zeitschrift und starrte sie an, als wären ihr zwei Köpfe gewachsen. »Wir sind wegen Ihrer Tochter Laurie hier.«

»Wissen Sie, wo sie ist?« Mrs Turner drückte ihre Zigarette im Aschenbecher auf dem Tisch aus und sah Jenna an.

Jenna schüttelte den Kopf. »Das können wir noch nicht genau sagen. Wir haben heute Morgen eine weibliche Leiche gefunden. Es könnte Laurie sein. Aber wir haben das Opfer noch nicht identifiziert.«

»Eine Leiche? Was ist ihr zugestoßen?« Mrs Turners Stimme schwoll zu einem panischen Aufschrei an. »Bringen Sie mich zu ihr. Ich will sie sehen.«

»Wir haben die Todesursache noch nicht bestimmen können.« Kane betrat den Raum und schloss die Tür leise hinter seinem Rücken. »Sie befindet sich gerade beim Rechtsmediziner. Ich fürchte, es wird Ihnen nicht möglich sein, sich den Leichnam anzusehen.«

»Wie wollen Sie dann wissen, dass es sich um meine Laurie handelt?« Mrs Turners Augen füllten sich mit Tränen, die ihr über die Wangen liefen. »Das darf nicht sein.«

Jenna setzte sich zu ihr. »Ich brauche eine DNA-Probe von Ihnen. Ein Abstrich von der Innenseite Ihrer Wange reicht aus. In ungefähr einer Stunde haben wir das Ergebnis.«

»Okay.« Mrs Turner zog zitternd die Luft ein. »Es ist seine Schuld. Ihr Vater hat sich geweigert, sie bei mir einziehen zu lassen. Er sagte, wenn ich Aufhebens darum mache, würde er mich als untaugliche Mutter erklären lassen. Er erzählt den Leuten, ich sei tot, wissen Sie.« Sie schüttelte den Kopf. »Er ist ein gewalttätiger Mann. Ich konnte keine Minute länger mit ihm zusammenleben. Ich habe versucht, mit Laurie zu fliehen, aber er hat einen Gerichtsbeschluss erwirkt und sie mir entrissen. Ich habe kein Besuchsrecht. Ich musste mir die Zeit mit ihr erschleichen.« Sie öffnete den Mund und ließ Jenna den Abstrich entnehmen.

Jenna schob die Probe in ein Röhrchen und versiegelte den

Beutel, bevor sie aufstand. »Sie haben das Richtige getan, eine missbräuchliche Beziehung hinter sich zu lassen. Seine Position als Vertrauenslehrer hätte ihn vor Gericht als glaubhaft erscheinen lassen, fürchte ich. Inzwischen ist das anders. Wir unterstützen die Opfer von häuslicher Gewalt in Black Rock Falls. Wenn der Fall noch aktuell wäre, könnten Sie sich an mich wenden, um Hilfe zu bekommen.«

»Vielen Dank. Ich habe die Flyer gesehen.« Mrs Turner stand auf und sammelte ihre Sachen zusammen. »Ich kann hier nicht herumsitzen und nichts tun. Ich werde mich ins Büro des Rechtsmediziners begeben und dort auf die Ergebnisse warten.«

»Gibt es jemanden, den wir anrufen könnten und der Sie begleiten würde?« Kane hatte seinen Stetson abgenommen und fuhr die Hutkrempe mit den Fingern nach. »Einen Geistlichen? Eine gute Freundin?«

»Ja, Pater Derry.« Mrs Turner zog einige Taschentücher aus einer Box und wischte sich die Augen ab. »Er hat mir bei meinen Problemen mit Bob sehr geholfen.«

Jenna zückte eine Visitenkarte und reichte sie ihr. »Ich werde ihn anrufen. Auf der Karte finden Sie meine Kontaktdaten, sollten Sie mich erreichen wollen.« Sie sah Mrs Turner an, und der Kummer der armen Frau umgab sie wie eine schwere Last. »Warten Sie noch etwas ab, bevor Sie aufbrechen. Es wird etwa eine Stunde dauern, bis der Rechtsmediziner die Ergebnisse hat. Soll ich Pater Derry bitten, Sie hier zu treffen? Ich denke nicht, dass Sie selbst fahren sollten.«

»Okay.« Mrs Turner schniefte. »Haben Sie Bob schon informiert?«

Jenna schüttelte den Kopf. »Noch nicht. Wir werden mit ihm reden, sobald uns die Ergebnisse des DNA-Tests vorliegen.«

»Warum darf ich mein kleines Mädchen nicht sehen?«

Mrs Turner setzte sich kraftlos hin und schaute sie unter Tränen an. »Was ist ihr zugestoßen?«

»Es tut mir leid, ich kann Ihnen keine Informationen dazu geben. Zum derzeitigen Ermittlungsstand können wir noch nicht sicher sagen, dass es sich um Laurie handelt.« Jenna drückte den Arm der Frau. »Dr. Wolfe, der Rechtsmediziner, wird Ihnen alles erklären, sobald er die Ergebnisse des DNA-Tests hat.«

»Okay.« Mrs Turner zog eine Schachtel Zigaretten aus ihrer Tasche und zündete sich eine mit einem silbernen Feuerzeug an. Sie blies eine Rauchwolke aus. »Ich werde hier auf Pater Derry warten.«

»In Ordnung.« Jenna stand auf und begab sich zur Tür. Am Empfang blieb sie kurz stehen und sagte der Frau hinter dem Tresen: »Wir mussten Mrs Turner schlechte Nachrichten überbringen. Pater Derry wird bald hier sein, können Sie ihn zum Pausenraum begleiten?«

»Klar.« Die junge Frau am Empfang nickte wie ein Wackeldackel.

Auf ihrem Weg zum Wagen warf Jenna Kane einen Blick zu. »Sie ist in einer schlechten Verfassung.«

»Ja, sie atmet im Salon den ganzen Tag chemische Dämpfe ein und raucht auch noch. Es ist ein Wunder, dass sie überhaupt noch atmen kann.« Er stieg in seinen Wagen ein und startete den Motor. »Zuerst zu Wolfe und dann zum Mittagessen zum Aunt Betty's?«

»Ja.« Jenna zückte ihr Handy, um Pater Derry anzurufen. »Sobald uns die DNA-Ergebnisse vorliegen, fahren wir zu Bob Turner raus und informieren ihn über Laurie. Und dann wird es schon Zeit für die Autopsie sein, schätze ich. Kann dieser Tag noch schlimmer werden?«

DREIZEHN

Sie schritt auf dem Schulflur auf und ab und kaute auf ihren Fingernägeln herum. Sie hatte genug Spott und schlaue Sprüche vom Cheerleader-Team ertragen müssen, dass es für ein ganzes Leben reichte. Ja, sie hatten sie ins B-Team zurückgesetzt, aber nicht wegen ihrer schlechten Leistung. Sie schnitten sie, weil sie mit der Tochter des örtlichen Bankdirektors befreundet war. Jetzt erkannte sie die Wahrheit, verstand, wie die Mädchen im Team die Menschen um sich herum manipulierten. Sie nutzten Geld oder die Stellung ihrer Eltern aus, um in dieser Welt voranzukommen. Dass sie mit ihrem Freund flirteten und seine Reaktion darauf hatten sie wahnsinnig gemacht. Er hatte sich geschmeichelt gefühlt und hatte gar nicht mehr aufhören wollen, darüber zu reden, wie diese oder jene ihn angemacht hatte. Ihre Finger zitterten bei dem Gedanken, dass eine von ihnen ihn so ansah, wie sie es tat. Sie hatte sein Herz erobert, aber nachdem sie sie aus dem Team gedrängt hatten, war ihr aufgefallen, wie er seinen Blick immer wieder über einige der anderen Mädchen wandern ließ. Dem musste sie einen Riegel vorschieben und sie scheute sich nicht, ihn zu diesem Zweck anzulügen. Es war ihr nicht schwergefallen, sich in ihn hineinzuversetzen und seine Gedanken über die anderen Cheerleaderinnen zu erahnen. Sein Ego war sein Untergang, und es war einfach gewesen, ihn glauben zu machen, dass die anderen einen Plan ausgeheckt hatten, um ihn ihr zu stehlen und ihn dann öffentlich zu demütigen. Ihr Plan hatte funktioniert.

Er war unglaublich eitel und sah so gut aus, dass die Mädchen in der Schule ihn vergötterten. Er stolzierte herum wie ein Angeber, aber sie kontrollierte ihn inzwischen. Die Idee, die getragene Unterwäsche der Spieler aus der Umkleidekabine zu stehlen, während die Mannschaft unter der Dusche war, war genial gewesen. Aber ihn davon zu überzeugen, sie umzusetzen, hatte sich als schwierig gestaltet. Als er in der Frühstückspause auf sie zugegangen war, hatte sie ihn in eine ruhige Ecke gezogen und ihn geküsst. »Hast du sie?«

»Ja.« Er legte seine Stirn in Falten. »Du weißt, wenn sie mich dabei erwischen, werden sie denken, ich sei pervers oder so. Wofür brauchen wir ihre vollgeschwitzten Boxershorts und was glaubst du, wie lange wir damit durchkommen, bevor sich jemand darüber beschwert, dass seine Klamotten fehlen?«

Sie nahm den Plastikbeutel, den er ihr reichte, und warf ihn in ihren Rucksack. »Du hast sie doch nicht angefasst, oder? Hast du sie mit dem Beutel aufgehoben?«

»Ja, so wie auch beim letzten Mal.« Er schob sich das Haar aus dem Gesicht und küsste sie noch einmal. »Sag mir, wozu du ein weiteres Paar Boxershorts brauchst. Es geht um mehr, als die Leute glauben zu lassen, Laurie sei eine Schlampe gewesen, nicht wahr?«

»Aus dem gleichen Grund, weshalb wir sie in Plastikfolie eingewickelt und Handschuhe getragen haben.« Sie strich ihm mit der Hand durchs Haar. »DNA. Auf diese Weise werden die Cops glauben, jemand anders hätte sie getötet.«

»Es scheint mir nicht fair, jemandem anderem die Schuld anzuhängen.« Er sah besorgt aus.

»Deshalb brauche ich ein weiteres Paar. Ich muss noch eine töten.« Sie lächelte ihn an. »Ich habe dein Gesicht gesehen, als ich Laurie erwürgt habe. Du hast es geliebt, und deshalb habe ich die Nächste bereits ausgesucht. Wir stopfen ihr mit der Unterhose den Mund und werfen die Cops damit aus der Bahn. Zwei verschiedene DNA-Spuren bei zwei unterschiedlichen Leichen werden sie verwirren.« Sie sah ihn an und kicherte. »Ich dünne das Team etwas aus, und dann werden sie mich anflehen, zurückzukommen.« Sie berührte seine Wange. »Jetzt geh und sei nett zu Becky. Aber nicht zu nett. Morgen findet die Parade zur Eröffnung des Festivals statt, sodass alle abgelenkt sein sollten. Wir brauchen einen Plan, um sie in eine abgelegene Ecke zu locken. Es gibt ein leer stehendes Haus in der Stadt, das ich beim Vorbeigehen gesehen habe. Der letzte Besitzer hat die Schlüssel über der Eingangstür deponiert. Dort gehen wir hin. Da alle Rollos unten sind, wird es im Innern dunkel sein, und ich werde mich mit Leichtigkeit verstecken können. Nimm sie mit nach oben, und ich werde dort warten. Ich lasse die Hintertür offen und werde dafür sorgen, dass alles vorbereitet ist. Becky hat es verdient. Ich habe gehört, wie sie geredet hat, und sie will dich wirklich wie einen Idioten dastehen lassen. Sie wird Wachs in deinen Händen sein.«

»Was soll ich ihr sagen?«

»Hm, lass mich mal sehen.« Sie wickelte sich eine Haarsträhne um den Finger und dachte einen Moment lang nach. »Sag ihr, dass du versuchst, mir aus dem Weg zu gehen, weil ich dich verfolgen würde, oder so etwas in der Art. Wir brauchen ein nettes, ruhiges Plätzchen, um sie in deinen Wagen zu kriegen.« Sie tippte sich auf die Lippe. »Ich hab's. Bitte sie, dich in der Bibliothek zu treffen. Sie ist dienstags bis zehn geöffnet. Sobald sie auftaucht, gib ihr zu verstehen, ich sei dort und würde dich stalken. Schleiche dich dann mit ihr auf den Parkplatz hinaus. Sag ihr, du fährst sie irgendwohin, wo ihr rummachen könnt, ohne dass ich es erfahre.«

»Was wirst du ihr antun?« Er lehnte sich zitternd vor Erregung gegen sie. »Beim letzten Mal warst du irgendwie verändert, auf eine gute Art. Dir zuzusehen hat mein Herz rasen lassen, und als wir danach rumgemacht haben, während ihre toten Augen uns beobachtet haben ... Es war unglaublich.«

»Lass dich überraschen.« Sie küsste ihn stürmisch. Wenn sie erst zwei oder drei Cheerleaderinnen mehr getötet hätte, würde er nicht im Traum daran denken, sie zu verlassen. Sie lächelte und genoss die Macht, die sie über ihn hatte. Und das war erst der Anfang.

VIERZEHN

Als Jenna und Kane zurück zum Sheriff's Department fuhren, rief Wolfe an, um ihnen die Ergebnisse des DNA-Tests mitzuteilen. Die tote junge Frau war Laurie Turner. Jenna brach sofort die Suche nach ihr ab und machte sich auf den Weg zu Dr. Bob Turners Haus. Sie parkten draußen und begaben sich dann zur Tür. Auf ihr Klopfen hin öffnete Dr. Turner nach wenigen Augenblicken die Tür und starrte sie an. Jenna begegnete seinem Blick. »Wir haben Neuigkeiten über Laurie.«

»Sie ist tot, nicht wahr?« In Turners Augen blitzte Wut auf.

Jenna warf Kane einen Blick zu. »Ja, ich fürchte schon.«

»Das habe ich mir zusammengereimt, als ich erfahren habe, dass Sie zu meiner Ex-Frau gefahren sind, um eine DNA-Probe zu erhalten. Es wäre professioneller gewesen, mich zuerst zu kontaktieren.« Dr. Turners Stimme wurde steinhart. »Es ist erstaunlich, wie schnell Sie Lauries Mutter gefunden haben. Ich habe Jahre gebraucht, um Jeanette zu finden. Sie wird mir die Schuld an Lauries Tod geben, aber sie gibt mir ohnehin für alles die Schuld. Diese Frau hatte einen schlechten Einfluss auf Laurie.« Er räusperte sich. »Könnten Sie jetzt bitte gehen, Sheriff? Ich will Ihr Beileid nicht; ich habe Vorbereitungen für eine Bestattung zu treffen.« Er schlug ihr die Tür vor der Nase zu.

Jenna wechselte einen erstaunten Blick mit Kane. »Ist das derselbe Dr. Turner, der den Notruf gewählt hat? Wow! Das nenne ich mal eine Verhaltensänderung.«

»Menschen reagieren unterschiedlich auf schlechte Nachrichten.« Kane hob eine Augenbraue. »Es ist nicht deine Schuld.«

Jenna biss sich auf die Finger. »Ich denke, wir hätten ihm sagen sollen, dass wir zumindest ihre Leiche gefunden haben.«

»Wir hätten es keinem der beiden Elternteile zumuten können, das Opfer physisch zu identifizieren.« Kane zuckte mit den Achseln. »Wir haben das Opfer mittels DNA identifiziert, um den Eltern noch mehr Leid zu ersparen. Wir konnten uns nicht sicher sein, dass es sich um Laurie Turner handelt.«

Jenna seufzte. »So oder so, es ist zu spät, um noch etwas zu ändern.« Sie stieg in den Wagen. »Ich könnte jetzt eine Tasse starken Kaffee vertragen.«

»Okay.« Kane fuhr zurück in die Stadt.

Das wunderbare Aroma von frischem Kuchen und Kaffee umschmeichelte Jenna im Aunt Betty's Café wie eine warme Umarmung. Etwas Besonderes umgab das Café, der Name sagte wirklich schon alles darüber aus. Die Inneneinrichtung und die heimelige Atmosphäre weckten Erinnerungen an ihre Kindheit, als sie auf dem Schoß ihrer Großmutter gesessen und ofenfrische Kekse gegessen hatte. Kane hatte recht getan, sie nach einem zermürbendem Vormittag hierherzubringen. Nachdem sie ihre Mahlzeit beendet hatte, nippte sie an ihrem Kaffee und gestattete es sich, ihre Gedanken schweifen zu lassen.

Dr. Turner hatte die Nachricht, ohne mit der Wimper zu zucken, aufgenommen und über Vorkehrungen für Lauries Bestattung gesprochen, was in Anbetracht seines Verhaltens bei ihrer ersten Begegnung recht seltsam war. Es war, als hätte sie mit zwei verschiedenen Menschen gesprochen. Wenn er an Stimmungsschwankungen litt, war er der Letzte, der als kompetent betrachtet werden sollte, junge Menschen zu ihren Problemen zu beraten. Sobald Kane seine leere Tasse auf dem Tisch abgestellt hatte, kämpfte sich Jenna auf die Füße. »Lass uns aufbrechen. Ich muss im Revier vorbeischauen.«

Während sie durch die Stadt fuhren, überflog sie ihre Notizen zu den Ermittlungen. Sobald sie beim Revier ankämen, würde sie ihre Deputys auf die bevorstehende Arbeit ansetzen. Lauries Laptop musste überprüft werden und sie wollte in Erfahrung bringen, ob Wolfe bereits die Zeit gefunden hatte, das Handy der jungen Frau durchzusehen. Sie sah auf, als Kane abbremste, um einer Gruppe Menschen auszuweichen, die auf die Straße strömten. Als er die Sirene anwarf, brach eine Frau mit einem Baby an der Brust durch die Menge und rannte auf sie zu. »Was ist jetzt los?«

»Helfen Sie mir, bitte.« Das lange blonde Haar der Frau war ein einziges Durcheinander, und ihre Wangen waren durch die Tränen mit Mascara verschmiert. Das Baby in ihren Armen schrie. Die Frau hämmerte gegen Kanes Tür. »Lassen Sie nicht zu, dass er mich wieder schlägt.«

»Ich werde nicht erlauben, dass er wieder in Ihre Nähe kommt.« Kane drehte sich zu Jenna um. »Was sind deine Anweisungen?«

Jenna versuchte die Lage einzuschätzen. »Kümmere dich um sie. Ich werde nachsehen, was dieser Haufen Feiglinge, die hier herumstehen und zuschauen, wie eine Frau angegriffen wird, macht. Fordere Verstärkung an.«

»Jenna …« Kane sah sie eindringlich an.

»Sag nichts. Die Stadtbewohner müssen wissen, dass ich mit Problemen allein fertig werden kann. Ich weiß, du sorgst dich um meine Sicherheit.« Jenna sah ihn an. »Meine Stadt, mein Problem. Lass mich meine Arbeit machen, Dave.«

»Okay.« Er hob beide Hände in Kapitulation. »Geh und

erledige deinen Job, aber denk daran, dass die Menschen eine starke Führungspersönlichkeit sehen wollen, nicht eine Frau, die beweisen will, dass sie einen Mann umhauen kann.« Er lächelte sie an. »Selbst wenn du dazu in der Lage bist.« Er zeigte mit der Hand auf die Gruppe Männer, die den Angreifer anfeuerte. »Dann wär da noch die Meute. Sollten sie sich einmischen, bin ich da und nichts, was du sagst, wird mich aufhalten. Das ist mein Job, Jenna.«

»Deine oberste Priorität sind die Frau und ihr Baby.« Jenna kletterte aus dem Wagen und bahnte sich den Weg durch die Männer, die aus dem Antlers, dem neuen Gasthaus der Stadt, strömten. Sie erkannte keinen von ihnen als Einheimischen, und da sie alle die gleichen Jacken trugen, gehörten sie eindeutig zu einer Gruppe, die auf einem Jagdausflug oder Ähnlichem waren. Sie hob die Stimme. »Was geht hier vor sich?«

»Nichts, was Sie was angehen würde, Sheriff.« Ein Mann mit einem selbstgefälligen Gesichtsausdruck trat aus der Gruppe seiner Freunde vor. »Das ist eine private Angelegenheit.« Er wischte sich das Blut an seinen Handknöcheln an seiner Jeans ab. »Stimmt's, Jungs?«

Nachdem sie ihre Zustimmung gemurmelt hatten, hefteten sich alle Blicke auf Jenna. Viele der Männer grinsten von Ohr zu Ohr. Entrüstet straffte Jenna ihre Schultern. »Der Angriff auf Menschen stellt in meiner Stadt eine Straftat dar.«

»Sie hat mich zuerst geschlagen.« Der Mann rieb seine Wange. »Ich habe den Jungs hier nur gezeigt, wie ich mit einer Frau umgehe, die nicht auf mich hören will. Ich habe ihr gesagt, dass ich diese Woche weg sein werde, und sie hat nichts Besseres zu tun, als mir hinterherzuschnüffeln. Dann nimmt sie mir auch noch übel, dass ich mit der jungen Frau hinter der Bar plaudere. Ich meine …« Er schob seine Hände weit auseinander und schenkte ihr ein schiefes Lächeln. »Welche Frau könnte dem hier widerstehen?« Er sah sich zwischen seinen Freunden um und lachte. »Ich habe sie geschwängert, damit sie endlich Ruhe gibt, aber sie gibt noch immer keine Ruhe. Verfolgt mich bis hierher, um mich zu überwachen. Das lässt mich als Schwächling dastehen.«

Jenna schüttelte den Kopf. »Ich nehme Sie aufs Revier mit und wir plaudern ein wenig. Die Stadtbewohner mögen in der Gegend keine Männer, die ihre Frauen schlagen. Ich werde meine Deputys anweisen, mit den Zeugen zu sprechen.«

»Sie wird keine Anzeige gegen mich erstatten.« Er sah Jenna an. »Und denken Sie, Sie seien stark genug, um mir Handschellen anzulegen?« Er zeigte auf ihre Waffe. »Ach, richtig, Sie werden mir wohl einfach die Waffe an den Kopf halten?« Er sah sich zwischen seinen Freunden um und grinste. »Holt eure Handys raus, Jungs, Polizeigewalt im Anmarsch.« Sein Blick wanderte zurück zu Jenna. »Ich kenne Ihre Dienstnummer, Lady. Sie haben ja keine Ahnung, mit wem Sie es zu tun haben.«

Auf dem Bürgersteig hatte sich inzwischen eine Menschentraube versammelt. Auf einer Seite machte sie Kane aus, der der Frau und ihrem Baby in seinen Wagen half. Er sah sie über das Dach des Biests an und hob beide Augenbrauen. Jenna schüttelte leicht den Kopf, schnallte ihren Dienstgürtel ab und reichte ihn dem Besitzer des lokalen Waffengeschäfts. »Okay, jetzt sind es nur noch Sie und ich.« Sie zuckte mit den Schultern. »Wie heißen Sie?«

»John Law und ich gehe nirgendwohin.« Er wich nicht von der Stelle, stemmte die Hände in die Hüften und grinste sie an. »Es ist leicht, sich hinter einer Dienstmarke zu verstecken. Wenn ich eine falsche Bewegung mache, können Sie mich wegen Widerstand gegen die Staatsgewalt belangen.«

Als sie Rowley bemerkte, der sich einen Weg durch die Menge bahnte, lächelte sie ihm zu. »Hier, halte das bitte kurz für mich.« Sie schälte sich aus ihrer Jacke und reichte Rowley ihre Dienstmarke. »Bitte sehr, jetzt sind wir ebenbürtig.«

»Ebenbürtig?« Law lachte sie aus. »Die Dienstmarke und Jacke machen noch keinen Sheriff aus Ihnen, die Stadt macht Sie zum Sheriff. Egal. Halten Sie sich aus meinen Angelegenheiten raus.« Er drehte sich um, und ging zu einem Pick-up.

Jenna stürmte hinter ihm her und packte ihn am Arm. »Ich verhafte sie wegen häuslicher Gewalt an ihrer Frau.« Sie zog seinen Arm hinter seinen Rücken und griff, mit den Handschellen in der Hand, nach dem anderen.

Er wirbelte sofort herum. Die Ohrfeige traf sie wie eine Peitsche auf die Wange und sie schmeckte Blut. Sie duckte sich vor seinem zweiten Schlag weg und bemerkte die Wut in seinem Gesicht. Er hatte vorgehabt, sie noch einmal zu schlagen, doch das würde sie nicht zulassen. Das jahrelange Training, das sie mit Kane in den frühen Morgenstunden absolvierte, hatte sie auf Männer wie Law vorbereitet. Sie wollten dominieren und kontrollieren. Sie blieb ruhig, alles um sie herum lief wie in Zeitlupe ab. Aus dem Augenwinkel heraus konnte sie sehen, wie Kane Rowley zurückhielt. Sie duckte sich unter dem nächsten Schlag weg, und Law, rot im Gesicht, kam wie ein wilder Stier mit geballten Fäusten auf sie zu.

Perfekt. Kane hatte ihr beigebracht, wie man jemanden mit einem gezielten Tritt außer Gefecht setzen konnte. Sie wirbelte herum, versetzte ihm einen Tritt und traf mit ihrem Stiefelabsatz Laws Kniescheibe. Er fiel mit schmerzverzerrtem Gesicht zu Boden. Sie drehte sich um und sah Rowley und Kane an. »Legt ihm Handschellen an.» Sie las ihm seine Rechte vor. »Sobald du ihn in einer Zelle hast, ruf Dr. Brown an. Ich will, dass er wegen tätlichen Angriffs auf eine Polizeibeamtin, Widerstandes gegen die Staatsgewalt und häuslicher Gewalt gegen seine Ehefrau angeklagt wird.«

»Ja, Ma'am.« Rowley legte Law Handschellen an und schleppte ihn humpelnd zu seinem Wagen.

»Sie haben mir das Bein gebrochen. Dafür werde ich Sie

verklagen. Das ist Polizeigewalt.« Law verzog das Gesicht. »Sie sind erledigt, Lady. Meine Freunde haben alles gefilmt.«

Jenna sammelte ihre Sachen zusammen und schnallte sich den Dienstgürtel um. »So wie viele andere Stadtbewohner auch, und das ist gut so. Der Richter wird sehen können, wie sie sich der Verhaftung widersetzt und mich geschlagen haben.« Sie berührte ihre Wange und fuhr sich mit der Zunge über die aufgeplatzte Innenseite. »Sie haben mich zuerst angegriffen, Law, eine wehrlose Frau. Ich habe mich nur verteidigt.« Sie wandte sich an Rowley. »Schaff ihn mir aus den Augen.«

»Willst du, dass ich das Bildmaterial einsammle?« Rio trat an ihre Seite.

Jenna schüttelte den Kopf und ließ den Blick über die Menge schweifen. »Nein, das mache ich selbst. Ich kenne den Großteil der Leute, die mitgefilmt haben. Bring Mrs Law und ihr Baby zu Her Broken Wings. Es ist eine Zufluchtsstätte für misshandelte Frauen. Zwei Straßen weiter auf der linken Straßenseite. Nimm ihre Aussage auf. Klär sie darüber auf, dass wir sie als Zeugin vor Gericht brauchen werden, oder aber ihr Mann kommt davon.« Sie wandte sich an die Menge und erhob die Stimme. »Ich brauche Ihr Filmmaterial.«

Als die Leute vortraten, sank ihr das Herz beim Anblick von Deni Crawford, der ungeheuer unhöflichen Reporterin von den *Blackwater News*, die mit einem zufriedenen Lächeln auf sie zukam. Sie war sich offensichtlich bewusst, zur richtigen Zeit am richtigen Ort zu sein ... Die übereifrige Reporterin hatte den gesamten Zwischenfall auf Video. Sie drehte sich zu ihr um, um ihr entgegenzutreten. »Kein Kommentar.«

»Oh, kommen Sie schon, Sheriff.« Crawford hielt ihr das Mikrofon hin. »Sie haben den Einwohnern von Black Rock Falls doch sicherlich etwas zu sagen?« Sie lächelte in die Kamera. »Es kommt nicht jeden Tag vor, dass wir einen Sheriff in Aktion erleben, während die Deputys herumstehen und nichts tun.«

Jenna ging nicht darauf ein und schaute direkt in die Kamera. »In Black Rock Falls dulden wir keine häusliche Gewalt oder Mobbing. Also spenden Sie bitte an die Her Broken Wings Foundation und helfen Sie den Betroffenen, die Hilfe benötigen. Vielen Dank.« Sie drehte Crawford den Rücken zu und wandte sich an die Menge. »Okay, wer hat den Vorfall gefilmt?« Sie holte ihre Visitenkarten heraus. »Mailen Sie mir bitte eine Kopie des Filmmaterials.«

Während sie sich einen Weg zwischen den Menschen bahnte, bemerkte sie Kane, der aus dem Antlers kam und etwas bei sich trug. Er blieb bei seinem Wagen stehen, lehnte sich gegen die Tür und beobachtete sie. Mit dem gesammelten Filmmaterial, das ihr zugeschickt worden war, und den Namen der Zeugen machte sie sich auf den Weg zum Biest. Sie bemerkte Kanes strengen Gesichtsausdruck, aber er sagte nichts, sondern reichte ihr lediglich ein mit Eis gefülltes Handtuch.« Sie nahm es ihm ab und hielt es an ihre pochende Wange. »Wie geht's Mrs Law?«

»Sie ist verängstigt und verletzt.« Kane legte die Stirn in Falten. »Ihr Mann schlägt sie schon seit einer geraumen Zeit. Ich wollte ihre Verletzungen versorgen, aber sie wollte das Baby stillen und sagte, ich solle sie allein lassen.«

Jenna beobachtete Rio, der die Frau zu seinem Wagen begleitete. »Lass uns gehen, bevor die Reporterin noch mehr filmt.« Sie stieg in das Biest ein und wartete, bis Kane hinter dem Lenkrad saß und den Motor startete. »Ich habe gesehen, wie du Rowley zurückgehalten hast. Danke, dass du mich nicht daran gehindert hast, mich der Situation anzunehmen, auch wenn ich nicht damit gerechnet habe, dass es heute Abend in den Nachrichten landet.«

»Du hast deinen Standpunkt mit aller Deutlichkeit klargemacht.« Kane starrte geradeaus. »Der große Maulheld, der seine Frau verprügelt, musste mal einen Dämpfer einstecken. Von einer Frau deiner Größe vor seinen Freunden umgehauen zu werden, wird ihm noch eine Weile zusetzen. Vor allem, wenn es in den Nachrichten gezeigt wird. Es ist nur gut, dass seine Frau ihn verlassen will. Er würde seine Wut ganz sicher an ihr auslassen.« Er fuhr auf seinen Parkplatz vor dem Sheriff's Department und drehte sich um, um sie anzusehen. »Es fällt mir schwer, Jenna.« Er deutete auf seine Brust. »Hier drin, wollte ich Law am liebsten auseinandernehmen, als ich gesehen habe, wie er dich geschlagen hat, aber hier drin ...«, er zeigte auf seinen Kopf, »... wusste ich, dass du auf dich selbst aufpassen kannst. Aber als du deine Waffe abgegeben hast ... *Mensch*, Jenna.« Er schüttelte den Kopf. »Ich hatte Herzrasen.«

Jenna lächelte ihn an. »Du hast mich gut trainiert, und ich bin in Höchstform. Aber ich muss gestehen, dass mir die ganze Sache leichter gefallen ist, weil ich wusste, dass du da warst, um mir den Rücken freizuhalten.«

FÜNFZEHN

Jenna betrat das Sheriff's Department, in dem Atohi Blackhawk auf sie wartete, mit pochenden Kopfschmerzen. Maggie hatte ihn mit Kaffee und Sandwiches versorgt. Ihr Freund sah erschöpft aus, und sie lächelte ihn an. »Vielen Dank, dass du bei der Suche die ganze Nacht mitgeholfen hast. Wir haben bei der alten Mine eine Leiche gefunden, und Wolfe hat gerade bestätigt, dass es Laurie Turner ist.«

»Das ist ziemlich weit weg von der Stelle, wo ich ihren Rucksack gefunden habe. Er gehört Laurie. Es ist ein Anhänger mit ihrem Namen dran.« Blackhawk hob eine große Beweismitteltasche von seinem Stuhl und reichte sie ihr. »Ich bin mit meinem Trailbike durch den Wald gefahren. Der Rucksack war auf einem Weg, den wir gestern abgesucht haben, etwa einen halben Kilometer von der Stanton Road entfernt. Ich habe die Stelle mit Absperrband markiert und die Koordinaten gespeichert.« Er hielt sein Handy hoch. »Ich habe Filmaufnahmen von dem Weg und der Umgebung gemacht, aber wer auch immer den Rucksack dort abgelegt hat, hat keine Spuren hinterlassen. Ich leite das Material gleich an das Team weiter.«

Jenna betrachtete den Rucksack. Sie würde ihn zu Wolfe

mitnehmen, wenn sie aufbrachen, um der Autopsie beizuwohnen. »Wir suchen nach dem primären Tatort, der sich in der Nähe der Stelle befinden könnte, an der du den Rucksack gefunden hast. Wir werden das überprüfen. Hast du den Rucksack angefasst oder ihn durchsucht?«

»Nein.« Blackhawk schüttelte den Kopf. »Für den Fall, dass wir während der Suche auf etwas stoßen, hatte ich jede Menge Handschuhe und Beweismittelbeutel dabei.« Er nippte an seinem Kaffee und betrachtete sie neugierig. »Was ist mit deinem Gesicht passiert?«

Jenna schloss die Tür und setzte sich auf ihren Bürostuhl. »Ein verrückter Frauenschläger. Er steckt jetzt in der Zelle und wird sich auf den Weg ins Bundesgefängnis machen, sobald die Anklage erhoben wurde.«

»Wie haben deine Deputys es zulassen können, dass so etwas passiert?« Wut blitzte in seinen braunen Augen auf. »Männer, die Frauen schlagen, sind verachtungswürdig.«

Seine Besorgnis überraschte sie, und sie lächelte ihn an. »Mir fehlt nichts. Ich wollte mich selbst um ihn kümmern, auch wenn es etwas schwierig war. Ich hatte Kane und Rowley angewiesen, sich zurückzuhalten.« Sie stand auf und füllte ihren Kaffeebecher nach, dann durchsuchte sie die Schublade nach einer Schmerztablette. »Rio bringt sie zu Her Broken Wings. Sie werden dort dafür sorgen, dass sie die bestmögliche Pflege und Unterstützung erhält.« Sie nahm ihren Kaffee mit zum Schreibtisch. »Bist du Zac Rio bereits begegnet?«

»Das bin ich.« Blackhawk nickte langsam. »Er scheint tüchtig zu sein. Ich würde sagen, du hast einen weiteren überqualifizierten Deputy in deinem Team. Er ist ambitioniert. Hast du darüber nachgedacht, dass er bei der nächsten Wahl gegen dich antreten könnte? Ich weiß, das ist erst in einigen Jahren, aber bis dahin wird er sich in der Stadt etabliert haben.«

Jenna warf das Handtuch und das Eis in die Spüle und sah ihn an. »Das liegt zu weit in der Zukunft, um mir darüber

Gedanken zu machen. Mein Kopf schwirrt ohnehin schon wegen dem Fall.« Sie zeigte auf das Whiteboard. »In den letzten Stunden ist aus einem vermissten Mädchen ein Mordopfer geworden. Sobald Rio zurück ist, wird er sich um die Presse kümmern müssen. Wenn sie Wind davon bekommen, dass ich die Suchaktion abgeblasen habe, werden sie wissen, dass wir eine Leiche gefunden haben.«

»Weißt du, wie sie gestorben ist?« Blackhawk drehte seinen Hut zwischen seinen Fingern und sah sie an. »Ich habe keine Blutspritzer und auch sonst nichts in der Umgebung ihres Rucksacks gefunden. Ich habe das Gebiet gründlich abgesucht.«

Da Blackhawk sie schon oft bei Suchaktionen im Wald begleitet hatte, hatte sie sich von seinen Fähigkeiten persönlich überzeugen können. Als ein hervorragender Fährtenleser war er eine wahre Bereicherung für ihr Team. Hinzu kam, dass er seine Zeit freiwillig opferte und eine Bezahlung so vehement ablehnte, als wäre sie eine Beleidigung. Sie schätzte seine Freundschaft auf allen Ebenen und würde ihm bedenkenlos ihr Leben anvertrauen. Jenna nickte. »Das werden wir erst nach der Autopsie wissen. Diesmal ist es schwierig. Möglicherweise war es Strangulation mit post mortem zugefügten Wunden. Die Autopsie ist für zwei Uhr angesetzt, danach weiß ich mehr.«

Es klopfte an ihrer Tür und Kane betrat das Büro, dicht gefolgt von Duke. Er nickte Blackhawk zu. »Ich habe Lauries Laptop überprüft. Der Zugang war nicht passwortgeschützt. Es gab dort nichts, was irgendwie ungewöhnlich wäre. Ihre sozialen Kontakte bestehen aus den Freunden, mit denen wir bereits gesprochen haben. Ihre E-Mails sind sehr allgemein gehalten. Ihr Suchverlauf basiert auf ihren Hausarbeiten. Überhaupt keine Anhaltspunkte. Nicht einmal ein fieser Kommentar.«

Jenna stand auf und fügte Informationen auf dem Whiteboard hinzu, dann wandte sie sich an Kane. »Atohi hat ihren

Rucksack gefunden. Wir nehmen ihn zur Untersuchung mit zu Wolfe.«

»Ja, ich habe die Akte gelesen.« Kane ging zur Theke und schenkte sich selbst einen Becher Kaffee ein. »Bist du dir sicher, dass du in einem früheren Leben nicht Cop warst?«

»Ich?« Blackhawk schmunzelte. »Wer weiß schon, welcher Weg durch den Seelenführer vorbestimmt wurde? Obwohl, ich mag es nicht, Männer in Zellen zu sperren, also wohl eher nicht.« Er zuckte mit den Schultern. »Aber wenn ich einen tollwütigen Hund sehe, würde ich ihn, ohne zu zögern, erschießen.« Er grinste Kane an. »Schau nicht so besorgt, Adlerauge. Ich hege keine Pläne, Menschen zu ermorden. Das liegt nicht in meiner Natur, und es ist mir zu lästig, Löcher auszuheben.«

Jenna hob den Blick, als Rowley und Rio vor ihrer Bürotür auftauchten. Sie winkte sie hinein. »Was habt ihr für mich?«

»Mrs Law ist im Her Broken Wings und somit in sicheren Händen. Sie lebt in Louan und es wurde dafür gesorgt, dass ihre Habseligkeiten abgeholt werden, während ihr Mann in Haft ist.« Rio reichte ihr ein Dokument. »Sie hat eine Aussage gemacht und wird Anzeige wegen Körperverletzung erstatten. Die Sozialarbeiter haben in der Unterkunft alles unter Kontrolle. Sie haben für sie sogar einen Anwalt organisiert, der sich bereit erklärt hat, sie pro bono zu vertreten, falls nötig.«

»Ja, wir haben das Anklageprotokoll und die bisherigen Beweise zusammen mit Mrs Laws und unseren Aussagen an den Staatsanwalt übergeben; das reicht aus, um einen Haftbefehl zu bekommen.« Rowley sah selbstzufrieden aus. »Der Staatsanwalt will auch deine und Kanes Aussagen haben sowie die aller Zeugen, die bereit sind, den Fall zu unterstützen. Law bleibt bis zur Kautionsanhörung im Bundesgefängnis. Sie sind schon auf dem Weg, um ihn abzuholen.«

Froh darüber, über so fähige Deputys zu verfügen, lächelte Jenna. »Gut zu wissen. Wir werden die Aussagen zusammentragen, bevor wir zur Autopsie abfahren, und du kannst sie im

Büro des Staatsanwalts abliefern. Ich bin froh, dass sich um Mrs Law und ihr Baby in Black Rock Falls gekümmert wird. Sie kann hier einen Neuanfang wagen.« Sie umschloss den Kaffeebecher mit beiden Händen. »Wir müssen um zwei Uhr bei der Autopsie sein. Rowley, fang bitte damit an, die Zeugen im Fall Law ausfindig zu machen. Die Kontaktdaten findest du in den Akten. Am besten rufst du sie an und bittest sie darum, im Sheriff's Department vorbeizuschauen, um ihre Aussagen zu machen. Danach begleitest du unseren Häftling bei der Überführung.« Sie warf Rio einen Blick zu. »Rio wird bei der Autopsie anwesend sein und dich danach so bald wie möglich ablösen.«

»Besser er als ich.« Rowley fuhr mit der Hand durch sein widerspenstiges Haar. »Bei dem Geruch, der dort in der Luft hängt, wird mir ganz übel.« Er wischte sich über die Nase. »Dann mache ich mich mal an die Arbeit.« Er ging zur Tür.

»Unterschreibst du bitte die Presseerklärung, Sheriff?« Rio legte ihr ein Blatt Papier auf den Tisch.

Jenna überflog den Text und war beeindruckt von der Vorlage, die nur wenige Details preisgab und die am Tatort gefundenen Beweismittel überhaupt nicht erwähnte. »Wie ich sehe, hast du schon einige Erklärungen in deinem Leben verfasst. Großartige Arbeit. Maggie soll dir unsere Kontaktdaten der Pressestellen gegeben. Melde dich bei ihnen.« Sie unterschrieb oberhalb des unteren Seitenrandes und reichte ihm das Dokument zurück.

Jenna nahm sich einige Sekunden Zeit, um ihre Gedanken zu sortieren, und wartete dann, bis Blackhawk seinen Kaffee ausgetrunken hatte. Sie lächelte ihn an. »Ich weiß deine Hilfe wirklich zu schätzen. Der Rucksack könnte uns wertvolle Beweise liefern.«

»Jederzeit gern.« Blackhawk sah Jenna an und stand auf. »Ich bin nur einen Anruf entfernt, wenn du mich brauchst.« Er gähnte. »Ich gehe dann mal nach Hause und ruhe mich etwas aus. Ich beneide dich nicht um die anstehende Aufgabe, Jenna. Ich hoffe, Shane kann dir die nötigen Hinweise liefern, um den Mörder zu finden.« Er setzte sich den Hut auf den Kopf und folgte Rio durch die Tür nach draußen.

Jenna blickte ihm nach. »Das ist die Kehrseite davon, Sheriff zu sein.« Sie verzog das Gesicht. »Ich habe keine Ausrede, um der Autopsie fernzubleiben.« Sie begegnete Kanes Kampfgesicht. Er war bereits dabei seine Emotionen auszuschalten. »Obwohl der Fall faszinierend ist.« Sie seufzte. »Auf seine eigene, grausame Weise.«

SECHZEHN

Jenna wappnete sich innerlich für die vor ihr liegende, grauenvolle Aufgabe und versuchte, den Geruch im Leichenschauhaus und die Kälte, die durch ihre Kleidung sickerte, zu ignorieren. Sie konnte hören, wie Kane sich räusperte und Rios Stiefel auf dem Fliesenboden klackerten, als sie sich in einer Prozession mit ihr an der Spitze zum Obduktionssaal begaben, über dem eine rote Lampe leuchtete. Mit grimmigen Gesichtern legten ihre Deputys die Jacken ab und zogen sich Schutzanzüge für die Autopsie über. Der Duft von Mentholsalbe erfüllte die Luft, und sie zogen sich alle Handschuhe an. Als sie bereit waren, zog Jenna ihre ID-Karte durch den Scanner an der Tür, und sie traten ein. Wie gewöhnlich hatte Wolfe die Voruntersuchung bereits abgeschlossen, bevor sie eintrafen. Auf den Bildschirmen waren Röntgenbilder und eine bunte Mischung von Ergebnissen verschiedener Tests zu sehen, die er in ihrer Abwesenheit bereits vorgenommen hatte.

Sie stellte sich etwas abseits von Wolfe, Emily und Colt Webber hin, um die Leiche des Opfers bei grellem Licht auf der Trage zu betrachten. Als sie sich umdrehten, um sie anzusehen, hielt Jenna den Beweismittelbeutel hoch. »Atohi hat Lauries Rucksack gefunden, wo soll ich ihn ablegen?«

»Emily und Colt werden ihn sich in einem anderen Raum ansehen.« Wolfe winkte sie fort. »Ich will den Saal so steril wie nur möglich haben.«

Jenna übergab Webber die Plastiktasche und lächelte Emily über die Maske hinweg an. »Letztes Semester, du bist sicher aufgeregt. Was steht als Nächstes an?«

»Eine ganze Menge. Ich plane, ein beschleunigtes Medizinstudium zu absolvieren, dann habe ich noch mindestens zwei Jahre Assistenzzeit vor mir, bevor ich die Approbation beantragen kann. Wenn ich mich auf forensische Pathologie spezialisieren will, muss ich noch eine Menge lernen. Im Moment mache ich mir mehr Sorgen über das Abschlussexamen.« Emily zuckte mit den Schultern. »Für gewöhnlich gehe ich mit Zuversicht in die Prüfungen rein, aber das Examen ist für mich so wichtig, dass ich leicht nervös bin.«

»Manchmal ist das gar nicht so verkehrt.« Kane zuckte mit den Augenbrauen. »Selbstüberschätzung kann ein Fluch sein.«

»Du findest immer die richtigen Worte.« Emily drückte seinen Arm und eilte dann hinter Webber her.

»Bevor wir anfangen ...« Wolfe lenkte seine Aufmerksamkeit zu Jenna. »Ihre letzte Nachricht hat Laurie um fünf am Samstagabend verschickt. Ich bin den gesamten Verlauf des letzten Monats durchgegangen und habe nur gewöhnlichen Austausch entdeckt. Die einzigen Nachrichten von Interesse ist ein Austausch zwischen ihr und Wyatt Cooper, ihrem festen Freund. Wyatt war darüber verärgert, dass Cory Hughes, der Hausmeister, Laurie so viel Aufmerksamkeit entgegenbrachte. Daraufhin haben sie sich getrennt. Laurie hat ihm geschrieben, dass sie Eifersucht nicht leiden kann, und hat seine Anrufe blockiert.«

»Das ist ein Motiv.« Jenna dachte über die Information nach. »Cooper war beim Training und hätte ihr folgen können.

Wenn sie eine Mitfahrgelegenheit gebraucht hätte, wäre sie bei ihm wahrscheinlich eingestiegen.« Sie sah Kane an. »Wir müssen herausfinden, welchen Wagen er fährt.« Sie wandte sich wieder an Wolfe. »Was hast du sonst noch für mich?«

»Wir haben einige Indizien.« Wolfe zeigte auf den Bildschirm. »Der Herrenslip ist ein No-Name-Produkt und nicht rückverfolgbar, aber darauf habe ich eine signifikante Menge DNA gefunden. Wir haben auch Spuren von fremdem Speichel auf dem Schraubendreher gefunden und eine brauchbare DNA-Probe davon entnommen.« Er ging zum Bildschirm. »Die DNA-Proben stimmen weder mit der des Opfers noch untereinander überein.« Er ließ einen langen Seufzer entweichen. »Natürlich sind beide nutzlos, solange wir keine Übereinstimmung gefunden haben. Da Cooper und Hughes gewisse Berührungspunkte mit Laurie hatten, würde ich mit den beiden anfangen, aber die Aufgabe wird keine leichte sein. Ich würde vorschlagen, du rufst Jo Wells an und bittest Bobby Kalo, die Proben mit den FBI-Datenbanken abzugleichen.«

»Es ist mir noch etwas zu früh, um das FBI einzuschalten.« Kane runzelte die Stirn. »Wir werden die Proben der beiden jungen Männer besorgen und eine Liste an Verdächtigen erstellen, bevor wir Jo und Bobby kontaktieren und möglicherweise wie Vollidioten dastehen.«

»Es ist eure Entscheidung.« Wolfe trat zurück und starrte auf die Befunde. »Dieser Fall ist kompliziert, und ich habe mir gedacht, ihr würdet Jos Meinung zu schätzen wissen. Sie ist eine Freundin und würde die FBI-Karte nicht ziehen, wenn ihr sie nicht ausdrücklich darum bittet.«

»Also schön.« Kane sah nicht erheitert aus. »Ich rufe sie an, wenn ich den Kerl nicht finden kann.«

Erfreut über das Beweismaterial starrte Jenna auf den Bildschirm. »Das heißt, wir haben zwei potenzielle Verdächtige?«

»Ja, möglicherweise.« Wolfe sah sie aus seinen grauen Augen an.

»Ich denke, der Speichel war ein Versehen und der Slip eine Botschaft.« Rio untersuchte die Indizien. Er sah Kane an. »Was denkst du?«

»Ich werde mir erst mal anhören, was Wolfe zu sagen hat, bevor ich irgendwelche Entscheidungen treffe oder das FBI um Hilfe bitte.« Kane zuckte mit den Schultern. »Mir scheint, dass die Mörder bis zum Äußersten gegangen ist, um keine Beweisspuren zu hinterlassen.«

Jenna hob den Blick und schaute sich die Bilder auf dem Bildschirm an. Wolfe hatte die Leiche von beiden Seiten fotografiert. Sie blickte ihn an. »Wir haben dich unterbrochen, bitte fahre mit der Arbeit fort.«

»Okay.« Wolfe nutzte eine Fernbedienung, um eine weitere Reihe Röntgenaufnahmen aufzurufen. »Es gibt keine Anzeichen von Gewalteinwirkung bis auf die Stichwunden. Wie ihr erkennen könnt, wurden ihr zweiundzwanzig Stichwunden im Gesicht, den Augen und auf dem Torso zugefügt. Bei zehn davon liegt eine nachweisliche Schädigung des darunterliegenden Knochens vor. Das Zungenbein ist gebrochen, aber der Kehlkopf ist nicht gequetscht.« Er drehte sich um und sah sie an. »Ich habe Blutproben entnommen und führe routinemäßig toxikologische Untersuchungen durch, aber diesmal habe ich explizit auf eine Reihe von Beruhigungsmitteln getestet, um eine Vergewaltigung auszuschließen. Ich habe weder Spuren von Beruhigungsmitteln in ihrem Kreislauf noch Fingerabdrücke auf ihrem Körper gefunden.«

Jenna untersuchte die Leiche. Abgesehen von den Stichwunden und den Blutergüssen am Hals wies der Körper nur ein paar oberflächliche blaue Flecken auf. Es gab keine Abwehrverletzungen. »Irgendwelche Anzeichen für sexuelle Aktivitäten?«

»Nein.« Wolfe ging zu der Leiche. »Die Totenflecke habe ich bereits erwähnt. Wie du an ihrer Ausbreitung im unteren Körperbereich sehen kannst, befand sie sich für eine Weile in einer sitzenden Position, bevor sie verlagert wurde. Vielleicht acht oder mehr Stunden. Ich habe etwas Bemerkenswertes gefunden.« Er schaute Kane an. »Hilfst du mir, sie umzudrehen?«

»Klar.« Kane bewegte den Körper mit der größten Vorsicht und Behutsamkeit.

Jenna wollte endlich erfahren, was Laurie Turner zugestoßen war. Sie ignorierte ihre Beklommenheit und trat näher heran. »Oh, ich sehe es. Da ist eine Furche auf ihrem Rücken.«

»Ich habe Abstriche genommen, denn verwesende Haut sammelt Spurenelemente wie ein Magnet. Da waren Staubpartikel, nichts Besonderes, aber ich habe Spuren von Polyethylen gefunden. Meiner Meinung nach ist sie in Plastik eingewickelt worden oder lag zumindest auf Plastik. Die zerknitterte Plastikfolie hat den Abdruck auf ihrem Rücken verursacht. Dies würde den sauberen Tatort und die leichte Sandschicht auf ihrem Körper am Tatort erklären.«

Jenna nickte, und stellte sich die Szene gedanklich vor. »Der Mörder hat sie in Plastik gewickelt und sie zu den Minen gebracht, wo er sie post mortem erstochen hat, so wie von dir bereits festgestellt wurde. Das würde die Spritzer von Körperflüssigkeit erklären. Nachdem er den Schraubendreher in den Schacht geworfen hat, hat er sie aus der Plastikfolie gerollt, seine Spuren verwischt und ist in Richtung Berge verschwunden.«

»Hey, mach mal langsam.« Kane untersuchte Lauries Nacken. Er hob das Haar an und betrachtete die kreuzartige Markierung auf ihrer Haut. »Sie saß für eine Weile auf Plastikfolie, aber wer sitzt schon auf einer Plastikfolie und wartet einfach darauf, erwürgt zu werden?« Er warf Wolfe einen Blick zu. »So etwas habe ich schon einmal gesehen, das kommt bei einem klassischen Würgeangriff von hinten zustande.« Er folgte der Markierung bis unter ihren Kieferknochen. »Hier, unter ihrem Kinn. Ich nehme an, dass zwei Personen beteiligt waren: der Fahrer und der Mörder auf dem Rücksitz, der sich dort möglicherweise versteckt hielt. Laurie steigt in den Wagen, und der Fahrer fährt weiter. Der zweite Beteiligte legt ihr einen Strick um den Hals, überkreuzt das Seil und zerrt sie auf dem Sitz nach hinten. Vielleicht hatte sie den Sicherheitsgurt angelegt, der sie an Ort und Stelle hielt.« Seine Aufmerksamkeit galt wieder Wolfe. »Hast du irgendwelche Spuren unter ihren Fingernägeln gefunden?«

»Nein, aber sie hätte innerhalb von zehn Sekunden das Bewusstsein verloren.« Wolfe gab Kane ein Zeichen, sie auf den Rücken zu drehen. »Alle Stichwunden wurden ihr mit ein und demselben Gegenstand zugefügt. Sie unterscheiden sich in ihrer Tiefe, was darauf hindeutet, dass der Angriff bis zur Ermüdung fortgesetzt wurde. Das Hauptaugenmerk lag auf dem Gesicht und dem Brustbereich.«

»So etwas Ähnliches habe ich bereits gesehen.« Rio lehnte mit vor der Brust gekreuzten Armen am Tresen. »Es war ein Fall, bei dem die Frau eines Mannes seine Freundin mit einem Küchenmesser ermordet hat. Das gleiche Angriffsmuster, Gesicht und Brust.«

»Es könnte sein, dass wir nach einer weiblichen Täterin suchen.« Kane verengte die Augen. »Eine von Eifersucht getriebene Frau.«

Jenna dachte über das Gehörte nach und nickte. »Vielleicht auch zwei weibliche Täterinnen.« Sie sah Kane an. »Sie wäre wohl eher mit einer oder gar zwei Frauen mitgefahren als mit einem Mann.«

»Es ist wahrscheinlicher, dass sie den Fahrer kannte.« Kane zuckte mit den Schultern. »Diesen Eindruck hatte die Zeugin. Sie hat die Szene sehr genau beschrieben, also würde ich sagen, dass ihr nicht viel entgeht.«

»Zurück zur Autopsie …« Wolfe zog das Mikrofon herunter, um seine Befunde aufzuzeichnen. »Wir haben die Leiche von Laurie Turner. Alter: sechzehn Jahre und zwei Monate. Weiß, braune Augen, braunes Haar. Altersentsprechende Größe und

Gewicht. Zweiundzwanzig Verletzungen am Oberkörper und im Gesicht stimmen mit dem am Tatort gefundenen Schraubendreher überein. Die Spuren auf dem Schraubendreher konnten teilweise Laurie Turner zugeordnet werden. Darüber hinaus wurde eine überlagernde Fremd-DNA gefunden, was darauf hindeutet, dass sie nach Beendigung des Angriffs dorthin gelangt ist.« Er schaltete das Mikrofon aus und sah Jenna und ihr Team an. »Ich werde Pausen für Fragen einlegen, aber ich muss meine Audioaufzeichnung ungestört fortsetzen, um für den Bericht eine Kopie meiner Befunde anzufertigen.«

Jenna trat einen Schritt zurück, als die Untersuchung der Leiche fortgesetzt wurde. Das war der Teil, bei dem selbst die erfahrensten Polizeibeamten einknickten. Organe wurden entfernt, untersucht, gewogen und Proben von Mageninhalt wurden entnommen, was sie dazu veranlasste, das eine oder andere Mal den Blick abzuwenden und den Atem anzuhalten. Um Kane musste sie sich keine Sorgen machen, er schien alles mit Fassung zu tragen und assistierte Wolfe, aber ihr derzeitiges Interesse galt Rio. Er hatte sie angenehm überrascht. Bei der Arbeit hatte er intelligente Bemerkungen gemacht, und er verstand sein Handwerk. Auch im Leichenschauhaus war es nicht anders. Er hatte seinen Blick von der Autopsie nicht abgewandt, so als würde er sich jede Einzelheit einprägen wollen, und vielleicht tat er das auch. Seine Augen zeugten von einem regen Interesse, und er saugte jedes von Wolfes Worten förmlich in sich auf. Für einen jungen Mann verfügte er über einen Wissensstand, der über sein Alter hinausging, und ihr gefiel sein Charakter. Er würde gut ins Team passen, und dass sie schon am ersten Tag zu diesem Schluss gekommen war, war bemerkenswert. Ihre Aufmerksamkeit richtete sich erneut auf Wolfe, gerade als er wieder zu sprechen begann.

»Die Stichwunden variieren in Tiefe und Winkel. Die Tiefe reicht von sechs Zentimetern bis zu einem Zentimeter auf ihrer Brust, und es gibt zwei zehn Zentimeter tiefe Einstiche auf ihrem Unterkörper.« Wolfe sah zu Jenna auf. »Ich habe zehn Wunden auf ihrer Brust und ihrem Unterkörper und zwölf Wunden im Gesicht gezählt.« Er schaltete das Mikrofon aus, als Emily und Webber in den Saal zurückkehrten. »Oh, gut. Emily, schließ bitte die Autopsie ab und näh sie zu.« Er schaltete das Mikrofon wieder ein. »Ich bin zu dem Schluss gelangt, dass die Todesursache Mord durch Ersticken aufgrund von Strangulation ist. Alle anderen Verletzungen wurden dem Opfer post mortem durch eine oder mehrere derzeit unbekannte Personen zugefügt.« Er schaltete das Mikrofon aus und sah Jenna an. »Alle Befunde werden in meinem vollständigen Bericht zu finden sein.«

Jenna wandte sich an Emily. »Enthielt der Rucksack irgendetwas von Interesse?«

»Nicht in seinem Innern, nein. Nur die üblichen Dinge, die ein Mädchen beim Training brauchen könnte. Allerdings haben ihre Pompons gefehlt. Normalerweise verwenden Cheerleader ihre eigenen Pompons beim Training. Wir haben verschiedene Fingerabdrücke auf dem Rucksack gefunden und einige Fasern, die von einem Autoteppich stammen könnten. Sie sind zu fein, um Teil eines Vorlegers oder Ähnlichem zu sein. Sämtliche Informationen haben wir in die Akten eingespielt und die Proben warten darauf, untersucht zu werden.«

Jenna schaute Kane an. »Wir brauchen die Fingerabdrücke von allen, die beim Training anwesend waren, von ihren Freunden und auch von ihrem Vater, um sie als Verdächtige auszuschließen.«

»Das wäre Zeitverschwendung.« Kane schüttelte den Kopf. »Wenn sie so sehr darauf geachtet haben, ihre Spuren zu verwischen, würden sie den Rucksack ohne Handschuhe niemals anfassen. Sie haben ihn kilometerweit von der Leiche entsorgt, um uns in die Irre zu führen.«

»Ich würde mir die Fasern genauer ansehen.« Rio trat näher heran. »Nachdem sie in den Wagen gestiegen ist, hat sie den

Rucksack vermutlich auf dem Boden zwischen ihren Beinen abgestellt. Wenn einige Fasern auf dem Rucksack hängen geblieben sind, könnten wir sie zum Fahrzeug zurückverfolgen. Wir kennen die Marke. Das Model und das Baujahr würden die Suche nach dem Halter erheblich erleichtern.«

»Überlasst das mir.« Wolfe zog seine Gesichtsmaske herunter und ging zur Tür. »Ich werde mich sofort darum kümmern.«

Jenna drehte sich zu Kane und Rio um. »Lasst uns gehen.« Sie folgte Wolfe durch die Tür hinaus. »Wir müssen noch so viele Datenbanken durchsuchen. Wenn wir das Bobby Kalo, unser FBI-Computergenie, hinzuziehen könnten, würde es uns das Leben um einiges erleichtern. Ich werde Jo anrufen, sobald wir wieder auf dem Revier sind. Ist das okay für dich?«

»Klar.« Kane zog seine Maske herunter und lächelte ihr zu. »Bei diesem Fall brauchen wir so viele Leute, wie wir aufbieten können.«

SIEBZEHN

Vor dem Büro des Rechtsmediziners sog Jenna die frische Bergluft ein, aber der Gestank des Todes hatte sich in ihrer Nase festgesetzt, als wollte er dort Wurzeln schlagen. Sie folgte Kane zu seinem Wagen und lehnte sich an die Tür, um durchzuatmen. Am Ende der Straße machte sie Menschen aus, die sich rund um die Main Street tummelten. Die Vorbereitungen für die Herbstfestivalparade, die am nächsten Tag stattfinden sollte, waren in vollem Gange. Das Thema, das in diesem Jahr von den lokalen Mannschaften und ihren Spielern auf Festwagen präsentiert werden sollte, war Sport. Eine Band, gefolgt von Cheerleader-Teams würde die Main Street entlangmarschieren und der Bürgermeister würde das Festival offiziell eröffnen. Die restliche Woche würde freudiger Trubel herrschen, und obwohl die Touristen zuweilen ein Problem sein konnten, freute sie sich auf die Wimpel, lachenden Gesichter, Luftballons und Zuckerwatte. Alle Festivals brachten eine Myriade Düfte mit sich, von gebratenen Zwiebeln, gegrillten Rippchen, dem berühmtem Pulled Pork und von den Kuchen- und Süßigkeitenständen. Sie hätte sich am liebsten direkt hineingestürzt.

»Das war's wohl mit unserem Tanz auf dem Herbstfestival.« Kane legte einen Arm um ihre Schulter und drückte sie. »Dabei habe ich mich bereits darauf gefreut, mir dieses Jahr wieder die Zehen zertrampeln zu lassen.« Er grinste sie an. »Ich verstehe nicht, warum jemand nicht tanzen kann, dem es so leicht fällt, Kampfmanöver zu erlernen.« Er schreckte zurück, als sie ihn in die Rippen stieß. »Wobei du immer besser wirst.«

Jenna schnaubte. »Hast du schon mal daran gedacht, dass es an dir liegen könnte?« Sie stieß ihn erneut an. »Auf Tys Füße bin ich schließlich nicht getreten, als wir zusammen im Antlers getanzt haben.«

»Ja, aber Carter hat dich auch so gehalten.« Kane streckte die Arme von sich. »Er hat ein scharfes Auge, und ihm sind vermutlich die Schrammen auf meinen Stiefeln aufgefallen.«

Jenna verdrehte die Augen. »Danke, Dave, ich fühle mich gleich viel besser.« Sie duckte sich unter seinem Arm weg und ging um die Motorhaube herum. »Ich denke, wir fahren besser zurück zum Revier.«

»Ich schätze, wir sollten zuerst Cory Hughes abpassen, er sollte um diese Uhrzeit in der Schule sein.« Kane öffnete seine Tür. »Wenn er unschuldig ist, wird er uns eine DNA-Probe entnehmen lassen, aber um Wyatt Cooper zu testen, brauchen wir die Erlaubnis seiner Eltern.«

Jenna nickte. »Sicher, und beide Proben bräuchten wir noch gestern. Gehen wir.«

Sie sah aus dem Fenster und sehnte sich danach, Teil der Veranstaltungen zu sein, die in der Stadt organisiert wurden. Jenna hatte schon oft hier und da ausgeholfen, und ihre Deputys hatten die älteren Stadtbewohner bei schweren Arbeiten unterstützt, aber jetzt gelang es ihr nur, einen flüchtigen Blick auf die Main Street zu erhaschen, weil Kane auf Nebenstraßen fuhr. Nach ein paar Kurven erreichten sie die Stanton Road und fuhren Richtung Schule weiter. Der Parkplatz war leer, aber ihnen kamen ein paar Kinder entgegen, die in Grüppchen nach Hause liefen. »Laut Hughes parkt er hinten.«

»Okay.« Kane fuhr um das Hauptgebäude herum und parkte hinter einem weißen Pick-up.

Jenna rümpfte die Nase über den Geruch, der von den Müllcontainern zu ihnen herüberwehte, und schloss das Fenster. Sie sah sich in der Umgebung um. »Die Hintertür steht offen. Vielleicht arbeitet er hier in der Nähe.«

»Das hoffe ich. Wir sind seit Stunden nicht mehr beim Sheriff's Department gewesen.« Kane kletterte aus dem Wagen und ging zum Kofferraum. »Ich hole ein DNA-Test-Kit.«

Jenna schaute ihn an. »Falls du dich um Duke sorgst – das musst du nicht. Maggie wird ihn mit Snacks füttern und ansonsten wird er wahrscheinlich schlafen.«

»Vielleicht, aber er kennt Rio noch nicht.« Kane schob sich OP-Handschuhe in die Tasche und zuckte mit den Schultern. »Wenn Rio neben meinem Schreibtisch arbeitet, könnte Duke denken, dass ich ersetzt worden bin. Duke mag keine Fremden.« Er sah sie an. »Wenn er beunruhigt ist, könnte er ins Reservat zurückkehren. Du hättest ihn dort sehen sollen, Jenna, er war total aufgedreht. Ich denke nicht, dass Hunde sich an ihre Mütter erinnern können, Duke aber schon. Ich frage mich oft, ob es nicht besser wäre, ihn Atohi zu überlassen.«

Jenna ignorierte den Müllgestank und sah ihn ungläubig an. »Machst du Witze? Als du im Krankenhaus warst, hat er vor der Tür geheult, bis ich ihn durch jeden Raum deines Häuschens geführt habe und er jeden nach dir abgesucht hat. Wochenlang hat er unter dem Biest geschlafen und sich geweigert, etwas zu fressen. Ich musste ihn hervorzerren und ihm eines deiner getragenen Hemden geben, auf dem er dann geschlafen hat, und ihn mit der Hand in seinem Körbchen füttern. Es kann sein, dass er aufgeregt war, seine Mutter zu sehen, aber du bedeutest ihm die Welt.« Sie sah ihn verständnislos an. »Das ist dir doch klar, oder nicht?«

»Das hast du mir noch nie erzählt.« Kanes Augenbrauen zogen sich zusammen.

Jenna schüttelte den Kopf. »Nein, weil du nicht du selbst warst, als du aus dem Krankenhaus nach Hause gekommen bist. Du hast dich nicht mal mehr an mich erinnert, geschweige denn an Duke.«

»An Duke habe ich mich erinnert.« Kane nahm seinen Hut ab und rieb sich über die Narbe auf seinem Kopf. »Selektives Gedächtnis.« Er umfasste ihre Wange mit seiner Hand. »Es tut mir leid, inzwischen erinnere ich mich wieder an alles ganz genau. Du hast mir das Leben gerettet und ich habe dich im Stich gelassen.«

Jenna trat näher heran. »Du bist nach Hause zurückgekommen.« Sie lächelte ihn an. »Obwohl dein Erinnerungsvermögen einen Aussetzer hatte, hast du mich nach Hause begleitet. Du bist jetzt bei mir. Das ist alles, was zählt.«

»Ich bin ein glücklicher Mann.« Kane hauchte ihr einen Kuss auf die Lippen, versteifte sich dann, sah über ihre Schulter und ließ seine Hand fallen. »Ich denke, es war nur ein Käfer in Ihrem Haar, Sheriff.«

Wie bitte? Jenna bemerkte Cory Hughes, der im Türrahmen lehnte und wie ein Pavian grinste. Es war offensichtlich, dass Kane versuchte, einen zärtlichen Moment vor unerwünschten Blicken zu verbergen. Er räusperte sich. »Was ist so lustig, Mr Hughes?«

»Nun, es kommt nicht oft vor, dass ich den Sheriff und ihren Deputy neben dem Müll beim Rummachen erwische.« Hughes gluckste. »Dann lasse ich Sie zwei Turteltäubchen mal allein.«

Verärgert marschierte Jenna ihm entgegen. Das Letzte, was sie brauchten, war, dass Hughes Gerüchte in der ganzen Stadt streute. »Wenn Sie die Bitte, mir einen Käfer aus dem Haar zu ziehen, als Rummachen betrachten, brauchen Sie professionelle Hilfe.« Sie folgte ihm ins Innere. »Gehen Sie nicht weg, wir sind wegen Ihnen hier.«

»Ich habe meine Aussage gemacht und habe nichts mehr hinzuzufügen.« Er ging den Weg ins Schulgebäude voran.

»Wir arbeiten daran, die Leute, die Laurie Turner zuletzt lebend gesehen haben, von den Ermittlungen auszuschließen.« Kane ging neben ihr her. »Wir brauchen einen DNA-Abstrich aus Ihrem Mund. Es tut nicht weh, und wenn Sie an ihrer Ermordung nicht beteiligt sind, gibt es nichts, worüber Sie sich sorgen müssten.«

»Mord?« Hughes erbleichte. »Das Letzte, was ich gehört habe, war, dass sie vermisst wird. Ist sie tot? Aber wie? Was ist ihr zugestoßen?« Er sah sie aus weit aufgerissenen Augen an.

Entweder war Hughes aufrichtig schockiert oder aber ein sehr guter Schauspieler. Sie hatte miterlebt, dass Psychopathen Reue zeigten, obwohl sie keinen Funken Empathie besaßen, und verließ sich deswegen bei Befragungen auf ihr Bauchgefühl. »Die Todesursache ist derzeit Gegenstand der Ermittlungen. An ihrer Leiche wurde DNA gefunden, und wir nehmen von allen ihren Freunden Abstriche. Ihnen wird derzeit nichts vorgeworfen, und wenn Sie mit ihrem Tod nichts zu tun haben, wird der DNA-Abstrich dazu beitragen, Sie als möglichen Verdächtigen auszuschließen.«

»Ich würde Laurie niemals verletzen.« Hughes rieb sich mit beiden Händen über das Gesicht. »Ich wusste, dass sie mich mochte, aber mich mit einer Sechzehnjährigen einzulassen, hätte mich meinen Job gekostet. Als sie mit ihrem kaputten Handy zu mir gekommen ist, habe ich ihr dazu geraten, sich mit Wyatt wieder zu versöhnen.« Er fuhr sich mit der Hand durchs Haar. »Sie hat mir einen Kuss auf die Wange gehaucht und ist dann kichernd herausgerannt.«

»Sind Sie ihr gefolgt?« Kanes Stimme war so leise, dass Jenna ihn kaum hören konnte. »Ein süßes, junges Ding wie sie ... Niemand hätte etwas erfahren, nicht wahr?«

Jenna fasste Kanes geschmacklosen Kommentar über Laurie als Befragungstechnik auf, die von FBI-Profilern bei Verhören angewandt wurde. Es ließ den Verdächtigen glauben, dass der Befragende derselben Ansicht war wie er selbst, und führte oft zu einer Antwort. Oft genossen es die Täter, mit Gleichgesinnten über ihre Heldentaten zu sprechen.

»Nein, ich bin ihr nicht gefolgt.« Hughes straffte sich. »Ich bin nach Hause gegangen, so wie ich es Ihnen bereits gesagt habe.« Wut blitzte in seinen Augen auf. »Ich würde Laurie niemals ein Leid zufügen. Ich werde Ihnen die DNA-Probe geben, um es zu beweisen.«

Leicht gesagt von einem Mörder, der sich sicher sein konnte, seine Spuren verwischt zu haben. Jenna nickte. »Vielen Dank. Mir war nicht klar, dass Sie mit ihr eng befreundet waren. Mein Beileid zu Ihrem Verlust.« Sie zeigte auf Kane. »Deputy Kane wird den Abstrich entnehmen.«

Jenna registrierte den Schraubendreher, der aus seiner Tasche ragte. Er hatte eine andere Farbe als der, den sie am Tatort gefunden hatten. »Tragen Sie explizit diesen Schraubendreher immer bei sich?«

»Ja.« Hughes sah verwirrt aus. »Der hat die richtige Größe für die meisten Schrauben in der Schule, also habe ich ihn immer griffbereit bei mir.«

»Besitzt jemand in Ihrem Haushalt einen Chrysler?« Kane zog sich die Handschuhe über, und seine Stimme klang beiläufig.

»Ja, meine Mutter. Es ist ein altes Modell, sie fährt nicht oft damit.« Hughes öffnete den Mund, damit Kane den Abstrich entnehmen konnte.

»Danke.« Kane verschloss das Teströhrchen und bat Hughes, das Formular zu unterschreiben. »Das Auto ist nicht zufällig grün, oder?«

»Doch, warum wollen Sie das wissen?« Hughes wischte

sich den Mund mit seinem Handrücken ab. »Ist sie über rot gefahren oder so?«

»Nicht dass ich wüsste.« Kane verschloss den Beweismittelbeutel. »Fährt Ihre Schwester mit dem Wagen?«

»Manchmal.« Hughes runzelte die Stirn und trat von einem Fuß auf den anderen. »Aber sie hat den Führerschein noch nicht lange.«

Jenna registrierte seine Verhaltensänderung. »Warum haben Sie mich nicht bei der Versammlung in der Turnhalle über das Fahrzeug informiert? Ich hatte gefragt, ob jemand jemanden kennt, der einen grünen Chrysler hat. Kurz nachdem wir über das Handy gesprochen haben.«

»Ich nehme an, ich habe es überhört.« Hughes kratzte sich am Kopf. »Ich war gegangen, um Lauries Handy für Sie zu holen, erinnern Sie sich?«

Seine Ausrede klang plausibel, und er hatte sich bis jetzt kooperativ gezeigt. Jenna nickte. »Ja, das stimmt. Sie haben die Halle verlassen, bevor ich die Ansage gemacht habe.« Sie dachte einen Moment nach und änderte die Taktik. »Hat sich Verna mit Laurie gut verstanden? Verna war im gleichen Cheerleading-Team wie sie, nicht wahr?«

»Ja, das stimmt, aber sie kamen nicht miteinander klar«, antwortete Hughes abwehrend. »Aber denken Sie jetzt bitte nichts Schlechtes über Verna. Sie hatte keine leichte Kindheit. Meine Eltern haben sich ein Jahr lang um sie als Pflegekind gekümmert, bevor sie sie adoptiert haben. Die Leute verstehen sie nicht, das ist alles.«

»Kommen Sie mit ihr aus?« Kane senkte die Stimme zu einem Flüstern. »Es muss seltsam gewesen sein, als ein weiteres Kind bei Ihnen einzog. Ich bin mir nicht sicher, ob es mir gefallen hätte, meine Eltern mit einer Fremden teilen zu müssen.«

»So war es überhaupt nicht.« Hughes schüttelte den Kopf. »Verdammt noch mal, sie ist meine beste Freundin. Ich bin froh, dass sie inzwischen ein Teil der Familie ist.« Er runzelte die Stirn. »Ich bin froh, dass sie da ist. Seit Pa weg ist, geht Ma mir auf den Wecker und macht mir ständig Vorwürfe. Als wäre es meine Schuld, dass er sie verlassen hat.«

»Es ist für alle Beteiligten nicht leicht, wenn sich die Eltern trennen.« Kane verzog das Gesicht. »Wir haben alles, was wir brauchen. Vielen Dank für Ihre Zeit.«

Als sie wieder in das Biest stiegen, drehte sich Jenna zu Kane um. »Wie schätzt du ihn ein?«

»Er hat sich nicht wie jemand verhalten, der dachte, dass Laurie zu jung für ihn war und dass er seinen Job verlieren könnte, wenn er sich auf sie einlässt. Seine Reaktion entsprach eher der eines langjährigen Liebhabers. Seine Worte sprachen eine Sprache, aber sein Verhalten eine ganz andere.« Kane startete den Motor und fuhr aus der Parklücke heraus. »Er hat überreagiert. Wenn seine Mom einen Chrysler hat, haben wir nur sein Wort, dass er am Samstagabend mit seinem eigenen Wagen gefahren ist. Wenn er immer an der gleichen Stelle parkt, wäre er nicht zu sehen gewesen – oder Verna ist gefahren.«

Jenna legte sich in Gedanken ein mögliches Szenario zurecht. Sie verstand, worauf Kane hinauswollte. »Er hat am Samstagabend hier gearbeitet und hätte Lauries Pick-up mit Leichtigkeit manipulieren können.« Sie legte die Stirn in Falten. »Aber wie ist es ihm gelungen, dass ihr das Handy runtergefallen ist?«

»Verna.« Kane fuhr auf die Stanton Road. »Laut Aussagen der anderen, hatte sich eine ziemliche Menschenmenge auf dem Parkplatz versammelt. Die Leute waren alle aufgeregt wegen dem Festival, haben Pläne gemacht und so. Alle jungen Frauen ihres Alters tragen ihre Handys bei sich. Sie leben in ihrer eigenen Welt, sind in ein Gespräch vertieft. Die meisten von ihnen bekommen nicht einmal mit, was um sie herum geschieht.«

Jenna dachte eine Weile nach. »Ich bin mir da nicht so sicher. Mir scheint, er hätte Laurie haben können. Sie stand auf ihn, und der Angriff auf sie ähnelt dem einer eifersüchtigen Frau. Außerdem hat er zugegeben, dass Verna sie nicht mochte.« Sie schüttelte den Kopf. »Könnte sein, dass wir es von der falschen Seite betrachtet haben. Die Mörderin könnte Verna sein.«

»Vielleicht, aber es wäre für sie allein schwierig gewesen, sie zu ermorden und dann ihre Leiche zu bewegen. Und Männer greifen Frauen ebenfalls im Gesicht an.« Kane verzog das Gesicht. »Ich muss mit Jo sprechen. Ich habe etwas über einen Mörder gelesen, der seine Angriffe auf die Augen der Opfer richtete. In diesem Fall hatte kannte er sie alle. Das könnte ein Charakterzug sein. Vielleicht fühlt er sich nicht verantwortlich, wenn sie ihn nicht ansehen können. Ich muss tiefer graben.«

ACHTZEHN

Nachdem sie die Schule verlassen hatten, fuhr Kane zum Haus von Wyatt Cooper. Es bestand die Chance, dass er gerade zu Hause war, und vielleicht wäre einer seiner Elternteile da, um das Einwilligungsformular zu unterzeichnen. Als sie vor dem ausladenden Haus im Ranchstil parkten, sah er Jenna an. »Drücken wir die Daumen, dass wir das heute noch abschließen können. Wir brauchen dringend Antworten.«

»Ich hoffe nur, dass Lauries Tod das Ergebnis eines Streits, und nicht der erste Mordfall in einer Reihe von Cheerleader-Morden ist.« Jenna schob die Tür auf. »Ich spüre, dass die Uhr tickt. Mit jeder Sekunde wächst die Wahrscheinlichkeit, dass wir die nächste Leiche finden.« Sie blickte zu ihm herüber, als sie um die Motorhaube herumging. »Ich nehme an, wir werden auch Vernas DNA brauchen. Noch habe ich weder ihre noch Hughes Beteiligung an diesem Fall ausgeschlossen.«

Kane griff ein weiteres Test-Kit und folgte ihr zum Vordereingang des Hauses. Nachdem Jenna die Klingel betätigt hatte, öffnete eine Frau in ihren späten Dreißigern die Tür, und schaute sie erstaunt an. Er nickte ihr zu. »Mrs Cooper?«

»Ja.« Mrs Cooper stand da, als würde sie die Tür bewachen,

und stemmte beide Hände in den Türrahmen. »Stimmt etwas nicht?«

»Nein, gar nicht.« Jenna lächelte die Frau an. »Wir nehmen DNA-Abstriche und Fingerabdrücke ab, um Verdächtige im Mordfall Laurie Turner auszuschließen. Wir würden gern einen Abstrich von Wyatt haben, sofern er zu Hause ist.«

»Wir haben gerade aus den Nachrichten von ihrem Tod erfahren.« Mrs Cooper drückte eine Hand auf ihre Brust. »Sie war so ein süßes Mädchen. Wyatt ist untröstlich.« Sie schüttelte den Kopf. »Ich denke, Sie kommen besser rein. Ich werde ihn holen.«

Kane folgte Jenna ins Haus. Sie warteten im Flur am Fuße der Treppe. Der Duft von Lavendel, den die Möbelpolitur verströmte, erfüllte das Haus und löste eine Flut von Erinnerungen in ihm aus. Seine Mutter hatte immer aus Bienenwachs und Lavendelöl ihre eigene Politur hergestellt. Er erinnerte sich daran, wie sie alles zum Glänzen brachte, sogar seine Stiefel. Von oben drangen gemurmelte Gesprächsfetzen zu ihnen herunter, dann erschien Wyatt Cooper am oberen Treppenende.

»Haben Sie herausgefunden, wer sie getötet hat?« Wyatt schüttelte langsam den Kopf. »Wenn ich nur auf sie gewartet hätte, wäre das alles nicht passiert. Ich bin so ein Sturkopf gewesen und habe mir eingebildet, dass sie eifersüchtig werden würde, wenn sie sieht, wie ich mich mit Becky unterhalte.«

»Wir wären nicht hier, um einen DNA-Abstrich zu nehmen, wenn wir ihren Mörder bereits gefunden hätten.« Jenna musterte ihn prüfend. »Machen Sie sich keine Vorwürfe, Wyatt. Der Mörder trägt die Schuld an der Tat, nicht Sie, und wir werden herausfinden, wer Laurie das angetan hat. Darauf haben Sie mein Wort.«

»Danke.« Wyatt blickte zu Kane. »Ich kann nicht glauben, dass der Bürgermeister trotz Lauries Tod das Festival nicht aussetzt. Das fühlt sich so falsch an. Wir müssen unseren Auftritt durchziehen, als wäre nichts geschehen.«

The Show must go on. Kane nickte. »Wenn so etwas passiert, ist es manchmal am besten, mit dem Leben ganz normal fortzufahren. Es ist ein traumatisches Ereignis und Normalität ist das beste Heilmittel.« Er begegnete dem bekümmerten Blick des jungen Mannes. »Wir brauchen Ihre DNA …«

»Ja, Mom hat mir das gerade gesagt.« Wyatt runzelte die Stirn. »Müssen Sie mir Blut abnehmen?«

»Nein, nur einen Abstrich.« Jenna lächelte ihn an. »Machen Sie bitte den Mund auf.« Sie entnahm die Probe. »Na also, das war doch ganz einfach.«

Nachdem er den Fingerabdruckscanner aus seiner Tasche herausgezogen hatte, trat Kane näher. »Das tut ebenfalls nicht weh.« Er lotste Wyatt durch den Prozess. »Danke für Ihre Kooperation.«

»Ist schon okay.« Wyatt rieb seinen Nacken. »Ich hoffe, Sie finden heraus, wer Laurie getötet hat.«

Kane wartete, bis Mrs Cooper sich ihnen anschloss. »Ich habe hier einige Papiere, die Sie bitte unterschreiben müssten.« Er legte die Dokumente auf einen Beistelltisch und erklärte ihr den Inhalt. »Vielen Dank.« Er seufzte. »Wir gehen dann mal. Der DNA-Abstrich muss so schnell wie möglich ins Labor.«

»Mein aufrichtiges Beileid.« Jenna ging auf die Tür zu.

Als sie losfuhren, drehte Kane sich zu ihr um. »Das war jetzt echte Trauer. Sich Vorwürfe zu machen, ist normal, er fühlt sich für sie verantwortlich und will sie zurückhaben. Ich glaube nicht, dass er der eifersüchtige Typ ist.«

»Auf mich erweckt er den Eindruck eines normalen, gesunden Teenagers.« Jenna schüttelte den Kopf. »Aber dann denke ich an Ted Bundy zurück, der als ein wirklich netter Kerl galt, dabei hat er sechsunddreißig Frauen ermordet. Er lässt die

Psychopathen, mit denen wir es in Black Rock Falls aufnehmen mussten, wie Amateure aussehen.«

Nachdem sie im Büro des Rechtsmediziners vorbeigeschaut und die Abstriche Wolfe ausgehändigt hatten, fuhr Kane über Seitenstraßen zurück zum Sheriff's Department, um die Menschenmassen zu meiden. Sie kamen kurz vor fünf an und entdeckten Duke, der seine Nase gegen die Tür drückte. Den Abdrücken auf der Glasscheibe nach zu urteilen, hatte er bereits eine ganze Weile dort ausgeharrt. Als Kane eintrat, begrüßte ihn ein aufgeregtes Bellen, auf das ein Freudentanz epischen Ausmaßes folgte. Er war es gewohnt, dass ein aufgeregter Hund mit einem Gewicht von etwa fünfzig Kilo auf ihn zustürmte, aber es war nur seinen schnellen Reflexen zu verdanken, dass es ihm gelang, Jenna aufzufangen, bevor sie mit dem Kopf gegen den Empfangstresen prallte. Währens sie in seinen Armen hing, leckte Duke enthusiastisch ihr Gesicht ab. »Hey, immer mit der Ruhe, Duke. Wir freuen uns auch, dich zu sehen, aber Jenna braucht kein zweites Bad.«

Als er das »B«-Wort erwähnte, hielt Duke kurz inne und flitzte dann unter Maggies Schreibtisch. Kane richtete sich auf und versuchte nicht über den Speichel zu lachen, der von Jennas Kinn heruntertropfte. »Tut mir leid. Er wollte nur liebevoll sein.«

»Igitt.« Sie erschauderte. »Ich habe dir gesagt, dass er ganz außer sich sein wird.« Sie ging Richtung Badezimmer. »Ich gehe mich kurz frisch machen.«

»Hier ist jemand, der euch sehen will.« Maggie grinste von Ohr zu Ohr. »Die FBI-Agenten mit ihren Hunden.« Sie lenkte den Blick nach unten. »Am besten, du beruhigst Duke. Er zittert so sehr. Es ist fast wie eine Fußmassage, wenn ich ihn mit meiner Fußsohle berühre.«

Kane nickte. »Sicher.« Er lächelte und beförderte eine Tüte

mit Keksen aus seiner Innentasche heraus. »Duke, ich habe Kekse dabei«, redete er dem Hund gut zu und kraulte ihn hinter den Ohren. »Es tut mir leid, dass es so lange gedauert hat. Wir schauen auf dem Weg nach Hause beim Aunt Betty's vorbei. Okay?«

Kekse und die Erwähnung vom Aunt Betty's Café schienen das Allheilmittel für jedes von Dukes Übeln zu sein. Kane lehnte sich gegen den Tresen. »Irgendeine Idee, warum Jo und Carter hier sind?«

»Das haben sie mir nicht gesagt.« Maggie zuckte mit den Schultern. »Sie sind vor etwa fünf Minuten angekommen und sie tragen keine FBI-Jacken.«

Kane nickte. »Wo sind Rowley und Rio?«

»In der Kommandozentrale.« Sie lächelte. »Sie arbeiten gut zusammen. Die Leute standen Schlange, um im Fall Law auszusagen, und sie hatten die Aussagen in kürzester Zeit in der Akte hinterlegt. Die Leute vom Bezirksgefängnis haben Law abgeholt, und jetzt gehen die beiden auf der Suche nach dem geahndeten Fahrzeug die Aufnahmen der Videoüberwachung durch.«

»Danke.« Er sah auf, als Jenna durch die Tür des Hauptbüros trat und auf ihn zukam. »Jo und Carter warten in deinem Büro, Rowley und Rio gehen gerade die Aufnahmen der Videoüberwachung durch.«

»Okay.« Jenna steuerte ihr Büro an. »Ich frage mich, was sie wollen?« Sie beugte sich vor, um Duke hinter den Ohren zu kraulen. »Es scheint ihm wieder gut zu gehen.«

Kane schmunzelte. »Ja, er ist mir sehr ähnlich. Gib ihm ein Leckerli und er ist bereit, dir alles zu vergeben.«

»Das merke ich mir und probiere das mal aus.« Jenna lachte auf und stieß die Tür zu ihrem Büro auf.

NEUNZEHN

»Jo, Ty. Wie gut, euch wiederzusehen. Und wer ist diese hübsche junge Lady?« Jenna lächelte das junge Mädchen an, das einen Boston Terrier auf dem Schoß hielt.

»Das sind Jaime und Beau.« Jo lächelte Jenna warmherzig an. »Wir sind während des Herbstfestivals im Cattleman's Hotel abgestiegen.«

»Schön, dich kennenzulernen, Jaime. Ich bin Jenna und das ist Dave Kane.« Jenna lächelte dem kleinen Mädchen zu. »Ich habe mich schon sehr darauf gefreut, dich mal zu treffen. Bist du mit dem Hubschrauber hierhergeflogen? Ich wette, das hat Spaß gemacht.«

»Mir hat es super gefallen, aber Beau hat die ganze Zeit gezittert.« Jamie runzelte die Stirn. »Jetzt scheint es ihm wieder gut zu gehen. Was ist mit deinem Gesicht passiert?«

Jenna berührte ihre verletzte Wange. »Oh, ich habe mich nur gestoßen, das ist alles.«

»Wenn ich mir wehgetan habe, küsst Mommy es weg, damit es mir wieder besser geht. Aber Erwachsene tun das nicht, oder?« Jamie starrte sie aus großen Augen an.

»Nun, Kanes Hund hat mein Gesicht gerade ordentlich abgeleckt, also ist alles wieder gut.« Jenna warf Ty Carter, der sich auf einem Stuhl fläzte und neben dem sein treuer Dobermann Zorro saß, einen Blick zu. Die beiden hätten gegensätzlicher nicht sein können: Carter mit seinem zerzausten blonden Haar, das ihm bis zum Kragen reichte, den Cowboystiefeln, einem ramponierten Stetson und mit Zahnstocher zwischen den Zähnen, erweckte den Eindruck eines lässigen Cowboys. Sein Hund hingegen saß mit gespitzten Ohren und glänzendem Fell aufrecht da und war bereit zum Einsatz. »Ty, schön dich zu sehen. Seid ihr alle wegen des Festivals hier?«

»Nö. Ich bin zum Vergnügen hier: Essen, Karten, Billard und ein paar Drinks. Vielleicht finde ich auch die Zeit, um angeln zu gehen.« Er sah Kane an. »Du hast demnächst keinen Urlaub geplant, oder? Ich würde mich über deine Gesellschaft sehr freuen.«

»Leider müssen wir an einem Mord ermitteln.« Kane zuckte mit den Schultern. »Wir hatten vor, euch anzurufen.«

»Nee, oder?« Carter hob die Hände. »Ich bin nicht im Dienst, aber Kalo ist im Büro. Vielleicht kann er euch irgendwie helfen.«

»Ich würde gern helfen.« Jo lehnte sich in ihrem Stuhl zurück. »Aber ich habe Jaime versprochen, dass sie sich die Parade ansehen darf.«

Jenna ging zum Tresen und setzte Kaffee auf. »Wenn Jaime im Bett ist, werden wir genügend Zeit haben, um ein paar Dinge zu besprechen.«

»Natürlich.« Jo lächelte. »Ich hatte gehofft, Jaime Shanes Töchtern vorstellen zu können. Ich denke, sie würde sich mit Anna gut verstehen, aber ich nehme an, er wird ebenfalls beschäftigt sein?«

Jenna holte Becher und Milch und Zucker heraus. »Das stimmt, aber Julie wird Anna zum Festival begleiten. Sie ist sehr zuverlässig, und sie haben eine Haushälterin, die keine einzige Parade verpasst. Vielleicht könntet ihr euch ihnen anschließen?«

»Ich rufe Shane später an und kläre das ab.« Jo sah Kane an. »Wolltest du etwas aus meinem Kompetenzbereich mit mir besprechen?«

»Ja, es ist kompliziert.« Kane ließ sich auf einen Stuhl fallen und nahm den Hut ab. »So wie die meisten Dinge, die hier passieren.«

»Also gut …« Carter richtete sich auf und warf seinen Zahnstocher in den Müll. Er sah Jaime an. »Ich hätte große Lust auf ein Stück Pfirsichkuchen vom Aunt Betty's. Es gibt dort jede Menge Eiscremesorten. Wenn deine Mom nichts dagegen hat, würdest du mich begleiten und etwas davon probieren?«

»Darf ich, Mommy?« Jaime grinste. »Bitte, bitte, bitte?«

»Natürlich, aber bleibt nicht zu lange weg.« Jo wandte sich an Carter. »Du bringst mir besser auch ein Stück von diesem Kuchen mit.« Sie schaute Jenna an. »Es ist der beste in der Stadt, nicht wahr?«

Jenna lachte auf. »Das ist er zweifellos.«

»Lass uns gehen.« Carter reichte dem kleinen Mädchen seine Hand. »Wir laufen zu Fuß, es ist nicht weit und die Hunde brauchen Auslauf.« Sie gingen zur Tür hinaus.

»Okay.« Jo lehnte sich in ihrem Stuhl vor. »Was ist passiert?«

Jenna schenkte drei Becher Kaffee ein und stellte sie auf den Tisch. Sie nahm Platz und klärte Jo über Laurie Turners Fall auf. »Wie Kane sagte, es ist kompliziert.«

»Mhm.« Jo trommelte mit ihren Fingern auf dem Tisch. »Die Todesursache verkompliziert die Dinge. Die Strangulation von hinten ist nicht persönlich und direkt, was einen Widerspruch zu den Stichwunden darstellt, die dem Opfer post mortem zugefügt worden sind.«

»Dann wäre da noch die Verschleppung.« Kane deutete auf das Whiteboard, das Rio während ihrer Abwesenheit auf den neusten Stand gebracht hatte. »Sie wurde erwürgt, stundenlang in einer sitzenden Position gelagert, in Plastikfolie gewickelt und dann ins Tiefland gebracht. Aufgrund des Spritzmusters an dem Türrahmen in der alten Mine wissen wir, dass an diesem Ort auf sie eingestochen worden ist.«

Jenna kaute auf ihrer Unterlippe herum. »Das passt nicht zu einem klassischen Mord aus Eifersucht.«

»Das liegt daran, dass es das nicht ist.« Jo nippte an ihrem Kaffee und dachte für einen Augenblick nach. »Ich frage mich, ob das ein Ritter-in-goldener-Rüstung-Mörder sein könnte.«

»Was meinst du?«, fragte Kane verwirrt.

»Dieser Typus geht einen Schritt weiter als der gewöhnliche Mann, der bloß die Bedürfnisse einer Frau befriedigen will. Die Zielperson ordnet sich vollständig einer dominanten Persönlichkeit unter. Er würde sie als seine Göttin ansehen, als jemanden, den er bewundert. Er sehnt sich nach ihrer Gunst und würde alles tun, um ihr zu gefallen, einschließlich der Beihilfe zum Mord oder dem Mord selbst. Wir könnten es also mit zwei Mördern zu tun haben, die zusammenarbeiten. Ich hege keinen Zweifel daran, dass zwei Personen involviert sind, wahrscheinlich ein Mann und eine Frau, aber es könnten auch zwei Frauen sein. Es wäre nicht ungewöhnlich, wenn sich zwei eifersüchtige Frauen zusammenschließen, um die von ihnen verhassten Frauen zur Strecke zu bringen.« Jo stand auf und schaute auf das Whiteboard. »Ty, du nimmst also an, dass sie von dem untergeordneten Part erdrosselt und von dem dominanten Part erstochen worden ist?«

Jenna nickte nachdenklich. »Ja, ich denke, das wäre möglich. Wir haben eine Zeugin, die ausgesagt hat, dass das Opfer in ein Auto eingestiegen ist, und sie muss irgendwann danach ermordet worden sein. Kane glaubt, dass sie im Auto erwürgt worden ist, aber sie könnte auch von einer größere Person angegriffen worden sein, als sie das Fahrzeug verließ. Der Position der Abdrücke auf ihrem Hals nach zu urteilen, könnte beides zutreffen, sodass ich einen männlichen untergeordneten Part nicht ausschließen kann.«

»Ich würde sagen, es ist im Fahrzeug geschehen, aber ich glaube nicht, dass der untergeordnete Part sie erwürgt hat.« Jo sah sich die Autopsiefotos an. »Wenn jemand kein Mörder ist, aber ein anderes Leben auf Anweisung auslöschen soll, würde er sich bei dem ersten Mord ungeschickt anstellen. Es dauert vier Minuten, jemanden zu erwürgen, und es bedarf eines anhaltenden Drucks, sonst kommt das Opfer wieder zu Bewusstsein. Jemand Unsicheres würde in dieser Zeit den Druck verringern, das Seil würde verrutschen und er müsste es erneut versuchen. Das lässt sich hier nicht erkennen.« Sie sah Kane an. »Du hast das sicher schon einmal gehen?«

»Ja, manchmal kommt das Opfer wieder zu sich, und der Mörder muss einen zweiten Versuch starten.« Kane stand auf und betrachtete die Fotos. »Die Abdrücke auf Lauries Hals weisen nachhaltenden Druck auf, also wurden sie ihr von dem dominanten Part zugefügt, und ich nehme an, dass der Angriff auf ihr Gesicht von derselben Person verübt wurde.«

»Exakt.« Jo sah sich die Stichwunden, die Laurie post mortem zugefügt worden waren, genauer an und nickte langsam. »Das gleicht einem Amoklauf, aber was war der Auslöser?« Sie blickte zum Whiteboard. »Irgendwelche Hinweise am Tatort?«

»Nichts.« Kane seufzte. »Wie du sehen kannst, wurde die gesamte Umgebung saubergekehrt.«

»Okay. Spulen wir zum eigentlichen Mord zurück.« Jo drehte sich um, um sie anzusehen. »Warum wurde sie aus dem Fahrzeug gezogen und auf einer Plastikfolie positioniert? Warum wurde sie aufrecht hingesetzt? Es wäre einfacher gewesen, sie hinzulegen. Sie hatten offensichtlich vor, sie zu transportieren, und nach Einsatz der Leichenstarre wäre sie in der sitzenden Haltung schwer zu bewegen gewesen.«

»Vielleicht haben sie deshalb die Nacht verstreichen lassen?« Kane zeigte auf das Bild des Tatorts in der Mine. »Sie haben nur sehr wenige Beweisspuren hinterlassen, was auf ein gewisses Maß an Wissen über Forensik hindeutet.«

»Du lässt meine Frage außer Acht.« Jo lehnte sich mit der Hüfte gegen den Tisch. »Warum wurde das Opfer am primären Tatort hingesetzt?«

Ein Schauer rann Jenna über den Rücken, als sie sich die grausige Szene vor Augen führte. »O Gott, sie wollten, dass sie ihnen zusieht.«

»So sehe ich das auch, und der Herrenslip, den sie ihr in den Mund gesteckt haben, soll die Welt glauben lassen, sie sei leicht zu haben gewesen. Jo schaute Jenna an. »Okay, dann zum nächsten Morgen, als sie sie in der Mine entsorgt haben. Was würde einen Angriff auf Gesicht und Augen auslösen?«

Jenna rieb sich die Schläfen. Sie fühlte sich, als wäre sie wieder in Quantico. »Eifersucht. Sie wollte ihr Äußeres zerstören und sie hässlich aussehen lassen.«

»Mehr als das.« Kane drehte dem Whiteboard den Rücken zu. »Der dominante Mörder glaubte, dass Laurie sie – oder den untergeordneten Part – immer noch ansah. Das war der Auslöser.«

»Das glaube ich auch.« Jo setzte sich hin und griff nach ihrem Kaffee. »Klassisch dominante Persönlichkeit mit psychopathischen Tendenzen, untergeordneter Mitläufer mit einem Ritter-in-glänzender-Rüstung-Komplex.«

»Letzteren würde ich mit einer dominanten Mutter oder Großmutter in seinem Leben skizzieren, die ihn ständig heruntergemacht hat. Den Mörder oder die Mörderin betrachtet er deshalb als einen Helden, der genügend für ihn empfindet, um für ihn zu morden.« Kane ließ sich in seinen Stuhl fallen. »Alles, was wir jetzt noch tun müssen, ist, sie aufzuspüren.«

»Denk an die Befragungstechnik, die besprochen haben, Dave.« Jo legte die Stirn in Falten. »Diese Art von Kriminellen respektieren die Menschen nicht, die sie verletzen. Man muss sich auf ihr Niveau herablassen, egal wie schmutzig man sich dabei fühlt.« Sie seufzte. »Manchmal ist das der einzige Weg, um sie dazu zu kriegen, über ihre Tat zu reden.«

»Ich fühle mich wie ein Perverser, wenn ich so spreche.« Kane warf ihr einen Blick zu. »Aber es ist eine altbewährte Technik.«

Jenna drückte seinen Arm. »Nachdem ich Psychopathen verhören musste, die sich mit ihren Morden brüsteten, könnte mich absolut gar nichts, was du in einer Befragung sagst, erschüttern, Dave. Wir wenden das an, was funktioniert, und wie Jo gesagt hat, ist es eine anerkannte Befragungstechnik. Ich weiß, dass sie nicht auf deinen wahren Gedanken basiert.«

Das Telefon klingelte und Jenna griff danach. »Hallo, Shane, was hast du für mich?« Sie stellte das Telefon auf Lautsprecher.

»Wir haben einen Treffer bei der DNA. Der Slip gehört Wyatt Cooper. Keinen Treffer haben wir bis jetzt bei der Speichelflüssigkeit.« Wolfe räusperte sich. »Das kommt mir sehr verdächtig vor, zu augenscheinlich, betrachtet man die Tatsache, wie sehr darauf geachtet worden ist, dass die Leiche sauber ist.«

Jenna nickte. »Ja, das stimmt. Jo macht hier Urlaub. Wir holen uns gerade ihre Meinung zu dem Fall ein. Willst du mithören?«

»Hallo, Jo. Ich rufe dich später an. Gerade ersticke ich in Arbeit.« Wolfe seufzte. »Jenna, ich beende gerade meinen Bericht und überprüfe die Testergebnisse. Beides lege ich dir so schnell wie möglich vor.«

»Okay, danke, wir bleiben in Kontakt.« Jenna trennte die Verbindung und sah Kane an. »Was denkst du?«

»Es scheint ein zu großer Zufall zu sein, dass die DNA von

Cooper stammt.« Kane rieb sich den Nacken. »Wenn er involviert wäre, warum sollte er dafür sorgen, dass keine Spuren zurückbleiben, und dann eine Visitenkarte hinterlassen. So dumm wäre niemand.«

»Dem muss ich zustimmen.« Jenna nickte. »Es ist, als würden sie versuchen, die Schuld jemand anderem in die Schuhe zu schieben.«

Gedankenverloren tippte Jenna sich auf die Unterlippe. »Cooper war auf Hughes eifersüchtig, was er auch zugegeben hat, aber sonst passt gar nichts ins Bild.«

»Das alles ...« Jo zeigte mit der Hand auf das Whiteboard. »... wurde durch Eifersucht ausgelöst. Also gibt es ein paar mögliche Szenarien. Ich glaube, dass eine weibliche dominante und eine männliche untergeordnete Person involviert sind. Es besteht immer die Möglichkeit, dass es sich doch um einen Mörder handelt. Meiner Ansicht nach wäre das allerdings aus folgenden Gründen unwahrscheinlich: Angenommen Cooper hat einen Eifersuchtsanfall erlitten, als Laurie Hughes und nicht ihn um Hilfe bat. Meiner Erfahrung nach würde ein Mörder solchen Typs eher zu einer Vergewaltigung als Strafmethode greifen, als ihr einen Slip in den Hals zu stopfen.«

»Und die Mörder waren so vorsorglich, keine Beweise zurückzulassen.« Jenna zuckte mit den Schultern. »Das passt nicht zusammen.« Sie sah Jo an. »Was schlägst du vor?«

»Ihr müsst die Männer aufspüren, zu denen sich Laurie hingezogen fühlte. Einer von ihnen könnte der untergeordnete Part und seine Freundin die Mörderin sein. Andernfalls müsstet ihr herausfinden, ob es für den Angriff noch einen anderen Auslöser gegeben haben könnte. Vielleicht ein Vorfall zwischen den Mädchen in der Schule. Laurie war im Cheerleader-Team, hat sie vielleicht den Platz eines anderen Mädchens eingenommen, gab es da Rivalitäten?« Sie schüttelte den Kopf. »Wenn das alles nicht zutrifft, könnte es sich um einen opportunistischen Mörder handeln, der willkürlich tötet, die Leichen über Nacht aufbewahrt und sie dann verstümmelt. In diesem Fall wäre der Mörder ganz sicher männlich, aber da es keinen sexuellen Kontakt hab, wäre das ungewöhnlich. Allerdings ist das, was woanders ungewöhnlich ist, in Black Rock Falls fast üblich.«

ZWANZIG

Als Jo und Ty mit Jaime ins Cattleman's Hotel zurückgekehrt waren, war es schon spät. Jenna und Kane gingen die Fallakten durch und machten sich dazu Notizen, bis Rowley und Rio aus der Kommandozentrale auftauchten. Beiden stand die Müdigkeit ins Gesicht geschrieben, nachdem sie das Filmmaterial der Videoüberwachung gesichtet hatten. Jenna sah zu ihnen auf. »Wie ist es bei euch gelaufen?«

»Wir haben ein infrage kommendes Fahrzeug entdeckt, das Samstagabend gegen neun durch die Stadt gefahren ist. Die Aufnahme ist so stark verzerrt, dass weder das Kennzeichen noch der Fahrer erkennbar sind.« Rowley seufzte. »Entweder ist die Kameralinse verschmutzt oder es gibt dort ein Wespennest. Das Bild ist einfach furchtbar. Nichts Sichtbares von der Videoüberwachung der Bank, Miller's Garage oder dem Waffengeschäft.«

Jenna nickte. »Tja, was für ein Jammer.« Sie linste auf ihre Notizen. »Habt ihr den Papierkram für den Law-Fall an den Staatsanwalt weitergeleitet?«

»Ja.« Rio nickte. »Der Geleitschutz traf um drei ein, um Law abzuholen. Bis zu seiner Anhörung bleibt er zur sicheren

Verwahrung im Bezirksgefängnis. Ich habe mich nach Mrs Law und ihrem Baby erkundigt. Sie hat ihre Sachen aus dem Haus der Familie geholt und ist in einem sicheren Apartment der Her Broken Wings Foundation untergebracht worden. Dort bleibt sie so lange wie nötig und wird nicht mehr nach Blackwater zurückkehren.«

Jenna lächelte erleichtert. »Schön zu wissen.«

»Was ist mit deinem Gesicht?« Rowley legte die Stirn in Falten. »Das wird ein Veilchen geben.«

Jenna berührte ihre Wange. »Mir geht's gut, danke.« Sie räusperte sich und informierte sie über ihre neusten Erkenntnisse sowie über Wolfes Ergebnisse. »Da du auf dem Weg nach Hause ohnehin an Hughes Haus vorbeifährst, könntest du versuchen, Mrs Hughes dazu zu überreden, dir ihr Einverständnis zu einem DNA-Abstrich von Verna zu geben?«

»Ich kann es versuchen.« Die Idee schien Rowley nicht sonderbar zu behagen. »Ich bin überzeugt, dass Mrs Hughes eine Verschwörungstheoretikerin ist. Sandy hatte schon ein paar Auseinandersetzungen mit ihr, sie ist keine freundliche Frau und hasst Polizeibeamte. Es könnte sein, dass sie mich nicht einmal durch das Tor lässt. Ihr Grundstück ist abgeriegelt, aber ich kann es versuchen.«

Aus Sorge über Rowleys Sicherheit schüttelte Jenna den Kopf. »Mach dir keine Gedanken. Wenn sie ›Betreten verboten‹-Schilder angebracht hat, ist es ihr gutes Recht, ihr Eigentum zu schützen. Nachts ohne Verstärkung dorthin zu gehen kommt nicht infrage. Ich bezweifle, dass Verna irgendwohin geht. Ich schaue dort mit Kane morgen vorbei.« Sie lächelte ihre Deputys an. »Während des Festivals stehen Überstunden an. Ich werde Unterstützung aus Blackwater anfordern, aber ich möchte, dass einer von uns morgen und am Mittwoch bis zehn, halb elf im Dienst bleibt. Walters hat sich für den Rest der Woche freiwillig gemeldet. Er übernimmt ab sechs Uhr in der Früh.«

»Ich melde mich für morgen.« Rowley zuckte mit den Schultern. »Ich werde so oder so in der Stadt sein. Sandy will das Haus in der Stadt in Ordnung bringen und es für Zacs Einzug schön machen.« Er schmunzelte. »Ich kann sie nicht davon abhalten. Ihre Mom sagt, das ist der Nestbautrieb – was immer das sein soll. Sie fühlt sich im Moment nur glücklich, wenn sie putzt oder Zimmer einrichtet, und seit letztem Wochenende gab es auf der Ranch für sie nichts mehr zu tun.«

Jenna bemerkte Rios verwirrten Gesichtsausdruck. »Sandy ist Rowleys Frau und sie erwarten Nachwuchs. Seit letzter Woche ist sie in Mutterschutz und sucht nach Beschäftigung, das ist alles.«

»Ah, ich verstehe.« Rio lächelte.

Jenna winkte ihm zum Abschied. »Okay, fahr nach Hause. Maggie ist für heute schon weg. Wir schließen ab. Wir sehen uns morgen früh.« Sie lächelte Rowley zu. »Grüß Sandy schön von mir.«

»Mach ich.« Rowley tippte sich an den Hut und ging zur Tür.

Jenna schüttelte den Kopf. »Ich hoffe, Sandy übernimmt sich nicht mit dem Baby und allem.«

»Ich bin mir sicher, Dr. Brown behält sie genau im Auge.« Kane nahm seinen Hut vom Schreibtisch und fuhr mit seinen Fingern den Scheitelkniff nach. »Hast du je über Kinder nachgedacht?«

Obwohl seine Frage sie überraschte, zögerte Jenna nicht, sie ihm zu beantworten. »Ja, und ich höre die Uhr schon ticken. Warum?«

»Nur so.« Kane schien von einem Baumwollfleck auf seinem schwarzen Stetson fasziniert zu sein. »Es ist toll, die Kinder anderer aufwachsen zu sehen und daran teilzuhaben. Aber eigene Kinder zu haben muss noch mal etwas ganz anderes sein.«

Jenna räumte ihren Schreibtisch auf. »Da bin ich ganz deiner Meinung.«

»Gut zu wissen.« Kane setzte den Hut auf und beugte sich vor, um Duke hinter den Ohren zu kraulen.

Ein tiefes Grummeln erfüllte den Raum, und Jenna lenkte ihre Aufmerksamkeit erneut auf Kane. »Würde es dir etwas ausmachen, wenn wir beim Aunt Betty's zu Abend essen? Es war ein langer Tag und ich bin am Verhungern. Wir müssen immer noch die Pferde versorgen, und ich habe keine Lust, heute Abend zu kochen.«

»Können wir gern machen.« Kane sammelte seine Sachen zusammen und klappte seinen Laptop zu. »Ich werde meine Berichte zu Hause fertigstellen. Lass und gehen.«

Jenna atmete tief ein, als sie das Aunt Betty's Café betraten. Der sündhaft köstliche Duft von Gerichten, die ihr garantiert sofort auf die Hüften gingen, ließ sie Kane einen Blick zuwerfen. Plötzlich verstand sie sein Bedürfnis, sich etwas zum Mitnehmen zu bestellen, um es im Gefrierfach aufzubewahren. Wann immer sie gerade an Fällen arbeiteten, häuften sich die langen Arbeitstage, und dann war es gut, etwas Essbares zur Hand zu haben, das man nur in der Mikrowelle aufzuwärmen brauchte, wenn man nach Hause kam. Das Problem bestand darin, dass Jennas Gefrierfach mit Steaks vollgestopft war und sie darüber hinaus nichts dahatte, was sie nicht selbst hätte frisch zubereiten müssen.

Mit den Touristen in der Stadt ging es im Aunt Betty's geschäftiger zu als gewöhnlich. Als sie um die Tische voller Menschen herumging und sich einen Weg zu ihren Plätzen bahnte, hörte sie ein Bellen. Sie drehte sich um und erblickte Duke, der vor dem Tresen saß. Jenna warf Kane einen Blick zu. »Sieh dir das an, er bestellt sich gerade sein Abendessen.«

»Er hat sich auch noch vorgedrängelt.« Kane grinste und

setzte sich an den für sie reservierten Tisch, bevor er nach der Speisekarte griff. »Ich könnte die ganze Speisekarte rauf und runter essen. Für mich heute Abend das Pulled Pork, mit Honig glasierte Kartoffeln und Pfirsichkuchen.«

Jenna schlüpfte aus ihrer Jacke und drapierte sie über die Stuhllehne. »Ich denke, ich nehme das Gleiche, aber jeweils eine kleine Portion.« Bei seinem Gesichtsausdruck musste sie lachen. »Ich habe auch Hunger, weißt du?«

Susie kam an ihren Tisch, um ihre Bestellungen aufzunehmen, stellte eine gefüllte Schüssel für Duke auf den Boden und lächelte sie an. »Was darf ich euch heute Abend bringen?«

Nachdem sie ihre Bestellungen aufgegeben hatten, nippte Jenna an ihrem Wasserglas und lehnte sich in ihrem Stuhl zurück. »Macht es dir etwas aus, über den Fall zu reden?«

»Nein.« Kane stand auf, zog seine Jacke und seinen Hut aus und nahm dann näher bei ihr Platz. »Wir sollten es lieber allgemein halten, schließlich kann man nie wissen, wer alles zuhört.«

In der Ecke und mit den Rücken zur Wand würde das Summen von Gesprächen jede Diskussion übertönen. Jenna senkte ihre Stimme. »Ich bin mir bei Wyatt Cooper unsicher. Ich weiß, du denkst, er sei nicht involviert, aber ich denke, wir sollten ihn trotzdem fragen, wo er seine Unterwäsche verloren hat. Ich meine, wäre es überhaupt möglich, dass sich jemand an seinem Wäschekorb zu schaffen gemacht hat?«

»Das ist ein guter Punkt.« Kane lehnte sich nahe heran und hörte ihr aufmerksam zu. »Es gibt nicht viele Orte, an denen er seine Unterwäsche wechseln würde.« Für einige Sekunden starrte er ins Leere. »Vielleicht an einer Badestelle, aber dorthin würde er keine Ersatzkleidung mitnehmen. Die meisten würden ins Wasser springen und dann nass nach Hause gehen.«

Jenna fiel nichts ein. Sie hatte keine Erfahrung mit Jungs in diesem Alter. Sie dachte an ihr Gespräch mit Wyatt zurück. »Er wollte wissen, ob du Football spielst. Er ist in der Footballmannschaft …« Ihr Gesicht lief rot an und sie wandte den Blick ab. »Ach, vergiss es.«

»Raus damit.« Kane stieß sie spielerisch an der Schulter an. »Es ist das erste Mal, dass ich dich rot werden sehe. Komm schon, frag mich, was du fragen wolltest. Ich weiß, du willst es.«

Jenna stieß den Atem aus. »Es ist nichts, was ich unbedingt wissen müsste. Es ist mehr eine Theorie.« Ihre Wangen brannten. »Ich schätze, du hast beim Training oder so ziemlich heftig geschwitzt. Ist es unüblich, im Anschluss zu duschen und die Kleidung zu wechseln?«

»Das hängt davon ab, wie viel Kleidung man trägt und wie warm es ist. Aber ja, ich war immer ziemlich durchgeschwitzt. Wir hatten Training vor dem Unterricht, also haben wir danach geduscht und die Kleidung gewechselt. Bevor du fragst: Ja, ich habe auch meine Unterwäsche gewechselt. Ich nehme an, die meisten Jungs würden das tun.« Kane lächelte sie an. »Ich weiß, dass das Highschool-Team vor dem Unterricht trainiert. Denkst du, jemand könnte seine Schmutzwäsche aus dem Spind entwendet haben?« Er fuhr sich mit der Hand durchs Haar. »Wenn ich so zurückdenke, haben sich die meisten Jungs ausgezogen und den Kleiderhaufen einfach auf der Bank liegen lassen. Wenn deine Vermutung also richtig ist, könnten wir nach jemanden suchen, der entweder im Team ist oder mit dem Team zusammenarbeitet.«

Jenna nickte. »Ich denke, wir sollten ihn fragen.« Sie warf ihm einen Blick zu. »Obwohl es ziemlich peinlich ist, einen Sechzehnjährigen über seine Unterwäsche auszufragen.«

»Nicht, wenn sie im Mund seiner getöteten Ex-Freundin gefunden wurde.« Kane schüttelte den Kopf. »Er hat ein Motiv. Er war eifersüchtig. Das hat er zugegeben, und es hat ihm nicht gefallen, dass sie mit Hughes gesprochen hat. Das Problem ist, dass es einfach zu offensichtlich wäre, wenn er der Mörder ist. Es sei denn, ich habe ihn falsch eingeschätzt.«

»Na ja, Jo stimmt dir zu.« Jenna rieb sich die Schläfen. »Ich persönlich denke, dass wir wichtige Tatsachen preisgeben, wenn wir enthüllen, wo wir seinen Slip gefunden haben. Es ist etwas, das nur der Mörder wissen kann, und ich glaube nicht, dass Cooper dumm genug wäre, uns seine Visitenkarte zurückzulassen.«

»Wir sollten ihn darüber informieren, dass wir seine Unterwäsche am Tatort gefunden haben, und seine Reaktion abwarten.« Kane zuckte mit den Schultern. »Obwohl Jo uns eine Reihe von möglichen Szenarien vorgestellt hat, stimme ich dir zu, und ich tendiere eher zu Hughes und seiner Schwester. Mein Bauchgefühl sagt mir, dass eine dominante Frau darin beteiligt ist, und wenn Verna so taff ist, wie alle sagen, dann passt sie ins Profil.«

»Stimmt, wir sollten uns selbst davon überzeugen. Manchmal ist der Ruf, der den Leuten vorauseilt, unbegründet. Wir machen uns gleich morgen früh auf den Weg und passen sie ab, bevor sie zur Parade aufbricht.« Jenna zückte ihr Handy und rief die Akten auf. »Zieht man eine mögliche Verbindung zum Football in Betracht, tauchen zwei weitere Namen auf, die Vicky Perez erwähnt hat und denen wir nachgehen sollten. Der Quarterback Dale Collins betreibt an Trainingstagen den Kiosk seiner Tante. Sowohl er als auch die Cheerleaderin namens Marlene Moore wurden gesehen, wie sie vor Lauries Verschwinden mit ihr geplaudert haben. Sie könnten Informationen für uns haben. Ich würde gern wissen, worüber sie sich am besagten Abend unterhalten haben.«

»Ich sehe keine Verbindung zwischen den beiden.« Kane linste auf ihre Notizen. »Vicky hat nur gesagt, dass Marlene immer mit Collins abhängt. Das wäre normal für einen Quarterback, die haben für gewöhnlich einen Fanclub.«

»Ich denke um die Ecke, Dave. Wir suchen die beiden auf, nachdem wir uns mit Verna unterhalten haben.« Jenna lächelte, als ihr Essen serviert wurde. »Oh, das sieht gut aus.«

»Vielen Dank.« Susie strahlte. »Lasst es euch schmecken. Ich schicke gleich jemanden mit einer Kanne Kaffee vorbei.«

»Glaubst du, sie würde dir ihre Rezepte geben?« Kane grinste sie an. »Nee, frag lieber nicht.«

Jenna runzelte die Stirn. »Warum? Weil ich so hoffnungslos als Köchin bin?«

»Nein. Ich glaube, sie hat sie in einem Tresor weggesperrt.« Kane schmunzelte. »Und übrigens, ich mag deine kleinen Eigenheiten. Gerade sie machen dich Besonders.«

EINUNDZWANZIG

DIENSTAG

Kanes innere Uhr weckte ihn um fünf Uhr in der Früh. Er schlüpfte in seine Trainingsklamotten, einen Pullover und eine Jogginghose und machte sich auf den Weg in den nebeligen Morgen, um seine Aufgaben zu erledigen. Wie üblich trottete Duke neben ihm her, und Pumpkin, Jennas schwarze Katze, saß auf einem Heuballen und wartete auf ihre Ankunft. Er führte die Pferde auf die Koppel und blieb einen Moment stehen, um die Aussicht zu genießen und die Pferde zu bewundern. Mit einem Stiefel auf dem Tor, das er bei der Crazy Iron Forge in Blackwater erworben hatte, gestattete er sich, den Mordfall, der ihn beschäftigt hielt, zu vergessen und sich zu entspannen. Das Bedürfnis, seine Aufgaben zu erledigen und zur Arbeit zu gehen, nagte an ihm. Seufzend drehte er sich um, um zur Scheune zurückzugehen. Als ein Geräusch, das aus dem Inneren der Scheune kam, an seine Ohren drang, blieb er stehen. Sowohl der Hund als auch die Katze schlichen um seine Beine herum und die Ranch selbst war wie Fort Knox; niemand konnte das Grundstück betreten, ohne einen Alarm auszulösen. Wieder hörte er das Kratzen, Winseln und Platschen. Er schlich an der Wand entlang und spähte durch die Tür hinein.

Beim Anblick von Jenna, die eine der Stallungen ausmistete, entfuhr Kane ein Lachen. »Morgen.«

»Hey.« Jenna lehnte sich auf die Mistgabel und lächelte ihn an. »Es ist kalt heute Morgen, und ich dachte, ich wärme mich schon mal für das Training auf.« Sie warf einen Blick auf ihre Uhr. »Ich will um halb sieben losfahren, um die Familie Hughes zu Hause zu erwischen.«

Kane schnappte sich eine Rundschaufel und schaufelte den Mist in die Schubkarre. »Hast du wegen der Speichelprobe, die wir am Tatort gefunden haben, schon etwas unternommen?«

»Ja.« Jenna wechselte in den dritten Stall. »Ich habe sie gestern Abend Bobby Kalo geschickt, damit er sie mit der DNA-Datenbank abgleicht. Aber solange unser Verdächtiger nicht mit dem Gesetz aneinandergeraten ist oder beim Militär gedient hat, werden wir keinen Treffer haben.«

Kane hielt ein gleichmäßiges Tempo, wandte dabei aber den Blick nicht von ihr ab. »Das FBI hat Zugriff auf alle verfügbaren DNA-Datenbanken, einschließlich derer, die die Leute nutzen, um ihre Stammbäume zu erforschen. Vielleicht bekommen wir keinen direkten Treffer, aber wir könnten auf einen nahen Verwandten stoßen.«

»Ich hoffe es.« Jenna öffnete einen Strohballen und schüttelte das Stroh in der Box aus, bevor sie den Vorgang in der nächsten Box wiederholte. »Wir brauchen einen Anhaltspunkt und es scheint mir, dass derjenige, der Laurie mit dem Schraubendreher erstochen hat, den Speichel hinterlassen hat. Er oder sie war wütend und könnte Laurie angeschrien und beschimpft haben. Da kann die Spucke schon mal kreuz und quer fliegen.«

Kane schob die Schubkarre zum Kompostkaufen hinter der Scheune, um sie zu leeren, und folgte dann Jenna zu ihrem Ranchhaus. Sie folgten ihrer gewohnten Routine: Sie wuschen sich und absolvierten dann ein schonungsloses Training, bevor sie duschten und frühstückten. Ihre Uniformen hatte sich seit ihrer Dienstperiode als FBI-Berater ein wenig verändert. Das Bedürfnis, sich frei bewegen zu können, war mit jedem Einsatz gewachsen. Inzwischen bevorzugten sie beide eine normale Jeans, ein T-Shirt und die Jacke des Sheriff's Department. Jenna trug eine Bluejeans, eine Bluse mit offenem Ausschnitt und hatte ihren Dienstgürtel gegen ein weniger unhandliches Holster und eine Jacke mit mehr Taschen eingetauscht. Kane bevorzugte Schwarz, trug seine Glock in einem Hüftholster, und seine Dienstmarke prangte am Gürtel. Die vollzogene Veränderung hatte bei den Stadtbewohnern nicht mehr als ein Stirnrunzeln ausgelöst. Rowley hatte zwar Fragen gestellt, aber Jenna hatte ihm mitgeteilt, dass sie als Sheriff und Deputy Sheriff alles tragen konnten, was ihnen gefiel.

Sie rollten gegen sieben durch die Stadt und trafen kurz darauf bei Hughes Haus ein. Kane schaltete die Sirene ein und fuhr mit blinkendem Blaulicht die Einfahrt hinauf. Er wandte sich an Jenna. »Ich will nicht, dass sie aufs Geratewohl auf uns schießen.«

»Wenn sie nichts zu verbergen haben, sollten sie sich keine Sorgen machen.« Sie drehte sich zu ihm um. »Sie müssten von ihrer Zeit nach der Adoption regelmäßige Besuche gewohnt sein.«

Kane fuhr an das Haus heran und überprüfte die Umgebung, die Fenster und die Tür nach Anzeichen einer auf sie gerichteten Schrotflinte. Ein verstaubter, alter Chrysler war unter den Bäumen vor dem Haus geparkt. »Ja, aber das ist schon eine Weile her, da war Verna noch ein Kind. Die Dinge haben sich seitdem in dieser Gegend verändert.«

Die Tür schwang auf, Cory trat heraus, und die Fliegengittertür schlug hinter ihm zu. Kane fuhr sein Fenster herunter. »Ist es okay für Ihre Ma, wenn wir uns mit ihr unterhalten?«

»Denke schon?« Corys Augenbrauen zogen sich zusammen. »Worum geht's denn?«

Kane stieg aus und wartete, bis Jenna sich ihm angeschlossen hatte. Er folgte ihr auf die Verandastufe. »Dürfen wir reinkommen?«

»Ma, der Sheriff ist hier.« Cory wandte sich von der Tür ab. »Dürfen sie reinkommen, um mit dir zu sprechen?« Er drehte sich wieder zu ihnen um und trat zur Seite. »Gehen Sie einfach geradeaus, sie ist in der Küche. Verna bereitet gerade das Frühstück zu. Sie muss heute Morgen an der Parade teilnehmen und darf nicht zu spät kommen.«

»Wir werden nicht lange brauchen.« Jenna steckte sich ein DNA-Test-Kit unter den Arm und folgte Cory durch den Flur.

Das Haus roch wie ein Hühnerstall, und Kane musste sich den Weg an einem Haufen Müll vorbei bahnen. Die Adoption wäre niemals bewilligt worden, wenn das Haus damals schon in diesem Zustand gewesen wäre. Er nahm an, dass Mrs Hughes nach dem Weggang ihres Mannes zum Messie geworden war. Er stieg über leere Konservendosen und Zeitungsstapel hinweg. Die Müllberge wiesen Nagetierspuren auf, das Haus war das reine Chaos. Vorsichtig betrat er die Küche. Hier schienen sich die Kinder einen Platz zum Kochen und zum Essen geschaffen zu haben, aber er war winzig. Kane wartete im Türrahmen und scheuchte die Fliegen weg.

»Ich nehme an, Sie wissen, dass wir einen DNA-Abstrich von Cory genommen haben, um ihn von den Ermittlungen um Laurie Turners Tod auszuschließen?« Jenna winkte mit dem Test-Kit. »Wir wussten nicht, dass Verna adoptiert ist, also sind wir hier, um Ihre Erlaubnis für einen Abstrich von ihr einzuholen. Wir testen alle Freunde von Laurie.«

»Ich war nie eine von Lauries Freundinnen.« Verna warf ihnen einen Blick über die Schulter zu. »Sie hat das Geld ihrer Familie und die Position ihres Pa ausgenutzt, um in das Cheerleader-Team zu kommen. Der Rest von uns musste sich seinen Platz erkämpfen.«

»Ich verstehe, aber noch einmal: Wir würden gern einen Abstrich nehmen, wenn Ihre Ma einverstanden ist?« Jenna sah die Frau, die mit einer Zigarette zwischen den Fingern am Tisch saß, hoffnungsvoll an.

»Nein, sie kriegen meine Erlaubnis nicht.« Mrs Hughes schüttelte den Kopf. »Sie hatten auch kein Recht, von meinem Jungen einen DNA-Abstrich zu nehmen. Jetzt wird er bis zu seinem Lebensende in der FBI-Datenbank geführt werden.«

Kane räusperte sich. »Er ist alt genug, um uns seine Erlaubnis selbst zu erteilen, Ma'am. Und der Abstrich wäre nur dann ein Problem, wenn er sein Leben als Krimineller verbringen will, und soweit ich das erkennen kann, arbeitet er hart und ist gut in seinem Job.«

»Er ist Hausmeister.« Mrs Hughes verdrehte die Augen. »Er räumt den Müll auf.«

»Instandhaltung ist ein respektabler Berufszweig.« Jenna schaute entsetzt drein. »Er trägt die Verantwortung für sämtliche Hilfskräfte in der Schule, und er leistet eine großartige Arbeit.«

»Er ist ein Nichtsnutz, so wie sein Vater.« Mrs Hughes umschloss mit einer Geste die Umgebung. »Er fühlte sich hier nicht wohl. Wollte sich seine eigene Bleibe suchen und hat mich verlassen. Jetzt muss ich zusehen, wie ich klarkomme. Er denkt, dass ich einfach danebenstehen und zusehen werde, wie er mir Verna wegnimmt.« Sie nahm einen langen Zug an ihrer Zigarette. »Das wird nicht passieren.«

»Okay.« Jenna tauschte einen bedeutungsschweren Blick mit Kane aus. »Bevor ich gehe: Haben Sie irgendjemanden gesehen, der in der Schule oder bei den Cheerleadern herumhing? Jemanden, der nicht zum Personal gehört?«

»Da war ein Kerl.« Cory schmierte sich eine Scheibe Toast mit Butter und lehnte sich gegen den Tresen, während er sie aß. »Die Mädchen nennen ihn Stalker Stan. Stan Williams. Er hängt dort oft herum, macht Fotos und bittet sie um Dates.« Er zuckte mit den Schultern. »Ich habe ihn Mr Turner gegenüber erwähnt, weil er doch Psychologe ist und so, und ihn gefragt, ob ich ihn anzeigen soll … Stalker Stan, meine ich. Er meinte, er sei harmlos.«

Kane legte die Stirn in Falten. »Ist er aufdringlich geworden?«

»Nicht dass ich wüsste«, antwortete Cory gedehnt. »Zumindest hat niemand etwas erwähnt.«

»Haben Sie eine Ahnung, wo wir Mr Williams finden können?« Jenna holte Notizblock und Stift hervor. »Auf wie alt schätzen Sie ihn?«

»Keine Ahnung, dreißig vielleicht.« Cory schob noch ein paar Scheiben in den Toaster. »Er bewohnt ein Zimmer über dem Gemischtwarenladen, arbeitet dort nachts als Sicherheitsfachmann und ist Schulbusfahrer.«

»Wann ist der Chrysler zuletzt bewegt worden?« Kane ließ den Blick über die Gesichter der Anwesenden schweifen.

»Ich bin letzten Samstagabend damit zum Training gefahren, und einmal zum Laden.« Verna zuckte mit den Schultern. »Ma geht nicht so oft raus.«

Kane sah sie an. »Haben Sie Laurie letzten Samstagabend mitgenommen?«

»Nein, ich musste beim Aunt Betty's einen Kirschkuchen für Ma abholen.« Verna starrte ihn an. »Es ist mir nicht erlaubt, andere Leute in Mas Auto mitzunehmen.«

»Ich warte hier auf das Frühstück.« Mrs Hughes drückte ihre Zigarette in einem überquellenden Aschenbecher auf dem Tisch aus und sah ihn an. »Genug mit diesen Fragen.«

»Natürlich, danke für Ihre Zeit. Wir finden selbst heraus.« Jenna drehte sich um und winkte ihnen zu.

Draußen atmete Kane tief durch und wandte sich an sie. »Wie können Menschen nur so leben?«

»Es besteht ein Brandrisiko und jetzt habe ich das Gefühl, ich hab Läuse.« Jenna zog eine Packung Reinigungstücher aus der Tasche und wischte sich Gesicht und Hände ab.

Sie warf Kane die Packung zu. »Hier, steig nicht in den

Wagen, bevor du dir die Hände abgewischt hast. Das Haus sollte abgerissen werden.« Sie sah ihn an. »Gibt es etwas, das wir in so einem Fall tun können?«

Kane schüttelte den Kopf. »Nein. Wenn sich der Müll draußen stapeln würde, könnte sie die Stadtverwaltung dazu verpflichten, ihn wegzuräumen, aber wenn sie in diesem Elend leben wollen, haben sie das Recht dazu.« Er wischte sich die Hände und das Gesicht ab, bevor er hinter das Lenkrad glitt. »Es ist eine Schande, dass wir Verna nicht ausschließen können. Jetzt, da ich sie selbst getroffen habe und ihre Lebensumstände gesehen habe, geben die beiden ein sehr interessantes Paar ab. Sie ist stark und dominant und Cory wird von seiner Mom ständig heruntergemacht. Wir können sie als Verdächtige nicht unberücksichtigt lassen.«

»Du hast meine Gedanken laut ausgesprochen.« Jenna erschauderte. »Aber Bruder und Schwester?«

Kane wendete das Biest und fuhr zurück zum Highway. »Sie wissen beide, dass sie nicht verwandt sind, und er bewundert sie. Möglich wäre es.«

»Mal schauen, ob wir Williams auffinden können.« Jenna überprüfte die Datenbank in dem mobilen Datenterminal. »Abgesehen von den Hintergrundüberprüfungen, die gemacht wurden, damit er die Stelle als Schulbusfahrer antreten durfte, kann ich nichts finden. Er scheint sauber zu sein.« Sie sah sich einige Einträge genauer an und lehnte sich dann in ihrem Sitz zurück. »Wegen der Parade findet heute kein Unterricht statt, die Schüler haben schulfrei, also fährt auch kein Schulbus. Er könnte zu Hause sein.«

»Einen Versuch ist es wert.« Kane schüttelte den Kopf. »Mir behagt der Gedanke nicht, dass ein dreißigjähriger Mann sich bei Sechzehnjährigen herumtreibt und sie um Dates bittet. Für mich klingt das nach einem Widerling.«

»Ich bin überrascht, dass sich die Eltern noch nicht beschwert haben.« Jenna ließ ein Seufzen entweichen. »Da ihm die Erlaubnis erteilt worden ist, den Bus zu fahren, nehme ich an, dass er keine Gefahr darstellt.«

Kane warf ihr einen erstaunten Blick zu. »Es dürfte sich um eine standardmäßige Hintergrundüberprüfung gehandelt haben, vielleicht betraf sie nur diesen Bundesstaat, vielleicht sogar nur diesen Bezirk. Er könnte auch anderswo Straftaten begangen haben, oder er wurde nur noch nicht erwischt.« Er fuhr über die Main Street und parkte schließlich unweit des Gemischtwarenladens. »Ich würde gern wissen, welche Art von Interesse er für junge Mädchen hegt. Normalerweise gehen die Männer nicht so forsch vor. Sie schauen beim Football zu, um einen Blick auf die Cheerleader zu erhaschen, tauchen aber in der Regel nicht beim Training auf. Er führt etwas im Schilde, das spüre ich.«

»Willst du die Befragung übernehmen und ihm etwas auf den Zahn fühlen?« Jenna setzte ihren Hut auf und schob sich die Haare hinter die Ohren. »Du könntest ihn vielleicht zum Reden bringen.«

»Ja.« Kane lächelte ihr zu. »Das würde ich gern.«

ZWEIUNDZWANZIG

In der Stadt ging es geschäftig her, da sich alle Stadtbewohner auf die Parade vorbereiteten. Überall wuselten Menschen umher und stellten Verkaufstische auf, um die unterschiedlichsten Waren – von Wimpeln bis hin zu Keksen – feilzubieten. Vorfreude lag in der Luft. Das Herbstfestival war ein großes Ereignis in Black Rock Falls und genau wie für Jenna hatte der Tag auch für alle anderen schon in der frühen Morgendämmerung begonnen. Sie ging mit Kane zum Gemischtwarenladen und um das Gebäude herum zum Hinterhof. Der Laden war sehr alt und gehörte zu den ersten Bauwerken, die in der Stadt errichtet worden waren. Eine lange Holztreppe führte zum Apartment, das dem Besitzer einst als Wohnsitz gedient hatte. Während sie die knarrenden Stufen erklomm, blätterte die braune Farbe wie Konfetti vom Geländer ab, also trat sie vorsichtig auf. »Ich hoffe, die Stufen halten dein Gewicht aus.«

»Sie sind nicht marode, sondern einfach nur alt.« Kane untersuchte das Geländer. »Mit etwas Farbe und ein paar Nägeln wäre die Treppe wieder wie neu.« Er berührte ihre Schulter. »Wenn der Mann auch nur ansatzweise involviert ist, könnte ich gezwungen sein, mich auf sein Niveau herabzulassen, und Dirtytalk anzuwenden, um ihn glauben zu lassen, ich sei wie er, so wie es bei Hughes der Fall war.«

»Ja, dem stimme ich zu. Indem man einen Verdächtigen auf seine Seite zieht und ihn glauben lässt, man sei wie er, wiegt man ihn in falscher Sicherheit. Nur zu, sag ihm, was immer du ihm sagen musst, um an die benötigten Informationen zu kommen.« Jenna erreichte das Treppenende und klopfte an die Tür. »Mr Williams? Sheriff's Department.«

Die Tür schwang auf und ein attraktiver Mann in Jeans und einem Sweatshirt schaute Jenna mit einem Halblächeln an. Sein braunes Haar verdeckte seine braunen Augen und er musterte sie kurz, bevor er sich beim Anblick von Kane aufrichtete. Jenna räusperte sich. »Mr Williams?«

»Ja, das bin ich, Stan Williams.« Er runzelte die Stirn. »Gibt es ein Problem, Sheriff?«

»Wir ermitteln im Mordfall von Laurie Turner.« Kane sprach über Jennas Schulter. »Dürfen wir reinkommen?«

»Klar.« Williams trat zurück und ließ das Aroma von frisch gebrühtem Kaffee nach draußen strömen. »Im Apartment herrscht das reinste Chaos. Hier gibt es nicht viel Platz für mich und mein Hobby.«

Jenna linste in den überraschend hellen Raum. Es war sauber und gepflegt, aber eine Wand war vollgeklebt mit Fotos von den Cheerleaderinnen. Auf einem Tisch reihte sich Foto-Zubehör, und in einer der Ecken war ein Lichtschirm aufgestellt. »Sie haben hier oben ein Fotostudio?«

»Es ist eine Leidenschaft.« Williams lächelte. »Ich würde Sie gern ablichten. Sie haben eine außergewöhnliche Haut, die Kamera wird Sie lieben.«

Sie nahm den harten Zug um Kanes Mund wahr, als er die Bilder von jungen Frauen an der Wand begutachtete, und schüttelte den Kopf. »Danke, aber nein danke. Ich hasse es, fotografiert zu werden. Ich mag es nicht, zurückzublicken und festzustellen, wie alt ich heute aussehe. Fotografie ist nicht mein Ding. Sie sollten sich mit Kane unterhalten, er macht ständig Schnappschüsse.« Sie drehte sich um und sah aus dem Fenster, um Kane die Möglichkeit zu geben, die Führung zu übernehmen. »Welch eine tolle Aussicht auf die Berge.«

»Laden Sie die Cheerleaderinnen hierher ein, um Aufnahmen von ihnen zu machen?« Kane drehte sich so um, dass er das Fenster im Rücken hatte, und sah ihn an.

»Ja, manchmal.« Williams starrte wie gebannt auf die Bilder. »Hier gibt es so viele Erinnerungen, ich kann kein einziges Foto abnehmen.«

»Das glaube ich gern.« Kane senkte seine Stimme zu einem vertraulichen Tonfall und führte Williams in die hinterste Ecke. Er zeigte auf ein Bild. »Sie ist hübsch. Wie hast du es hinbekommen, dass sie allein hier aufgetaucht ist?«

»Sie fühlen sich in meiner Gesellschaft wohl.« Williams lehnte sich näher zu Kane und schmunzelte. »Du solltest die mal ohne Uniform sehen.«

»Interessant. Vielleicht könntest du sie mir eines Tages zeigen? Wenn ich mal ohne die Chefin unterwegs bin?« Kane ging die Wand ab und betrachtete die Bilder.

»Klar, ich habe an den meisten Abenden ab sechs Uhr frei.« Williams lächelte. »Ich hätte keinen Gleichgesinnten im Strafvollzug erwartet, andererseits habe ich Freunde aus jeder Ecke: Anwälte, Richter und Ärzte. Kaum zu glauben, nicht wahr?«

»Ja, der Beruf spiegelt die Vorlieben nicht wider, stimmt's?« Kane lächelte. »Sieh mich an, du hast mich sicher als einen Biertrinker eingeschätzt, dabei bevorzuge ich ein Glas Pinot Noir.«

»Ich habe bereits vor einer langen Zeit gelernt, keine voreiligen Schlüsse zu ziehen.« Williams schmunzelte. »Dennoch ist Vorsicht besser als Nachsicht.«

»Ja, das ist richtig.« Kane hob die Augenbrauen. »Hast du Laurie Turner fotografiert?«

»Laurie?« Williams lächelte. »Ja, aber nicht hier. Ich habe Fotos vom Team in der Turnhalle und bei Spielen geschossen, aber Lauries Vater hätte für Ärger gesorgt, wenn ich sie gebeten hätte, hierherzukommen.« Er zwinkerte Kane zu. »Der versteht das nicht.«

»Also machst du die Fotos zu deinem eigenen Vergnügen oder hast du eine Gruppe gleichgesinnter Enthusiasten?« Kane ging langsam die Wand ab und beugte sich vor, um die Bilder zu betrachten. »Großartige Action-Aufnahmen. Die Fotos sind sehr professionell, kein Wunder, dass die Mädchen sich von dir ablichten lassen wollen.«

»Oh, ich liefere Bilder für das Jahrbuch und die lokale Zeitung sowie für alle Werbeaktionen, die von der Schule durchgeführt werden. Natürlich biete ich sie kostenlos an.« Williams fuhr mit dem Finger das Gesicht eines der Mädchen nach. »So viele Lieblinge. Ich könnte mich niemals nur für eine von ihnen entscheiden. Und du?«

»Abwechslung ist das halbe Leben, sagt ein Sprichwort.« Kane sah ihn an. »Erzähl mir von Samstagabend. Warst du in der Turnhalle, um Fotos von den Cheerleaderinnen zu machen? Hast du dich mit einer bestimmten unterhalten?«

»Ich habe mit allen von ihnen gesprochen.« Williams ging zu seinem Computer. »Ich habe ein paar großartige Schüsse gemacht.«

»Lichtest du alle ab? Auch die Zuschauer, zum Beispiel?«

»Selbstverständlich.« Williams lachte auf. »Einige von ihnen finden sich auch in meiner privaten Sammlung wieder.«

»So unter Gleichgesinnten: Könnte ich eine Kopie der Datei haben?« Kane zog einen USB-Stick aus seiner Tasche. »Ich würde gern sehen, wer dort alles gewesen ist.« Er reichte ihm den USB-Stick.

»Denke schon.« Williams wirkte bestürzt. »Ich hatte noch keine Zeit, um die Dateien zu bearbeiten. Was ist mit dem

Sheriff? Ich will nicht, dass das hier in die falschen Hände gerät.«

»Das ist okay.« Kane lächelte ihn an. »Der Sheriff wird sich nur die Schnappschüsse von der Menge ansehen, um herauszufinden, wer beim Training zugeschaut hat.« Er lehnte sich näher heran. »Es sei denn du hast sonst noch etwas für mich?«

Erstaunt sah Jenna zu, wie Williams gehorsam den USB-Stick in seinen Laptop schob und die Dateien transferierte. Sie bewegte sich vom Fenster weg und ging langsam auf sie zu. »Wo sind Sie nach dem Training hingegangen?«

»Nach Hause.« Williams deutete auf seinen Laptop. »Ich habe die Dateien runtergeladen und einige E-Mails verschickt. Gegen zehn bin ich zum Aunt Betty's gegangen und habe mir ein Stück Kuchen mit Kaffee gegönnt. An einem Samstagabend ist in der Stadt viel los und ich mag es, unter Leuten zu sein.«

Jenna nickte. »Haben Sie mit jemandem gesprochen?«

»Hauptsächlich mit Fremden. Touristen, schätze ich.« Williams lächelte sie an. »Ich bin ein geselliger Typ.«

»Welches Auto fahren Sie?« Kane hatte wieder seinen üblich professionellen Tonfall aufgesetzt. »Ist es eines von den Fahrzeugen, die draußen parken?«

»Ja, es ist der GMC.« Williams warf einen Blick auf seine Uhr. »War's das? Ich will vor der Parade noch beim Aunt Betty's frühstücken.«

Jenna ging zur Tür. »Danke für Ihre Zeit.«

»Haben Sie eine Karte?« Kane unterließ es, ihr zu folgen. »Ich würde gern einmal vorbeikommen.«

»Klar.« Williams zog eine Karte aus seinem Portemonnaie und reichte sie ihm. »Ich freue mich darauf.«

Schweigend stieg Jenna die Treppe herunter und begab sich zum Wagen. Sie stieg ein und wartete, bis Kane hinter das Lenkrad geklettert war. »Bitte sag mir nicht, dass wir hierhergekommen sind, um gegen einen Verdächtigen in einem Mordfall zu ermitteln, und auf einen weiteren Pädophilenring gestoßen sind?« Sie schlug mit ihrer Faust auf den Sitz ein. »In meiner Stadt? Schon wieder?«

»Vielleicht, vielleicht auch nicht. »Er hätte die Zeit gehabt, um den Mord zu begehen, auch wenn er keinen Chrysler fährt.« Kane lenkte den Wagen aus der Parklücke und sie fuhren zum Sheriff's Department. »Sehen wir erst einmal nach, was sich auf dem Datenträger befindet und ob er Fotos von Minderjährigen an einen Haufen Freunde über das Internet verschickt, darunter an die Strafverfolgung, Richter und Anwälte. Es könnte nur Gerede gewesen sein, aber wenn es sich bewahrheitet, übergeben wir die Datei an das FBI.«

Jenna beugte sich zum Rücksitz und kraulte Duke hinter den Ohren. Er war beinahe eingeschlafen und gähnte ausgiebig. »Okay, aber das würde bedeuten, dass du ihn noch einmal in seinem Apartment aufsuchen und dir von ihm abscheuliche Bilder zeigen lassen müsstest.«

»Wenn die Datei, die er mir ausgehändigt hat, irgendetwas Verdächtiges enthält, würde ich Carter involvieren, dann hätten wir das FBI von Anfang an mit dabei.« Kane zuckte mit den Schultern. »Er kann es an die Einheit für Sexualverbrechen übergeben, dann wird es zu Josh Martins Problem.«

»Okay.« Jenna rieb sich die Schläfen. »Ich werde einen Bericht darüber verfassen müssen und mich danach auf die Planung unserer nächsten Schritte konzentrieren. Wenigstens bleiben die Cheerleader für den Rest des Tages alle zusammen. Zuerst nehmen sie an der Parade teil, danach findet ein Fotoshooting mit der Footballmannschaft statt. Also werden sie mindestens bis zum Mittag als Gruppe beschäftigt sein.« Sie sah auf ihre Notizen herunter. »Ich würde mich gern mit Dale Collins und Marlene Moore unterhalten, um herauszufinden, ob sie sich an den Inhalt ihres Gesprächs mit Laurie am Samstagabend in der Turnhalle erinnern können.«

»Der beste Zeitpunkt, um sie zu erwischen, dürfte vor der Aufstellung zur Parade sein, danach werden sie sich zerstreuen, um sich die Attraktionen in der Stadt anzusehen.« Kane schaute aus dem Fenster hinaus. »Einige der Eltern werden ebenfalls anwesend sein, sollten wir ihre Aussagen brauchen. Fast alle haben heute frei, außer uns. Sogar die Bank hat geschlossen.«

Kane hielt vor dem Sheriff's Department und Jenna drückte die Tür auf. »Es fühlt sich an, als hätten wir das Arbeitspensum eines ganzen Tages hinter uns.« Sie überprüfte ihre Armbanduhr. »Dabei ist es erst halb elf.«

»Geh schon vor.« Kane sah sich auf der Main Street um. »Ich hole mir etwas am Kuchenstand, bevor alles ausverkauft ist.« Er eilte davon und Duke sprang ihm hinterher.

Kopfschüttelnd stieg Jenna die Stufen zum Sheriff's Department herauf, ließ die Glastür hinter sich und trat zu Maggie an den Empfangstresen. »Gibt es heute irgendetwas für mich?«

»Nichts Neues, nein. Aber Rowley und Rio haben während deiner Abwesenheit die Deputys aus Blackwater eingewiesen.« Sie hob eine Augenbraue. »Vier sind aus Blackwater eingetroffen und für die Dauer des Einsatzes hat uns Crenshaw zwei seiner Jungs aus Louan geschickt. Rowley hat für sie Räume im Motel reserviert, und einige von ihnen haben sich bereit erklärt, Doppelschichten zu übernehmen, wenn sie mit gutem Essen und einem Bett für die Nacht versorgt werden.«

Jenna lächelte erleichtert. »Der Bürgermeister hat darauf bestanden, dass ich die Unterstützung bekomme, die ich benötige, um uns während des Festivals den Rücken für die Ermittlungen am Mordfall Turner freizuhalten. Also winke alles durch, was sie verlangen, und schick die Rechnung an sein Büro.«

Die Eingangstür schwang auf und Sandy betrat mit einem strahlenden Lächeln den Raum. »Hallo, Jenna, Maggie.«

»Ich fürchte, Rowley ist nicht hier. Er weist die Deputys

ein.« Jenna winkte sie in ihr Büro. »Ich wollte mir gerade eine Kanne Kaffee kochen. Darfst du Kaffee trinken?«

»Ja, natürlich.« Sandy strich über ihren gewölbten Bauch. »Uns geht's hervorragend.« Sie lächelte. »Ich wollte die Parade nicht verpassen und werde später meine Mom besuchen, aber während Jake hier seinen Dienst ableistet, werde ich die Arbeit am alten Haus beenden.«

Jenna füllte die Kaffeekanne auf, sammelte Becher, Milch und Zucker zusammen und stellte alles auf den Tisch. »Du klingst, als würdest du die Arbeit vermissen.«

»Ich?« Sandy schüttelte den Kopf. »Nein, überhaupt nicht. Die Ranch hält mich auf Trab, wir haben jetzt Hühner und Pferde zu versorgen. Sie liegt zwar abgelegen und ich bin eher ein Stadtkind, aber ich fühle mich in der Gesellschaft des Hundes gut aufgehoben. Dave hat gesagt, dass er Jake helfen wird, die Sicherheitsvorkehrungen zu verstärken. Das Haus ist zwar gut gesichert, aber mit dem Baby und so möchte ich auch einen Zaun-Alarm haben.«

Jenna nickte. »Sobald wir diesen Fall gelöst haben, gehört Kane ganz dir, und ich bin mir sicher, dass Shane auch gern zur Hand geht, wenn er nicht anderweitig beschäftigt ist.«

»Das wäre super.« Sandy nahm den Becher entgegen, den Jenna ihr anbot. »Danke. Ich hoffe, ich halte dich nicht von der Arbeit ab?«

Jenna setzte sich hin und schüttelte den Kopf. »Nein, wir nehmen uns nur ein paar Minuten Zeit, um uns zu sammeln, und das Frühstück liegt für Kane bereits eine Weile zurück. Er wird bald vollbeladen mit Kuchen hier auftauchen, um sich zu stärken.« Sie grinste. »Ich hatte keine Ahnung, dass Männer so viel essen können.«

»Ja, seit Jake sich auf der Ranch einen Dojo eingerichtet hat und dort ständig trainiert, hat er auch ständig Hunger.« Sandy kicherte. »Aber er sieht super aus.« Sie nippte an ihrem Kaffee.

»Wer sieht super aus?« Kane betrat das Büro und lud Tüten

auf Jennas Schreibtisch ab. »Mmm, Kaffee.« Er ging direkt zum Tresen, schenkte sich eine Tasse ein und ließ sich dann auf einen Stuhl fallen.

Jenna schob ihm Milch und Zucker zu. »Gespräch unter Frauen.« Sie zwinkerte Sandy zu. »Was hast du mitgebracht?«

»Alles Mögliche.« Kane zog die Tüte näher zu sich heran. »Du kannst alles davon haben, was du willst, aber die Bananen-Sahne-Torte gehört mir.«

»Ich hab draußen auf dem Flur Jakes Stimme gehört.« Sandy trank ihren Kaffee aus. »Ich werde kurz mit ihm reden, und dann muss ich weiter. Danke für den Kaffee.« Sie winkte ihnen zum Abschied zu und eilte durch die Tür nach draußen.

»Jake hat hier alles unter Kontrolle.« Kane stürzte sich mit seinem Löffel auf die Torte und seufzte vor Vergnügen auf. »Die Cheerleader sind gerade mit der ganzen Gruppe im Park und warten darauf, dass die Footballmannschaft dort eintrifft. Wir können sie abfangen, bevor die Parade beginnt. Vor zwölf fängt sie nicht an. Der Start ist für elf Uhr dreißig angesetzt, aber es gibt wohl ein paar Schwierigkeiten mit der Tonanlage am Podium, das für den Bürgermeister aufgebaut worden ist, also bleibt uns noch genügend Zeit.«

»Gut.« Jenna überflog ihre Notizen. »Rowley und Rio sollen die Datenbanken der Kfz-Zulassungsstelle nach einem grünen Chrysler in der Gegend durchforsten.«

Jenna blickte auf den Essensberg auf dem Tisch hinab. Es duftete einfach wundervoll, aber sie war nicht hungrig. Sie linste in eine Tüte mit Karamell-Pekannuss-Törtchen. *Vielleicht nur ein kleines Stückchen.*

DREIUNDZWANZIG

Er fand seine Freundin inmitten der Menschenmenge, die in die Stadt strömte, und zog sie in eine Seitenstraße. »Bist du dir sicher, dass du das tun willst? Becky scheint ein nettes Mädchen zu sein.«

»Ein nettes Mädchen, was?« Die Mundwinkel seiner Freundin rutschten nach unten und Wut blitzte in ihren Augen auf. »Natürlich geben sie vor, nett zu sein, aber in Wahrheit will sie dich wie einen Idioten dastehen lassen. Vermutlich hat sie eine ihrer Freundinnen gebeten, dir zu folgen und Fotos zu schießen, die sie dann auf ihrer Facebook-Seite posten kann, um eine Wette zu gewinnen oder so was. Für sie bist du nur eine Trophäe, nichts weiter, so wie der Rest der Jungs. Deine Gefühle sind ihnen allen egal, sie wollen dich einfach nur fertigmachen. So wie deine Ma.« Sie lehnte sich an ihn. »Ich bin die Einzige, der du vertrauen kannst. Unsere Geheimnisse schweißen uns zusammen. Ich würde dich niemals schlecht behandeln. Wenn du mich wirklich liebst, so wie du sagst, dann würde es dich wütend machen, dass sie so gemein zu mir sind. Mein Leben wäre so viel besser ohne sie. Aber ohne dich kann ich sie nicht ermorden.«

Aufregung rumorte in seinem Magen. Es fühlte sich wie eine rasante Talfahrt mit der Achterbahn an. Sie war immer wieder in der Lage, diesen Rausch in ihm auszulösen, als hätte man ihn vor einen Güterzug geschnallt. »Okay. Bist du dir sicher, dass sich niemand in dem Haus aufhalten wird? Ich sehe draußen keine Verkaufsschilder. Bist du dir sicher, dass es leer steht?«

»Ich bin mir sicher. Ich war schon ein paarmal da drin, und es steht definitiv leer. Die Leute, die da drin gewohnt haben, haben die Schlüssel an derselben Stelle deponiert wie immer. Ich denke, die könnten für Handwerker oder jemanden sein, der für Ordnung sorgen soll.« Sie grinste ihn an. »Ich war da drin. Es ist perfekt. Die Betten sind alle mit neuen Matratzen bestückt, die noch in Plastikfolie stecken. Und es gibt Reinigungsmittel im Hauswirtschaftsraum, sodass wir alles blitzblank schrubben können, bevor wir verschwinden.«

Er nickte und versuchte, Enthusiasmus zu zeigen, aber er mochte Becky. Sie schien überhaupt nicht gemein zu sein, und er hatte sich immer gut mit ihr verstanden. Becky hatte sich auf das Date mit ihm gefreut und ihn unter der Tribüne leidenschaftlich geküsst. Er hatte es nicht gewagt, den Kuss zu erwähnen. Seine Freundin würde durchdrehen und hundertmal auf Becky einstechen. Er konnte zusehen, wenn die Mädchen erwürgt wurden, aber das Erstechen verursachte ihm Übelkeit. Er hob das Kinn seiner Freundin an und sah sie an, um sich davon zu überzeugen, dass er ohne sie nicht leben konnte. »Ich mache mir Sorgen, dass uns jemand beim Verlassen des Hauses sehen könnte. Ist es wirklich schlau, jemanden mitten in der Stadt zu töten, während wir von so vielen Menschen umgeben sind?«

»Wir gehen zur Hintertür raus. Das Haus ist von Bäumen umgeben, und ich habe den Schlüssel bereits bei mir. Sie haben zwei über der Haustür hinterlegt, und ich habe einen davon mitgenommen. Ich bringe ihn später zurück, und den anderen habe ich wieder zurückgelegt. Ich kappe die Stromversorgung, wenn ich reingehe, also bring eine Taschenlampe mit. Nimm mit Becky die Treppe nach oben, dort gibt es auf der linken Seite ein Schlafzimmer mit einem großen Schrank, in dem ich mich verstecken werde. Führe sie mit dem Rücken zum Schrank hinein, und ich erledige den Rest.« Sie kicherte. »Dann können wir sie ausziehen und sie uns zusehen lassen. Anschließend machen wir alles sauber, hängen die Schlüssel zurück und schlüpfen durch die Hintertür hinaus. Du kannst ihre Sachen verbrennen, so wie beim letzten Mal, und niemand wird etwas erfahren. Sie kann hierbleiben, bis sie das Haus verkaufen. Bis sie finden, sind wir längst hinter Vicky Perez her.«

Er wischte sich den Mund mit seinem Handrücken ab und scharrte mit den Füßen. »Die Polizei hat alle befragt, die Samstagabend in der Turnhalle waren. Denkst du, sie verdächtigt uns?«

»Uns?« Sie stieß ein Lachen aus. »Nein, natürlich nicht. Wir sind so süß wie Zucker und klüger, als sie denken. Sie werden nach einem alten Mann fahnden; einem Perversen, einem Sexualstraftäter. Jeder weiß doch, dass Laurie leicht zu haben war, so wie die andern auch. Sie werden schon feststellen, dass sie sich herumgetrieben haben.« Sie grinste. »Auf jeden Fall werden sie nach den Kerlen suchen, denen die Herrenslips gehören, und sie beschuldigen.« Sie ließ einen Finger über seinen Hals gleiten. »Vergiss nicht, dass wir noch mehr Slips brauchen, und wähle sie mit Bedacht. Wenn wir das Ganze beenden, wird der Sheriff so viele Verdächtige haben, dass sie nicht mehr weiß, was sie tun soll.« Sie ah ihn schmollend an. »Ich würde gern noch länger hier mit dir bleiben, aber wir müssen gehen, sonst wird man uns vermissen. Ich gehe hinten um das Gebäude herum und komme hinter der Bank heraus. Wir dürfen nicht zusammen gesehen werden.« Sie stellte sich auf die Zehenspitzen, um ihn zu küssen. »Wir sehen uns heute Abend.« Sie huschte die Seitenstraße hinunter und verschwand aus seinem Blickfeld.

»Er sah ihr mit einer Mischung aus Erregung und Angst hinterher, die ihm ein Kribbeln verursachte, als wäre ein ganzes Ameisennest zugange. Er verdrängte alle Zweifel aus seinem Kopf und stellte sich vor, wie Becky ihn und seine Freundin nackt und mit toten Augen beobachtete. Und mit einem Mal konnte er den Sonnenuntergang kaum noch erwarten.

VIERUNDZWANZIG

Jenna sah Kane über den Schreibtisch hinweg an. »Reich mir doch bitte den USB-Stick rüber. Wir können uns die Bilder genauso gut ansehen, während wir frühstücken.«

»Dafür haben wir keine Zeit.« Kane sammelte die restlichen Einkäufe zusammen und brachte sie im Kühlschrank in Jennas Büro unter. »Wir sollten jetzt in den Park gehen, wenn wir mit Collins und Moore reden wollen. Die Main Street ist vor fünf Minuten für die Parade gesperrt worden.«

»Okay, ich lade die Bilder in unsere Akten hoch und wir können sie später durchgehen.« Jenna trank ihren Kaffee aus und seufzte. »Mein Wagen steht hinter dem Gebäude. Kommen wir über die Seitenstraßen hin?«

»Es geht schneller, wenn wir laufen.« Kane spülte die Tassen ab und stellte sie kopfüber zum Trocknen hin.

»Hey.« Carter klopfte an die Tür. »Wollt ihr heute Abend zusammen etwas essen?«

Jenna lächelte ihn an. »Ja, aber wir müssen nach Hause und die Pferde versorgen. Außerdem ermitteln wir in einem laufenden Mordfall.«

»Na ja, irgendetwas essen müsst ihr doch eh, und ich lade

euch beide ein, um sieben Uhr mit mir, Jo und Jaime im Restaurant des Cattleman's Hotel zu speisen.«

Carter wedelte vor Jenna mit dem Finger. »Sag jetzt nicht, du hättest nichts anzuziehen. Ich weiß, dass ihr beide eine Menge Wechselkleidung im Sheriff's Department aufbewahrt.«

»Es ist lieb von dir, dass du uns fragst, aber wir müssen leider ablehnen.« Jenna schüttelte den Kopf. »Wir spüren immer noch Verdächtige auf. Wir haben keine Zeit, um zur Ranch zu fahren und dann im Cattleman's Hotel zu essen. Es dauert eine Stunde, bis das Essen dort serviert wird.«

»Doch, die habt ihr.« Carter lehnte sich mit seiner Hüfte gegen ihren Schreibtisch. »Ich werde eure Pferde versorgen. Wenn du mir deinen Wagen überlässt, kann ich die Sicherheitskontrollen passieren und rechtzeitig zurück sein, um zu duschen und mich für das Abendessen umzuziehen.« Er senkte den Blick auf Duke. »Ich werde sogar Duke im Hinterhof ausführen. Er mag mich, also würde er mich begleiten, keine Sorge.«

Jenna hob eine Augenbraue und sah Kane fragend an. Er zuckte mit den Schultern. Sie blickte Carter an und nickte. »Okay, ich nehme an, wir müssen tatsächlich etwas essen, und so sind wir immerhin in der Stadt, falls wir gebraucht werden sollten.« Sie holte die Autoschlüssel aus ihrer Schublade heraus und warf sie ihm zu. »Wir sehen uns dann um sieben.«

»Das werden wir ganz sicher.« Carter sah Kane an. »Ich komme gegen fünf vorbei und hole Duke ab, dann bleibt uns genug Zeit.«

»Ich lasse ihn bei Maggie.« Kane lächelte. »Er mag kein Feuerwerk, also wird er mehr als zufrieden sein, heute Abend drinnen bleiben zu können.« Er blickte zu Jenna. »Wir müssen gehen.«

Jenna stand auf und schlüpfte in ihre Jacke. »Ich bin schon unterwegs.« Sie folgte Kane und Carter aus ihrem Büro.

Die Main Street hatte sich in eine Promenade verwandelt,

die mit Menschen, Kindern, Luftballons und Zuckerwatte überfüllt war. Bunte Wimpel säumten die Straße und hingen vor jedem Laden der Stadt. Der Bürgersteig war voll mit Ständen, an denen alles Erdenkliche feilgeboten wurde, und Stadtbewohner und Touristen wanderten in Schwärmen von Stand zu Stand, wie Bienen, die von bunten Farben angezogen wurden. Laute Musik dröhnte aus den Lautsprechern, die an Straßenlaternen angebracht waren, und wurde dann und wann von Durchsagen des Festivalkomitees unterbrochen. Sie gingen an einem Podium vorbei, das in aller Hast für den Bürgermeister errichtet worden war, der dort seine Ansprache an die Menge richten wollte, und ließen die Autos der lokalen Presse hinter sich.

Jenna hielt sich dicht hinter Kane. Seine beachtliche Größe war in einer Menschenmenge von Vorteil. Die Leute stoben auseinander, um ihn vorbeizulassen, während er mit großen Schritten voranschritt. Wenn sie dicht hinter ihm blieb, hatte sie freie Bahn. Sheriff hin oder her, mit ihrer kleinen Statur ging sie in einem Menschenmeer unter. Sie wich einer Mutter und ihren Kindern aus, die händchenhaltend hinter ihr herliefen und deren Münder mit dem unverwechselbaren Rot von kandierten Äpfeln umrandet waren. Bei einem kleinen Mädchen steckte der Stiel von Zuckerwatte im Haar. Die ganze Stadt vibrierte vor Aufregung, und jeder, an dem sie vorbeiging, hatte ein Lächeln für sie übrig.

Endlich erreichten sie den Park, und Jenna sah sich fasziniert um. An einem Ende des Parks hatten sich die Footballmannschaften aufgestellt und warteten darauf, zu ihren Festzugswagen zu gehen. Eine Marschkapelle spielte sich mit furchtbaren Klängen ein, und die Cheerleader machten Aufhebens um ihre Uniformen und Pompons, einige übten Bewegungsabfolgen oder tuschelten und kicherten. Es war einfacher, sich am Rande des Parks zu bewegen, und Jenna zückte ihr Handy, um Fotos von Collins und Moore aufzurufen. Sie zeigte

Kane das Display. »Für gewöhnlich würde ich sagen, wir sollten uns aufteilen, aber wir würden in der Menge aus den Augen verlieren. Ich denke, es wäre am besten, wenn wir zusammenbleiben.«

»Die Cheerleader-Teams sind ganz in der Nähe. Sehen wir nach, ob Marlene Moore darunter ist.« Kane linste über den Rand seiner Sonnenbrille und verengte die Augen. »Verdammt, die sehen alle gleich aus.«

Jenna bahnte sich den Weg zu den Teams. »Dann fragen wir einfach nach, die Teamkolleginnen sollten sie kennen.« Sie trat an die erste junge Frau heran, der sie begegnete, und hielt ihr das Handy hin. »Haben Sie Marlene heute gesehen?«

»Ja, sie ist dort drüben bei Vicky.« Die junge Frau wies ihr die Richtung. »Sie steht dort neben Becky.«

Jenna bedankte sich bei ihr und ging zu der Gruppe junger Frauen voran. Als sie näher kamen, hörten Becky und Marlene auf zu reden und stießen Vicky in die Rippen. Jenna zwang sich zu einem Lächeln und holte Notizblock und Stift heraus. »Marlene Moore, kann ich Sie kurz sprechen?«

»Natürlich.« Marlene zuckte mit den Schultern und folgte ihr, bis sie außerhalb der Hörweite der anderen waren.

»Ich glaube, Sie haben sich in der Turnhalle am Samstagabend mit Dale Collins und Laurie Turner unterhalten. Können Sie sich noch daran erinnern, worum es bei Ihrem Gespräch ging?«

»Möglicherweise.« Marlene stand da, die Hände mit den Pompons in die Hüften gestemmt. »Ich will nicht schlecht über Tote sprechen, aber Laurie war so ein Flittchen. Sie hat erzählt, dass sie unter den Zuschauern Wyatt, ihren Ex, entdeckt hatte, also hat sie mich zu Dale mitgeschleppt, um sich mit ihm zu unterhalten. Er schließt den Kiosk während des Trainings für uns auf.« Sie schaute gelangweilt weg. »Seine Tante betreibt normalerweise den Kiosk, aber sie denkt, es sei ihre Zeit nicht wert, ihn nur für ein paar Stunden zu öffnen, also macht Dale ihn für uns auf. Ich nehme an, er hat es satt, dass die Mädchen ihn ständig anmachen.«

»Wirklich?« Kane warf ihr einen fragenden Blick zu. »Haben nicht alle Mitglieder der Footballmannschaft Verehrerinnen?«

»Ja, aber sie gehen nur mit Cheerleaderinnen.« Marlene berührte ihr Haar. »Wäre das alles?«

Jenna schüttelte den Kopf. »Können Sie sich an irgendetwas erinnern, das gesagt wurde? Hat Dale mit Laurie ein Date ausgemacht oder vorgehabt, sich mit ihr zu treffen?«

»Nein, bis jetzt hat er noch niemanden zum Ball des Herbstfestivals eingeladen.« Marlene verdrehte die Augen. »Er lässt seine Ergebenen gern warten, schätze ich.«

Jenna lächelte. »Also ist er nicht Ihr Typ?«

»Dale?« Marlene lachte auf und sah Kane an. »Ich bevorzuge große, dunkelhaarige und attraktive Männer.« Sie zeigte in die Richtung eines großen, blonden jungen Mannes. »Wie Sie sehen können, ist Dale genau das Gegenteil davon.«

»Okay.« Jenna klappte den Notizblock zu. »Danke für Ihre Zeit.« Sie reichte ihr eine Visitenkarte. »Wenn Ihnen noch irgendetwas einfällt, rufen Sie mich an.«

»Sicher.« Marlene ging davon, und Jenna sah, wie die Visitenkarte zu Boden flatterte.

»Die Footballmannschaft bereitet sich darauf vor, sich zum Festzugswagen zu begeben.« Kane drängte sich an den Cheerleadern vorbei.

Jenna rannte hinter ihm her, und sie erreichten die Footballmannschaft, die sich am anderen Ende des Parks in der Hundezone versammelte. Sie machte Dale Collins blonde Haare aus und schlug die Richtung zu ihm ein. Als sie sich ihren Weg an der Mannschaft vorbei bahnte, ging Kane vor ihr her und führte ihn zum Zaun hinüber. Der verwirrte Gesichtsausdruck des jungen Mannes entlockte ihr ein Lächeln. »Sie stecken nicht in Schwierigkeiten. Wir wollen wissen, ob sie sich daran erinnern, vergangenen Samstagabend in der Turnhalle mit Laurie Turner gesprochen zu haben.«

»Ja, natürlich erinnere ich mich daran.« Collins legte die Stirn in Falten. »Das mit Laurie ist schrecklich. Haben Sie schon herausgefunden, wer sie ermordet hat?«

Jenna schüttelte den Kopf. »Noch nicht. Worüber haben Sie sich unterhalten?«

»Über die Sonderangebote.« Collins starrte auf seine Schuhe. »Ich habe sie gefragt, wie es mit ihrem Auto läuft. Ich habe sie damit aufgezogen, dass es ein Männerfahrzeug sei. Darüber hat sie gelacht. Als Nächstes kam Marlene rüber und hat ihr erzählt, dass Wyatt ihr wieder nachspioniert hat, und Laurie ist zurückgegangen, um sich dem Cheerleader-Team anzuschließen.« Er hob den Blick zu Jenna. »Nach der Pause musste ich im Kiosk aufräumen, danach habe ich sie nicht mehr gesehen.«

»Sie sind nach dem Training also nicht noch geblieben, um sich mit den Cheerleadern zu unterhalten?« Kane musterte ihn prüfend.

»Nö.« Collins grinste. »Nach dem Spiel ist die beste Zeit dafür, denn dann sind alle aufgekratzt und wollen feiern. Außer an Spieltagen versuche ich, mich so weit wie möglich von ihnen fernzuhalten. Ich muss meine Noten verbessern, und sie lenken mich nur ab.« Er warf einen Blick über seine Schulter, als der dekorierte Festzugswagen am Straßenrand hielt. »Ich muss jetzt gehen.« Er wandte sich ab und joggte davon.

Jenna hob den Blick zu Kane. »Ich wollte mich auch noch mit Wyatt Cooper unterhalten.«

»Das wird jetzt warten müssen.« Kane linste über ihren Kopf hinweg zu der Menschenmenge. »Sobald der Bürgermeister mit seiner Rede fertig ist, fahren die Festzugswagen die Main Street entlang und wenden auf dem Ausstellungsgelände, bevor sie zurückkehren. Dann fangen wir ihn ab.«

Als sie den Bürgersteig ansteuerten, schloss sich die Menge

um Jenna herum. Ein klaustrophobisches Gefühl packte sie, und sie griff nach Kanes Arm, um zu verhindern, dass er im Gedränge verschwand. »Dave, ich werde hier hinten überrannt.«

»Halt dich an meinen Gürtel fest. Wir überqueren die Main Street, bevor die Parade startet, und nehmen die Nebenstraßen zurück zum Sheriff's Department.« Kane drehte sich um und grinste sie an. »Es sei denn, du willst Huckepack genommen werden.«

Jenna verdrehte die Augen und bedeutete ihm mit den Fingern, sich umzudrehen. »Der Gürtel wird genügen.« Sie ergriff seinen Gürtel, und sie bahnten sich den Weg durch die Menge. Im nächsten Augenblick fand sie sich vorm Aunt Betty's Café wieder. »Was machen wir hier? Im Büro ist noch genug Kuchen, um eine ganze Armee damit zu verpflegen.«

»Ja, aber da wir eh gerade vorbeikommen, sollten wir die Gelegenheit ergreifen, während alle Leute draußen sind, um sich die Parade anzuschauen.« Er grinste sie an. »Wir können von überall arbeiten, und es ist ein nettes, ruhiges Plätzchen, um die Bilder durchzugehen. Wir können sie auf unseren Handys aufrufen, und ich weiß, dass du zum Mittagessen keinen Kuchen isst, also kannst du dir hier etwas anderes bestellen.«

Jenna beschnupperte die Luft. »Und du hast den Duft von Chili wahrgenommen, der auf den Bürgersteig herübergeweht ist.« Sie schüttelte den Kopf. »Okay, du hast gewonnen.« Sie winkte ihn zu einem Tisch.

FÜNFUNDZWANZIG

Die nächsten Stunden verbrachten sie damit, unzählige Fotos der Cheerleaderinnen durchzugehen. Jenna musste zugeben, dass es Bilder gab, die an Geschmacklosigkeit grenzten, aber manche Leute würden sie als Action-Aufnahmen eines Cheerleader-Teams bei Hebe- oder Akrobatikfiguren betrachten. Alles lag im Auge des Betrachters. Müde sah sie von ihrem Handy auf. »Hast du etwas gefunden, das darauf hindeutet, dass Williams ein Pädophiler ist?«

»Nein. Aber wenn ich eine Tochter hätte und wüsste, dass Männer einige dieser Aufnahmen untereinander teilen, wäre ich nicht besonders glücklich. Akrobatikfiguren dauern nur den Bruchteil einer Sekunde an und sind im Grunde unschuldig, aber Williams schafft es irgendwie, sie unanständig wirken zu lassen.« Kane rieb sich nachdenklich das Kinn. »Ich bin immer noch nicht davon überzeugt, dass nicht mehr dahinter, als man auf den ersten Blick vermuten würde. Er ist von Cheerleaderinnen besessen, und das könnte ihn leicht zum Mord verleiten.« Er öffnete die Hände. »Denken wir hier mal über den Tellerrand hinaus. Wenn er eine von den jungen Frauen in sein Apartment gelockt und sie seine Annäherungsversuche abgewiesen hat, wäre es möglich, dass er sie erwürgt hat, um sie so zum Schweigen zu bringen.«

Jenna schloss die Akten und sah ihn an. »Das wäre schwer zu beweisen. Mir ist aufgefallen, dass er ein Set Pompons auf seinem Tisch liegen hatte. Ich habe angenommen, dass er sie als Requisiten für seine Fotos verwendet, aber jetzt, wo wir wissen, dass Lauries Pompons nicht in ihrem Rucksack waren, fällt der Verdacht auf ihn.«

»Wir sollten mit Stan Williams auf Tuchfühlung gehen und herausfinden, wie er tickt.« Kane lehnte sich auf seinem Stuhl zurück. »Ich werde Carter anrufen und ihn überzeugen, Williams heute Abend nach dem Dinner einen Besuch abzustatten. Ich bin mir sicher, dass du dich gern etwas mit Jo unterhalten möchtest.«

Jenna nickte. »Vermutlich wird es der einzige Abend sein, an dem wir uns freinehmen können. Wenn Rio und Rowley mehrere Chrysler in der Stadt aufspüren, die Ähnlichkeiten mit dem Wagen haben, mit dem Laurie mitgenommen wurde, werden wir den Rest der Woche damit verbringen, ihre Besitzer ausfindig zu machen.« Sie streckte sich und warf einen Blick auf ihre Uhr. »Lass uns Wyatt Cooper finden und dann ins Büro zurückfahren. Ich denke, du solltest etwas zu essen für Duke mitnehmen, denn Ty wird ihn bald nach Hause bringen.«

»Siehst du, du sorgst dich schon um meinen Hund.« Kane schob sein Handy in die Tasche und stand auf. »Ich wusste, dass er dir irgendwann ans Herz wachsen würde.«

Lachend stand Jenna auf. »Ich habe Duke schon immer gemocht. Ich meine, wer könnte diesen traurigen braunen Augen widerstehen? Ich habe nur nie eigene Haustiere haben können. Damit geht eine Verantwortung einher, die ich bisher nie tragen konnte, genauso wie eine Ehe und Kinder. Inzwischen ist das Leben anders. Ja, wir haben es immer noch mit heiklen Situationen zu tun, aber gleichzeitig sind wir von zuverlässigen Leuten umgeben, die sich um uns sorgen. Das hatte ich zuvor noch nie. Für mich hatten Freundschaft und Loyalität damals ihren Preis.«

»Ja, diesen Lebensabschnitt haben wir hinter uns.« Kane lächelte sie an. »Alles, worüber ich mir jetzt noch Sorgen machen muss, sind mordende Psychopathen.«

Jenna zählte einige Geldscheine ab, legte sie auf den Tisch und ging auf die Tür zu. »Sieh mal, der Festzugswagen der Footballmannschaft erreicht gerade das Ende des Parks. Lass uns kurz mit Wyatt Cooper reden. Wenn wir es durch das Gedränge schaffen, könnten wir ihn erwischen, bevor er verschwindet.«

Die Menschenmenge hatte sich etwas gelichtet und die Footballmannschaft hatte sich zerstreut, sodass nur noch wenige Spieler zurückgeblieben waren, die sich in kleinen Gruppen unterhielten. Jenna entdeckte Dale Collins inmitten einer kleinen Gruppe von Freunden und schlug seine Richtung ein. Als sie sich ihm näherte, fiel ihr auf, dass sein Lächeln verblasste. »Tut mir leid für die Störung. Kann mir jemand sagen, wo wir Wyatt Cooper finden können?«

»Der ist schon weg.« Collins zuckte mit den Schultern. »Er sagte, er müsse noch etwas erledigen. Die Sache mit Laurie scheint ihn nicht allzu sehr mitzunehmen.« Er runzelte die Stirn. »Zumindest der Rest von der Mannschaft wird auf ihrer Beerdigung sein, um ihr unseren Respekt zu zollen.«

»Was wollen Sie damit sagen?« Kane verengte die Augen. »Eine Beerdigung ist vorerst nicht geplant. Hat er sich irgendwie dazu geäußert?«

»Ja, er sagte, er würde auf der Beerdigung nicht auftauchen.« Collins richtete sich auf. »Den Grund dafür hat er nicht genannt. Warum fragen Sie ihn nicht einfach selbst?«

»Das werde ich ganz sicher machen.« Kane ließ den Blick über die anderen schweifen und beobachtete, wie sie sich untereinander verhielten. »Während des Festivals haben wir ein Team von Deputys aus anderen Countys hier, also bitte versucht nicht wieder, Alkohol auf dem Ausstellungsgelände zu erwerben. Wir wollen keinen von euch Jungs am nächsten Morgen in einer Zelle eingesperrt vorfinden.«

»Wir werden daran denken, Deputy.« Collins drehte ihnen den Rücken zu und gesellte sich zu einer anderen Spielergruppe.

Verärgert über Collins Arroganz starrte Jenna hinter ihm her. »Das ist ja wunderbar gelaufen.«

»Irgendjemand geht mir hier durch die Lappen.« Kane rieb seinen Nacken. »Niemand von den Leuten, mit denen wir gesprochen haben, lässt bei mir die Alarmglocken schrillen, mit Ausnahme von Williams.« Er zeigte auf die Marschkapelle, die den Cheerleaderinnen in den Park folgte. »Irgendjemand hier weiß etwas. Einer dieser jungen Leute hat Laurie das Handy aus der Hand geschlagen, und ich bin überzeugt, dass derjenige, der das getan hat, auch mit ihrer Ermordung etwas zu tun hat.«

Als Jenna sah, wie sich die Schüler in Gruppen versammelten, dachte sie darüber nach, was Kane gesagt hatte. Dann zuckte sie mit den Schultern und folgte ihm durch den Park. »Vielleicht auch nicht.« Sie dachte an ihre eigene Schulzeit zurück und drehte sich zu ihm um. »Nehmen wir an, jemand mochte Laurie nicht und es war Teil eines Streichs, sie zu Fuß nach Hause gehen zu lassen. Es könnte eine kleine Gruppe daran beteiligt gewesen sein. Einer der Jungs hat ihren Wagen manipuliert, während eines der Mädchen sie angerempelt hat. Sieh dich um, sie bilden Grüppchen. Ich erinnere mich an das Phänomen, als ich selbst noch zur Schule gegangen bin; auf dem Parkplatz, auf dem Weg nach Hause, an der Bushaltestelle, wir konnten ewig miteinander plaudern.«

»Ja, ich erinnere mich.« Kane nahm seinen Hut ab, kratzte sich am Kopf und setzte ihn dann wieder auf. »Warum?«

»Wenn ich mich richtig erinnere, hat Hughes, als wir mit ihm gesprochen haben, sofort gewusst, dass Lauries Handy

Schrott war. Er hatte es eingetütet, weggeschlossen und ist nach Hause gegangen.«

»Ja, daran erinnere ich mich.« Kane blieb stehen, drehte sich um und sah sie an. »Worauf willst du hinaus, Jenna?«

Jenna lächelte ihn an. Es war wie ein Puzzle, das sich zusammenfügte. »Tja, er hat behauptet, auf dem Parkplatz niemanden gesehen zu haben. Er hat gesagt, es wäre bereits dunkel und der Parkplatz sei leer gewesen, als er weggefahren ist. Wo waren alle g? Warum ist niemand geblieben, als Laurie ihren Wagen nicht starten konnte?«

»Vielleicht, weil Laurie länger im Gebäude war, als es seine Erinnerungen hergeben?« Kane schüttelte langsam den Kopf. »Unmöglich könnte eine Gruppe junger Menschen so einen Mord begehen. Denkst du, sie stecken da alle unter einer Decke? Nie im Leben. Mindestens einer würde bei dem Stress durchdrehen.«

Nicht überzeugt sah Jenna ihn an. »Wirf einen Blick in die Vergangenheit. Sektenführer haben Menschen dazu bringen können, schreckliche Dinge zu tun, sogar Selbstmord zu begehen. Momentan bin ich für jeden Vorschlag offen. Eine junge Frau liegt in der Leichenschauhalle. Sie wurde brutal ermordet, wir haben praktisch keine Beweise und die, die uns vorliegen, wurden uns wahrscheinlich untergeschoben.«

Als sie im Büro eintrafen, fand Jenna Rowley hinter dem Empfangstresen vor, während Rio die Akten am Computer auf Vordermann brachte. Kane machte sich auf den Weg in ihr Büro, um Carter wegen des anstehenden Besuchs bei Williams anzurufen. Jenna warf einen Blick auf ihre Uhr und lehnte sich dann gegen den Tresen. »Bring mich auf den neusten Stand und geh dann nach Hause. Gönn dir vor der nächsten Schicht eine Pause.«

»Sicher.« Rowley drehte sein iPad so um, dass sie darauf schauen konnte. »Das sind die sieben grünen oder grauen Chrysler des entsprechenden Models, die es in der Stadt gibt.

Wir wissen, dass sich einer davon in Mrs Hughes Besitz befindet, und konnten die Besitzer von fünf weiteren Fahrzeugen ausfindig machen. Drei davon sind in Gebrauch, zwei stehen in Scheunen und sind seit Jahren nicht bewegt worden. Der letzte, der ohne Besitzer, steht hier seit etwa drei Monaten auf dem Schrottplatz.« Er deutete auf drei Namen auf seiner Liste. »Wir haben den drei Besitzern einen Besuch abgestattet, und alle haben für Samstagabend ein Alibi. Sie waren zu Hause mit der Familie und alle drei sind in ihren späten Sechzigern. Außer ihnen hat niemand Zugang zu ihren Fahrzeugen.«

Jenna nickte. »Gute Arbeit.« Sie hob das Kinn und seufzte. »Also bleibt nur noch Hughes Wagen.« Sie klopfte auf den Tisch. »Du gehst jetzt besser nach Hause. Da ich heute für eine Weile in der Stadt bleiben werde, brauchst du deinen Dienst nicht vor sechs Uhr dreißig anzutreten. Ich werde im Cattleman's Hotel sein, während Kane mit Carter einen Verdächtigen befragen wird.«

»Danke.« Rowley lächelte. »Das gibt mir genug Zeit, um bei Sandy im alten Haus vorbeizufahren, bevor ich zurückkomme.«

»Klingt gut.« Jenna seufzte. »Jetzt werde ich versuchen, einen Durchsuchungsbefehl für Hughes Wagen zu bekommen. Mal sehen, ob Wolfe Lauries DNA darin finden kann.«

»Ich habe eine Theorie dazu, die vielleicht hilft, an den Durchsuchungsbefehl zu kommen.« Rio trat an ihre Seite. »Verna hat zugegeben, das Fahrzeug am Samstagabend gefahren zu haben. Sie mochte Laurie nicht, und ihr Bruder war einer der letzten Menschen, die sie lebend gesehen haben. Hinzu kommt, dass wir glauben, dass der Mörder einen Komplizen hatte, der Laurie das Handy aus der Hand geschlagen hat. Und Cory hätte genügend Zeit gehabt, um ihren Wagen während des Trainings zu manipulieren. Ich denke, wir haben einen hinreichenden Tatverdacht.«

Jenna lächelte ihn beeindruckt an. »Verfasse einen Bericht und schau, ob du einen Richter finden kannst, der einen Haftbefehl ausstellt. Ich werde heute Abend in der Stadt sein, also kannst auch du nach Hause gehen, sobald du das erledigt hast.«

»Jenna.« Kane spazierte aus ihrem Büro und trat an ihre Seite. »Kalo hat auf Carters Anweisung hin die Datenbank für Sexualstraftäter nach Stan Williams durchsuchen lassen, und sein Name taucht in einem versiegelten FBI-Jugendstrafverfahren auf. Wir können das nicht gegen ihn verwenden, aber es sollte uns als kleine Vorwarnung dienen. Scheinbar wurde Williams mit fünfzehn dabei erwischt, wie er fünfjährige Mädchen auf einer Geburtstagsparty belästigt hat.«

SECHSUNDZWANZIG

Sandy Rowley gab Jake einen Abschiedskuss, als er ihr altes Stadthaus verließ. »Geh, mir geht's gut. Ich habe meine Thermoskanne und Kekse da, falls ich Hunger kriegen sollte. Wenn ich hier fertig bin, schaue ich mir das Feuerwerk vom Fenster aus an.«

»Bleib im Haus und ruf mich an, wenn du etwas brauchen solltest.« Rowley berührte ihre Wange. »Ich werde im Büro sein.«

Sie gab ihm einen leichten Schubs. »Geh, Jenna wird bereits auf dich warten. Bis später.«

»Schließ die Tür hinter mir ab.« Rowley nahm die Treppe nach unten, drehte sich noch einmal um, um ihr einen letzten Blick zuzuwerfen, und eilte zu seinem SUV.

Er hatte darauf bestanden, alle Räume zu überprüfen, bevor er ging. Seit sie wussten, dass sie ihr gemeinsames Kind unter dem Herzen trug, war er total überfürsorglich, aber sie trug es ihm nicht nach. Einen so netten und liebevollen Ehemann zu haben, war ein wundervolles Geschenk und sie wusste es zu schätzen. Sandy sah sich im Haus um. Es war wie aus dem Ei gepellt, aber die Möbelpacker hatten Packpapier und überall

Fußabdrücke hinterlassen. Das Haus gehörte dem Sheriff's Department und stammte aus dem Nachlass eines vor einigen Jahren ermordeten Deputys. Um das Hausinnere schön zu machen, hatte Jenna Matratzen, Bettwäsche und Vorhänge erneuert. Jake hatte es während der sechsmonatigen ruhigeren Periode im Job nach der Schneeschmelze gestrichen, und nun war es bereit für die Ankunft der neuen Bewohner. Zac Rio und seine zwei Geschwister würden es nächstes Wochenende beziehen.

Sie ging von Raum zu Raum und vergewisserte sich, dass alles tadellos sauber war. Der hektische Tag, die Parade und der Besuch bei ihrer Mutter hatten sie erschöpft. Nachdem sie alle ihre alten Besitztümer entfernt hatten, fühlte sich das Haus leer und kalt an. Ein Radio wäre jetzt nett gewesen, um die Stille zu durchbrechen, denn das Quietschen und Wimmern des alten Hauses machte sie nervös. Sie beendete die Hausarbeit, verstaute das Putzzubehör und lehnte sich gegen die Küchentheke, während sie darüber nachdachte, womit sie die Zeit überbrücken konnte. Sandy warf einen Blick auf ihre Uhr und wünschte sich, die Zeit würde schneller vergehen. Jake würde sie nicht vor elf Uhr abholen. Er hatte gesagt, seine Schicht sei gegen halb elf zu Ende, aber er plauderte immer gern noch ein bisschen mit seiner Ablösung, wer immer das auch sein mochte. Zu Hause tauchte er dann meistens eine Stunde später als erwartet auf. Sie schenkte sich eine Tasse heiße Schokolade aus ihrer Thermoskanne ein und ging die Treppe hinauf ins hintere Schlafzimmer. Ihr gepolsterter Lieblingsledersessel stand vor dem Fenster, von wo aus sie das Treiben in der Stadt beobachten konnte. Sie kuschelte sich ein, trank die heiße Schokolade aus und musste dann weggedöst sein. Irgendetwas ließ sie aus dem Schlaf aufschrecken. Orientierungslos blickte sie sich in der Dunkelheit um, um sich zurechtzufinden, bevor sie einen Blick auf ihre Uhr warf. Die digitale Anzeige zeigte an, dass es kurz vor neun war. Die Lichter im Flur waren an gewesen, den

Raum selbst hatte sie dunkel gelassen, um durch das Fenster draußen alles besser zu erkennen.

Vielleicht war eine Glühlampe kaputt? Sie stand auf, um das Licht anzumachen. Sandy betätigte den Lichtschalter. Nichts geschah. Panik breitete sich in ihr aus, als sie ein Geräusch von unten vernahm. Sie hatten das Haus über sechs Monate lang bewohnt, bevor sie auf die Ranch gezogen waren, und sie konnte so ziemlich jedes Geräusch in dem alten Haus zuordnen. Mit klopfendem Herzen schlich sie zurück ins Zimmer und presste sich mit dem Rücken an die Wand. Das Quietschen war wieder zu hören – und ein leichtes Klimpern von Schlüsseln. Wenn es Jake oder Jenna gewesen wären, hätten sie nach ihr gerufen und das Licht angemacht, statt herumzuschleichen. Jemand war im Haus.

Das Geräusch von Stiefeln auf poliertem Boden war wieder hörbar. In blinder Panik durchwühlte Sandy ihre Taschen nach dem Handy. Vor ihrem geistigen Auge sah sie es in ihrer Handtasche auf dem Tresen neben der Thermoskanne. Wie konnte jemand ins Haus gelangt sein? Jake hatte darauf bestanden, die Schlüssel für die Eingangstür mitzunehmen, statt sie an ihren Platz über der Tür zurückzuhängen. Sie legte die Hand auf ihren runden Bauch. Wenn der Eindringling einen der Räume betrat, könnte sie die Treppe herunterschleichen und Hilfe rufen. Schritte erklangen in der Küche. Schranktüren wurden geöffnet und wieder geschlossen. Vor Schreck atmete Sandy so schnell, dass sie befürchtete, jemand könnte sie hören.

Das Geräusch ertönte erneut, gefolgt von einem vertrauten Klang; ein Klatschen, als würde sich jemand Schutzhandschuhe überziehen. Kalte Angstschauer rannen ihr den Rücken hinunter, als die Schritte immer näher kamen. Jeder Schritt präzise gesetzt und in einem mäßigen Tempo, ohne Hast. *Er weiß, dass ich hier bin, und kommt, um mir wehzutun.*

Ohne Waffe hatte Sandy nichts, um sich zu verteidigen. Sie wich tiefer in die Dunkelheit zurück und hielt den Atem an.

Das Türscharnier des ersten Schlafzimmers am oberen Ende der Treppe gab ein Quietschen von sich, und jemand zog die Schranktür auf. Das war ihre Chance. Sie glitt aus dem Zimmer und schlich durch den Flur. Das Blut rauschte ihr in den Ohren. Gerade als sie die offene Tür des ersten Schlafzimmers erreichte, schlug die alte Standuhr im Flur des Erdgeschosses neun Mal. Todesangst kroch ihr die Kehle hinauf, und Schweißtropfen perlten auf ihrer Stirn, als sie zur Treppe rannte. Schritte donnerten hinter ihr her. Jemand griff ihr aus der Dunkelheit heraus ins Haar und zerrte an ihrer Kopfhaut. Gleich darauf schoss ihr Schmerz durch das Gesicht, als ihr Kopf gegen den Türrahmen gerammt wurde. Das Blut rann ihr ins Auge. Sie taumelte den Weg zurück, den sie gekommen war, tastete sich an der Wand entlang und versuchte zu entkommen. Ein lautes Klirren durchbrach die Stille und schrillte ihr schmerzhaft durch den Kopf. Sandy fiel auf ihre Knie, rollte sich zusammen und stellte sich tot, um ihr ungeborenes Kind zu schützen.

Nur ein schweres Atmen war zu hören, und dann packte sie jemand an den Füßen und zog sie in den Raum. Ein Stiefel schrammte an ihr vorbei und sie kniff die Augen fest zusammen. Sie konnte fühlen, wie sich jemand über sie beugte, und hielt den Atem an. Ihre Lungen drohten zu bersten, als sie darauf wartete, dass ihr Angreifer den Raum verließ. Als die Person auf den Flur hinausrannte, fiel die Tür krachend ins Schloss. Sandy rieb sich die Augen, ihr war übel und schwindelig. Sie war allein in der Dunkelheit, und im Fenster leuchtete der Himmel in grünen Streifen auf. Das Feuerwerk tanzte in ihrem Sichtfeld, bevor alles schwarz wurde.

SIEBENUNDZWANZIG

Nervöse Aufregung pulsierte durch Becky Powell, als sie die Bibliothek betrat, um sich mit ihrem Date zu treffen. Sie entdeckte ihn sofort, wie er lässig an einem Bücherregal lehnte und in einem Buch blätterte. Als er sie bemerkte, hob er die Augenbrauen und verschwand im Flur. Sie folgte ihm die Hintertreppe hinunter und traf ihn an der Brandschutztür, wo er auf sie wartete. Becky lächelte ihn an. »Ist sie dir wieder gefolgt?«

»Ja, aber sie hat nicht gesehen, wie ich gegangen bin.« Er zog sie näher zu sich heran. »Ich weiß, wohin wir gehen können. Es ist ganz nett dort und abgeschieden. Hast du deine Pompons mitgebracht?«

Becky grinste. »Ja, sie sind in meinem Rucksack. Ich nehme an, dass du eine Vorführung willst ... eine Privatvorführung?«

»So was in der Art.« Er hob ihr Kinn an und küsste sie. »Wir sollten uns besser davonmachen, bevor ihr auffällt, dass ich nicht da bin. Lass deinen Wagen hier stehen, mein Auto steht hinten. Bleib im Schatten und duck dich, sobald du im Auto sitzt, damit sie dich nicht sehen kann, falls sie aus dem Fenster schaut, wenn ich wegfahre.«

Als sich seine Hand um ihre Finger schloss, nickte sie in stummem Einverständnis.

»Nett und abgeschieden.« Er stieß die Brandschutztür auf und führte sie nach draußen.

Voller Vorfreude und mit wild pochendem Herzen folgte Becky ihm in die kühle Nacht hinaus. In letzter Zeit hatte sie mit ihren Dates nicht viel Glück gehabt, und ihn einer seiner Verehrerinnen vor der Nase wegzuschnappen, machte die Sache nur noch süßer. Sie konnte gar nicht mehr aufhören zu grinsen, als sie um die Ecke des Gebäudes hastete und in seinen Wagen stieg. Als sie sich duckte, fuhr er langsam los, und sie konnte die Straßenlaternen auf der Main Street an ihnen vorbeifliegen sehen. »Wohin fahren wir?«

»Es ist nicht weit weg, aber wir müssen uns dort leise hineinschleichen.« Er senkte den Blick und sah sie an. »Es ist ein leer stehendes Haus, allerdings wurden die Möbel zurückgelassen. Dort können wir uns in aller Ruhe kennenlernen.«

Becky kicherte. »Oh, ich kann es kaum erwarten. Ich hatte noch nie ein Date wie dieses. Bist du dir sicher, dass dort niemand vorbeikommt?«

»Ganz sicher.« Er verlangsamte den Wagen und parkte ihn unter einem Baum. »Denk dran: Keinen Ton, und wir bleiben in den Schatten. Ich will nicht, dass die Nachbarn uns sehen und die Cops rufen. Ich war heute schon hier und habe die Hintertür aufgeschlossen, also können wir uns dort hineinschleichen.« Er reichte ihr vom Rücksitz eine kleine Laterne. »Sobald wir drin sind, werde ich uns den Weg die Treppe hinauf mit meiner Taschenlampe leuchten. Sobald ich die Vorhänge zugezogen habe, können wir die Laterne anmachen. Wir machen es uns richtig gemütlich.«

Beckys Herz raste, als sie ihm durch die langen Schatten die Einfahrt hinauf und zu einer Tür folgte. Sie schlüpften hinein, und sie unterdrückte ein Kichern. Im Inneren des Hauses roch es nach Möbelpolitur und sauberer Luft, als wäre gerade erst gelüftet worden. Sie folgte dem Strahl der Taschenlampe die Treppe hinauf, und je höher sie stiegen, desto klammer fühlte sich die Hand an, die sie festhielt. Es gefiel ihr, dass es ihn nervös machte, mit ihr allein zu sein, und sich mit ihm heimlich in ein leer stehendes Haus zu schleichen, war etwas Besonderes.

Oben angekommen bog er in ein Schlafzimmer ab und zog schnell die dicken Vorhänge zu. Das Licht der Taschenlampe blendete sie für einige Sekunden, als er sie auf sie richtete. »Hey, schalte die Taschenlampe aus, und ich mache die Laterne an.«

»Gib sie mir.« Er nahm ihr die Laterne ab und stellte sie auf den Nachttisch, ohne den Strahl der Taschenlampe von ihren Augen zu nehmen. »Zeig mir deine Pompons.«

»Blinzelnd ließ Becky den Rucksack von ihrer Schulter gleiten und zog den Reißverschluss auf. Sie den Rucksack zu ihren Füßen ab, holte ihre Pompons heraus und winkte ihm mit ihnen zu. »Nimmst du jetzt die Taschenlampe herunter?«

»Nein, du hast mir eine Sondervorführung versprochen.« Er zeigte auf das Bett. »Ich möchte nicht, dass deine Kleidung zerknittert. Deine Eltern würden sofort wissen, dass wir rumgemacht haben. Warum legst du sie nicht für mich ab?«

Beckys Gesicht wurde heiß. »Du zuerst.«

»Ich würde gern ...«, er schmunzelte, »... aber dann müsste ich die Taschenlampe weglegen. Wir machen es abwechselnd. Komm jetzt, zieh Rock und Oberteil aus, bevor ich das Interesse verliere und dich nach Hause fahre.« Er legte den Kopf schief und ließ den Blick an ihr auf- und abgleiten. »Ich habe mir viel Mühe gegeben, um das für dich vorzubereiten, Becky. Ich dachte, wir wollten beide das Gleiche? Ich dachte, du wärst besonders?«

»Du denkst, ich sei besonders?« Becky legte ihre Pompons ab und zog Oberteil und Rock aus. »Besser?«

»Das ist schon viel besser.« Er richtete die Taschenlampe

auf sie. »Knie dich hin und falte deine Kleidung zusammen. Ich will vermeiden, dass sie zerknittert. Wenn du damit fertig bist, kannst du mir zusehen.«

Verwirrt starrte Becky ihn an. »Du fängst an, mir Angst zu machen.«

»Dachtest du, ich würde gleich über dich herfallen? So behandle ich meine Mädchen nicht, Becky.« Er schüttelte den Kopf. »Ich gehe die Dinge gern langsam und ruhig an. Ich möchte dein letzter fester Freund sein, also lass uns unser erstes Date zu einem unvergesslichen Erlebnis machen.«

Er erschien so aufrichtig. War es möglich, dass er sie bei ihrem ersten Date bat, mit ihm zu gehen? Sie konnte ihr Glück kaum fassen. Becky fiel auf ihre Knie und legte schnell ihre Kleidung zusammen. Ein schleifendes Geräusch ertönte hinter ihr. Es klang wie ein Flüstern im Wind, aber den Blick fest auf ihn gerichtet, ignorierte sie es. »Ich mache mir Sorgen, dass sie dich in der Bibliothek doch gesehen hat und für Ärger sorgen könnte. Bist du dir sicher, dass sie uns nicht gefolgt ist?«

»Ich bin mir sicher. Im Moment bin ich nur an dir interessiert.« Er zuckte mit den Schultern. »Wenn sie uns belästigt, werde ich sie mir vorknöpfen.«

Becky lächelte ihn an. »Was wirst du ihr sagen?«

»Ich werde ihr sagen, dass ich sie mehr als mein Leben liebe.«

Die Taschenlampe blendete sie. Überrascht von seiner Antwort blinzelte sie ihn durch das Licht hindurch an. »Was hast du gerade gesagt?«

Der Dielenboden knarrte hinter ihr und etwas glitt über ihr Gesicht, bevor es um ihren Hals gelegt und zugezogen wurde. Jemand rammte ihr ein Knie in den Rücken und presste ihr Gesicht auf den Holzboden. Becky rang nach Luft. »Hilf mir.«

Als sie keuchend den Mund öffnete, trat er vor und fesselte ihre Hände mit Klebeband. Fassungslos starrte sie ihn an. »Warum tust du das?«

»Weil ich dich mag.« Er griff nach ihrem Kinn. »Und weil das meine Freundin wütend macht.«

Stoff traf auf ihre Zunge. Sie würgte und schüttelte den Kopf, um sich aus seinem Griff zu befreien, aber er wickelte das Klebeband um ihren Kopf, um ihren Mund zu verschließen. Dann wich er zurück und leuchtete ihr mit der Taschenlampe in die Augen. Becky starrte ihn ungläubig an. Er lehnte sich lässig gegen den Nachttisch, als würde er die Show genießen. Mit letzter Kraft rollte sie sich ab und versuchte, die Person hinter ihr abzuschütteln. Das Seil lockerte sich, und sie kam auf die Beine. Als Cheerleaderin hatte sie diese Bewegung schon hundertmal vollführt. Sie hastete auf die Tür zu und rannte die Treppe nach unten, stolperte und rumpelte hinunter, bis sie auf dem Boden aufkam. Das Licht, das durch das Küchenfenster fiel, war wie ein Leuchtfeuer und wies ihr den Weg.

Sie konnte sie hinter sich hören. Schritte rannten in alle Richtungen und jagten durch die Flure. Becky erreichte die Hintertür, drehte sich um und tastete mit ihren gefesselten Händen nach dem Türknauf. Immer wieder rutschten ihre Finger ab, doch sie schaffte es, den Knauf zu drehen, und die Tür schwang auf. Kalte Luft traf auf ihre nackte Haut, als sie nach draußen rannte und nur knapp der Hand auswich, die sie ergreifen wollte. Verängstigt duckte sie sich weg und stürmte über den schmalen Pfad, der zu der Einfahrt führte, über die sie zum Haus gelangt waren. In den umliegenden Häusern hatte sie Lichter gesehen, und so beschleunigte sie ihr Tempo. Die Person hinter ihr kam näher, sie konnte den schweren Atem und Schritte auf dem Kies hören. Von einer Straßenlaterne beleuchtet, zeichnete sich bereits die Ecke des Gebäudes ab. Nur noch wenige Schritte und sie hätte die Straße erreicht. Dann würde sie auf das nächste Haus zusprinten, um Menschen und Sicherheit zu finden. Mit rasender Geschwindigkeit umrundete sie die Hausseite, als eine Gestalt aus der Dunkelheit heraustrat. Starke Hände packten sie und schleuderten sie herum. Die Person, die hinter ihr her gewesen war, trat ins Licht und sie erkannte sie sofort. Becky wollte schreien, aber der Knebel schnürte ihr die Kehle zu und erschwerte ihr das Atmen.

»Bring sie wieder nach oben.« Die junge Frau kräuselte die Lippen. »Ich bin noch nicht fertig mit ihr.«

Aus Angst vor dem, was noch kommen würde, zielte Becky mit einem Knie in die Leistengegend ihres Traumdates, aber er wich ihr aus, warf sie sich über die Schulter und ging wieder hinein. Das Blut sammelte sich in ihrem Kopf, als er sie die Treppe herauf trug. Als er sie auf den Boden fallen ließ, trat sie zu. Sie wollte ihm so viel Schaden zufügen wie nur möglich. Er drehte sie um, als würde sie nichts wiegen, zerrte sie zurück auf ihre Knie, und einen Augenblick später begann das Grauen erneut.

Furchtbare Angst durchströmte sie, als das Seil um ihren Hals glitt und sich auf die schmerzenden Striemen legte. Ihre Peinigerin zog ihren Kopf nach hinten, und das Seil schnitt ihr tiefer ins Fleisch. Der schwere Atem der jungen Frau drang von hinten an ihre Ohren, während ihr Traumdate auf die Knie gesunken war, um sie aufmerksam zu beobachten. Was hatte sie getan, um sie so zu verärgern?«

»Küss sie«, ertönte die weibliche Stimme hinter ihr. »Küss sie, damit sie nicht atmen kann. Tu es!«

»Ich kann nicht.« Er blickte die Person in Beckys Rücken an, die sie würgte. »Sie läuft schon blau an.« Er wischte sich den Mund mit seinem Handrücken ab. »Warum dauert das so lange?«

»Weil ich will, dass sie leidet.« Die junge Frau hinter ihr gab ein Kichern von sich. »Küss sie und ich werde es beenden.«

Da Becky keine Luft bekam, begann sie, das Bewusstsein zu verlieren. Sie kämpfte dagegen an, stieß sie sich hart zurück und schaffte es, einen kostbaren Atemzug zu schnappen. Sie versuchte weiterzukämpfen, aber das Mädchen hinter ihr war stark. Panisch ließ sie sich erneut zurückfallen. Sie musste sich befreien.

»Tu doch etwas.« Die Frau zog das Seil fester zusammen und drückte ihr das Knie härter in den Rücken. »Oder ich lasse dich mit diesem Chaos allein.«

Becky kämpfte um ihr Leben und starrte ihn an, in der Hoffnung, dass er sich ihrer erbarmen würde, doch die Taschenlampe wich nicht von ihrem Gesicht. Er schien es zu genießen, sie leiden zu sehen. Sie stand Todesängste aus, aber sie würde niemals aufgeben. Ein Lichtstrahl flitzte durch den Raum. Vielleicht hatte er seine Meinung geändert, oder er spielte ihr einen Streich, aber im nächsten Augenblick durchzuckte ihre Schläfe ein Höllenschmerz. O Gott, er hatte sie geschlagen. Benebelt sackte sie zusammen. Ihr Kopf drohte zu explodieren, als sie den Blick hob und ihn im Mondlicht anblickte. Mit einem wilden Ausdruck in den Augen hob er die Taschenlampe über seinen Kopf, und dann fiel der Raum um sie herum in sich zusammen.

ACHTUNDZWANZIG

Nachdem Kane das tellergroße Steak, die Beilagen, die auf einem separaten Teller serviert worden waren, und ein Stück Schokoladenkuchen verspeist hatte, lehnte er sich zufrieden auf seinem Stuhl zurück. Das Summen der Gespräche um ihn herum entspannte ihn. Er nippte an seinem Wein und wartete, bis Jenna, Jo und Jaime sich auf Jos Zimmer im Cattleman's Hotel zurückgezogen hatten, bevor er sein Handy zückte, um Stan Williams anzurufen. Zwar hatte er eigentlich nicht vorgehabt, den Mann vorzuwarnen, indem er seinen Besuch ankündigte. Er wollte ihn aber auch nicht überrumpeln, indem er unangekündigt mit Carter vor seiner Tür auftauchte. »Hallo, Stan, hier ist Dave Kane. Bist du heute Abend zu Hause?«

»Ja, klar. Im Moment bin ich noch unterwegs, aber so gegen zehn Uhr dreißig müsste es gehen. Ich habe eine Menge kaltgestelltes Bier. Wir können die Fotos und einige Videos durchgehen, die ich aufgenommen habe.« Williams klang begeistert.

Kane nickte Ty Carter zu. »Großartig, ich bringe einen Freund mit. Wir sind gerade im Cattleman's, also werden wir bis dahin keine Langeweile haben.«

»Bis später.« Williams legte auf.

»Du weißt, dass das nicht in meinen Bereich fällt?« Carter holte einen Zahnstocher aus seiner Hemdstasche heraus und steckte ihn sich in den Mund. »Wir müssen vorsichtig sein, sonst könnte er behaupten, wir hätten ihn in eine Falle gelockt.«

Kane dachte darüber nach. »Nicht, wenn wir ihn nicht verhaften.« Er lächelte. »Wenn wir auf etwas Verdächtiges stoßen, leiten wir es an die FBI Task Force gegen Kinderausbeutung und Menschenhandel weiter. Sie haben die Mittel, um den Fall weiterzuverfolgen und Verhaftungen vorzunehmen. Ich habe gelernt, dass diese Art von Verbrechen weite Kreise ziehen kann, und das FBI setzt Undercover-Einheiten ein, um Pädophilenringe auszuhebeln.«

»Ja.« Sichtlich amüsiert lehnte Carter sich in seinem Stuhl zurück. »Du rennst hier offene Türen ein.« Er zeigte auf Kane mit dem Finger. »Ich werde nicht schlau aus dir. Ich habe dich bei unserem ersten Treffen für einen Ex-Militär gehalten, und mein Bauchgefühl irrt sich nie. Ich habe schon Fälle nur anhand meines Bauchgefühls gelöst.« Frustriert schüttelte er den Kopf. »Ich habe an deiner Seite gearbeitet, gesehen, wie du dich bewegst, wie du schießt und Prioritäten setzt. Du hast Insiderwissen, zu dem du keinen Zugang haben dürftest, und die Jungs da oben haben dich und Jenna innerhalb von wenigen Minuten entlastet. Shane hat nicht gezögert, euch für den letzten Fall zu empfehlen.« Er kratzte sich an der Wange und sah ihn mit seinen grünen Augen aufmerksam an. »Hör mal, Mann, ich will nicht neugierig sein und ich brauche keine Details, aber weißt du, was ich denke?«

Kane verdrehte seine Augen mit einer dramatischen Geste, um seine Belustigung zum Ausdruck zu bringen, obwohl er tief in seinem inneren die altbekannten Alarmglocken so laut wie Luftschutzsirenen schrillen hörte. »Was denkst du denn?«

»Ich lege meine Karten auf den Tisch, erwarte aber keine Antwort von dir.« Carter beugte sich vor und senkte seine Stimme zu einem Flüstern. »Du, mein Freund, bist ein untergetauchter Agent für verdeckte Operationen, der undercover nach Black Rock Falls geschickt worden ist, um hier ein paar Rätsel zu lösen.« Er beobachtete seine Reaktion genau. »Nein? Dann haben die Mächtigen dafür gesorgt, dass du dich hier unsichtbar machen kannst. Ich gehe auch davon aus, dass Jenna deine wahre Identität kennt und Shane dein Kontaktmann ist.«

Verblüfft, aber nicht überrascht über seine Schlüsse stieß Kane ein Lachen aus. »Okay, wenn das stimmen würde, hättest du gerade meine Mission gefährdet, und ich müsste dich umbringen.« Er warf ihm einen warnenden Blick zu, um den Fortgang dieser Unterhaltung zu unterbinden. »So läuft es doch, oder?«

»Ja, und das würdest du auch, aber ich bin ein ehemaliger Navy Seal, und mich zu töten, könnte sich als schwierig herausstellen.« Carter beobachtete ihn mit einem feierlichen Gesichtsausdruck. »Ich kenne einige Scharfschützen, und du bist nicht der erste, mit dem ich zusammengearbeitet habe. Du kannst den Schalter jederzeit umlegen, oder? Du kannst dich hundertprozentig auf eine Aufgabe konzentrieren, deinen Herzschlag verlangsamen und ein Ziel ausschalten, ohne einen weiteren Gedanken daran zu verschwenden. Jo sagt, Jenna nennt es ›dein Kampfgesicht‹. Du bringst sie durcheinander, weißt du? Manchmal hat sie keine Ahnung, mit welcher deiner Seiten sie sich gerade konfrontiert sieht.«

Erstaunt über die Enthüllung, dass Jenna mit Jo über ihn gesprochen hatte, trank Kane den Rest seines Weins aus und sah ihn an. »So wie dich auch, hat mich das Militär zum Töten ausgebildet. Sie haben mir diese Fähigkeit gegeben, und ich habe sie stets im Rahmen des Gesetzes eingesetzt. Außerdem verliere ich niemals die Kontrolle. Zu behaupten, ich würde Jenna durcheinanderbringen oder Sorge bereiten, ist eine verdammte Lüge. Wir verbringen unsere gesamte Freizeit miteinander, was sie niemals tun würde, das sie verletzen könnte.«

»Ich habe dich in der Nacht gesehen, Mann, in der wir über die Autobombe in Washington, D. C. diskutiert haben. Und ich habe sie gesehen. Deine Reaktion hat sie verängstigt.« Carter nippte an seinem Bier. »Dein Ausdruck war wie versteinert und du bist mitten im Gespräch abgehauen. Worum ging es da überhaupt?«

Kane griff auf eine Lüge über ein Leben zurück, das er nie gelebt hatte. »Wenn du so viel über mich weißt, dann weißt du auch, dass meine Schwester bei einem Autounfall ums Leben gekommen ist. Die Bilder haben Erinnerungen geweckt, das ist alles.« Er seufzte übertrieben auf. »Die Frau auf den Fotos sah einfach genauso aus wie sie.« Kane verengte die Augen. »Gesprächsende.« Er winkte die Kellnerin heran. »Wir müssen gehen. Die Rechnung geht auf mich.«

»Nein.« Carter zückte seine Kreditkarte. »Wir haben uns beide von euch beraten lassen, also zahlt das FBI. Wir haben in diesem Jahr unser Budget bisher mit keinem Penny belastet. Jo hat eine massive Bewilligung von Mitteln ausgehandelt, mit denen die Kosten der Fälle abgedeckt werden sollen, an deren Ermittlung wir beteiligt sind. Seien wir doch mal ehrlich, wir müssen von Snakeskin Gully aus weit reisen – sofern wir denn zu einem Einsatz gerufen werden.«

Die Härchen in seinem Nacken standen ihm von dem Gespräch noch immer zu Berge, dennoch lächelte Kane, um die Anspannung zu lösen. »Wenn du darauf bestehst.«

»Erzähl mir mehr über diesen Typen.« Ty lehnte sich auf seinem Stuhl zurück und sah ihn an. »Was genau hat während des Gesprächs mit ihm deine Alarmglocken schrillen lassen?«

»Du meinst, abgesehen von dem Schrein für minderjährige Cheerleader?« Kane zog beide Augenbrauen nach oben. »Du bist nicht der Einzige, der über ein Bauchgefühl verfügt.«

Hinter dem Gemischtwarenladen stellte Kane sein Fahrzeug auf dem Parkplatz neben Williams Wagen ab, und sie machten sich auf den Weg zu der knarzenden Hintertreppe. Das Verandalicht brannte und beschien die Stufen mit einem schwachen gelben Schein. Hoch oben zerstob das letzte Feuerwerk der Nacht am Himmel, durchbrach die Dunkelheit mit einer Explosion aus hellen, funkelnden Farben und verpestete die unberührte Luft mit dem Gestank von Schwarzpulver.

Er klopfte an die Tür, und der Klang von Schritten ertönte, als Stan Williams zur Tür ging. Sie schwang auf und Williams blickte mit einem besorgten Ausdruck an Kane vorbei auf Carter. Als Carter ins Licht trat, entspannte er sich etwas. »Stan, das ist Ty, ein Freund von mir aus Snakeskin Gully. Er ist wegen des Festivals hier.«

»Kommt rein.« Williams hielt Carter die Hand hin. »Freut mich, dich kennenzulernen. Es ist gut zwei gleichgesinnte Männer in der Stadt zu wissen. Viele verstehen meine Passion für Cheerleaderinnen nicht.«

»Oh, ich mag Cheerleaderinnen sehr.« Carter schob den Zahnstocher quer durch den Mund, klemmte ihn sich dann wieder zwischen die Zähne und lächelte. »Ich bin mit einigen ausgegangen. Na ja, eigentlich sogar mit ziemlich vielen. Dass ich der Quarterback in der Highschool war, hat dabei geholfen.«

»Ja, das Problem ist, dass die Leute es ungewöhnlich finden, dass ich Cheerleaderinnen aus der Highschool präferiere. Sie verstehen einfach nicht, dass der gewisse Zauber verfliegt, sobald sie älter werden.« Schweiß bedeckte Williams Stirn und er roch nach Bleichmittel. Kane sagte nichts, sondern ging geradewegs zu der Wand, an der die Bilder hingen, und drehte sich zu Carter um. »Siehst du, er hat sie in jeder nur erdenklichen Pose eingefangen?«

»Ja.« Carter bewegte sich entlang der Wand. »Du sammelst

auch Pompons?« Er schmunzelte. »Wie Trophäen? Wie viele hast du schon davon?«

»Ein paar.« Williams wischte sich den Schweiß mit seinem Ärmel von der Stirn. »Du hast meine letzten Aufnahmen gesehen, gibt es noch etwas, an dem du interessiert bist?« Er zuckte mit den Schultern. »Ich muss morgen früh arbeiten.«

Kane lächelte und registrierte weitere Pompons, die bei seinem letzten Besuch bei Williams noch nicht da gewesen waren. »Was ist mit den Bildern der Mädchen, die du hier im Studio geschossen hast? Teilst du sie mit uns?«

»Da gibt es einige, aber ich zeige euch mal meine Favoriten.« Williams ging zu seinem Computer, scrollte durch eine Seite Bilddateien, öffnete dann eine davon und trat zurück. »Das ist Shirley, sie arbeitete samstags in dem Laden unten und hat ab und zu bei mir vorbeigeschaut, um mir Model zu stehen.«

»Hast du sie dafür bezahlt?« Carter lehnte sich gegen den Tisch und linste auf den Bildschirm. »Für das Modelstehen?«

»Ja, sie brauchte Geld.« Williams öffnete eine Datei mit einem jungen Mädchen, das nur mit Unterwäsche bekleidet war und Pompons in den Händen hielt. »Sie war wirklich niedlich.«

»Sie war?« Kane sah ihn an. »Was ist mit ihr passiert?«

»Ihre Familie ist weggezogen, und ich habe später irgendwo gelesen, dass sie verschollen ist.« Williams legte die Stirn in Falten. »Das muss jetzt so fünf Jahre her sein. Sicher kann ich das aber nicht sagen.«

Kane knirschte mit den Zähnen, als sich die Sichtung der Bilder und Stans Erklärungen über mehr als eine halbe Stunde hinzogen. Er hatte genug gesehen und er hatte eigene Sorgen, mit denen er sich auseinandersetzen und die er dringend mit Jenna besprechen musste. Er richtete sich auf. »Wir sollten dir besser etwas Ruhe gönnen. Hast du heute wenigstens eine schöne Zeit auf dem Festival verbracht? Das Feuerwerk war spektakulär. Das erste habe ich verpasst, aber das gerade eben haben wir aus dem Fenster des Cattleman's mitverfolgen können.«

»Feuerwerk? Oh, sie legen eine ziemliche Show hin, nicht wahr? Ich habe meine Zeit wie üblich damit verbracht, Fotos zu schießen, aber heute Abend hatte ich anderweitig zu tun.« Williams vermied es, Kane anzusehen, und ließ seinen Blick stattdessen über die Pompons auf dem Tisch schweifen. Er schluckte hart, und sein Adamsapfel hüpfte auf und ab. »Schön, dass ihr beide bei mir vorbeigeschaut habt. Vielleicht treffen wir uns mal an einem Wochenende, wenn du wieder mal in der Stadt bist, Ty, oder ich könnte dir einige meiner Aufnahmen zusenden? Hast du auch welche, die wir tauschen könnten?«

»Ich bin mir sicher, dass ich etwas zum Tauschen finden werde. Wir bleiben in Verbindung. Dave hat deine Kontaktdaten.« Carter nahm seinen Hut ab, fuhr mit einer Hand durch sein zerzaustes blondes Haar und ging auf die Tür zu. »Wir sehen uns später.« Er drehte sich um und ging die Treppe herunter.

Kane eilte hinter ihm her, und als sie im Biest Platz genommen hatten, sah er Carter an. »Ich dachte, er sei ein Sexualstraftäter, aber inzwischen ziehe ich ihn als möglichen Verdächtigen in Laurie Turners Mordfall in Betracht.«

»Warum das?« Carter setzte seinen Stetson auf.

Kane startete den Motor. »Wegen den Pompons.«

NEUNUNDZWANZIG

Jake Rowley trennte die Verbindung nach einem Telefonat mit Jenna. Sie war noch immer in Jos Zimmer im Cattleman's Hotel und wartete darauf, dass Kane und Agent Carter von einem Gespräch mit Stan Williams zurückkehrten. Obwohl er Williams überprüft und nichts Verdächtiges gefunden hatte und es keine Beschwerden gegen ihn gab, hatte Bobby Kalo aus dem Büro des FBI in Snakeskin Gully offenbar etwas aus seiner Vergangenheit ausgegraben. Allerdings lag ihnen gar nichts vor, um einen Durchsuchungsbefehl für den grünen Chrysler von Verna Hughes zu erwirken. Der Richter hatte entschieden, dass kein hinreichender Verdacht vorlag. Rowley räumte den Empfangstresen auf und schlüpfte in seine Jacke. Der Deputy, der für die nächsten Stunden den Dienst übernehmen sollte, war bereits eingetroffen, und er hatte ihm alles erklärt, was er wissen musste. Als reine Vorsichtsmaßnahme blieb das Sheriff's Department geöffnet, bis alle Festivalbesucher nach Hause gefunden hatten. Der Tag war gut verlaufen. Es hatte nur die üblichen Unruhen und Auseinandersetzungen gegeben, die unvermeidlich waren, wenn große Menschenmengen in einer Stadt aufeinandertrafen. Dennoch war es ein langer Tag gewesen, und er freute sich bereits auf sein Bett. Rowley gähnte und rief Sandy an. Sie würde sich freuen, dass er schon unterwegs war, um sie abzuholen.

Das Handy klingelte und klingelte, doch sein Anruf blieb unbeantwortet. Er überprüfte die Nummer und versuchte es gleich noch einmal. Vor Sorge zog sich sein Magen zu einem Knoten zusammen, und er atmete ein paarmal tief durch. Sie hatte erwähnt, dass sie nach oben gehen wollte, um sich mit einer heißen Schokolade in ihrem Lieblingssessel das Feuerwerk anzusehen. Vielleicht war sie dabei eingeschlafen? In letzter Zeit schlief sie wie eine Tote. Sandy hatte den alten gepolsterten Ledersessel vermisst und wollte ihn mit auf die Ranch nehmen. Er hatte Jenna sogar darum gebeten, ihn dem Sheriff's Department für Sandy abzukaufen, und war überrascht gewesen, als sie abgelehnt hatte. Aber die wahre Überraschung traf an dem Tag ein, an dem sie die Arbeit an dem Kinderzimmer beendet hatten. Ein Lieferwagen war vor dem Tor vorgefahren, beladen mit einem feinen Ledersessel, der extra für stillende Mütter konzipiert worden war. Er wippte und hatte eine Fußstütze. Es war ein Geschenk von Jenna und Dave. Er konnte immer noch Sandys Freudenschreie hören. Sie würde den Sessel auf ewig hegen und pflegen.

Rowley stieg in seinen SUV und fuhr die kurze Strecke zum alten Haus. Es überraschte ihn, es dunkel vorzufinden. Sandy hatte keine Angst vor der Dunkelheit, aber als sie noch hier gewohnt hatten, war er nie nach Hause gekommen, ohne dass das Licht auf der Veranda in einem herzlichen Willkommensgruß gestrahlt oder es zumindest die Beleuchtung im Flur des Erdgeschosses gebrannt hätte. Nachdem er seinen Wagen abgestellt hatte, eilte er zur Tür und benutzte seinen Schlüssel, um sich Zutritt zu verschaffen. Das Haus stank nach Bleichmittel, als hätte jemand eine ganze Flasche auf den Boden ausgeschüttet. »Sandy?«

Er knipste das Licht an. Nichts. Sein Magen rumorte vor

Sorge, als er seine Taschenlampe zückte und die Räume nach ihr absuchte. Rowley ging in die Küche, und als das Licht der Taschenlampe den Raum erhellte, fand er Sandys Handtasche und Thermoskanne auf dem Tresen vor. Nichts hatte sich verändert, seitdem er sie einige Stunden zuvor hier zurückgelassen hatte. »Sandy, bist du da oben?«

Nichts.

Er fürchtete um ihre Sicherheit, aber sein Training verhinderte, dass er die Treppe heraufstürmte und sich in unbekannte Gefahr begab.

Wenn er Geräusche gehört hätte, hätte er Verstärkung angefordert, aber wahrscheinlich war Sandy im Schlafzimmer eingeschlafen. Er löste seine Waffe aus dem Holster und schlich die Treppe hinauf, wobei er die knarzenden Stufen mied, die er bestens kannte. Rowley erreichte den Treppenabsatz und richtete, mit dem Rücken zur Wand, seine Taschenlampe am Lauf seiner Glock aus. Er schlich durch den Flur und bewegte sich langsam auf das erste Schlafzimmer am oberen Ende der Treppe zu. Die Tür stand offen, und der beißende Gestank nach Bleichmittel erfüllte die Luft. Mit dem Rücken zur Wand leuchtete er mit seiner Taschenlampe ins Zimmer und erstarrte vor Entsetzen. Eine junge Frau saß an die Wand gelehnt, die Augen im Anblick des Todes starr geweitet. Ihre blauen Lippen spannten sich um etwas, das ihr in den Mund gestopft worden war, und ihre Haut war grau. Auf einer Seite war ihr Kopf mit verkrustetem Blut bedeckt, und Würgemale übersäten ihren Hals. Das Licht seiner Taschenlampe wurde von der Flüssigkeitslache reflektiert, die sie umgab, und als er den Strahl durch den Raum schickte, bemerkte er einen weiteren nassen Fleck auf der mit Plastikfolie überzogenen Matratze, von der es auf den Boden tropfte.

Das Herz drohte ihm aus der Brust zu springen, als er sich abwandte, um das zweite Schlafzimmer zu durchsuchen. Es stand leer, und alles befand sich noch an seinem Platz. Die Tür zum nächsten Schlafzimmer – dem Zimmer, das er sich mit Sandy geteilt hatte – war geschlossen. Er steckte seine Waffe zurück in sein Holster und rief sich innerlich zur Ordnung, um die Panik niederzuringen, die ihn zu übermannen drohte. Dann holte er Schutzhandschuhe aus seiner Tasche heraus. Diese benutzte er, um die Tür zu öffnen, und trat einen Schritt beiseite, um einen Blick hineinzuwerfen. Das Straßenlicht, das er einst als lästig empfunden hatte, warf einen orangefarbenen Schein durch den Raum und beleuchtete das polierte Holz und Sandys Gestalt, die regungslos und mit blutverschmiertem Gesicht auf dem Boden lag. Er eilte hinein, fiel neben ihr auf seine Knie und fühlte fieberhaft an ihrem Hals nach einem Puls. »Sandy, komm schon. Mach die Augen auf.«

Unter seinen Fingern konnte er fühlen, wie das das Blut durch ihre Halsschlagader pulsierte. Er holte sein Handy heraus, um die Sanitäter zu rufen. »Hier ist Deputy Rowley. Ich brauche die Sanitäter, Kopfverletzung, die Patientin ist nicht ansprechbar, sie atmet und ist im fünften Monat schwanger. Ja, Sandy Rowley, meine Frau.« Er gab die Adresse durch und kehrte zu ihr zurück. »Sandy.« Er strich ihr die Haare aus dem Gesicht und fühlte die Beule an ihrem Kopf. Sie war bewusstlos.

Er untersuchte sie mithilfe seiner Taschenlampe, legte eine Hand auf ihren Bauch und wartete eine gefühlte Ewigkeit. Sein Herz machte einen Freudensprung, als er eine Bewegung spürte. Nachdem er Sandys Kopf auf seinen Schoß gebettet hatte, setzte er eine Meldung des Vorfalls ab. Jenna war noch immer in der Stadt, und Kane war gerade am Hotel angekommen, sodass sie in wenigen Minuten am Haus eintreffen sollten. Erleichtert streichelte er Sandys Gesicht, und ihre Augenlider flatterten. »Sandy, bleib ruhig liegen, du hast dir den Kopf angeschlagen. Tut es irgendwo weh? Ist mit dem Baby alles in Ordnung?«

»Jemand hat mich mit einer Taschenlampe niedergeschlagen.« Sandy klang benommen und packte ihn am Arm. »Ich kann Kindsbewegungen spüren, und außer meinem Kopf tut mir nichts weh. Ich könnte mir vorstellen, dass der Angreifer mich noch mal getreten hat.«

Er sah entsetzt auf sie herab. »Wer hat dich getreten?«

»Ich bin mir nicht sicher, es war dunkel. Der Strom war weg.« Sandy berührte ihr Gesicht. »Er hat mir einen Tritt unter das Kinn verpasst, und ich wurde ohnmächtig.«

Rowley half ihr, sich aufzusetzen, stand auf und trug sie dann zu dem alten Sessel. Anschließend zog er seine Jacke aus und legte sie ihr um die Schultern. »Die Sanitäter sind unterwegs, und Jenna und Dave werden auch gleich hier sein.« Das Bild des toten Mädchens blitzte vor seinen Augen auf. Er wollte verhindern, dass Sandy einen brutalen Mord zu sehen bekam. »Ich habe das Haus durchsucht, hier ist sonst niemand. Ich sehe mal nach, ob der Strom am Sicherungskasten abgeklemmt worden ist. Warte kurz hier.«

Er holte seine Schutzhandschuhe heraus und zog sie an, während er den Flur herunterlief. Rowley schloss die Tür zum ersten Schlafzimmer, bevor er die Treppe nach unten rannte. Als er in der Waschküche angekommen war, knipste er den Sicherungsschalter um, und Lichter fluteten das Haus. Die Hintertür fand er unverschlossen vor, also drehte er den Schlüssel um, bevor er die Treppe zurück nach oben nahm. Nachdem er Sandy noch einmal untersucht hatte, hockte er sich neben ihr hin. »Wie fühlst du dich?«

»Du meinst, abgesehen von meinen Kopfschmerzen, die sich anfühlen, als würde mein Kopf zweigeteilt werden? Mir geht's gut.« Sandy ergriff seinen Arm. »Mir ist schwindelig und übel, aber mir fehlt nichts. Warum? Musst du irgendwohin gehen?«

»Nein, ich lasse dich nicht allein, aber das ist ein Tatort und Jenna wird nicht wollen, dass die Sanitäter Beweise zerstören. Meinst du, es ist okay, wenn ich dich nach unten trage und wir im Wohnzimmer auf die Sanitäter warten? Du musst ins Krankenhaus; du hast eine fiese Platzwunde am Kopf. Ich werde dich begleiten und nehme meinen SUV, um dem Krankenwagen zu folgen. Okay?«

»Natürlich.« Sie streckte eine Hand aus und drückte seinen Arm. »Mach dir keine Sorgen, ich bin tougher, als du denkst.«

Er stand auf und half Sandy auf die Füße, dann hob er sie hoch. Das Herz klopfte ihm bis zum Hals, als er die Treppe nach unten stieg. Es mochte eine schöne Filmszene abgeben, doch im wahren Leben war es ein gefährliches Unterfangen, seine kostbare Fracht über die Treppe ins Erdgeschoss zu manövrieren. Als er sie sicher auf dem Sofa abgesetzt hatte, seufzte er erleichtert auf. »Sie sollten bald hier sein.«

»Kannst du meine Handtasche und die Thermoskanne aus der Küche holen?« Sandy berührte seinen Arm. »Im Krankenhaus werde ich meine Handtasche brauchen.«

Rowley lächelte ihr zu. »Klar, bin gleich wieder da.«

Nachdem er Sandy die Handtasche und die Thermoskanne gegeben hatte, schwoll der unmissverständliche Klang von Kanes Sirene draußen an. Rowley schloss die Tür zum Wohnzimmer und beeilte sich, die beiden hereinzulassen. Er musste mit ihnen sprechen, ohne dass Sandy etwas davon mitbekam. Er öffnete die Tür für Jenna und Kane. Rio und Agent Carter folgten ihnen ins Haus. Rowley blickte in ihre besorgten Gesichter. »Sandy ist im Wohnzimmer. Sie ist bei Bewusstsein und weiß nichts von dem Mord da oben. Können wir es dabei belassen?«

»Natürlich.« Jenna senkte ihre Stimme. »Wonach sieht es aus?«

Rowley beugte sich so nah zu ihr vor, dass nur sie ihn hören konnte. »Ich denke, es ist ein weiterer Cheerleaderinnen-Mord.«

DREISSIG

Schlotternd vor einer verwirrenden Mischung aus Erregung und blinder Panik fuhr er wie ein Wahnsinniger in Richtung der alten Scheune. Seine Freundin konnte nicht aufhören zu kichern, weil sie nahe dran gewesen waren, entdeckt zu werden. Der SUV des Deputys hatte in dem Moment vor dem Haus gehalten, als sie die Eingangstür erreichten, um sich aus dem Staub zu machen. Sie hatten geplant, die Hintertür abzuschließen und durch die Eingangstür abzuhauen. Der Deputy hatte das Haus betreten und sie nur um Sekunden verpasst. Die Hintertür war hinter ihnen zugefallen, als er durch die Eingangstür hereinkam und den Namen einer Frau rief. »Das war so verdammt knapp, und wer ist die Frau, deren Namen er gerufen hat?«

»Seine Frau, schätze ich.« Seine Freundin grinste ihn mit dem Ausdruck einer Katze an, die gerade Sahne geschleckt hatte. »Eine schwangere Frau ist oben gewesen, als ich das Reinigungszeug ins Schlafzimmer gebracht habe. Ich musste sie umbringen.«

Angewidert drehte er sich um, um sie anzusehen, und wich einem Hindernis auf der Straße aus, sodass sie ihn anschrie, er solle vorsichtig sein. »Du hast eine schwangere Frau umgebracht? Wie und warum? Was hat sie dir getan, dass du sie umbringen musstest?«

»Sie hätte uns sehen und es den Cops erzählen können. Ich kenne sie, sie ist mit einem der Deputys verheiratet, jetzt werden sie auf Rache aus sein.« Seine Freundin zuckte mit den Schultern. »Sie war leicht zu töten. Ich habe ihr mit meiner Taschenlampe einen Schlag verpasst, und als sie zu Boden gegangen ist, habe ich ihr ins Gesicht getreten, um sicherzugehen.«

Schweiß rann zwischen seinen Schulterblättern herunter, und die bittere Galle, die seinen Magen rumoren ließ, kroch seine Kehle hinauf. Er musste von ihr weggekommen und Zeit zum Nachdenken finden. »Ich bringe dich nach Hause und sehe zu, dass ich im Anschluss die Klamotten verbrenne. Wenn du die Frau eines Deputys ermordet hast, werden sie heute Nacht nach uns suchen. Becky werden sie bereits gefunden haben und uns werden sie auch finden. Ich weiß es.«

»Nicht, wenn wir vorsichtig sind. Als du Becky umgebracht hast, hat sie etwas Blut verloren, also wasche deine Kleidung, dusch dich ab und wisch deine Stiefel mit Bleiche ab, wenn du ihre Klamotten losgeworden bist. Denk daran, deine Stiefel zu polieren, sobald sie trocken sind, um den Geruch loszuwerden.« Sie ergriff seinen Arm. »Keine Beweise bedeutet, dass sie uns nicht erwischen können.«

Langsam dämmerte ihm die Erkenntnis: Er. Hatte. Becky. Umgebracht. Seine Freundin hatte ihm befohlen, sie zu töten, und er hatte es, ohne es zu hinterfragen, ausgeführt. Er hatte keinen Nervenkitzel gespürt, und er hatte die Angst in Beckys Augen gesehen, als er ihr die Taschenlampe über den Kopf gezogen hatte. *Ich bin ein Mörder.* Er warf seiner Freundin einen Blick zu; die Dinge hatten sich geändert, und mit ihr zusammen zu sein, machte ihn nervös. Er konnte ihr nicht vertrauen und wusste nicht, was sie als Nächstes tun würde.

»Das ist die Letzte gewesen. Mir wird das Ganze zu heiß. Hast du die ganzen Deputys aus Blackwater heute in der Stadt gesehen? Wir stehen kurz davor, erwischt zu werden.«

»Wir hören erst auf, wenn ich es sage, und ich habe noch eine zum Töten ausgewählt. Sobald sie tot ist, bin ich glücklich.« Sie schmiegte sich an ihn. »Du willst mich doch glücklich machen, oder?«

Er räusperte sich. Ihre Berührung jagte ihm ein Kribbeln über die Haut. »Natürlich will ich das, das weißt du, oder?«

Er musste sich eine Ausrede einfallen lassen – irgendetwas, um nicht wieder töten zu müssen –, aber er hatte in ihr Gesicht geblickt, und die Begeisterung gesehen, die sie beim Töten empfand. Sie würde sich nie zufrieden geben. Und jetzt, wo er Becky getötet hatte, steckte er tief in der Scheiße. Wenn er versuchte, seine Freundin aufzuhalten, würde sie sich gegen ihn wenden und ihn im Schlaf ermorden. Er brauchte Hilfe. Am besten jemanden, dem er vertrauen konnte. Jemanden, den er um Rat fragen konnte und der nicht sofort den Cops alles erzählen würde. Während der Fahrt ließ er sich einige Ideen durch den Kopf gehen. Ein Priester kam nicht infrage, er war nicht katholisch, und der alte Dr. Brown würde eine Ausrede finden, um es dem Sheriff zu erzählen. Er musste mit jemandem reden, bevor seine Freundin ihr nächstes Opfer in die Falle lockte.

EINUNDDREISSIG

Hin- und hergerissen zwischen dem Wunsch, ihre Freundin zu beruhigen, und dem Bedürfnis, die Untersuchung des Tatortes einzuleiten, wandte Jenna sich an Carter. »Ruf bitte Shane für mich an und geh dann mit Rio nach oben, um Wolfe einen kurzen Überblick darüber zu geben, was passiert ist. Wir müssen den Tatort sichern. Ich spreche mit Sandy und bin sofort bei euch.«

»Kein Problem.« Carter warf einen Blick auf den Forensik-Koffer in Kanes Hand. »Wir brauchen Schutzhandschuhe, Masken und Schuhüberzieher.«

»Bitte, greif zu.« Kane stellte den Koffer auf den Boden und klappte ihn auf.

Jenna sah sie an. »Kein einziges Wort zu Sandy über das andere Opfer. Sie hat schon genug durchgemacht.«

»Ich höre in der Ferne Sirenen, das müssen die Sanitäter sein.« Kane runzelte die Stirn. »Wenn du mit ihr sprechen willst, solltest du dich besser beeilen.«

»Du weißt viel besser, wie man mit Opfern eines solchen Angriffs umgeht, als ich. Ich bin das Unterstützungskommando und schreibe alles auf. Leider kann ich sehr gut nachfühlen, wie sie sich fühlen muss. Mein Kopf brummt immer noch von Mr Laws Ohrfeige.« Jenna öffnete die Tür zum Wohnzimmer und betrat, dicht gefolgt von Kane, den Raum. Sie lächelte Sandy zu. »Da lassen wir dich nur für ein paar Minuten allein, und schau, was passiert.«

»Mich? Du solltest mal dein blaues Auge betrachten.« Sandy lehnte sich auf dem Sofa zurück. »Zumindest hast du zurückgeschlagen. Ich habe mich totgestellt und gehofft, dass die Person von mir ablässt.«

»Das war das Beste, was du hättest tun können.« Kane drückte ihre Schulter. »Wer auch immer dich angegriffen hat, war nicht hier, um dich zu verletzten. Wir denken, die Person hat nach jemand anderem gesucht. Woran erinnerst du dich noch?«

»Tut mir leid, nicht mehr an besonders viel.« Sandy hielt sich einen Haufen Taschentücher an die Wange, um den Blutfluss zu stoppen. »Ich glaube nicht, dass ich euch irgendetwas erzählen kann.«

»Doch, kannst du.« Kane ging neben ihr in die Hocke. »Du wärst überrascht, was wir unterbewusst alles wahrnehmen, das wir auf den ersten Blick nicht einmal registrieren. Denk an deine Ankunft zurück. Ist dir irgendein Fahrzeug aufgefallen, das in der Nähe geparkt war?«

»Nein, nur der rote Pick-up von nebenan, und der steht dort jeden Abend.« Sandy sah ihn an. »Alles war normal. Ich habe das Packpapier aufgeräumt und die schmutzigen Fußabdrücke der Möbelpacker weggewischt. Im Anschluss habe ich mir eine Tasse heiße Schokolade aus der Thermoskanne eingeschenkt und bin nach oben gegangen, um mir das Feuerwerk anzusehen.«

»Hattest du die Türen unten abgeschlossen?« Kane holte mehr Taschentücher aus einer Schachtel auf dem Boden heraus und reichte sie ihr.

»Gleich nach meiner Ankunft habe ich die Hintertür

überprüft.« Sandy tupfte die Platzwunde am Kopf ab und zuckte zusammen. »Sie war verschlossen, und um die Vordertür aufzuschließen, hätte man einen Schlüssel gebraucht.«

»Was ist dann passiert?« Kane lächelte sie an. »Du hast oben gesessen und deine heiße Schokolade getrunken. Bist du eingeschlafen?«

»Ja, bin ich, und dann hat mich etwas geweckt, ein Geräusch im Flur.« Sandy runzelte die Stirn. »Es war dunkel und ich hatte die Lichter für Jakes Ankunft angelassen.«

»Du hast also ein Geräusch gehört, und was ist dann passiert?« In Kanes Gesicht spiegelte sich eine Fülle an Emotionen.

Jenna lehnte sich gegen die Wand, betrachtete ihre misshandelte Freundin und versuchte, ihre Wut zu unterdrücken. Ihr Blick glitt zu Rowley, der auf der Sofalehne Platz genommen hatte und Sandys Hand hielt. Sie hatte ihn noch nie so blass gesehen, und er zitterte vor Wut.

»Ich bin auf den Flur hinausgegangen und habe Geräusche gehört. Jemand ist auf mich zugekommen, und ich habe versucht, wegzurennen, aber ich wurde niedergeschlagen. Jemand hat mich mit einer Taschenlampe geschlagen und getreten …« Sandy blinzelte und sah dann Kane an. »Die Person trug Cowboy-Stiefel und etwas wie ein Medaillon hat darauf aufgeblitzt. Das ist alles, woran ich mich erinnern kann, bevor Jake eintraf.«

»Hat die Person irgendetwas gesagt?« Kane musterte sie eingehend. »Hast du irgendeinen Geruch wahrgenommen?«

»Nein, gesagt hat sie nichts.« Sandy dachte kurz nach. »Da war ein Geruch. Ich bin mir nicht sicher, was genau das war. Eau de Cologne vielleicht?«

»Waren es eine oder zwei Personen?« Kane warf Jenna einen Blick zu und sah dann wieder zu Sandy.

»Eine, es war nur eine.« Sandy seufzte und tupfte ihren

Kopf noch einmal ab. »Ich bin mir ziemlich sicher, dass die Schritte hinter mir nur einer Person gehörten.«

Jenna lächelte sie an. »Das hast du sehr gut gemacht.« Sie ging zur Tür. »Die Sanitäter sind hier. Ich werde im Krankenhaus vorbeikommen und später nach dir sehen. Bestimmt werden die Ärzte eine Menge Tests durchführen wollen.«

»Das werden sie bestimmt.« Sandy ergriff Jakes Arm. »Ich komme schon klar. Fahr jetzt bitte kein Auto, wenn du aufgebracht bist. Warte eine Weile und ruf meine Eltern an, ich werde ein paar Sachen brauchen. Frag Mom, sie wird wissen, was eingepackt werden soll.«

»Okay.« Rowley gab ihr einen Kuss. »Ich komme gleich nach.«

Die Sanitäter kamen mit ihrer gewohnten Schnelligkeit und Effizienz herein, untersuchten Sandy und hoben sie auf eine Trage, bevor sie sie wegbrachten. Jenna hatte erwartet, dass Rowley ihr hinterherstürmen würde, aber er sackte gegen die Wand und bedeckte das Gesicht mit beiden Händen. Sie trat an seine Seite. Er hatte ihre Befehle immer gut befolgt und brauchte offensichtlich eine kleine Anweisung. »Du hast noch etwas zu erledigen. Ruf ihre Eltern an, und dann fahr zu ihr ins Krankenhaus. Dir steht eine lange Nacht bevor, das dauert alles Stunden. Sobald wir den Tatort gesichert haben, kommen wir nach. Soll ich für Sandy irgendetwas von der Ranch mitbringen?«

»Nein.« Rowley richtete sich auf. Eine seltsame Ruhe umgab ihn. »Sandy hat immer noch ein paar Sachen in ihrem Elternhaus. Ich rufe ihre Mom an und bitte sie darum, mir alles Notwendige zu bringen. Die Ärzte dürften sie zumindest über Nacht im Krankenhaus behalten wollen, oder?«

Jenna nickte. »Ja, sie werden sichergehen wollen, dass Sandy und dem Baby nichts fehlt.«

»Den Babys.« Rowleys Augen füllten sich mit Tränen. »Zwillinge, ein Junge und ein Mädchen. Wir wollten es geheim halten, bis meine Eltern aus dem Urlaub zurück sind. Gott, ich hoffe, den Kleinen geht es gut.«

Ihr war nicht aufgefallen, wie Wolfe mit Emily und Colt Webber an seiner Seite durch die Tür getreten war. Beim Klang seiner Stimme drehte sie sich zu ihm um.

»Hatte sie Blutungen oder Wehen? Hast du die Bewegungen der Babys spüren können?« Wolfe sah Rowley an.

»Nur ihre Kopfwunde hat geblutet. Ich konnte die Bewegungen spüren und nein, sie hatte keine Wehen.« Erleichterung leuchtete in Rowleys Blick, als er Wolfe ansah.

»Ist Sandy bei klarem Verstand gewesen?« Wolfe blickte Rowley aufmerksam an.

»Nicht zu Beginn, aber sie hat Kanes Fragen ohne Probleme beantwortet.« Rowley nahm das Getränk entgegen, das Emily ihm reichte. »Für einen Kaffee fehlt mir die Zeit. Sandy braucht mich im Krankenhaus.«

»Setz dich und trink den Kaffee.« Wolfe klopfte ihm auf die Schulter. »Ruf ihre Eltern an und besorg alles, was sie für ein paar Tage Krankenhausaufenthalt braucht. Glaub mir, sobald die Sanitäter mit der Transportliege im Krankenhaus einfahren, werden Untersuchungen eingeleitet und sie wird von Ärzten umschwirrt sein. Du wirst für Stunden im Wartezimmer festsitzen. Am besten, du bleibst für eine Weile hier sitzen, bis der erste Schock etwas abgeklungen ist, bevor du dich hinter das Lenkrad setzt.«

»Okay.« Rowley nahm seinen Stetson ab und legte ihn auf einem Stuhl ab. Er hob den Blick zu Jenna. »Zum ersten Mal in meinem Leben würde ich am liebsten jemanden umbringen. Das Monster, das diese Mädchen getötet hat, hat sich an meiner Frau vergriffen.« Seine Hände zitterten, als er den Kaffeebecher umfasste. »Es ist offensichtlich, dass er vor nichts zurückschrecken wird.«

Jenna winkte alle Mann aus dem Raum. »Zieht euch um, Leute, und sichert den Tatort. Ich komme gleich nach.« Sie wartete, bis sie gegangen waren, und sah Rowley an. »Das ist eine vollkommen normale Reaktion. Wenn Menschen ermordet werden, macht es mich wütend, und als Dave angeschossen worden ist, wollte ich den Mann am liebsten umbringen, der ihm das angetan hatte.« Sie ging neben ihm in die Hocke. »Du bist ein großartiger Deputy und du weißt, dass wir vom besten Team umgeben sind, also möchte ich, dass du mir vertraust. Wir werden diesen Kerl schnappen.« Sie drückte seinen Arm. »Ich muss mich darauf verlassen können, dass das Büro in fähigen Händen ist, während ich an diesem Fall arbeite. Da Sandy jetzt involviert ist, solltest du dich zurückhalten.« Sie bemerkte den harten Ausdruck in seinem Gesicht und seufzte. »Hör mal, ich weiß, dass es schwierig ist, nur unterstützend tätig zu sein, wenn so etwas passiert, aber wenn wir den Mörder erwischen und sein Verteidigungsteam glaubt, dass auch nur die kleinste Chance auf einen Interessenkonflikt besteht, wird er freikommen.«

»Ja, ich verstehe.« Rowley starrte auf die Tür. »Meinst du, Carter und Wells bleiben jetzt erst einmal hier?«

Jenna zuckte mit den Schultern. »Vielleicht. Aber sie werden immer da sein, wenn wir sie brauchen. Trink deinen Kaffee aus und erledige die Anrufe. Ich sehe mal nach, was oben vor sich geht.«

Sie schlüpfte in den Schutzanzug und ging an Colt Webber vorbei, der die Treppe minutiös nach Haaren absuchte. »Irgendwas gefunden?«

»Ja, eine Faser, die von einem Pompon stammen könnte.« Webber hielt einen Asservatenbeutel hoch. »Sie hat die passende Farbe.«

Jenna nickte, ging nach oben und folgte den Stimmen ins erste Schlafzimmer. »Was haben wir hier, Shane?«

»Dieser Mord unterscheidet sich vom letzten, auch wenn sie sich auf vielen Ebenen ähneln.« Wolfe deutete auf die Male am Hals des Mädchens. »Jemand hat sie stranguliert, konnte sie aber nicht töten, also wurde sie allem Anschein nach erschlagen. Nach der Obduktion werde ich mehr wissen. Das wäre ein Unterschied zu Laurie Turner, so wie das Klebeband auch. Ich nehme an, dass das Material, das unterhalb des Klebebands hervorlugt, eine Männerunterhose ist. Sie ist nicht komplett nackt, aber ihre Kleidung fehlt.«

Jenna trat näher an das Opfer heran. »Ich kenne sie, sie ist die Vize-Kapitänin des Cheerleader-Teams. Ihr Name ist Becky Soundso.« Sie holte ihr Handy heraus und scrollte durch die Akten. »Becky Powell.« Sie überlegte kurz. »Wir haben eine Verbindung. In der Nacht, in der Laurie ermordet worden ist, war sie hinter Wyatt Cooper her.«

ZWEIUNDDREISSIG

Nachdem sie Rowley mit dem Versprechen, so schnell wie möglich nachzukommen, verabschiedet hatte, nahm Jenna Kane zur Seite. »Ich werde Rio sagen, dass er mit Wolfe am Tatort bleiben soll. Wenn er ein nahezu perfektes Gedächtnis hat, wie er behauptet, wird er die ganze Szene in sich aufnehmen und die Erinnerungen auf unsere Ermittlung anwenden können. Ich habe alles gesehen, was ich sehen muss, und Wolfe braucht unsere Hilfe nicht. Ich denke, wir sollten uns die Umgebung ansehen, solange die Erinnerungen der Leute noch frisch sind. In vielen der Häuser brennt Licht, und ich kann sehen, wie die Leute uns durch die Fenster beobachten.«

»Okay.« Kane folgte ihr aus dem Haus. »Ich bin gespannt, was Wolfe bei der Autopsie herausfindet. Zuerst dachte ich, es könnte sich um einen Nachahmungstäter handeln, aber als Wolfe die Unterhose erwähnt hat, na ja, die haben wir der Presse gegenüber nicht erwähnt, oder?«

»Nein, haben wir nicht.« Jenna blieb stehen und wandte sich ihm zu. »Selbst mit dem ganzen Blut bin ich mir sicher ... Das ist Becky Powell. Ich habe sie wiedererkannt, und sobald wir hier fertig sind, müssen wir ihre Eltern ausfindig machen und ihnen die schlechte Nachricht überbringen.« Langsam schüttelte sie den Kopf. »Wahrscheinlich ahnen sie noch gar nichts. Wenn sie ein Date hatte, machen sie sich vermutlich noch gar keine Sorgen.«

»Du weißt, dass sie sofort zum Leichenhaus fahren und sie noch heute Abend sehen wollen werden.« Kane massierte seine Schulter und schaute zur Straße. »Als wollten sie sie nicht alleine lassen. Es ist jedes Mal herzzerreißend, ihnen sagen zu müssen, dass sie noch warten müssen.«

Jenna setzte sich wieder in Bewegung. »Vielleicht, aber dafür wird sie nicht mehr blutverschmiert sein, wenn sie sie sehen. Das ist ein Anblick, der den Angehörigen erspart bleiben sollte.«

»Glaub mir, das weiß ich.« Kane zog Notizblock und Stift heraus. »Bringen wir es hinter uns.«

Sie begannen mit den Befragungen der Anwohner auf beiden Straßenseiten, doch die beiden Häuser, die direkt gegenüberlagen, brachten sie nicht weiter. Beide Familien waren gerade erst von dem Festival zurückgekommen und hatten nur gesehen, wie die Rettungskräfte eintrafen. Sie überquerten die Straße und gingen zu den Nachbarn. Jenna drückte auf die Klingel, und sofort wurde die Tür geöffnet. »Guten Abend, ich bin Sheriff Alton und das ist Deputy Kane, wir ermitteln zu einem Vorfall im Haus nebenan. Haben Sie etwas Ungewöhnliches gehört oder irgendwelche fremden Fahrzeuge gesehen, die heute Abend in der Nähe geparkt haben?«

»Nun, zufällig habe ich das.« Die Frau in den späten Sechzigern zeigte auf einen Baum auf der anderen Straßenseite. »Unter dem Baum hatte ein silberner GMC Pick-up geparkt. Der stand da etwa drei Stunden lang und fuhr erst, als Deputy Rowley nach Hause kam.« Sie schaute zu Jenna und hob eine Schulter. »Nicht, dass Sie denken, ich wäre zu neugierig. Ich war draußen mit dem Hund spazieren, da ist mir der Wagen aufgefallen. Da die Leute gegenüber heute Abend alle zu dem Festival gegangen sind, wusste ich, dass es kein Besucher sein konnte. Ich war misstrauisch und habe ihn im Auge behalten, falls jemand damit Diebesgut transportieren wollte.«

Jenna tauscht einen Blick mit Kane aus und nickte. »Das war sehr aufmerksam von Ihnen. Haben Sie jemanden gesehen oder etwas gehört?«

»Na ja, ich glaube schon. Es könnte sein, dass jemand auf dem Schotterweg zwischen meinem und dem Haus nebenan gelaufen ist. Ich habe nach draußen geschaut, aber wegen den ganzen Bäumen konnte ich niemanden sehen.« Sie machte eine kurze Pause. »Ich habe aus dem Fenster geschaut und um kurz vor elf kam Deputy Rowley in seinem SUV an. Ich weiß, dass er ausgezogen ist, also kam es mir seltsam vor. Er hat nach Sandy gerufen, und ich nahm an, dass sie drinnen arbeitet, und habe mir nichts dabei gedacht. Erst kurz danach fiel mir auf, dass der GMC weg war. Er hat sich geräuschlos davongemacht.« Sie zog eine Grimasse. »Mehr kann ich Ihnen nicht sagen. Gesehen habe ich niemanden, tut mir leid.«

»Sind Sie sicher, dass es ein silberner GMC Pick-up war?« Kane neigte den Kopf, um sie anzusehen.«

»Natürlich bin ich mir sicher.« Sie lächelte ihn an. »Mein Sohn hat auch so einen, aber er lebt in Blackwater.«

»Und er hatte keinen Grund, heute Abend in der Stadt zu sein?« Jenna beobachtete die Reaktion der Frau. »Besucht er Sie oft?«

»Mein Sohn arbeitet als Krankenpfleger in der Notaufnahme und hatte letzte Nacht Dienst.« Sie seufzte. »Er versucht, mich zu besuchen, aber die Arbeit hält ihn auf Trab. In letzter Zeit ist er entweder am Arbeiten oder hundemüde.«

Jenna nickte. »Ja, die Arbeit ist sehr hart.«

»Was ist nebenan passiert? Ich habe gesehen, wie Sandy mit dem Krankenwagen weggebracht wurde. Geht es ihr gut?«

»Ich hoffe es.« Jenna fuhr sich durchs Haar. »Wir versuchen gerade herauszufinden, was ihr zugestoßen ist.«

»Ich habe Ihre Aussage notiert.« Kane überreichte der Frau seinen Notizblock. »Könnten Sie das bitte durchlesen und unterschreiben? Und bitte ergänzen Sie hier Ihren Namen und Ihre Kontaktinformationen.« Er zeigte auf das Dokument.

Die Frau kam seiner Bitte nach, und Jenna lächelte sie an. »Vielen Dank für Ihre Hilfe.« Sie reichte ihr ihre Karte. »Wenn Ihnen noch etwas einfällt, rufen Sie mich an. Und wenn der Wagen wieder auftaucht, notieren Sie sich das Nummernschild, aber gehen Sie nicht zu ihm.«

»Natürlich.« Die Frau betrachtete die Karte. »Freut mich, dass ich helfen konnte.«

Jenna graute es vor ihrer nächsten Aufgabe, doch sie gingen zum Haus zurück und zogen erneut Schutzkleidung über. Rio führte eine Untersuchung des Erdgeschosses durch, als sie zu ihm ging. »Gibt es etwas zu berichten?«

»Ein paar Dinge. An mehreren Stellen gibt es Kratzspuren auf dem Boden, und am Fuß der Treppe hat Webber DNA-Spuren gefunden, genau wie im Flur vor dem Schlafzimmer. Ich schätze, die stammen von einem Kampf, da Rowley meinte, Sandy wäre extra hergekommen, um sicherzustellen, dass der Boden blitzblank ist.« Er zuckte mit den Schultern. »Das ist nett, aber wäre nicht nötig gewesen. Mein Bruder und meine Schwester werden sowieso alles zerkratzen, sobald sie dieses Haus betreten.«

Jenna starrte ihn überrascht an. »Du willst immer noch hier einziehen, auch nach einem Mord?«

»Klar.« Rio begegnete ihrem Blick. »Ständig sterben Menschen in irgendwelchen Häusern. Mir ist bewusst, dass es gerade ein Tatort ist, aber sobald ihr ihn freigegeben habt und die Putzkolonne sauber gemacht hat, habe ich kein Problem damit.« Seine Augenbrauen wanderten nach oben. »An Geister glaube ich nicht. Ich nehme an, die verschlossene Tür in der

Küche führt zu der Unterkunft für eine Haushälterin? Es wäre genial, wenn ich jemanden finden würde, der bereit ist, hier zu wohnen.«

Jenna hatte gedacht, dass sie das Haus verkaufen und ein neues finden müsste. Rios Aussage war eine Erleichterung. »In Ordnung, das ist super, und Maggie hat eine Liste mit fähigen Haushälterinnen, die du zum Vorstellungsgespräch einladen kannst. Übrigens steht in deinem Arbeitsvertrag, dass du nur für die Nebenkosten aufkommen musst, da es sich um Eigentum des Sheriff's Department handelt. Außerdem sieht das Budget eine Haushälterin vor.«

»Warum, glaubst du, habe ich den Job angenommen?« Rio grinste. »Alles unter einen Hut zu bekommen und Betreuung für die Zwillinge zu finden war ein Albtraum.«

Jenna warf einen Blick auf die Uhr. »Es ist schon spät. Sobald Wolfe mit dem Tatort durch ist, solltest du nach Hause fahren.«

»Ihr werdet jemanden brauchen, der den Tatort bewacht.« Rio sah besorgt aus. »Falls der Mörder zurückkommt, um Spuren zu vernichten.«

»Wir haben vier Deputys aus Blackwater und Louan, die gerade im Motel auf ihren Einsatz warten.« Kane zog sein Handy hervor. »Sie können die Schichten untereinander aufteilen, aber ich bezweifle, dass Wolfe morgen früh zurückkommen will. Für gewöhnlich ist er sehr gründlich, und ich nehme an, dass hier alles fotografiert wurde?«

»Ja, das habe ich gemacht.« Rio zeigte Richtung Treppe. »Ich habe sogar Aufnahmen von jeder einzelnen Stufe gemacht.«

Jenna sah Kane an. »Erledige die anstehenden Anrufe.« Dann wandte sie sich wieder an Rio. »Okay, ich werde mich mit Wolfe unterhalten, und dann werden wir die Angehörigen informieren.«

Sie ging nach oben und betrat das Zimmer. Die Leiche von

Becky lag auf einer Trage, und Wolfe bereitete sich zum Aufbruch vor. »Ich werde jetzt mit ihren Eltern sprechen. Um wie viel Uhr können wir morgen für die Identifizierung vorbeikommen?«

»Um zehn.« Wolfe wandte sich ihr zu. »Autopsie ist um zwei. Rowley muss nur wenige Minuten zu spät gekommen sein, um die junge Frau zu retten. Sie war noch warm, als wir angekommen sind, ihre Körpertemperatur war nahezu unverändert, keine Anzeichen von Leichenstarre. Ich vermute, dass sie erst kurz vor seinem Eintreffen getötet wurde.« Er zog die Augenbrauen zusammen. »Sie ist gestorben, während Sandy bewusstlos in dem anderen Zimmer lag. Diese Information sollte man ihr vorenthalten. Zumindest, bis sie den ersten Schock überwunden hat.«

»Das wird schwer werden, aber ich gebe mein Bestes.« Jenna stemmte die Hände in die Hüften und sah sich in dem Zimmer um. »Wir kommen in der Rechtsmedizin vorbei, nachdem wir mit den Eltern des Opfers gesprochen haben. Kane organisiert eine Streife, die das Haus über Nacht bewacht. Sobald die hier eintreffen, soll Rio nach Hause fahren.« Sie schaute zu Carter. »Bleibst du noch, oder sollen wir dich ins Hotel bringen?«

»Ich bleibe.« Carter betrachtete die Decke. »Shane ist hier noch nicht ganz durch.«

Wolfe nickte. »Ich könnte seine Hilfe gut gebrauchen, wenn du ihn entbehren kannst? Wir müssen noch jede Menge Zeug durchsehen, und ich habe in dem anderen Schlafzimmer noch nicht mal angefangen.« Er deutete auf den Boden. »Die Mörder haben Bleiche über das Opfer gekippt, aber dort, wo der Körper an der Wand lehnte, habe ich Spuren gefunden. Sie waren in Eile, als sie hinter sich aufgeräumt haben, und ich gehe nicht, bevor ich nicht jeden Zentimeter dieses Raums untersucht habe.«

Jenna rümpfte die Nase, als sie den stechenden Geruch des

Bleichmittels wahrnahm. »Wir sollten nicht allzu lange weg sein. Ich werde einen Stopp beim Aunt Betty's einlegen. Bestimmt können wir alle einen Kaffee gebrauchen.«

»Gute Idee. Wir können ins Wohnzimmer gehen. Dort ist es sauber, während des Angriffs war niemand dort.« Wolfe seufzte. »Wir sollten hier so leise wie möglich vorgehen. Wir wollen uns bei den Nachbarn nicht unbeliebter machen als unbedingt nötig. Webber wird die Mülltonnen vorm Haus durchsuchen, bevor wir aufbrechen. Die Kleidung des Opfers ist verschwunden, also könnten die Mörder sie dort entsorgt haben, bevor sie geflohen sind.«

Jenna nickte. »Wir brauchen nur einen Fehler, dann haben wir sie. Das wird ihr Untergang. Mörder denken immer, dass sie das perfekte Verbrechen begangen haben. Aber so etwas gibt es nicht.«

DREIUNDDREISSIG

Der Wind nahm zu, rauschte durch die Bäume und ließ die Blätter wie Regen auf den Asphalt fallen. Im Licht der Straßenlaterne erinnerte Kane der Anblick an eine Schar Schmetterlinge. Er lehnte sich gegen die Tür seines Wagens und wartete auf Jenna. Da er sich Sorgen um Sandy machte, und darüber, wie Rowley mit allem zurechtkam, zog er sein Handy hervor. »Hallo, Jake, hier ist Dave. Gibt es was Neues?«

»Nicht viel. Sie haben eine Ultraschalluntersuchung durchgeführt und mir versichert, dass es den Babys gut geht, aber bei Sandy wird noch ein Kopf-Scan gemacht. Sie sagt, ihre Sicht wäre verschwommen. Ihre Familie ist schon hier und meine ist auf dem Weg. Es wird noch eine Weile dauern, bis alle Tests durchgeführt worden sind und ihre Wunde genäht ist. Später weiß ich sicher mehr.«

Kane schaute auf, als Jenna nach draußen kam. »Wir schauen vorbei, bevor wir nach Hause fahren. Braucht ihr noch Wechselkleidung oder irgendetwas anderes?«

»Nein, meine Eltern werden alles mitbringen, was ich brauche, falls ich hierbleiben muss.«

»Okay. Dann bis später.« Kane beendete das Gespräch.

»Irgendwelche Neuigkeiten?« Jenna öffnete die Autotür.

Kane ließ sich hinter dem Lenkrad nieder. »Den Babys geht es gut, Sandy wird noch untersucht.« Er fuhr von dem Parkplatz und Richtung Stadt. »Die Adresse der Powells ist bereits im Navi.« Er schaute zu Jenna. »Jedes Mal, wenn wir die Angehörigen informieren müssen, dreht sich mir der Magen um. Daran gewöhnt man sich nie, oder?«

»Nein.« Jenna lehnte sich in ihrem Sitz zurück. »Ich versuche immer, mir meine Worte vorher zurechtzulegen, aber trotzdem fühle ich mich nie genug vorbereitet, sobald ich vor ihnen stehe.«

Als sie auf die Main Street bogen, war Kane überrascht, noch so viele Leute zu sehen. Die meisten von ihnen waren jung und in kleinen Gruppen unterwegs. Sie unterhielten sich oder verspeisten ihre gekauften Mahlzeiten. Der Hotdog-Stand hatte viel zu tun, und sie schienen unerschöpfliche Vorräte zu haben. Er lächelte. »Wie schaffen sie es, den Stand Tag und Nacht am Laufen zu halten?«

»Sie sind die Eigentümer des Supermarkts und haben sechs erwachsene Söhne, die ihnen dabei helfen, ihn rund um die Uhr zu betreiben.« Jenna grinste. »Und sie haben mehr als einen Stand.« Sie zeigt auf die Schlange, die sich vor dem Aunt Betty's Café gebildet hatte. »Oh, ich muss im Aunt Betty's anrufen. Sie haben heute so viel zu tun, wir sollten den Kaffee fürs Team vorbestellen und auf dem Rückweg abholen. Wolfe meinte, es würde noch ewig dauern, bis er fertig ist. Etwas zu Essen wäre auch nicht schlecht.« Sie tätigte den Anruf.

Kane fuhr zum Haus der Powells und lächelte still vor sich hin. Sie wendete eine seiner Taktiken an, um den Stress der Nacht zu mildern. Der brutale Mord an einer jungen Frau und der sinnlose Angriff auf Sandy hatten das Team erschüttert. Er konnte die brennende Wut seiner Kollegen spüren, mit Ausnahme von Rio. Seine Ankunft in Black Rock Falls war hart gewesen, aber er hatte eine Professionalität an den Tag gelegt, mit der Kane nicht gerechnet hatte. Er schaute zu Jenna. »Ich glaube, Zac wird eine echte Bereicherung für das Team sein. Er braucht nicht viele Anweisungen, er hat direkt mit angepackt und seine Arbeit erledigt.«

»Stimmt, aber denkst du, dass er wirklich so ist, wie er sich gibt?« Jenna räusperte sich. »Ich meine, er verhält sich, als hätte er schon alles gesehen, zeigt keine Emotionen. Die meisten Männer in seinem Alter hätten sich beim Anblick einer zu Tode geprügelten jungen Frau übergeben, aber er hat es mit Fassung getragen.«

Kane nickte. »Er muss eine Art intrinsischer Selbstschutz sein. Denk mal darüber nach. Er kann nichts von dem, was er sieht, vergessen, und als Detective in Los Angeles muss er eine Menge Gewalt und Blut gesehen haben. Niemals etwas vergessen zu können ist auch eine Last. Er hat kein eidetisches Gedächtnis. Das wäre, wenn man sich etwa eine Minute lang sehr detailliert an ein Bild erinnern kann. Und er hat auch nicht das, was allgemein als fotografisches Gedächtnis klassifiziert wird. Er hat eine Mischung aus Langzeitgedächtnis und sofortiger Abrufbarkeit, für so etwas gibt es noch gar keine einheitliche Bezeichnung. Sein IQ geht vermutlich durch die Decke, aber egal, wie die Ärzte es schließlich nennen wollen, er hatte es schon immer. Ich denke, er hat einfach gelernt, damit umzugehen und die Emotionen, die mit den Erinnerungen verbunden sind, auszuschalten.«

»Du tust das ständig.« Jenna zuckte mit den Schultern. »Was ist daran so anders?«

»Ich habe nicht sein Erinnerungsvermögen.« Kane behielt seinen Blick auf der Straße. »Ich schalte meine Emotionen ab, aber das war Teil meiner Ausbildung. Es ist eine Technik, die ich anwende, um den Abzug zu drücken und das Ziel zu eliminieren. Natürlich vergesse ich die Menschen, die ich getötet habe, nicht, aber ich habe gelernt, nicht mehr daran zu denken. Er muss es genauso machen. Seine Erinnerung ist Segen und

Fluch zugleich.« Er bremste ab, als das Navi ankündigte, dass sie ihr Ziel erreicht hatten.

Vor dem Haus nahm er seinen Hut ab und wandte sich an Jenna. »Dann also los.«

»Die Außenbeleuchtung ist an, wahrscheinlich warten sie auf sie.« Jenna nahm ebenfalls ihren Hut ab, ließ ihn auf den Sitz fallen und öffnete die Tür.

Sie gingen zur Haustür, wo Kane auf die Klingel drückte. Sie hörten das Echo der Klingel, dann Schritte, und kurz darauf warf eine Frau in Hausmantel die Tür auf.

»Mrs Powell?« Jenna trat näher.

»Ja, was kann ich für Sie tun, Sheriff?« Die Frau zog ihren Mantel enger um sich, ihr Mund stand offen. »Oh, Herr im Himmel, hatte Becky einen Unfall?«

»Dürfen wir reinkommen?« Jenna reckte ihr Kinn.

»Ja, natürlich.« Sie machte auf dem Absatz kehrt, als ein Mann aus einem Nebenzimmer in den Flur trat. »Albie, irgendetwas ist mit Becky.«

Kane sah den bestürzten Mann an. »Können wir uns irgendwo hinsetzen?«

»Ja, da drin.« Der Mann zeigte ins Wohnzimmer, stellte sich in die Mitte des Raums und starrte sie an.

»Mr und Mrs Powell, bitte setzen Sie sich.« Jenna wartete, bis sie auf dem Sofa Platz genommen hatten. »Es tut mir sehr leid, Ihnen das sagen zu müssen, aber wir haben Becky tot aufgefunden.«

»Was? Wie? Sie fährt nie zu schnell.« Mr Powell starrte zu ihnen hoch, sämtliche Farbe war aus seinem Gesicht gewichen. »Was ist mit unserem kleinen Mädchen passiert?«

»Ich befürchte, das wissen wir noch nicht mit Sicherheit.« Jenna nahm ihnen gegenüber Platz. »Sie wurde vor etwa einer Stunde in einem Haus an der Stanton Road gefunden. Ich habe sie am Tatort identifiziert, aber es wird nötig sein, dass Sie eine offizielle Identifizierung vornehmen.«

»Ich muss zu ihr.« Mrs Powell starrte geradeaus ins Leere, stand offensichtlich unter Schock. »Sie ist ganz allein. Sie braucht ihre Mutter.«

Kane räusperte sich. »Sie ist nicht allein. Dr. Shane Wolfe, der Rechtsmediziner, und seine Tochter Emily sind bei ihr. Sie ist in guten, sicheren Händen.«

»Wann?« Mr Powell schien sich selbst wachzurütteln und ergriff die Hand seiner Frau.

»Morgen früh um zehn im Büro der Rechtsmedizin.« Jenna schaute zwischen ihnen hin und her. »Sie haben erwähnt, dass Becky heute mit dem Auto unterwegs war. Können Sie uns Farbe und Marke des Autos nennen?«

»Es ist ein roter Chevrolet Equinox SUV.« Mr Powell sah erschüttert aus. »Sie sagte, sie würde sich mit Freunden in der Bibliothek treffen. Zum Abendessen kam sie nach Hause, und dann war sie wieder weg. Ich habe ihr gesagt, dass sie nicht zu lange bleiben soll, weil morgen wieder Schule ist. Sie hat versprochen, um halb zehn zu Hause zu sein. Wir hatten uns langsam Sorgen gemacht.«

»Hat sie zufällig die Namen der Freunde erwähnt, mit denen sie sich treffen wollte?« Jenna holte ihren Notizblock hervor.

»Mit einem Jungen, glaube ich.« Mrs Powell schaute zu ihrem Ehemann. »Sie hatte sich hübsch gemacht und war so aufgeregt, dass sie ihr Essen kaum angerührt hat.«

Kane nickte. »Also können Sie sich an keinen Namen erinnern? Wissen Sie, was sie trug?«

»Was soll das bedeuten?« Mr Powells Augen wurden groß. »Sind ihre Klamotten etwa verschwunden?«

»Wir müssen eine Liste anfertigen, um sicherzustellen, dass nichts fehlt.« Jenna warf Kane einen bedeutungsschweren Blick zu. »Wenn das für Sie in Ordnung ist?«

»Ein weißes Top und einen Jeansrock. Sie hat ihre Stiefel getragen. Braune Cowboystiefel mit Fransen.« Mrs Powells

Augen füllten sich mit Tränen. »Sie hat ihren Rucksack und ihre Pompons mitgenommen. Ich habe gesehen, wie sie sie in ihre Tasche gesteckt hat.«

Kane nickte. »Gibt es jemanden aus der Familie oder einen Seelsorger, den wir anrufen können?«

»Nein, wir werden die Familie informieren.« Mr Powell fuhr sich mit beiden Händen übers Gesicht. »Es ist besser, wenn sie es von uns erfahren. Ich werde ihre Brüder anrufen, sie gehen beide aufs College. Und dann den Rest der Familie.« Er erhob sich unsicher vom Sofa. »Morgen früh um zehn Uhr im Büro des Rechtsmediziners, sagten Sie?«

»Ja, das ist korrekt.« Jenna stand auf und reichte ihm ihre Karte. »Wenn Sie etwas brauchen oder falls Ihnen noch etwas einfällt, rufen Sie mich bitte an, ganz egal zu welcher Uhrzeit.«

Kane betrachtete die am Boden zerstörten Eltern. »Wir finden selbst hinaus. Ich bedaure Ihren Verlust sehr.« Er ging nach draußen voran und stieg in seinen Wagen.

»Bald werden sie realisieren, was passiert ist.« Jenna kletterte auf ihren Sitz und setzte ihren Hut auf. »Nachdem wir das Essen abgeholt haben, sollten wir einen Zwischenstopp bei der Bibliothek einlegen. Vielleicht finden wir dort Beckys Wagen.« Sie stieß einen schweren Seufzer aus. »Das wird eine lange Nacht werden, aber wir müssen durchhalten. Wenn wir den Mörder finden wollen, brauchen wir mehr Beweise.«

VIERUNDDREISSIG

Dampf stieg auf, als das heiße Wasser auf sie fiel und jede Spur von Becky Powell von ihrem Haar und ihrer Haut wusch. Der Duft von Rosen erfüllte den Raum, vertrieb den Geruch nach Tod und Bleiche. Sie hatte ihre Haare zweimal shampooniert und ihre Haut abgeschrubbt, nachdem sie sich ins Haus geschlichen und in der Waschküche ausgezogen hatte. Ihre Klamotten hatte sie in die Waschmaschine gesteckt und ihre Stiefel mit Bleiche abgeputzt, bevor sie sich nach oben unter die Dusche geschlichen hatte. Sobald sie fertig war, würde sie ihre Schmutzwäsche nach unten bringen und die Maschine anstellen. Innerhalb einer Stunde wäre alles blitzblank und im Trockner.

In Gedanken ging sie Beckys Tod noch einmal durch. Es war, als könnte sie den Moment wieder erleben, zurück- und vorspulen, wie es ihr gefiel. Ihr Herz pochte, als sie sich an den Ausdruck in den Augen ihres Freundes erinnerte, als er die Taschenlampe gehoben hatte. Das Böse in ihm hatte sie erregt. Es war nicht das Töten; es war die Tatsache, dass er es für sie tat. Das Gefühl von Macht hatte sie durchströmt. Nachdem sie Becky gegen die Wand gelehnt und ihren Kopf so gedreht hatten, dass sie zu ihnen blickte, hatte er sie heftig geküsst. Sie hatte ihn von sich geschoben und genossen, wie sehr ihre Ablehnung ihn verletzte, aber sie hatten keine Zeit verschwenden dürfen. Sie hatten verschwinden müssen, und er hatte ihre Befehle befolgt wie ein treudoofer Hund. Jetzt kontrollierte sie ihn. Er würde sie niemals verlassen.

Nachdem sie ihre Haare geföhnt hatte, wickelte sie sich in ein Handtuch und suchte ihre Sachen zusammen. Dann schlich sie sich nach unten in den Waschraum, stellte die Maschine an und huschte unbemerkt wieder zurück. Sie warf einen Blick auf die Uhr. In letzter Zeit plante sie alles penibel. Für eine kleine Ladung brauchte die Waschmaschine dreißig Minuten, dann könnte sie den Timer am Trockner einstellen und ins Bett gehen. Nicht, dass sie wirklich schlafen würde. Sie fragte sich, ob ihr Freund die Pompons ihrer Sammlung in der alten Scheune hinzugefügt hatte. Sie sahen gut aus, wenn sie nebeneinander in dem Regal lagen. Dort ging niemand hin, es war ihr geheimer Rückzugsort. Seit sein Pa ausgezogen war, waren sie die Einzigen, die die alte Scheune besuchten.

Ihre Gedanken wanderten zu Vicky Perez. Ihre Ermordung zu planen, erregte sie. Sie genoss es, den Leuten Angst einzujagen, und nachdem sie die schwangere Frau durch das Haus gejagt und gehört hatte, wie sie um ihr Leben flehte, wollte sie mehr. Der Anblick der Gesichter ihrer Opfer, wenn ihnen dämmerte, dass sie sterben würden, berauschte sie. Sie musste weitermachen, um ihren unbändigen Hunger nach Tod zu stillen.

FÜNFUNDDREISSIG

Jenna stellte die Schachtel mit dem Kaffee und den Snacks fürs Team auf den Rücksitz des Biests und legte eine Decke darüber. Dann sprang sie auf den Beifahrersitz und zeigte mit der Hand nach vorn. »Fahr an dem Parkplatz der Bibliothek vorbei.« Sie legte den Sicherheitsgurt an. »Wir könnten ausnahmsweise mal Glück haben und ihren Wagen finden.«

»Wenn wir ihn finden, werde ich nach Fingerabdrücken suchen, aber vermutlich wird der Mörder sich ferngehalten haben.« Kane bog auf den Parkplatz der Bibliothek. »Er ist zu vorsichtig.« Die Scheinwerfer schweiften über den Parkplatz. »Okay, wir haben einen Treffer.«

»Gott sei Dank.« Jenna lächelte ihn an und unterdrückte den Drang, ihm ein High Five zu geben. »Ich werde das Nummernschild überprüfen. Du suchst nach Fingerabdrücken.« Sie gab das Kennzeichen in das mobile Datenterminal ein, um den Besitzer des Wagens zu bestätigen, und wartete auf Kane, der Fingerabdrücke von dem Fahrzeug sammelte. Im Handumdrehen war er zurück. »Ich habe sie der Akte hinzugefügt und Wolfe eine Kopie zur Identifizierung geschickt.« Er wendete den Wagen und fuhr zurück zu Rowleys ehemaligem

Haus. »Ich hoffe, der Kaffee ist noch heiß. Es ist ganz schön kalt geworden.«

Jenna nickte. »Das hoffe ich auch.« Sie drehte sich auf ihrem Sitz und schaute ihn an. »Der Kaffee ist in Thermoskannen. Wir müssen sie morgen früh zum Aunt Betty's zurückbringen, aber Rowley kann sicher etwas Heißes gebrauchen, und der Kaffee im Krankenhaus ist widerlich.«

»Ja, das weiß ich noch.« Kane zog eine Grimasse. »Ich frage mich, wie es Sandy geht.«

Jenna schob sich die Haare hinter die Ohren und rückte ihren Hut zurecht. »Wenn es schlechte Nachrichten gäbe, hätte Jake angerufen. Ich drücke ihnen die Daumen.«

Als sie das Haus erreichten, entdeckte Jenna ein Fahrzeug des Sheriff's Department aus Blackwater und daneben einen Deputy, der Wache hielt. Sie winkte ihm zu, während Kane hinter Rios Streifenwagen einparkte. An der Tür wurden sie von Carter begrüßt, Jenna nickte ihm zu. »Ist irgendwas passiert, von dem ich wissen sollte?«

»Einiges.« Carter deutete auf Wolfes Van. »Das Opfer ist schon in Wolfes Van, aber er hat noch auf euch gewartet. Er muss euch oben etwas zeigen. Die Untersuchung des Tatorts wurde abgeschlossen, also braucht ihr keine Schutzkleidung, Handschuhe reichen.«

»Ich bringe den Kaffee ins Wohnzimmer und komme sofort nach.« Kane verschwand im Flur.

»In Ordnung.« Während Jenna Carter über die Treppe nach oben folgte, zog sie sich Handschuhe über. Als sie das erste Schlafzimmer betrat, sah sie in müde Gesichter. »Unten im Wohnzimmer gibt es Kaffee, falls jemand eine Pause braucht.« Dann wandte sie sich an Wolfe. »Was hast du für mich, Shane?«

»Ah, ich bin froh, dass du zurück bist.« Wolfe wandte sich Emily zu. »Bitte hol mir einen Kaffee, ich schlafe gleich im Stehen ein.« Dann schaute er wieder zu Jenna. »Wir haben einen leichten Unterschied in den Blutspritzern beider Verbrechen gefunden.« Als Kane den Raum betrat, drehte Wolfe sich um. »Seht mal hier …« Er zeigte auf die Blutstropfen auf dem Boden und oben an der Decke. »Seht ihr den Bogen und das Muster der Blutspritzer? Das ist das Ergebnis eines stumpfen Gegenstandes, der wieder gehoben wurde, nachdem damit auf das Opfer eingeschlagen wurde. Gemäß Sandys Aussage können wir davon ausgehen, dass es sich um eine Taschenlampe handelt. Nachdem der Täter damit sein Opfer geschlagen hat, wurde sie in einem Bogen wieder gehoben. Beim zweiten Schlag wurde das Blut des Opfers aufgenommen und in einem Bogen verspritzt.«

Jenna starrte auf die Blutspuren und nickte. »Ja, das bedeutet, dass der Mörder die Waffe mehr als einmal über seinen Kopf gehoben hat.«

»Aber es gibt noch mehr.« Carter bewegte den Zahnstocher zwischen seinen Lippen und lächelte sie an. »Jetzt sehen wir uns an, wo Sandy angegriffen wurde.« Er führte sie über den Flur in das hintere Schlafzimmer. »Was siehst du hier?«

Warum brachte Carter sie dazu, sich wie eine Anfängerin zu fühlen? Jenna seufzte. »Ja, hier sieht es genauso aus. Sandy hat uns den Tathergang beschrieben. Worauf willst du hinaus, Carter?«

»Auf die Größe des Bogens, den die Blutspritzer bilden.« Kane trat neben sie. »Das beweist, dass wir es mit zwei Tätern zu tun haben.« Er zuckte mit den Schultern. »Ein Bogen ist Teil eines Kreises. Indem wir die Größe des Bogens bestimmen, können wir auf die Körpergröße des Mörders schließen. Es ist die Größe des Mörders mit ausgestrecktem Arm plus die Waffe.« Er demonstrierte es mit seinem Arm. »Das ist der Durchmesser des Bogens.«

»Das ist interessant.« Jenna betrachtete die Blutspritzer. »Also, wen brauchen wir, um diese Berechnungen anzustellen? Geometrie war noch nie meine Stärke.«

»Das habe ich bereits gemacht.« Rio zuckte mit den Schultern. »Sandys Angreifer war ungefähr ein Meter fünfundsechzig groß und der des Opfers gut ein Meter achtzig.« Er reichte Jenna seinen Notizblock mit den dazugehörigen Diagrammen. »Der Gewalt beim ersten Opfer und den zahlreichen Mordversuchen an Becky nach zu urteilen, suchen wir nach einem Mann und einer Frau, die sich für die Morde zusammengeschlossen haben.«

»Da ist noch etwas anderes.« Carter neigte seinen Kopf. »Der Rucksack des Opfers wurde von niemand anderem angefasst, aber er war geöffnet. Ich habe hineingesehen. Ihre Klamotten fehlen, genau wie in Laurie Turners Fall, und Webber hat oben einen Teil eines Pompons gefunden. Wir müssen uns das von ihren Eltern bestätigen lassen, aber ich denke, sie hatte ihre Pompons dabei. Könnten sie eine Art Trophäe sein?«

Das Letzte, was Jenna gebrauchen konnte, war noch ein Serienmörder – oder ein Serienmörderpärchen – in der Stadt. Sie presste ihre Lippen zusammen und überlegte für einen Moment. »Ja, ich bin derselben Meinung, und ihre Eltern haben erwähnt, dass sie ihre Pompons bei sich hatte.«

»Noch etwas.« Wolfe verengte seinen Blick. »Wenn wir Beckys Autopsie durchführen, werde ich mir zum Vergleich Sandys Röntgenbilder und Scans zuschicken lassen. Wir sollten in der Lage sein, in beiden Fällen die eingesetzte Kraft zu errechnen.« Er schaute zu Jenna. »Durch die Beweise, die wir hier und am Fundort von Laurie Turner gesammelt haben, können wir davon ausgehen, dass sowohl Laurie als auch Sandy von derselben Person verletzt wurden. Der Täter ist in beiden Fällen circa eins fünfundsechzig groß.« Er warf Jenna einen Blick zu. »Ich wäre hier so weit. Ich werde noch darauf warten, bis Webber mit den Mülltonnen fertig ist, dann bringe ich die Leiche in die Kühlzelle. Nach der Identifizierung durch die Eltern werde ich mit dem Team noch einmal bei Tageslicht herkommen, danach könnt ihr die Putzkolonne hierherschicken.«

Jenna nickte. »Okay, super.« Sie sah Rio an. »Vielen Dank, dass du geblieben bist.«

»War mir ein Vergnügen. Falls der Kaffee in einem To-go-Becher ist, würde ich mir einen für den Heimweg mitnehmen.« Rio trat zur Seite, als Jenna nach unten ging.

»Wir brechen auch gleich auf.« Jenna warf ihm einen Blick über die Schulter zu. »Wir fahren jetzt ins Krankenhaus, um nach Sandy zu sehen. Rowley kann vermutlich auch einen guten Kaffee vertragen.«

Nachdem Webber mit der Nachricht, im Müll nichts Interessantes gefunden zu haben, zu ihnen stieß, stellte Jenna den übrig gebliebenen Kaffee und das Essen zurück in die Schachtel. Sie lächelte still, als Kane sich ein Sandwich aus einer Tüte schnappte und zwei To-go-Becher mit Kaffee aus einer der Thermoskannen füllte. Sie nahm ihm den Kaffee ab und folgte ihm zu seinem Wagen. »Dir kann wirklich nichts den Appetit verderben, oder?« Sie stellte die beiden Kaffeebecher in die Halter am Armaturenbrett und sah Kane an.

»Manche Sachen schon.« Kane zog die Folie von seinem Pastrami-Roggen-Sandwich und biss seufzend hinein. »Aber wenn der Job einer gesunden Ernährung im Weg steht, ist es Zeit zu kündigen. Wenn man Stress hat, kann Essen sehr beruhigend wirken.« Er deutete auf das Sandwich. »Iss, das wird eine lange Nacht werden.«

Jennas Handy klingelte und sie starrte einen Moment auf den Namen auf dem Display. Es war Rowley. Ihr Herz schlug etwas schneller, als sie ihn auf Lautsprecher stellte. »Mit Sandy alles okay?«

»Ja, sie wird wieder.« Rowley klang erschöpft. »Die Babys auch. Sie hat eine Gehirnerschütterung und musste am Kopf mit sechs Stichen genäht werden und über dem Auge mit drei Stichen.« Er stieß ein langes Seufzen aus. »Ich werde heute

Nacht bei ihr bleiben. Meine Familie hat mir ein paar Sachen vorbeigebracht, aber jetzt habe ich sie nach Hause geschickt. Sandy darf noch keinen Besuch bekommen. Sie wollen, dass sie sich ein paar Tage ausruht.«

Jenna nickte. »Nimm dir so viel Zeit, wie du brauchst, Jake.« Sie schaute auf das Sandwich auf ihrem Schoß. »Wir kommen trotzdem kurz vorbei. Ich habe eine Thermoskanne mit heißem Kaffee und Sandwiches vom Aunt Betty's dabei, falls du Interesse hast?«

»O Junge. Ich bin am Verhungern. Vielen Dank. Ich komme runter, wir treffen uns vor dem Eingang. Bestimmt wollt ihr auch möglichst schnell Feierabend machen.«

Jenna warf Kane einen Blick zu. »Wir fahren jetzt los, lauf schon mal zum Eingang.« Dann legte sie auf. »Gott sei Dank, es geht ihr gut.«

»Ja.« Kane leckte sich die Finger ab, bevor er den Motor anwarf. »Das ist auch gut so, sonst hätten wir es jetzt mit einem Deputy zu tun, der auf Rache aus ist. Ich schätze, du solltest Jake trotzdem an der kurzen Leine halten. Wir Männer können nicht gut damit umgehen, wenn jemand die Frauen verletzt, die wir lieben.«

SECHSUNDDREISSIG

MITTWOCH

Es schien Jenna nie vergönnt zu sein, auszuschlafen. Als etwas in ihrem Schlafzimmer über den Boden kratzte, setzte sie sich kerzengerade auf, dann sprang etwas auf ihr Bett und Duke schleckte ihr Gesicht ab. »Igitt! Wie bist du denn hier reingekommen?« Sie schob ihn von sich, konnte aber nicht widerstehen, ihn hinter den Ohren zu kraulen, bevor sie nach einem Papiertaschentuch auf ihrem Nachttisch griff und sich das Gesicht abwischte.

»Du verletzt noch seine Gefühle.« Kanes Stimme klang gedämpft.

»Dave?« Sie blinzelte in das schummrige Licht. »Stimmt etwas nicht?«

»Ich wollte nur sehen, ob alles okay ist.« Kane steckte seinen Kopf durch die Tür. »Als du um acht Uhr noch nicht bereitgestanden hast, um zur Arbeit zu fahren, habe ich mir Sorgen gemacht und mich selbst reingelassen. Da du noch tief und fest geschlafen hast, habe ich einen Kaffee aufgesetzt.«

Verwundert schaute Jenna auf die Uhr auf ihrem Nachttisch. Ihre übliche Morgenroutine begann um sechs Uhr, wenn sie zusammen mit Kane die Pferde versorgte. Um zehn nach acht sollte sie schon auf dem Weg ins Büro sein. »Oh, verflixt. Tut mir leid, ich habe verschlafen.«

»Schon in Ordnung, Rio ist mit Maggie im Büro. Sie haben beide angenommen, dass wir heute Morgen schon etwas zu tun hatten. Und ich brauchte eh etwas Zeit, um die Akten auf den neuesten Stand zu bringen. Das wäre erledigt.« Kane kam mit zwei Tassen Kaffee ins Zimmer und stellte sie auf den Nachttisch. »Ich habe Rowley angerufen. Sandy wird wieder, aber sie ist noch etwas mitgenommen und wird ein oder zwei Tage lang im Krankenhaus bleiben müssen. Der Arzt will, dass sie sich ausruht. Rowleys Vater hat angeboten, sich um die Tiere zu kümmern und auf der Ranch zu bleiben, bis Sandy wieder zu Hause ist.« Er seufzte. »Ich habe Rowley gesagt, dass er sich so viel Zeit nehmen soll, wie sie brauchen. An den laufenden Ermittlungen darf er sich nicht mehr beteiligen, also kann er genauso gut bei Sandy bleiben und sich um sie kümmern.«

Erleichtert nickte Jenna, aber jetzt spürte sie ihre Kopfschmerzen. »Das sind gute Nachrichten.« Sie klopfte auf den Bettrand und lehnte sich zurück gegen die Kissen. »Setz dich. Warum hast du mich so lange schlafen lassen?«

»Du bist schon auf dem Weg nach Hause eingeschlafen, Jenna. Du hast dich noch nicht von deiner Kopfverletzung erholt und bist wahrscheinlich mit einer Gehirnerschütterung herumgelaufen. Mr Law hat dich ziemlich hart erwischt.« Kane setzte sich neben sie und berührte sanft den Bluterguss unter ihrem Auge. »Die Prellung in deinem Gesicht ist lila und ich weiß, dass sie wehtut. Eine Stunde mehr oder weniger wird bei der Ermittlung keinen Unterschied machen.« Er reichte ihr eine der Tassen. »Wir warten auf die offizielle Identifizierung des letzten Opfers. Rio hat bereits eine Presseerklärung aufgesetzt – sie ist allgemein gehalten und ich habe sie durchgewunken –, also wird sie bald ausgestrahlt werden. Er hat erwähnt, dass wir nach einem silberfarbenen GMC Pick-up suchen, und bittet den Besitzer, sich zu melden.«

Jenna nippte an ihrem Kaffee. »Viel Erfolg damit.« Sie nahm seine Hand und drückte sie sanft. »Danke fürs Einspringen. Ich schätze, ich brauchte die Ruhe. Mein Gesicht tut weh, und ich habe leichte Kopfschmerzen, aber ich fühle mich nicht, als hätte ich eine Gehirnerschütterung. Nur erschöpft. Bis jetzt war es eine grausame Woche.«

»Mit zwei Morden, die wir aufklären müssen ...« Kane lächelte reumütig. »Es wird noch schlimmer werden, bevor es wieder bergauf geht.«

»Scheint, als wäre Rio gerade noch rechtzeitig zu uns gestoßen.« Jenna trank ihren Kaffee aus. »Ich werde ihn auf unsere Verdächtigen ansetzen, um herauszufinden, wo sie gestern Abend waren.«

»Mhm ... Die meisten werden bei dem Festival gewesen sein.« Kane nippte an seinem Kaffee und starrte nachdenklich an die Wand. »Wyatt Cooper schien nach der Parade verschwunden zu sein, ich erinnere mich nicht, ihn bei einer der Gruppen in der Stadt gesehen zu haben. Ich denke, wir sollten da weitermachen, wo wir aufgehört haben, und seine Reaktion abwarten, wenn er erfährt, dass seine DNA an Lauries Fundort gefunden wurde.«

Widerwillig ließ Jenna seine Hand los und seufzte. »Wir können ihm nichts von der Unterhose sagen, diesen Teil der Beweise möchte ich gerne unter Verschluss halten. Das ist eine Signatur. Ich will nicht, dass sich irgendwelche Trittbretttäter einmischen.«

»Dann erzählen wir ihm nur von der DNA und beobachten seine Reaktion.« Kane stand auf und schaute auf sie herunter. »Ich mache Frühstück, während du unter die Dusche springst.« An der Tür hielt er inne. »Da wir heute zu der Autopsie müssen und danach noch Befragungen stattfinden, werde ich Duke heute zu Hause lassen. Ich glaube, ein Tag mit Pumpkin und den Pferden gefällt ihm besser, als den ganzen Tag im Büro herumzulungern.« Er rieb sich die Schulter und ließ seinen

Arm kreisen, als hätte er Schmerzen. »Carter hat vorhin angerufen. Er meinte, Jo will einen Ausflug mit Jaime machen. Sie will mit ihr zum Angeln. Ich schätze, das war ihre Art, uns daran zu erinnern, dass sie hier Urlaub machen.«

Jenna runzelte die Stirn. »Stimmt etwas nicht mit deinem Arm?«

»Vielleicht.« Kane überlegte einen Moment und sah aus, als wollte er ihr etwas sagen. »Ich werde Wolfe nach der Autopsie fragen, ob er sich das mal ansehen kann.« Er starrte an die Decke, als grübelte er darüber nach, was er sagen sollte. »Ich mache jetzt Frühstück.«

Doch anstatt das Zimmer zu verlassen, schnappte er sich den Notizblock auf ihrem Nachttisch und kritzelte darauf herum. Ein Hauch von Verärgerung huschte über sein Gesicht.

Ich bin mir sicher, dass mir ein Chip verpasst wurde, und ich glaube, er bewegt sich. Nach meinem letzten Auftrag habe ich einen rausgeschnitten. Vermutlich haben sie ihn an einer schwerer zu erreichenden Stelle ersetzt, als ich angeschossen wurde. Die Chips verfolgen nicht nur meinen Standort, sondern zeichnen auch jedes Wort auf. Falls da tatsächlich einer ist, will ich ihn loswerden. Wenn sie mir jetzt noch nicht vertrauen, werden sie es nie tun.

Gleichzeitig verärgert und verblüfft schluckte Jenna schwer, nahm ihm den Stift ab und schrieb eine Antwort.

Wenn du einen Chip hast, vertrauen sie mir ebenso wenig. Ich werde Wolfe bitten, auch mich zu untersuchen. Wie kann er das feststellen?

Sie reichte Kane den Notizblock zurück und rieb sich die Schulter, tastete sie nach einer Erhebung ab.

Kane schrieb schnell.

Er kann uns mit einem Scanner abtasten. Als du untergetaucht bist, haben sie dich bestimmt gechippt, um zu wissen, wo du bist, falls der Kontakt verloren geht.

Verärgert nickte Jenna und formte »Okay« mit ihren Lippen, bevor sie leise im Badezimmer verschwand.

Nach dem Frühstück stand sie eine Zeitlang draußen, atmete die frische Luft ein und ließ sich von Herbstduft einlullen. Als eine angenehme Brise durch ihr Haar wehte, blickte sie über das Gelände und wandte sich den Bergen zu. Sie genoss den friedlichen Anblick, die Ruhe und Gelassenheit abseits ihres hektischen Jobs. Ihr Zuhause bot ihr das Beste aus beiden Welten. Das war der Grund, weshalb sie diese Ranch gekauft hatte. Seit Kanes Ankunft hatte sich alles verändert. Abgesehen von seinen Fähigkeiten als Verbrechensbekämpfer schien er auch zu so ziemlich allem anderen in der Lage zu sein. Die Ranch war gestrichen worden, die riesigen Räume und der Keller hatten sich in ein Fitnessstudio mit Whirlpool verwandelt. Überall wurden Renovierungen vorgenommen, an den Ställen, den Gehegen. Alleine wäre sie nie in der Lage gewesen, das alles zu tun – es tat gut, einen Mann bei sich zu haben. Sie lächelte ihn an und stieg in den Wagen. »Weißt du, an dem Tag, als wir uns kennengelernt haben, dachte ich, du wärst geschickt worden, um mich zu töten. O Mann, wo waren meine Instinkte an dem Tag nur geblieben? Die darauffolgenden Jahre waren wie eine Achterbahnfahrt, aber ich würde nichts an dem, was wir zusammen erlebt haben, ändern wollen.«

»Na ja, ich hätte auf die Verletzungen verzichten können.« Kane schenkte ihr ein strahlendes Lächeln. »Ich bin auch froh, hergekommen zu sein, die ganzen Morde und Gefahren mal außen vor. So konnte ich dich und das Team kennenlernen. Ich habe das Gefühl, hier meine Familie gefunden zu haben. Das hier ist mein Zuhause. Ich habe nicht vor, von hier wegzugehen, Jenna. Hier gehöre ich hin.«

Jenna lehnte sich zurück und seufzte. »Ich weiß, geht mir genauso.«

Blätter segelten auf den Asphalt hinab, als sie die ruhige Straße entlang Richtung Stadt fuhren. Jenna genoss die Aussicht, während Kane auf der Auffahrt zum Highway beschleunigte. Ohne Vorwarnung trat er auf die Bremse, was Jenna nach vorn in ihren Sicherheitsgurt schleuderte. Ein silberner GMC Pick-up hatte sie ausgebremst und die Front des Biests nur knapp verfehlt. Er kam leicht von der Straße ab und wirbelte Steine und Staub auf. Jenna starrte dem Fahrzeug hinterher, als es in der Ferne verschwand. »Idiot! Der legt es doch darauf an, einen Unfall zu bauen. Wenn er in dem Tempo durch die Stadt fährt, bringt er noch jemanden um. Passte der nicht zu dem Pick-up, der während des Mordes vor Rowleys Haus gesehen wurde? Schnapp ihn dir, Dave.«

»Nichts lieber als das.« Kane schaltete Blaulicht und Sirene ein, ließ den Motor aufheulen und flog nahezu über den Highway.

Die Straßendecke verwandelte sich in eine schwarze Schlange, die sich durch ein grünes Meer schlängelte, die anderen Fahrzeuge wurden zu Farbblitzen, als sie an ihnen vorbeirasten. Hin- und hergerissen zwischen Begeisterung und Angst klammerte sich Jenna an den Sitz. Sie versuchte, sich zu entspannen und den Geschwindigkeitsrausch zu genießen, doch eigentlich zog sie es vor, die Kontrolle zu behalten. Es hatte eine ganze Zeitlang gedauert, bis sie sich an Kanes Fahrweise gewöhnt hatte. Furchtlos, aber nicht tollkühn. Er bremste ab, um eine Kurve zu nehmen, und dann warf der starke Motor Jenna wieder zurück in ihren Sitz. Das Biest hatte sich in eine unaufhaltsame Rakete verwandelt.

Der Wagen wurde nicht ohne Grund das Biest genannt. Der Name beschrieb die Leistung und den Schutz, den er bot, sehr treffend. Bevor Kane nach Black Rock Falls gekommen war, war dieser Truck speziell zu seinem Schutz gebaut worden. Er war wie ein Panzer mit kugelsicheren Fenstern, und sein eigens entwickelter Motor wurde jedes Jahr aktualisiert, damit das Biest immer mit Höchstleistung lief. Der Wagen war in der Tat eine Rakete auf Rädern, und Kane konnte ihn mit verbundenen Augen auseinandernehmen und wieder zusammenbauen. Er lenkte ihn, als wäre er eine Verlängerung seiner selbst, was in Anbetracht des Gewichts und der Leistung des Fahrzeugs viel Geschick erforderte. Sie selbst hatte ihn wenige Male gefahren, und es fühlte sich an, als würde man mit einem schwarzen Panther ringen. Aus Angst, ihn zu beschädigen, war sie wie ein Teenager bei der ersten Fahrstunde gefahren und hatte erst viel später herausgefunden, dass er sogar einer Bombe standhalten konnte.

Als sie an einem LKW vorbeiflitzten, klammerte sich Jenna fester an ihren Sitz. Als sie die anderen Fahrzeuge mit einem Summen überholten, wagte sie einen Blick auf den Raser. Sie fuhren beinahe zweihundertvierzig Kilometer pro Stunde, und der silberne Pick-up vor ihnen gab alles. »Können wir ihn einholen?«

»Oh, klar.« Kane grinste. »Wir fahren mit Nitro. Noch schneller, und wir würden fliegen.« Er lachte. »Vertrau mir, die Aufrüstungen, an denen ich zusammen mit Wolfe in unserer Freizeit arbeite, lassen sogar die Fahrzeuge in Actionfilmen blass aussehen.«

Als sie auf Augenhöhe mit dem silbernen GMC waren, schaute ein Mann mit wildem Blick aus dem Fenster. Jenna schnappte ungläubig nach Luft. »Das ist Law. Er muss auf Kaution draußen sein. Warum fährt er wie ein Wahnsinniger?«

»Wie kann er überhaupt fahren?« Kane starrte das Fahrzeug an. »Ich dachte, so hart, wie du ihn getreten hast, hättest du ihn ins Krankenhaus befördert.«

»Offensichtlich war es nicht hart genug.« Jenna griff nach

dem Lautsprechermikrofon. »Fahren Sie sofort rechts ran, sonst werden wir Sie rammen. Sofort, Mr Law. Sie können nicht entkommen.«

Das Auto fuhr zur Seite und hüpfte und schlitterte über den Dreck neben der Fahrbahn. Nachdem sie hinter ihm zum Stehen gekommen waren, stieg Jenna aus und zog ihre Waffe. Sie gab jedem die Gelegenheit, freundlich behandelt zu werden, aber da ihr Gesicht immer noch von dem Schlag schmerzte, den er ihr verpasst hatte, hatte dieser Mann seine Chance vertan. »Hände dahin, wo ich sie sehen kann.« Sie näherte sich der Fahrertür. »Tragen Sie eine Waffe bei sich?«

Die Wagentür flog auf, und Law stürmte wie ein Tornado heraus und schwang seine Fäuste. Jenna duckte sich weg, und seine Knöchel streiften ihren Scheitel. Als sie sich umdrehte, sah sie das Sonnenlicht in dem Messer aufblitzen, das er gezogen hatte. Sie hob ihre Waffe und zielte, aber Kane trat in die Schusslinie und platzierte sich zwischen sie und die Klinge. Im nächsten Augenblick stürzte Law sich auf ihn, er fuchtelte mit dem Messer durch die Luft, als wäre er sich der Tatsache, dass sie beide bewaffnet waren, überhaupt nicht bewusst.

»Na, willst du das hier?« Zorn blitzte in Laws Augen auf. »Ich werde dich von oben bis unten aufschlitzen.«

Beim nächsten Wimpernschlag hatte Kane das Messer aus Laws Hand geschlagen. Es ertönte ein Grunzen, gefolgt von einem Klatschen, das beinahe wie ein Schuss klang. Jenna hielt ihre Waffe weiter auf Law gerichtet. Der plötzlich unterlegene Mann bekam große Augen, als er mit der Wange gegen seinen Wagen gedrückt wurde.

»Hände hinter den Rücken, Law.« Kane zerrte Laws Hände nach hinten und legte ihm Handschellen an.

Jenna starrte auf das Jagdmesser, das funkelnd auf der Straße lag, und dann wieder zurück zu Law. Er hatte in einer Sekunde des Wahnsinns entschieden, sie und Kane wegen eines Strafzettels für zu schnelles Fahren aufzuschlitzen.

»Er hat mich geschlagen.« Law warf Kane einen verächtlichen Blick zu und rieb seine gerötete Wange an seiner Schulter. »Sie haben es gesehen. Das ist Polizeigewalt.«

»Es wäre mein gutes Recht gewesen, Sie zu erschießen, weil Sie den Sheriff mit einem Messer angegriffen haben, aber dann dachte ich mir, machen wir es lieber Auge um Auge.« Kane lächelte ihn an. »Wie fühlt es sich an, eine Ohrfeige zu bekommen, hm? Ich habe Sie nur so behandelt, wie Sie Ihre Frau behandeln. Jetzt wissen Sie, wie es sich anfühlt, von jemandem, der größer ist als man selbst, eingeschüchtert und geschlagen zu werden. Ich bin mir sicher, dass Sie noch viel mehr über Angst lernen werden, wenn Sie im Gefängnis sitzen. Die meisten dort haben nichts für Männer übrig, die Frauen prügeln.«

Jenna las Law seine Rechte vor. »Ich verhafte Sie wegen Gefährdung des Straßenverkehrs, eines bewaffneten Angriffs auf eine Polizistin und Widerstands gegen die Festnahme.« Dann zog sie ihr Handy hervor und rief Rio an. »Wir sind auf dem Highway, etwa acht Kilometer südlich der Stadt. Du musst herkommen und einen Häftling abholen.« Sie beendete das Telefonat und schaute zu Kane. »Rio ist auf dem Weg.« Sie lehnte sich in Laws Wagen hinein und schnappte sich die Schlüssel. »Auf den Rücksitz mit Ihnen, Mr Law. Dort können Sie auf Ihr Taxi warten.« Sie wartete, bis er hineingeklettert war, dann verriegelte sie die Türen.

»Wir hätten ihn auch in die Stadt bringen können.« Kane verengte die Augen.

Jenna schüttelte den Kopf. »Wahrscheinlich hätte er uns angespuckt oder versucht, mir von hinten eine Kopfnuss zu geben.« Sie schaute zu dem Mann, der jetzt in Handschellen auf der Rückbank seines Wagens saß. »Er muss irgendwas genommen haben. Niemand ist dumm genug, zwei bewaffnete Polizisten anzugreifen.«

»Ich frage mich, warum er es so eilig hatte.« Kane starrte auf seine Stiefel hinunter. »Er muss gestern am späten Abend auf

Kaution freigekommen und nach Hause gefahren sein. Warum ist er zurück nach Black Rock Falls gekommen? Er hatte eine Verfügung, sich seiner Frau nicht wieder zu nähern.«

Jenna schüttelte den Kopf. »Das werden wir herausfinden.« Sie wartete, bis er ihrem Blick begegnete. »Warum bist du in meine Schusslinie getreten und hast dich zwischen mich und das Messer gestellt?«

»Nachdem du dem Schlag ausgewichen bist, warst du aus dem Gleichgewicht.« Kane zuckte mit den Schultern. »Er hätte auf dich eingestochen, bevor du richtig hättest zielen können. Ich habe dir nur den Rücken freigehalten.« Er bedachte sie mit einem langen Blick. »Ich habe ihn mit der nötigen Kraft unschädlich gemacht. Und du wolltest sicher genauso wenig wie ich, dass er stirbt. Er verdient es, seine Zeit im Gefängnis abzusitzen. Das dürfte seine Einstellung zum Leben und sein Verhalten gegenüber Frauen grundlegend verändern.«

SIEBENUNDDREISSIG

Er hatte sich die ganze Nacht herumgewälzt, das Internet nach Antworten durchforstet und schließlich auf der Schulwebsite das gefunden, was er brauchte. Es war eine Biografie von Dr. Bob Turner, dem Seelenklempner, den die Schule eingestellt hatte, um die Köpfe der Schüler zu reparieren, und zufällig war er Lauries Pa. Der Artikel richtete sich sowohl an Eltern als auch an Schüler und versprach absolute Vertraulichkeit in jeder Hinsicht. Becky Powells Tod war überall in den Nachrichten, nicht ihr Name, aber die Tatsache, dass in der Stadt die Leiche einer Schülerin gefunden worden war. Sein Frühstück bekam er nicht runter, also ging er zurück in sein Zimmer. Er las den Artikel wieder und wieder. Dann ging er zur Schule und steuerte sofort das Büro von Dr. Turner an. »Ich möchte gerne mit Dr. Turner sprechen.«

»Du bist nicht verpflichtet, einen Grund oder deinen Namen zu nennen ... Na ja, zumindest nicht mir gegenüber.« Die Frau hinter dem Schreibtisch betrachtete ihn von oben bis unten. »Wenn es dir nur um eine Ausrede geht, um schlechte Noten zu rechtfertigen, wird er dir nicht helfen.«

Er rieb sich den Nacken und bemühte sich um eine Erklärung. »Ich hatte wirklich schlimme Albträume in letzter Zeit. Ich möchte einfach nur mit jemandem darüber sprechen.«

»Oh, natürlich.« Sie nahm den Telefonhörer ab und unterhielt sich mit gesenkter Stimme mit jemandem, bevor sie wieder zu ihm aufschaute. »Heute muss dein Glückstag sein, er hat sofort Zeit für dich. Du kannst direkt reingehen. Die dritte Tür auf der linken Seite. Wenn du fertig bist, werde ich dir eine Genehmigung für den Termin ausstellen.«

Er nickte und versuchte, das Rumoren in seinem Magen zu verdrängen. War es Betrug an seiner Freundin, wenn er sich mit dem Doktor unterhielt? Turner durfte mit niemandem darüber reden, also war er auf der sicheren Seite. Niemand würde erfahren, dass er hier gewesen war, um mit ihm zu sprechen. Er klopfte an die Tür und trat ein. Anstatt auf einem Sofa saß der Doktor hinter einem Schreibtisch und schaute ihn über seine Brillengläser hinweg an.

»Du hast schlecht geträumt?« Turner lehnte sich vor, verschränkte die Finger und legte seine Hände auf dem Schreibtisch ab. »Bitte nimm Platz.«

»Nein, das habe ich nur gesagt, damit ich herkommen und mit Ihnen sprechen kann.« Er ließ sich auf den Stuhl fallen. »Nichts, was ich hier sage, verlässt diesen Raum, nicht wahr?«

»Das ist korrekt, ärztliche Schweigepflicht, aber um sie dir gewähren zu können, brauche ich deinen Namen.« Turner runzelte die Stirn. »Was liegt dir auf dem Herzen?«

Er nannte seinen Namen und wählte seine nächsten Worte mit Bedacht. Er hatte sich eine Geschichte über ein paar Freunde ausgedacht und erzählte, dass er sie für ein bisschen verrückt hielt, weil sie davon sprachen, Mädchen umzubringen. Als der Doktor Fragen stellte, erzählte er ihm, was auch in den Zeitungen gestanden hatte, aber alle anderen Details ließ er aus. Er sagte, dass er Angst um sein Leben hätte, weil seine

Freunde versuchen könnten, ihn zu töten, wenn sie erfuhren, dass er sie angeschwärzt hatte.

»Nun, solange du mir keine Namen nennst, schwärzt du auch niemanden an. Aber da meine Tochter Laurie ermordet wurde, würde alles, was dem Sheriff helfen könnte, die Täter zu fassen, streng vertraulich behandelt werden.« Er sah unbeeindruckt aus, als er über den Mord an seiner Tochter sprach, als wäre das etwas ganz Alltägliches. »Sie war Cheerleaderin, genau wie ihre Mutter. Sie haben zusammen trainiert, aber ich war froh, als meine Frau uns verlassen hat. Ich wollte, dass Laurie mit dem Cheerleading aufhört. Ich wollte nicht dabei zusehen, wie sie sich wie irgendeine Hure zur Schau stellt.«

Verblüfft starrte er Turner an. »Soll das heißen, Sie finden, dass sie es verdient hatte, ermordet zu werden?«

»Nein, natürlich nicht.« Turner ballte seine Hände auf der Schreibtischplatte zu Fäusten. »Sagen wir einfach, sie hat die Aufmerksamkeit der falschen Leute auf sich gezogen. Footballspieler machen nur Probleme, und sie wusste, welches Risiko sie einging.«

Er rieb sich das Kinn. Das lief nicht, wie er erwartet hatte. Der Doktor war überhaupt keine Hilfe. »Die Footballspieler sind ganz okay. Sie wäre sicherer gewesen, wenn sie einen Freund gehabt hätte.«

»Einen Freund?« Turner lehnte sich in seinem Stuhl zurück. »Sie war sechzehn. Das ist zu jung, um sich mit irgendwem einzulassen. Ich habe ihr gesagt, dass es nur Ärger gibt, wenn sie mit Wyatt Cooper ausgeht.«

»Also, können Sie mir helfen?« Er beugte sich über den Schreibtisch. »Sie haben gestern wieder gemordet. Gestern Abend. Es war eine weitere Cheerleaderin.«

»Woher kennst du Einzelheiten zu dem Mord, wenn du nichts damit zu tun hattest?« Turners übergekämmte Halbglatze verlor eine Strähne, die wie eine Fliege im Honig an einer schwitzigen Augenbraue hängen blieb. »Hast du meine Tochter umgebracht? Oder hängst du auf irgendeine Weise in der Sache mit drin?«

»Nein! Ich habe Laurie nicht getötet. Ich rede von gestern Abend. Hören Sie mir nicht richtig zu?« Unwohlsein überkam ihn. »Ich bin hergekommen, weil ich Hilfe brauche. Sie sollen mich nicht verhören, als wären Sie einer der Cops. Ich habe Angst um mein Leben, Mann. Wenn die wüssten, dass ich hier bin, würden sie mich umbringen.«

»Ich weiß, dass du dabei warst.« Turner funkelte ihn an. »Du musst involviert sein, wenn du Einzelheiten kennst. Ich kann dir nur helfen, wenn du mir die Wahrheit sagst.«

Panik überkam ihn. »Ich war dort, aber ich habe niemanden umgebracht.«

»Selbst wenn du so unschuldig bist, wie du behauptest, und auch wenn du um dein Leben fürchtest, wird dir der Sheriff in dem Fall nicht helfen können. Du würdest wegen Beihilfe zum Mord angeklagt werden ... allein aus dem Grund, dass du dabei warst und nichts dagegen unternommen hast.« Turner zog ein gefaltetes Taschentuch aus seiner Tasche und tupfte sich das Gesicht ab. »Also, wenn du meinen Schutz willst, musst du reinen Tisch machen und mir alles erzählen.«

»Das war alles, was ich Ihnen erzählen kann.« Er wollte aufstehen, aber Turner hob eine Hand, um ihn aufzuhalten. Er starrte ihn an. »Warum wollen Sie mich noch hierbehalten? Sie haben mir überhaupt nicht geholfen. Jetzt denken Sie bloß, dass ich etwas mit Lauries Mord zu tun habe.« Er atmete tief ein. »Glauben Sie, wenn ich etwas damit zu tun hätte, wäre ich hergekommen, um es ihrem Vater gegenüber zu gestehen? So dämlich bin ich nicht. Ich hätte nicht herkommen sollen. Ich kann die anderen nicht beim Sheriff verpfeifen. Wenn einer von ihnen herausfindet, dass ich hier war, bin ich so gut wie tot. Ich brauche Ihre Hilfe.«

»Okay. Wenn du gestern mit diesen Jungs zusammen warst,

als sie das Mädchen umgebracht haben, aber nicht daran teilgenommen hast, kann ich dir helfen, schätze ich.« Turner war sichtlich um Fassung bemüht, sein Mund verzog sich zu einer Grimasse. »Tatsächlich könnte ich dir ein Alibi verschaffen.« Er räusperte sich. »Je nachdem, wie sehr du kooperierst. Du musst verstehen, dass Sheriff Alton mich ebenfalls auf ihrer Liste der Verdächtigen hat. Die Eltern sind immer die ersten Verdächtigen, und sie hört nicht auf, mich zu belästigen.«

»Okay.« Er ließ den Kopf hängen. Er wollte seine Beteiligung an den Morden nicht zugeben, aber Dr. Turner hatte ihm soeben einen Rettungsring hingeworfen. »Meine Freunde haben mir erzählt, dass sie gestern Abend ein weiteres Mädchen ermordet haben, in einem Haus in der Nähe der Main Street.« Er hob seinen Kopf. »Bei dem, was sie mir erzählt haben, ist mir ganz schlecht geworden, also musste ich mit jemandem darüber reden.«

»Gibt es noch etwas, woran du dich erinnerst? Alles, was du über Laurie erzählt hast, stand auch in den Nachrichten. Um deine Behauptung zu bestätigen, müsstest du etwas wissen, das nur die Mörder wissen können. Zum Beispiel den Zeitpunkt des Todes. Diese Information ist ausschlaggebend, wenn man ein Alibi haben möchte.«

Er fuhr sich durchs Haar. »Ich werde darüber nachdenken und mich dann wieder melden.«

»In Ordnung.« Turners Blick hellte sich auf. »Ich werde dir meine Nummer geben, und wenn es nötig werden sollte, nennst du mir die Zeit und ich werde behaupten, dass du bei mir warst.« Er schaute ihn durchdringend an. »Erzähl mir alles, woran du dich erinnerst, und ich werde dich schützen. Aber im Gegenzug musst du mir auch den Rücken freihalten. Wenn ich sage, dass du zum Zeitpunkt der Morde oder zu jeder anderen Zeit, die ich dir nenne, Sitzungen bei mir hattest, dann musst du das bestätigen. Haben wir uns verstanden?«

»Ja, alles, was Sie sagen, Doktor.« Er lächelte Turner an. Er hatte ihn am Haken. Nur am Rande hatte er erzählt, was geschehen war, und das ganze grausame Zeug weggelassen. »Sie meinten, dass sie sie erwürgt und dann einen ihrer Pompons mitgenommen haben.«

ACHTUNDDREISSIG

Nachdem sie alle Hilfsangebote abgelehnt hatte, brachte Jenna die Dokumente für einen Haftbefehl gegen Law zu dem Richter. Dann ging sie los, um sich mit dem Staatsanwalt zu unterhalten. Während der kurzen Befragung von Mr Law hatte sie erfahren, dass er am Vortag entlassen worden war und unterwegs gewesen war, um nach seiner Frau zu suchen. Er hatte zugegeben, Drogen genommen zu haben. Dr. Brown hatte vorbeigeschaut und eine Blutprobe entnommen. Law würde bald ins Bezirksgefängnis überführt werden und dort vermutlich bis zu seiner Anhörung festsitzen.

Als sie zum Sheriff's Department zurückkehrte, war es bereits um die Mittagszeit. An der Eingangstür begegnete sie Kane und Rio mit Schachteln vom Aunt Betty's. Lächelnd ging sie ins Gebäude voran. »Kommt in mein Büro, damit wir alle auf den neusten Stand bringen können, bevor wir zu der Autopsie fahren.«

Sie betrachtete das Whiteboard und stellte fest, dass Rio am Vortag, nachdem sie gegangen war, noch alles aktualisiert hatte. Aber auch wenn er eine große Hilfe war, vermisste sie Rowley.

Nachdem sie heute Morgen hier eingetroffen war, hatte sie sich bei ihm gemeldet. Es hatte ein wenig Überzeugungsarbeit gekostet, aber sie hatte darauf bestanden, dass er bei seiner Frau blieb, bis sie sich erholt hatte. Sie seufzte. Obwohl es Sandy gut ging, hatte der Fall einen fiesen Beigeschmack bekommen, weil sie in einen Mordfall involviert worden war. Es erweckte den Anschein, als würde der Mörder – oder als würden die Mörder – vor nichts haltmachen, um ihr Verlangen nach Mord zu stillen.

»Was geht dir durch den Kopf?« Kane schob ihr eine Tüte und einen Kaffeebecher über den Schreibtisch zu.

Jenna linste in die Tüte. Sie hatte schon lange keinen Bagel mit Frischkäse mehr gegessen, und der Anblick entlockte ihr ein Lächeln. Kane brachte ihr immer etwas Leckeres vom Aunt Betty's mit. Sie zog den Bagel heraus, biss hinein und kaute langsam, während sie überlegte, was als Nächstes anstand. Sie brauchte ein Update von Rio. »Irgendwelche Anrufe zu dem silbernen GMC?«

»Ein paar, ich habe alle nachverfolgt.« Rio lehnte sich in seinem Stuhl zurück. »Es waren alles Nachbarn von Leuten, die ein ähnliches Fahrzeug besitzen und in der Stanton Road leben. Aber alle Besitzer waren zu Hause oder haben sich das Feuerwerk angesehen. Es ist ein beliebtes Modell, und wir werden zu zahlreichen Sichtungen kontaktiert.«

Unfähig, den Vorfall mit Mr Law an diesem Morgen zu verdrängen, starrte sie auf die geöffnete Akte auf ihrem Computerbildschirm. »Law wurde gestern Abend entlassen und besitzt einen silbernen GMC. Er neigt zu Gewalt. Woher wissen wir, dass er nichts mit den Morden zu tun hat?«

»Er ist im Rahmen der Ermittlungen nicht als Verdächtiger aufgetaucht.« Kane zuckte mit den Schultern. »Und er passt nicht ins Profil.«

»Ich versuche, über den Tellerrand hinauszublicken, Dave.« Jenna sah Rio an. »Überprüf ihn, während wir bei der Autopsie sind, und danach statten wir den Personen auf unserer Liste einen Besuch ab. Mal sehen, wo sie sich zum Zeitpunkt der Morde aufgehalten haben. Die meisten sind Schüler der Highschool, aber wir dürfen Cory Hughes nicht vergessen. Er steht ganz weit oben auf meiner Liste der Verdächtigen.«

»Klar, aber ich schätze, die meisten der Heranwachsenden waren in der Stadt beim Festival.« Er biss von seinem Sandwich ab und spülte es mit einem Schluck Kaffee herunter. »Ich habe mich zu den Medaillons an den Cowboystiefeln schlaugemacht. Diese Art von Stiefeln sind sehr beliebt, aber eine Sache ist mir besonders ins Auge gestochen: Sie sind Teil des Cheerleader-Kostüms.« Er legte sein Sandwich ab, um ein Foto auf seinem Handy zu öffnen. »Sieh dir dieses Gruppenbild an, sie haben alle diese Medaillons. Ich schätze, Sandy das zu zeigen, steht außer Frage?«

Jenna nickte. »Ja, ich will sie nicht noch mehr stressen. Wir werden mit ihr sprechen, sobald der Arzt sein Okay gibt. Aber im Moment muss sie sich noch schonen.« Sie überflog das Whiteboard erneut. »Auch die Cheerleaderinnen sind Teil unserer Ermittlung. Konzentrieren wir uns auf Verna Hughes, sie passt ins Profil und könnte etwas damit zu tun haben. Vielleicht auch Marlene Moore. Sie sind beide Cheerleaderinnen und passen ins Profil.« Sie wandte ihre Aufmerksamkeit Kane zu. »Irgendwas Neues von Carter zu Stan Williams?«

»Wenn ich es richtig verstanden habe, hat Carter Agent Josh Martin von der Taskforce für Kindesmissbrauch und Menschenhandel kontaktiert und die Akten und unsere Berichte weitergeleitet.« Kane zuckte mit den Schultern. »Du weißt, wie sie arbeiten. Sie rennen nicht sofort los, um ihn zu verhaften. Sie haben ein ganzes Team, das daran arbeitet, den gesamten Pädophilenring auffliegen zu lassen. Es braucht Zeit, aber sie haben es nicht auf eine einzelne Ratte abgesehen. Sie wollen das ganze verdammte Nest.«

Jenna und Kane kamen um kurz nach halb zwei im Büro der Rechtsmedizin an. Nachdem sie Wolfe auf ihre übliche Weise begrüßt hatten, schaute Jenna überrascht dabei zu, wie Kane Wolfe einen Zettel reichte, den dieser mit hochgezogenen Augenbrauen las. Jenna sah zwischen den beiden hin und her und folgte ihnen in Wolfes Büro. Ohne ein Wort zu sagen, holte Wolfe ein Gerät aus einer Schublade und richtete sich wieder auf. »Ich muss noch etwas erledigen, bevor wir mit der Autopsie loslegen können. Ihr könnt hier warten. Bedient euch gerne am Kaffee.« Er reichte Kane das Gerät und verließ den Raum.

»Es fühlt sich an, als würden wir beim Zahnarzt im Wartezimmer sitzen.« Kane deutete ihr an, sich gerade hinzustellen, und fuhr mit dem Scanner über sie. Dann hielt er ihn ihr hin und zeigte ihr das Ergebnis.

Verblüfft sah sie, dass sie einen Peilsender unter der Haut hatte, und zog eine Grimasse. Dann nahm sie Kane den Scanner ab und bewegte ihn über seine Schulter. »Mir hat der Zahnarzt nie etwas ausgemacht.« Sie zeigte ihm den Befund und beobachtete seine Reaktion. Er kochte innerlich.

»Warum setzt du nicht einen Kaffee auf? Ich könnte wirklich einen vertragen.« Er nahm seinen Notizblock hervor und kritzelte eine Nachricht darauf.

Laut dem Scanner zeichnet nur meiner Ton auf. Geh und erzähl es Wolfe, er weiß, was zu tun ist.

Jenna nickte. »Koch du den Kaffee. Ich muss mal für kleine Mädchen.« Sie ging in den Flur und sah Wolfe an der Wand lehnen. Mit ernster Miene ging sie zu ihm. »Nur Daves Chip zeichnet den Ton auf. Sie dürfen nicht mitbekommen, dass du sie entfernst. Sonst wissen sie, dass wir davon wissen.«

»Sie hätten es wenigstens mir erzählen sollen.« Wolfe zog

die Augenbrauen zusammen. »Keine Sorge, es gibt einen Weg, sie loszuwerden. Zuerst zerstören wir sie, und dann können sie entfernt werden. Sie werden nicht wissen, dass ich etwas damit zu tun habe.«

Jenna strich sich die Haare aus dem Gesicht und seufzte. »Er ist wütend. Was kannst du heute noch dagegen unternehmen?«

»Am einfachsten ist es mit einem starken Magneten.« Wolfe rieb sich den Nacken. »Es kommt ein bisschen darauf an, wie fortschrittlich der Chip ist, und es kann sein, dass die Schaltkreise so nur ein paar Sekunden gestört werden.« Er grübelte einen Moment. »Gib mir sieben Minuten, um etwas vorzubereiten, dann kommt in Untersuchungsraum zwei. Die Autopsie wird in Zimmer drei stattfinden. Bring ihn ohne sein Hemd in die Nummer zwei, dann erzähle ich etwas darüber, dass ich Metallsplitter mit einem Magneten aus der Leiche entfernen muss. Dann werden sie mit Störungen rechnen und wir haben Zeit, seinen Chip zu entfernen, bevor wir uns um deinen kümmern.«

Jenna nickte und schrieb Kane eine Textnachricht, in der sie den Plan erklärte. Dann drückte sie auf Senden. »Okay, wie sehr wird das wehtun?«

»Das kommt darauf an, wie tief er sitzt, aber ein paar Stiche werden es schon werden.« Wolfe neigte den Kopf. »Du bist nicht misstrauisch, oder? Du weißt, dass ich euch über diesen Chip nicht tracken kann. Deshalb habe ich jedem von euch ja einen persönlichen Tracker gegeben. Dein Tracking-Ring ist genau wie bei den anderen Teammitgliedern auch der einzige direkte Kontakt zu euch habe.«

»Nein, ich will nur, dass er entfernt wird.« Jenna band ihre Haare mit dem Zopfband, das sie immer ums Handgelenk trug, zu einem Pferdeschwanz zurück. »Es ist nur der Gedanke, dass jedes Mal, wenn ich mit Dave zusammen war, jemand zugehört hat. Ich weiß von Annie, von seinem vergangenen Leben, und das macht mich zu einer Bürde.«

»In dem Augenblick, als du ihn als Agenten enttarnt hast, hat er um die Erlaubnis gebeten, dir aufgrund deines Status einige Details verraten zu dürfen.« Wolfe starrte über ihre Schulter in die Ferne, als würde er gründlich über seine Worte nachdenken. »Du wirst nie alles über sein Leben wissen oder über seine früheren Identitäten. Wenn man nach seinem Geburtsnamen sucht, findet man einen Autopsiebericht, einen Totenschein und ein Grab. Er würde dich niemals in Gefahr bringen, indem er über seine Missionen oder die Leute spricht, mit denen er damals gearbeitet hat. Ich bin nicht blind und weiß, dass ihr euch nahesteht, aber wenn ihr eine Beziehung in Betracht zieht, würde ich vorschlagen, dass ihr sie geheim haltet und du Fragen zu seiner Vergangenheit vermeidest. Er würde dir ohnehin nichts erzählen, weil du sonst das Interesse der Nationalen Sicherheit auf dich ziehen würdest.«

Jenna war bestürzt und schluckte schwer. »Also steht Heirat außer Frage? Wäre das ein zu großes Risiko für die Nationale Sicherheit?«

»Nicht unbedingt, wenn ihre in einem anderen County heiratet und euch zu einem Friedensrichter oder einem Richter im Ruhestand schleicht.« Wolfe beäugte sie aufmerksam. »Hat er dich gefragt, ob du ihn heiraten möchtest?«

»Nein, so weit sind wir noch nicht.« Jenna stieg die Hitze ins Gesicht. »Aber wir haben übers Kinderkriegen gesprochen, und ich weiß, dass er bei so etwas zur alten Schule gehört.«

»Genau wie ich.« Wolfe grinste. »Nun, wenn es so weit ist, werde ich alles in meiner Macht Stehende tun, um zu helfen.«

Jenna drückte seinen Arm. »Das ist gut zu wissen, aber diese Unterhaltung hat nie stattgefunden, in Ordnung?«

»Welche Unterhaltung?« Wolfe sah sie ausdruckslos an und zuckte mit den Schultern.

Jenna kicherte und deutete hinter sich auf Wolfes Büro. »Ich werde dich jetzt deiner Vorbereitung überlassen.«

Dann kehrte sie ins Büro zurück. Kane stand vor Wolfes Schreibtisch, auf dem er sein Jackett und das T-Shirt abgelegt hatte. Sie starrte ihn an, nahm all die Narben auf seinem Körper in sich auf und schüttelte dann bestürzt über das, was er während seines Dienstes hatte erleiden müssen, den Kopf. »Bevor er mit der Autopsie beginnt, will er uns noch sein neues Spielzeug zeigen, mit dem er Metall aus Muskelfleisch extrahieren kann. Das ist irgendeine Art Supermagnet.«

»Super.« Kane ging auf die Tür zu. »Sehen wir uns das mal an.«

Jenna bemühte sich um eine beiläufig klingende Konversation, während Wolfe Kanes Implantat funktionsuntüchtig machte und dann scheinbar ewig brauchte, um es zu entfernen. Das verfluchte Ding hatte sich in dem Muskel in Kanes Schulter eingenistet und war nicht sofort zu erkennen. Als der Chip endlich draußen war, zertrümmerte Jenna ihn mit einem Hammer, den Wolfe ihr gegeben hatte. Ein paar Stiche später hielt Kane einen Finger an seine Lippen. Er überreichte Wolfe den Scanner und deutete ihm an, ihn noch einmal zu überprüfen.

»Du bist sauber.« Wolfe lächelte ihn an. »Die Nähte müssen zehn Tage drinbleiben. Versuch, sie dir nicht aufzureißen. Du kannst mit dem Verband duschen, aber ich will dich morgen trotzdem zur Kontrolle hierhaben. Während des Eingriffs wurde der Chip beschädigt und könnte nachträglich in der Wunde noch Probleme machen.«

»Verstanden.« Kane wandte sich an Jenna. »Ich hole meine Klamotten und gebe dir etwas Privatsphäre.« Damit verschwand er durch die Tür.

Jenna zog sich ihr T-Shirt über den Kopf und wandte Wolfe den Rücken zu. »Er hat nicht einmal mit der Wimper gezuckt. Autsch!« Sie schnappte nach Luft, als die Nadel mit dem

Lokalanästhetikum ihre Haut durchbrach und sich ein kalter Schauer ausbreitete. »Vielen Dank für die Vorwarnung.«

»Tut mir leid, ich bin es nicht gewohnt, mit Patienten zu arbeiten, die sich beschweren können.« Wolfe gluckste. »Und die bekommen kein Anästhetikum.«

Jenna funkelte ihn über ihre Schulter hinweg böse an. »Ja, weil sie tot sind.«

»Vielen Dank für die Info.« Wolfe grinste. »Und jetzt halt still, das wird nicht lange dauern.«

Die Tür glitt auf und Emily stand mit großen Augen vor ihnen. Jenna schenkte ihr ein Lächeln. »Hallo, Em.«

»Was ist hier los?« Emilys Blick wanderte zurück in den Flur. »Dave ist gerade oben ohne an mir vorbeigelaufen, und jetzt auch du?«

»Das ist eine verdeckte Operation.« Wolfe zwinkerte seiner Tochter zu. »Unser angesehener Sheriff und ihr Deputy haben heute Morgen den Kampf gegen ein paar Dornen verloren. Es ist alles in Ordnung. Geh schon rüber und bereite die Leiche vor, wir beginnen mit der Autopsie, sobald ich hier fertig bin.«

»Dornen, hm?« Emily rümpfte die Nase und drehte sich um. »Schon klar, Dad.«

Jenna seufzte. »Es ist schwer, jemanden anzulügen, um ihn zu schützen, oder?«

»Nicht wirklich.« Wolfe klebte ein Wundpflaster auf ihre Schulter. »Das ist nur eine Art, in unserem Geschäft zu überleben.« Er reichte ihr eine Schale mit dem kleinen Peilsender. »Willst du ihm die Ehre erweisen?« Er folgte ihr zur Arbeitsfläche und wartete, bis sie das winzige Gerät pulverisiert hatte. »Ich werde die Teile noch in die Mikrowelle legen, nur um ganz sicherzugehen.«

Jenna zog ihr T-Shirt wieder an und wartete auf ihn. Dann ging sie den Weg zur Nische voran, in der Kane bereits wartete, und sie zogen sich alle Schutzkleidung, Maske und Handschuhe an. Sie bemerkte Kanes düstere Miene. »Geht es dir gut?«

»Das wird es, sobald ich die Tatsache verarbeitet habe, dass in den letzten paar Jahren alles, was ich gesagt habe, aufgezeichnet wurde.« In Kanes Augen blitzte Wut auf. »Ich hatte das Recht, davon zu wissen. Nach all den Jahren, in denen ich mein Leben für sie riskiert habe, ist es sehr ernüchternd, dass sie mir offenbar nicht vertrauen.«

NEUNUNDDREISSIG

In dem Untersuchungszimmer schien die Spannung um Kane förmlich zu knistern. Er brauchte eine Pause, und Jenna kannte genau den richtigen Mann dafür. Während Wolfe die Akten für den vorläufigen Bericht zu Becky Powell vorbereitete, schickte Jenna eine Nachricht an Ty Carter.

Wir sind bei der Autopsie des neuesten Opfers. Ich glaube, Kane könnte ein bisschen Ablenkung gebrauchen. Kannst du etwas organisieren?

Ein paar Sekunden vergingen, ehe ihr Handy eine eingehende Nachricht vermeldete. Jenna schaute auf das Display.

Nur für uns Jungs?

Ja. Ich werde in der Stadt bleiben und mich mit Jo kurzschließen.

Jo bleibt heute in Louan. Wenn wir einen Männerabend

machen, kann Dave bei mir übernachten. Ich rufe ihn später mal an. Überlass das ganz mir.

»War das etwas Wichtiges?« Kane gesellte sich an ihre Seite.

Jenna wich seinem Blick aus. Eine Lüge würde er sofort erkennen. »Nein, Jo fährt nach Louan und bleibt dort, das ist alles.«

»Alle bereit?« Wolfe linste sie über seine Maske hinweg an. »Gut. Vor uns liegt Becky Powell, sechzehn Jahre, weiß, braune Augen und braunes Haar. Gewicht und Größe liegen in dem ihrem Alter entsprechenden Durchschnitt. Gute körperliche Verfassung, genauere Details dazu werden im Bericht vermerkt. Ihre Leiche wurde heute Morgen um zehn Uhr offiziell von ihren Eltern identifiziert.« Er zeigte auf den Asservatenbeutel auf der Arbeitsfläche. »Ich habe das schwarze Klebeband von ihrem Mund entfernt und in der Mundhöhle eine Männerunterhose vorgefunden. Außerdem habe ich das Klebeband an ihren Handgelenken entfernt. Beide Proben wurden untersucht. Alle Spuren auf dem Klebeband stammen von Becky selbst, also muss derjenige, der sie damit gefesselt hat, Handschuhe getragen haben. Die DNA von der Unterhose passt nicht zu Wyatt Cooper, weshalb Bobby Kalo in eben diesem Augenblick die Datenbank durforstet.«

»Konnte der Todeszeitpunkt festgelegt werden?« Kane trat vor und betrachtete die Röntgenbilder.

»Ja, anhand der Körpertemperatur, der Leichenstarre und dem Grad der Blutgerinnung an der Kopfwunde, oder eher der fehlenden Gerinnung, habe ich meine Beobachtung bestätigt gesehen, dass sie innerhalb der fünfzehn Minuten vor ihrer Entdeckung gestorben sein muss.«

»Die Kopfverletzung auf dem rechten Bild scheint weniger ausgeprägt zu sein als die auf der linken Seite.« Kane deutete auf den Bildschirm. »Eigentlich sieht es nur auf dem Bild hier links nach einer offensichtlichen Verletzung aus. Könnte das auf einen Schlag mit der Faust hindeuten?«

»Dieses Röntgenbild gehört zu Sandy.« Emily zeigte auf das rechte Bild. »Wir haben ihre Bilder hinzugezogen, um sie vergleichen zu können, da wir vermuten, dass es sich um zwei Täter handeln könnte.« Sie hob beide Augenbrauen. »Ihr erinnert euch an die Diskussion über den Bogen der Blutspritzer?«

»Das tue ich in der Tat.« Kanes Lachfältchen um die Augen herum wurden deutlich sichtbar.

Jenna betrachtete die beiden Bilder. »Das würde bedeuten, dass die Verletzungen mit demselben stumpfen Gegenstand, aber mit unterschiedlicher Krafteinwirkung zugefügt wurden.«

»Ja, und deshalb haben sie zu einem anderen Ergebnis geführt.« Wolfe zeigte auf die spinnenwebartigen Risse auf dem Röntgenbild von Becky Powells Schädel. »Hier sehen wir ein massives Schädeltrauma. Eine Schädelfraktur, die zum Tod geführt hat. Es braucht erhebliche Krafteinwirkung, um einen solchen Schaden anzurichten. Innerhalb des Kraniums hat sich Blut angesammelt, also ist sie nicht sofort gestorben. Ich würde schätzen, dass der Täter hier zwei Schläge eingesetzt hat, also war es kein unkontrollierter Ausbruch wie bei Laurie Turner.« Dann wandte Wolfe sich Sandys Röntgenbild zu. »Hier sehen wir wahrscheinlich eine Gehirnerschütterung, die durch einen harten Schlag auf den Kopf verursacht wurde, der jedoch nicht zu einer Schädelfraktur geführt hat. Viele Leute sehen eine Gehirnerschütterung als nichts Schlimmes an, aber es ist eine traumatische Gehirnverletzung, die die Gehirnfunktion beeinträchtigt und Folgen nach sich ziehen kann. Deshalb behalten die Ärzte Sandy zur Überwachung im Krankenhaus.«

Ein wenig verwirrt schaute Jenna auf die Leiche von Becky Powell und den starken Bluterguss an ihrem Hals hinunter. »Also ist sie nicht durch die Strangulation gestorben?«

»Nein.« Wolfe hob die Augenlider des Mädchens an. »Keine Anzeichen für geplatzte Kapillargefäße in ihren Augen, und ihr Zungenbein ist intakt. Den Schürfwunden an ihrer Hüfte, den Knien und Ellbogen nach zu urteilen, würde ich sagen, dass sie sich gewehrt hat. Die Strangulation hat nicht zum Ziel geführt, also haben sie sie erschlagen.« Er zuckte mit den Schultern. »Ich werde sie öffnen, um zu bestätigen, dass der Schaden an ihrem Hals nur oberflächlich ist und nicht über einen längeren Zeitraum entstand. Mittig am Rücken hat sie eine Prellung. Ich würde sagen, der Mörder hat erfolglos versucht, die Überhand zu behalten, und dabei wahrscheinlich ein Knie eingesetzt.«

»Anzeichen auf sexuellen Kontakt?« Kane betrachtete die Leiche. »Ich sehe keine der üblichen Anzeichen für Vergewaltigung.«

»Nein.« Wolfe sah Jena an. »Es scheint kein Motiv für diesen Mord zu geben. Abgesehen von der Tatsache, dass beide Opfer Cheerleaderinnen waren, ist der Modus Operandi in beiden Fällen unterschiedlich. Die einzige Verbindung ist die Strangulation, na ja, in diesem Fall die versuchte Strangulation, und der Männerslip im Mund. Ohne den fiele es mir schwer, zu glauben, dass diese beiden Morde miteinander in Verbindung stehen.«

Jenna dachte einen Moment lang nach. »Es gibt noch eine Verbindung. Sie sind beide bei dem Mörder mitgefahren. Beckys SUV wurde bei der Bibliothek stehen gelassen, wir haben nur ihre Fingerabdrücke auf dem Fahrzeug gefunden und es war verschlossen, weshalb wir eine Entführung ausschließen können.« Sie blickte Kane an. »Die Mädchen kannten ihren Mörder und sind willentlich bei ihm eingestiegen. Niemand hat vor Rowleys Haus ein Mädchen nach Hilfe schreien hören, und die Anwohner stehen sich sehr nahe. Sie ist aus eigenem Antrieb in das Haus gegangen. Was würde eine junge Frau dazu bringen, nachts in irgendein fremdes Haus zu gehen?«

»Oh, das ist ziemlich leicht.« Emily schnaubte und stieß ein

Lachen aus. »Ein heimliches Date mit einem Kerl, vielleicht jemandem aus einer Sportmannschaft ... irgendein Athlet. Die meisten Mädchen in dem Alter würden über heiße Kohlen laufen, um einen attraktiven Sportler zu daten.«

»Das würde Sinn ergeben.« Kane schaute zu Wolfe. »Die Kraft, die bei den Angriffen eingesetzt wurde, entspricht nicht dem, was man bei zwei männlichen Tätern erwarten würde. Es gäbe sichtbare Prellungen und es wäre wahrscheinlicher, dass es eine Vergewaltigung gegeben hätte.«

»Genau aus diesem Grund tippe ich auf einen Täter und eine Täterin.« Wolfe deutete auf den Kopf des Opfers. »Dem Winkel nach zu urteilen, in dem ihr die Traumata zugefügt wurden, und aufgrund der Tatsache, dass es zwei unterschiedliche Angriffsweisen waren, tippe ich auf zwei Täter. Ich denke, Becky war auf den Knien und die Frau hat sie von hinten gewürgt. Doch Becky hat sich gewehrt, also konnte die weibliche Angreiferin sie nicht bändigen. Höchstwahrscheinlich hat sie dem Mann befohlen, sie zu töten.«

»Wir dürfen Stan Williams nicht vergessen.« Kane linste über seine Maske hinweg zu Jenna. »Er schien Cheerleaderinnen in seine Wohnung locken zu können, um Fotos von ihnen zu machen. Er steht noch unter Beobachtung des FBI, wurde bisher aber nicht verhaftet.«

»Ich kann ihn mir nicht als Mörder vorstellen.« Wolfe verengte die Augen. »Denkt mal darüber nach. Wenn er das Mädchen in Rowleys Haus gelockt und versucht hätte, sie dort zu erwürgen, sie sich aber gewehrt hätte, was wäre dann für gewöhnlich passiert?« Er warf Kane einen Blick zu. »Ein Mann hätte sie höchstwahrscheinlich mit der Faust bewusstlos geschlagen und sie dann erwürgt.« Er zuckte mit den Schultern. »Meiner Meinung nach kommt das hier einem Panikmord gleich. Beim ersten Mal ist alles wie am Schnürchen gelaufen. Seht euch den Vergleich an.« Er ging zu dem Computer und rief mehrere Bilder auf. Dann deutete er auf Laurie Turners

Hals. »Sie war gesichert, vermutlich von einem Sicherheitsgurt, und wurde von hinten mit einer schnellen, nach oben verlaufenden Bewegung angegriffen. Der Druck auf ihre Halsschlagader war stark genug, sodass sie nach etwa zehn Sekunden das Bewusstsein verloren haben muss. Dann hat der Mörder weiter Druck ausgeübt, ohne dass das Opfer sich wehren konnte. Dagegen ist der zweite Mord ein regelrechtes Chaos. Ich denke, die Täter sind Teenager, vermutlich im selben Alter wie die Opfer.«

»Das würde unsere Liste der Verdächtigen eingrenzen.« Jenna drehte sich um, als die Türen aufglitten und Colt Webber mit einem iPad den Raum betrat.

»Ich habe ein paar Ergebnisse.« Webber reichte Wolfe das iPad. »Die Spuren, die wir auf dem Kopfteil des Betts gefunden haben, passen zu denen, die am Fundort von Laurie Turners Leiche gefunden wurden. Und die blauen Fasern von der Treppe passen zu den Pompons der Cheerleaderinnen.«

»Wurden beide Proben als Speichel identifiziert?« Wolfe studierte die Ergebnisse.

»Nein.« Webber deutete auf den Bildschirm. »Die zweite Probe war Schweiß.«

Jenna lehnte sich gegen den Tresen und ging im Kopf das Szenario durch. »Sie haben auf dem ganzen Plastikbezug der Matratze Bleiche verteilt und sie dann draufgesetzt. Denkst du, dass sie versucht haben, sie auf dem Bett zu erwürgen?«

»Wie lange ist es her, dass ihr alle an der Highschool wart?« Emily schüttelte den Kopf. »Durch die verschiedenen Kopfverletzungen und Blutspritzer wissen wir, dass es zwei Täter gibt. Höchstwahrscheinlich war es in beiden Fällen Mord aus Rache oder sie sind nur auf den Nervenkitzel aus.« Sie atmete tief ein. »Diese Teenies haben gerade ein zweites Mal gemordet, und das heißt, es hat ihnen gefallen. Durch die Blutspritzer wissen wir, dass Becky mittig im Zimmer getötet wurde, dann wurde ihre Leiche zur Wand gezerrt und dort aufrecht hingesetzt. Sie sind jung, ihre Hormone drehen durch. Sie wollten, dass sie ihnen beim Rummachen zusieht.«

»Wie ein Siegestanz.« Kane starrte Emily an und schüttelte ungläubig den Kopf. »Sind Teenager wirklich so schonungslos?«

»Manche schon, aber meistens ist es der Druck der anderen, der sie dazu bringt, etwas zu tun, von dem sie eigentlich wissen, dass es nicht richtig ist.« Emily seufzte. »Heutzutage kommt es in der Schule nur noch auf die Clique an.«

Jenna verschränkte ihre Arme und seufzte. »Also dachte dieses arme Mädchen, dass sie ihr Traumdate bekommt, aber es war eine Falle.« In Gedanken rief sie die Gesichter der Jugendlichen auf, die sie befragt hatte. Wer von ihnen wäre dazu fähig, einen Mord zu begehen?

VIERZIG

Erschöpft von dem anstrengenden Tag ließ Jenna sich im Hauptbüro auf ihren Stuhl fallen und wartete auf Rios Bericht. Sie legte die Hände um ihre Kaffeetasse und betrachtete alle neuen Notizen auf dem Whiteboard. Die Ergebnisse von Wolfes Autopsiebericht hatte sie hinzugefügt. Sie winkte gerade Rio zu sich, als Kane hinter ihm eintrat und Platz nahm. »Okay, Zac, was hast du für uns?«

»Alle auf eurer Liste von Verdächtigen waren zum Zeitpunkt von Becky Powells Mord in der Stadt.« Rio zeigte auf das Whiteboard. »Ich habe hier alle Verdächtigen aufgelistet sowie alle, die sich daran erinnern, sie bei dem Festival gesehen zu haben. Ich musste es auf den Beginn und das Ende des Feuerwerks eingrenzen, weil mir niemand eine genaue Zeit nennen konnte. So erschien es mir logisch für alle, die unterwegs waren und das Festival genossen haben.«

Jenna nickte. »Das habe ich mir schon gedacht. Was ist mit der Bibliothek?«

»Ich habe mir die Aufnahmen der Kamera von gestern Abend angesehen, die den Außenbereich der Bibliothek filmt.« Rio reichte Jenna sein iPad. »Man kann sehen, wie Becky ankommt, parkt und zum Haupteingang geht. Wenn man vorspult, kann man nach etwa fünf Minuten eine Bewegung am Notausgang ausmachen. Ein nicht zu identifizierendes, helles Fahrzeug fährt weg, ohne Licht, und obwohl ich das Bild vergrößern konnte, sieht man nur eine verschwommene Aufnahme des Fahrers und keinen Beifahrer.«

»Wie viel vom Rest der Aufzeichnung hast du dir angesehen?« Jenna scrollte durch seine Notizen. »Sieht man Becky irgendwann wieder gehen?«

»Nein, und dienstags schließen sie um zehn.« Rio nahm seinen Hut ab und strich über den Saum. »Sie hat das Gebäude nicht durch den Haupteingang verlassen, also muss sie den Notausgang genommen haben. Das Fahrzeug hatte im Schatten des Gebäudes geparkt, das Licht auf der Treppe war aus und auch im Wageninneren brannte kein Licht. Es ist also unmöglich, etwas zu erkennen.«

»Wie praktisch.« Kane blätterte sich durch den Stapel von Aussagen, die Rio gesammelt hatte. »Wenn es wirklich Jugendliche sind, haben sie an alles gedacht. Das Problem ist, dass wir mit einem silbernen GMC Pick-up oder einem Chrysler nicht weiterkommen. Beide wurden zum Zeitpunkt der Morde gesehen.« Er streckte seine Hand nach dem iPad aus und studierte den Bildschirm. »Ich denke, das könnte ein GMC sein.« Er spulte zurück und schaute sich die Aufnahme noch ein paarmal an. »Schick das an Bobby Kalo vom FBI. Seine Nummer steht in der Akte. Er soll das Video schärfer machen. Unser Problem ist, dass wir zwei Morde und zwei unterschiedliche Fahrzeuge haben. Vielleicht können wir eine Liste von allen bekommen, die an dem Tag in der Bibliothek waren.«

»Danach habe ich schon gefragt, und an diesem Abend haben sich nur drei Leute Bücher ausgeliehen.« Rio glättete sein lockiges Haar und setzte sich seinen Stetson auf. »Die Bibliothekarin war zurückhaltend, als es um die persönlichen Informationen ging, also habe ich sie gefragt, ob sie mir zumindest das Geschlecht der Leute nennen kann. Sie waren alle weiblich, also wollte ich wissen, ob Becky Powell darunter gewesen ist.« Er lächelte. »Becky war da, wir haben gerade alle gesehen, wie sie dort ankam, aber sie hat kein Buch ausgeliehen. Und wenn sie sich dort mit einem Typ getroffen hat, hat sich dieser ebenfalls nichts ausgeliehen.«

Jenna nickte. »Okay, und was ist mit Mr Law? Hat er ein Alibi für gestern Abend?«

»Nein.« Rio nahm das iPad von Kane zurück und überflog die Akte. »Er ist vom Gefängnis direkt nach Black Rock Falls gefahren und war zum Zeitpunkt des Mordes in der Stadt. Um Viertel vor neun hat er das Aunt Betty's Café verlassen. Er sagt, danach ist er zurück nach Blackwater gefahren, wofür es keine Zeugen gibt. Bei seiner Rückkehr nach Black Rock Falls heute Morgen wurde er von uns verhaftet.«

»Er ist ein Mann, der gerne Frauen angreift. Ein Tyrann und ein Feigling. Strangulation ist nah und persönlich. Seine Frau wurde gefragt, ob er je versucht hat, sie zu würgen, und das hat sie abgestritten. Ein Täter wechselt für gewöhnlich nicht das Muster.« Kane stand auf und ging zum Tresen, um sich eine Tasse Kaffee einzuschenken. »Ich verstehe nicht, welches Motiv er hätte, eine Cheerleaderin umzubringen, und ich kann mir ehrlich gesagt auch nicht vorstellen, dass eines der Mädchen freiwillig in sein Auto gestiegen wäre.« Sein Handy zeigte eine eingehende Nachricht an. Er starrte auf den Bildschirm, als es anfing zu klingeln. Er warf Jenna einen kurzen Blick zu. »Das ist privat, ich gehe kurz nach draußen.« Mit schnellen Schritten verschwand er im Flur.

Jenna lenkte ihre Aufmerksamkeit wieder auf Rio. »Bist du sicher, dass du in das Haus ziehen willst? Hast du mittlerweile irgendwelche Zweifel?«

»Ich habe mit den Zwillingen gesprochen, und sie finden es cool. Sie hoffen, einen Geist zu sehen. Ob Mrs Jacobs, die Haushälterin, die ich eingestellt habe, so erfreut darüber ist, wage ich zu bezweifeln.« Rio begegnete ihrem Blick mit fester Miene. »Ich habe mich gefragt, welches Sicherheitssystem nötig ist und was es kosten würde, alles auf den neuesten Stand zu bringen. Ich habe mit Jake gesprochen, auch um zu sehen, ob er irgendwas braucht. Er meinte, sie hätten den Ersatzschlüssel häufig auf dem Rahmen über der Tür gelassen. Vermutlich konnten sich die Mörder so Zutritt verschaffen. Das würde bedeuten, dass es sich um Anwohner handelt, die diese Straße häufiger benutzen, und einer von ihnen muss das Schlüsselversteck entdeckt haben.«

Jenna seufzte. »Wir haben ihn dort auch für Lieferanten und Handwerker deponiert, nachdem Jake ausgezogen ist. Auf dem Weg zur Schule gehen Schüler am Haus vorbei. Direkt gegenüber ist eine Bushaltestelle. Jeder hätte sehen können, wie sie nach dem Schlüssel greifen.« Sie biss sich auf die Unterlippe. »Aber wir werden das Sicherheitssystem auf Vordermann bringen. Noch gibt es keine Alarmanlage, aber das kann ich organisieren. Wolfe wird das Haus als Tatort vermutlich schon bald freigeben. Ich werde es professionell reinigen lassen und sicherstellen, dass alles in Ordnung ist, bevor ihr einzieht.« Sie starrte ins Leere. »Gib das auch an Mrs Jacobs weiter, aber sie ist sehr bodenständig, und in ihrem Teil des Hauses ist noch niemand gestorben.«

»Okay.« Rio lächelte sie an. »Kann ich sonst noch etwas tun, Sheriff?«

Beeindruckt von seinem Arbeitswillen schüttelte Jenna den Kopf. »Nein. Du hast schon alles erledigt, worum ich dich gebeten habe.« Sie warf einen Blick auf die Uhr. »Gestern Abend ist es bei uns allen spät geworden, also warum machst du nicht Feierabend? Die Deputys aus Blackwater werden während des Festivals die Patrouillen übernehmen, und bis Samstag ist nicht mehr viel los.«

»Bevor ich gehe …« Rio erhob sich. »Jake sagte, er kommt

morgen zurück. Sandy bleibt noch mindestens einen Tag im Krankenhaus, aber es geht ihr gut.«

Jenna lächelte. »Das ist schön zu wissen. Wir sehen uns morgen früh.«

Als Jenna gerade ihre Tasse auffüllte, klingelte ihr Handy. Es war Wolfe. »Hast du etwas Neues?«

»Nicht direkt, nein. Aber ich habe etwas Interessantes zu der unbekannten DNA, die wir an den Tatorten gefunden haben.« Wolfe klang, als wäre er mit seiner Arbeit mehr als zufrieden. »Ich weiß schon seit einer Weile von einem Unternehmen, das mit der Finanzierung des Verteidigungsministeriums an einer neuen Technologie arbeitet. Nach dem, was ich gelesen habe, kann das *Snapshot Forensic DNA Phenotyping System* anhand von Kontaktspuren-DNA genau bestimmen, wie eine Person aussieht, einschließlich Augen-, Haar- und Hautfarbe.«

Fasziniert setzte sich Jenna zurück an ihren Schreibtisch. »Wie aufwendig ist dieser Prozess?«

»Es dauert seine Zeit und ist kompliziert, aber einen Versuch wäre es wert. Ich habe die Proben bei einer öffentlichen Genealogie-Datenbank eingereicht, und die Ergebnisse werden zur genetischen Analyse an *Snapshot* geschickt. Mit etwas Glück bekommen wir ein ungefähres Bild vom Gesicht des Mörders.«

»Wow!« Jenna hob ihren Blick, als Kane zurück ins Büro kam. »Kannst du das irgendwie beschleunigen?«

»Ich werde ein paar Gefallen einfordern und auf das Beste hoffen.« Wolfe räusperte sich. »Konnte Dave schon etwas runterkommen?«

Jenna lachte. »Das sehen wir später.«

»Okay, verstanden.« Dann beendete Wolfe das Gespräch.

Jenna informierte Kane über diese Neuigkeiten und streckte sich. »Für heute gibt es nichts mehr für uns zu tun. Ich werde mir etwas zu Essen vom Aunt Betty's holen und nach Hause fahren.«

»Ich komme mit nach Hause und versorge die Pferde, aber dann gehe ich mit Carter im Antlers ein Steak essen. Er hat für sieben Uhr einen Tisch reserviert.« Kane lächelte. »Offenbar geht er nicht gerne allein essen, und da Jo weg ist, dachte er, wir könnten einen Männerabend machen. Karten spielen, über das Angeln quatschen, etwas entspannen.« Er begegnete ihrem Blick. »Ich könnte eine kleine Auszeit gebrauchen, wenn du nichts dagegen hast?«

Lächelnd schüttelte Jenna den Kopf. »Das ist eine großartige Idee. Ich werde mit meinem Streifenwagen nach Hause fahren. Nicht, dass ich ohne Wagen auf der Ranch festsitze. Damit würde ich mein Schicksal nur selbst herausfordern.«

»Mhm, wenn man dich da draußen alleine lässt, fordert man definitiv sein Schicksal heraus.« Kane betrachtete sie und hob eine Augenbraue. »Wahrscheinlich komme ich erst morgen früh zurück. Ich werde bei Carter übernachten, er hat in seiner Suite im Cattleman's Hotel zwei Schlafzimmer.« Er schüttelte den Kopf. »Offenbar hat er von dem Hotel ein Upgrade bekommen, als sie erfahren haben, dass er vom FBI ist.« Er grinste. »Bist du sicher, dass du zurechtkommst?«

Jenna nippte an ihrem Kaffee. »Bevor du gekommen bist, bin ich zwei Jahre lang ganz wunderbar alleine zurechtgekommen.«

»Aber du rufst an, sollte irgendwas sein?« Kanes Miene wurde ernst.

Jenna schüttelte den Kopf. »Nein, dann rufe ich Rio oder Rowley an, der kommt heute Abend noch nach Hause. Mach dir keine Sorgen, die beiden sind mehr als fähig, mir Rückendeckung zu geben, sollte ich sie brauchen. Außerdem wird Ty bald wieder nach Hause fahren. Verbring noch etwas Zeit mit ihm, solange ihr könnt. Wir verbringen genug Zeit zusammen, und du brauchst auch mal männliche Gesellschaft.« Sie lachte.

»Ich stelle die Alarmanlage an, wenn du gehst, und behalte meine Waffe bei mir, außerdem habe ich noch Duke und Pumpkin, die mir Gesellschaft leisten können.«

»Super.« Kane grinste. »Können wir los? Maggie bleibt noch hier, bis Walters kommt und übernimmt.«

»Ja, ich hole nur schnell meine Schlüssel.« Sie stand auf und sammelte ihre Sachen zusammen. Es freute sie, dass sie Kane zum Lächeln gebracht hatte, und auf dem Weg zum Streifenwagen, summte sie zufrieden.

EINUNDVIERZIG

DONNERSTAG

Jenna wurde von einem Sonnenstrahl geweckt, der durch die Lücke der Gardinen fiel, sprang aus dem Bett und warf einen Blick auf die Uhr. Sie schnappte nach Luft und zog sich hastig an. Es war schon halb sieben, und für gewöhnlich wachte sie um fünf Uhr auf. Sie kraulte Pumpkins Ohren. »Ich sollte anfangen, mir einen Wecker zu stellen.«

Sie verzichtete auf ihren morgendlichen Kaffee und eilte zur Haustür hinaus zu den Ställen. Duke begrüßte sie und trottete neben ihr her, seine Ohren flatterten im Wind. Ihr Blick fiel auf die leere Garage vor Kanes Häuschen. Sie runzelte die Stirn. Um diese Uhrzeit hatte sie ihn bereits zurückerwartet, aber egal, sie konnte sich auch alleine um die Pferde kümmern. Nachdem sie sie auf die Wiese gebracht hatte, mistete sie aus und leerte die Schubkarre. Dann ging sie zurück ins Haus, um zu duschen. Eins war sicher, Sport brauchte sie heute nicht mehr.

Angezogen und bereit für die Arbeit schob sie eine Scheibe Brot in den Toaster und schenkte sich Kaffee ein. Als der Außenalarm ertönte, ging sie zur Tür und sah Kane zwischen den Bäumen auftauchen. Sie öffnete die Tür und winkte ihm zu. Der Wagen hielt vor ihrer Veranda, und Kane sprang heraus. Lächelnd begrüßte sie ihn. »Guten Morgen.«

»Tut mir leid, dass ich so spät bin. Ich wurde aufgehalten.« Kane blieb unten vor den Stufen stehen. »Ich werde mich schnell um meine Aufgaben kümmern und mich fertig machen.«

Jenna ging die Stufen hinunter und Duke rauschte an ihr vorbei und führte seinen Freudentanz auf, als er Kane erblickte. »Nicht nötig. Die Pferde habe ich versorgt und mache gerade Frühstück.«

»Gegessen habe ich schon, aber ich muss noch duschen.« Er rieb über die Stoppeln an seinem Kinn und starrte in die Ferne, als wollte er ihrem Blick ausweichen.

Bei dem Versuch, ihr Grinsen über seine Unbeholfenheit zu unterdrücken, biss sie sich auf ihre Unterlippe. Er musste einen interessanten Abend mit Carter verbracht haben. Der rote Lippenstift auf seiner Wange und der Duft von schalem Parfüm, der ihn umgab, waren schwer zu ignorieren. »O ja, das sehe ich.« Sie drehte sich um und erklomm die Stufen nach oben. »Du musst noch Duke füttern. Mir ist das Futter ausgegangen.«

»Ich bringe dir welches rüber, bevor ich zur Arbeit fahre.« Kane nahm seinen Stetson ab und fuhr sich durch die Haare. »Wir sehen uns später.« Er hievte Duke in den Wagen und kletterte hinterher.

Da Kane nicht der Typ für One-Night-Stands war, machten der Lippenstift und das Parfüm ihr keine Sorgen. Gleichwohl hatte er sich in den letzten Monaten verändert. Nachdem er sich endlich von dem Geist seiner toten Frau befreit hatte, waren sie unzertrennlich geworden. Sie seufzte. Ty Carter war ein eingefleischter Junggeselle, der das Leben in vollen Zügen genoss, also war es wenig überraschend, dass zu seiner Vorstellung eines guten Männerabends auch Frauen gehörten.

Bevor sie Zeit hatte, ihren Toast zu essen, klingelte ihr Handy. Es war die Notrufleitung. »Sheriff Alton, was kann ich für Sie tun?«

»Ma'am, da sitzt eine Leiche vor einem Müllcontainer, draußen vor dem Baumarkt an der Main Street.«

Jenna schnappte sich Stift und Notizblock vom Tresen. »Mit wem spreche ich, bitte? Bewegen Sie die Leiche nicht und halten Sie, wenn möglich, andere Leute fern.«

»Ich bin Fahrer eines Müllwagens, Ma'am. Ian Morrison. Ich habe die Seitenstraße blockiert und werde in meinem Truck warten, bis Sie hier sind.«

Sie ließ Toast und Kaffee stehen und ging zur Haustür. Auf Kane konnte sie nicht warten, und unter der Dusche würde er sein Handy nicht hören. Also stellte sie die Alarmanlage an und eilte zu ihrem Streifenwagen. »Ich bin schon auf dem Weg.« Dann legte sie auf.

Jenna schaltete Blaulicht und Sirene ein und benutzte die Bluetooth-Verbindung des Fahrzeugs, um Rowley zu kontaktieren. Nachdem er ihr versichert hatte, dass es Sandy gut ging, rief sie Wolfe an und gab ihm alle Infos durch. Wahrscheinlich würden sie vor ihr ankommen und den Tatort sichern. Sie fuhr auf den Highway und spürte den Rausch des Adrenalins, als sie das Tempo des Wagens ausreizte. Nachdem sie so lange Beifahrerin gewesen war, hatte sie die Aufregung ganz vergessen, die man verspürte, wenn man alleine zu einem Tatort und ins Ungewisse fuhr. Der Verkehr auf dem Highway war wie immer, aber in der Stadt waren bereits viele Leute unterwegs, um sich auf einen weiteren Festivaltag vorzubereiten. Am Samstag würde die Herbstkönigin gekrönt werden, ehe als Höhepunkt am Abend der Tanz stattfand.

Mit Sonnenschein und einem strahlend blauen Himmel hätte es ein schöner Tag werden können, aber irgendjemand hatte ihn durch einem Mord überschattet. Als sie die Main Street entlang fuhr, war der Müllwagen nicht zu übersehen. Sie parkte ihr Auto direkt dahinter. Auf der anderen Seite fuhr Rowleys SUV in eine Parklücke. Wolfes Van parkte bereits auf dem Bürgersteig. Sie ging um den Van herum und wandte sich an Wolfe. »Was haben wir hier?«

»Ich bin mir nicht wirklich sicher.« Wolfe trat zur Seite. »Sieh selbst.«

Jenna blickte auf die Frau hinunter und erkannte sie sofort. Sie schluckte schwer. War sie in einen Albtraum geraten? Die toten Augen, die ihr entgegenstarrten, gehörten Laurie Turners Mutter. Sie saß an den Müllcontainer gelehnt da, nackt, und in einer Hand hielt sie einen Pompon.

ZWEIUNDVIERZIG

Kane hatte gehört, wie Jennas Streifenwagen durch das Tor gerast war. Er warf einen Blick auf sein Handy und zuckte mit den Schultern. Keine verpassten Anrufe oder Nachrichten. Er schaute zu Duke. »Was ist denn bei ihr los?«

Der Hund winselte und kletterte in sein Körbchen. Kane lächelte. »Sieht aus, als wären es heute nur du und ich.«

Er ging ins Badezimmer, warf seine Klamotten in den Wäschekorb und seufzte. Er war Jenna aus gutem Grund nicht zu nahe gekommen – er roch wie ein ganzer Parfümladen. Gestern Abend hatte Carter entschieden, jede Frau, die ihnen in der Stadt begegnete, anzusprechen. Sie hatten einen Großteil der Zeit im Antlers verbracht und der Band zugehört. Da er nicht unhöflich wirken wollte, hatte er mit der Freundin der Frau getanzt, auf die Carter ein Auge geworfen hatte, hatte aber abgelehnt, die Party ins Hotelzimmer zu verlagern. Er hatte die Nacht in dem zweiten Schlafzimmer von Carters Suite verbracht, aber am Morgen hatte er Carters Date nach Hause fahren müssen, weil Jo den Mietwagen genommen hatte. Nach dem Frühstück hatte Carter ihm auf den Rücken geklopft, seine Angelausrüstung eingesammelt, war mit Atohi Blackhawk abgefahren, der ihn für einen Tag am Fluss abgeholt hatte, und hatte Kane mit der Frau allein zurückgelassen. Kane nahm seinen Rasierer und starrte in den Badezimmerspiegel. Seine Finger strichen über den hellroten Kussmund auf seiner Wange und er verzog das Gesicht. Carters Freundin hatte sich rübergebeugt und ihm einen Kuss auf die Wange gegeben, nachdem er sie nach Hause gebracht hatte. »Verflucht, Jenna muss gedacht haben, dass das gerade mein Walk of Shame war.«

Zehn Minuten später fuhr er los Richtung Sheriff's Department. Er erreichte die Main Street und bremste ab, als er Jennas und Rowleys Streifenwagen sah. Er fuhr auf den Bürgersteig. Vor einer Seitenstraße war Absperrband gespannt worden. Rowley stand davor, während Jenna Wolfe und sein Team bei der Arbeit an einer weiblichen Leiche beobachtete. Er gesellte sich zu Rowley. »Hast du das gemeldet?«

»Nein.« Rowley sah ihn irritiert an. »Sheriff Alton hat mich angerufen. Sie hat einen Notruf erhalten und mich und Wolfe angerufen.« Er verlagerte sein Gewicht auf das andere Bein. »Wieso hat sie dir nicht Bescheid gesagt?«

»Sie ist überstürzt aufgebrochen, kurz nachdem ich nach Hause gekommen bin.« Kane zuckte mit den Schultern. »Ich und Carter hatten einen Männerabend, und ich habe im Cattleman's Hotel übernachtet.« Er sah Rowley fest an. »Jenna war der Meinung, dass ich ein bisschen männliche Gesellschaft brauche, weil ich zu viel Zeit mit ihr verbringe.«

»Mhm.« Rowley grinste. »Als Frau, die immer nur mit Männern zusammenarbeitet, sollte man meinen, dass es genau umgekehrt ist. Aber sie verbringt ja auch Zeit mit Sandy und Emily.«

Kane lachte. »Vergiss Maggie nicht, obwohl sie nicht gerade der Typ für einen Frauenabend ist.«

»Frauenabend?« Jenna schaute neugierig zu Kane. »Da drüben liegt eine ermordete Frau, und ihr unterhaltet euch über einen Frauenabend.«

»Ich?« Kane schüttelte den Kopf. »Nein, Ma'am. Ganz im Gegenteil.«

»Okay.« Jenna schaute auf ihren Notizblock. »Kane, ich will, dass du die Wohnungen über dem Laden überprüfst, und Rowley, du sprichst mit den Passanten und schaust dich in der direkten Umgebung um. Finde heraus, ob irgendjemand gestern Abend zwischen sieben Uhr und Mitternacht etwas gehört oder gesehen hat. Ich werde Rio herbestellen, damit er uns hilft. Ich will, dass jemand hier Wache hält, bis Wolfe die Leiche weggebracht hat. Wenn ihr zusätzliche Hilfe benötigt, wendet euch an Walters. Und wenn hier alles erledigt ist, werden Kane und ich zu Dr. Turner fahren und ihn über den Mord an seiner Frau informieren.« Sie sah Kane an. »Hast du daran gedacht, noch Hundefutter vorbeizubringen?«

Kane verengte die Augen. »Ja, natürlich habe ich das. Ich habe einen Sack auf deine Veranda gestellt.«

»Gut. Dann sehen wir uns im Büro.« Sie entfernte sich und zückte ihr Handy.

»Jenna.« Kane eilte ihr nach, bis sie im Gleichschritt nebeneinander herliefen. Langsam versammelten sich Menschen vor der Seitenstraße, um zu sehen, was dort vor sich ging. Er winkte sie weg. »Hier gibt es nichts zu sehen, bitte gehen Sie weiter.«

»Hast du deine Anweisung nicht verstanden?« Jenna öffnete die Tür ihres Wagens, ließ sich hinter das Lenkrad fallen und schaute zu ihm hoch.

»Ich habe sie sehr gut verstanden, aber ich würde gerne wissen, warum du dich heute Morgen so feindselig gibst.« Kane nahm seinen Hut ab und kratzte sich am Kopf. Seine Haare waren immer noch feucht von der Dusche. »Warum hast du mich wegen des Mordes nicht angerufen? Ich bin der Deputy Sheriff.«

»Dave, du warst gerade erst nach Hause gekommen.« Jenna rümpfte die Nase. »Du hast ziemlich übel gerochen und hattest Lippenstift auf der Wange, also dachte ich, du bräuchtest Zeit, um dich zu waschen. Ich bin nicht feindselig, ich habe zu Hause die Tiere versorgt und musste dann nach nicht mehr als einem Schluck Kaffee aufbrechen. Da ich vor Ort im Augenblick nicht gebraucht werde, übertrage ich die Verantwortung dir und hole mir Frühstück beim Aunt Betty's.« Sie schloss die Tür und fuhr das Fenster herunter. »Du kennst mich ziemlich gut. Wenn ich morgens meinen Kaffee nicht bekomme, bin ich wie ein grummeliger Bär. Entspann dich, Dave. Ich kann nicht jeden Tag die märchenhafte Prinzessin sein – an manchen Tagen bin ich die böse Hexe, und wenn das zwischen uns klappen soll, dann musst du damit leben.«

Er sah die Verärgerung in ihrem Blick und schluckte das Lachen, das sich in seiner Brust aufbaute, hinunter. »Sicher, damit komme ich klar.«

»Gut.« Damit fädelte sich Jenna in den Verkehr ein.

Kane blickte ihr nach. Ihm gefiel, dass sie ihr Herz auf der Zunge trug. Das war schon fast eine Tradition zwischen ihnen. Keine Lügen, nur Ehrlichkeit, auch wenn es dem anderen einen kleinen Schlag verpassen konnte. Er verstand ihre Stimmungsschwankungen. Jenna hatte einen weichen Kern, aber während der Arbeit konnte sie den nur selten zeigen. Da sie das Kommando über ein Team aus Männern hatte, blieb ihr auch nichts anderes übrig. Egal, wie nahe sie sich standen, bei der Arbeit blieb sie immer unnahbar. So war Jenna, und er respektierte sie dafür. Er drehte um und ging zurück zum Tatort.

Beobachtungen machten einen großen Teil der Arbeit als Detective aus, man verglich und fügte in Gedanken Informationen wie Puzzleteile zusammen, von denen manche zunächst vollkommen unwichtig erschienen. Er mied die Leiche und nahm die Umgebung in sich auf, lief durch die Seitenstraße und hielt sich so nah wie möglich an der Wand. Er entdeckte deutliche Schleifspuren und beugte sich hinunter, um den aufgewirbelten Schmutz zu untersuchen. Der Mord hatte nicht hier stattgefunden, die Leiche war nur hier abgelegt worden. Er ging weiter und leuchtete mit seiner Taschenlampe in die Dunkelheit, ehe er um eine Kurve bog, die in einen kleinen Hof und zu einer Treppe führte. Vorsichtig erklomm er sie, Stufe für Stufe, zog sich Handschuhe über und suchte nach Beweisen. Die alten Holzstufen knarrten und stöhnten wie die meisten Treppen hinter den älteren Läden in der Stadt. Die Wohnungen über den Geschäften wurden für gewöhnlich vermietet, um zusätzliche Einnahmen zu generieren – die Ladenbesitzer selbst wohnten in größeren Häusern. Oben angekommen sah er, dass die Tür einen Spaltbreit offen stand, und klopfte an. »Sheriff's Department.«

Er rief mehrere Male, ehe er die Tür weiter aufschob. Kane rief noch einmal nach drinnen und ging dann langsam hinein. Die Tür führte in eine offene Küche mit Wohnbereich. Es gab deutliche Spuren eines Kampfes, Stühle waren umgekippt, Töpfe und Pfannen lagen herum, als hätte jemand versucht, sie als Waffe zu benutzen. Er zog seine Glock und überprüfte Schlaf- und Badezimmer. Die Wohnung war leer, aber der Durchzug wehte lange Haarsträhnen über den Boden. Das Bett war nicht gemacht, die Decke war halb Richtung Tür gezogen worden und überall auf dem abgetretenen Teppich lag Kleidung verstreut. Er steckte die Pistole ins Holster, ging zurück ins Wohnzimmer und schaute sich die Fotos auf dem Kaminsims an. Er erkannte Laurie Turner wieder und die Frau, deren Leiche draußen lag. Es dauerte nicht lange, bis er Mrs Turners Portemonnaie auf dem Küchentresen fand. Der Name auf dem Ausweis bestätigte seinen Verdacht – es war Jeanette Turner.

Er ging wieder nach unten und zu Wolfe. »Sie hat oben gewohnt. Die Tür steht offen und im Schlafzimmer gibt es Anzeichen für einen Kampf. In der Seitenstraße gibt es Schleifspuren auf dem Boden.«

»Ich vermute, dass sie erwürgt wurde.« Wolfe wies Emily und Webber an, Schutzbeutel um die Hände des Opfers zu legen, bevor sie sie in einen Leichensack legten. »Die Prellungen und Schürfwunden scheinen ihr post mortem beigebracht worden zu sein. Das hier ist anders als die Morde an den Cheerleaderinnen, aber es weist auch verdächtige Ähnlichkeiten auf, als hätte jemand Insider-Informationen erhalten. Später werde ich mehr dazu sagen können. Ihr müsst ihren Ehemann kontaktieren, er muss die Leiche identifizieren. Ich möchte diesmal so schnell wie möglich meinen Bericht anfertigen.« Er wandte sich an Emily. »Die Wohnung oben ist höchstwahrscheinlich der Tatort. Wir schaffen sie in den Van und dann werden wir uns oben umsehen. Kane war schon drin, aber wir werden jetzt alle in kompletter Schutzkleidung reingehen. Ich will keinen noch so kleinen Beweis übersehen.« Dann wandte er sich wieder Kane zu. »Ich werde Webber schon mit der Leiche ins Leichenschauhaus vorschicken, aber wir werden sicherlich noch zwei Stunden brauchen, um den Fundort hier und den Tatort oben zu untersuchen. Mr Turner soll gegen Nachmittag vorbeikommen.« Er seufzte. »Die Autopsie wird wie üblich um zwei stattfinden.« Er trat etwas näher. »Ich muss die Pflaster auf euren Rücken wechseln, also kommt ein paar Minuten früher.«

Kane nickte. »In Ordnung.« Er sah, dass Rio eingetroffen war. »Ich werde mich mit den Nachbarn unterhalten, vielleicht hat jemand von ihnen etwas gehört. Stan Williams wohnt direkt rechts neben dem Supermarkt. Schon komisch, was?«

»Vielleicht liegst du mit deiner Vermutung über ihn richtig.« Wolfe beugte sich runter, um ein Ende des Leichensacks auf die Trage zu hieven. »Wir sehen uns um zwei.« Dann verschwand er Richtung Van.

Kane ging zu Rio. »Rowley ist irgendwo unterwegs und unterhält sich mit den Anwohnern. Komm, wir werden mal sehen, ob Stan Williams zu Hause ist.«

»Nicht um diese Uhrzeit.« Rio warf einen Blick auf seine Uhr. »Er dürfte gerade den Schulbus fahren. Ich denke, vor zehn Uhr ist er nicht zurück.«

Als er schnelle Schritte hörte, drehte Kane sich um und sah Jake Rowley auf sie zueilen.

»Ich habe etwas.« Rowley blieb neben ihm stehen. »Einer der Schaulustigen, Dan Staple, sagt, er sei gestern Abend gegen halb neun aus dem Aunt Betty's Café zurück zu seinem Auto gegangen und hätte einen Streit gehört. Er hat sich nichts dabei gedacht, bis er heute Morgen den Van des Rechtsmediziners hier gesehen hat. Ich habe ihn gefragt, ob ihm irgendwelche anderen Fahrzeuge in der Nähe aufgefallen sind, und er hat sich daran erinnert, einen älteren roten Ford Pick-up gesehen zu haben. Er sei ihm aufgefallen, weil er so ungewöhnlich war. Ich habe ihm ein Foto von Laurie Turners Pick-up gezeigt, und er hat gemeint, dass es dieselbe Farbe und dasselbe Modell seien.« Er blätterte seinen Notizblock durch. »Ich habe seine Aussage und seine Kontaktinformationen. Außerdem habe ich mit den Ladenbesitzern gesprochen, aber die meisten hatten schon Feierabend gemacht. In den Wohnungen über den Geschäften auf beiden Straßenseiten ist niemand zu Hause. Also haben wir abgesehen von dem Wagen nichts.«

»Interessant. Der Ford könnte ein wichtiger Hinweis sein.« Kane kratzte sich am Kinn. »Es wird nicht viele rote 1950er Ford Pick-ups in der Stadt geben. Es muss der von Laurie Turner gewesen sei, und wir haben ihre tote Mutter in der Nähe gefunden. Ich werde das überprüfen. Sheriff Alton wird wollen, dass so schnell wie möglich eine Presseerklärung herausgebracht wird. Zac, das ist deine Abteilung. Du weißt, wie es läuft: keine Einzelheiten, nur ein Aufruf, sich zu melden, falls jemand etwas zwischen neunzehn und zweiundzwanzig Uhr gesehen hat. Jake, du legst eine Fallakte an.« Er schaute zwischen ihnen hin und her. »Habt ihr schon etwas gegessen?«

Als sie beide nickten, schickte er sie ins Büro. »Ich werde mich mit Jenna unterhalten. Sie wollte beim Aunt Betty's frühstücken.«

Er lief zu seinem Wagen und ging in Gedanken schon die

möglichen Szenarien für diesen Fall durch. »Hatte Dr. Bob Turner etwas damit zu tun? Für einen Mann seiner Intelligenz schien es zu wenig durchdacht, seine Frau umzubringen und dabei ein so auffälliges Fahrzeug zu fahren. Oder versuchte er, sie genau damit an der Nase herumzuführen? Er lächelte. Wenn das sein Plan war, hatte dieser Mann keine Ahnung, mit wem er es zu tun hatte.

DREIUNDVIERZIG

Beim Frühstück ging Jenna ihre Akten durch. Die Verbindung zu den Cheerleaderinnen-Morden war offensichtlich, aber warum sollten Teenager – wie es die Mörder höchstwahrscheinlich waren – zu einer Frau in ihren Vierzigern übergehen? Wo war das Motiv und wie hatten sie sie in die Seitenstraße gelockt? Als der Stuhl neben ihr über den Boden kratzte, schaute sie auf. Ohne ein Wort stellte Kane eine Kaffeekanne und eine Tasse auf den Tisch und setzte sich. Sie schloss ihre Akten und sah ihn an. »Hier ist viel los. Wenn du Hunger hast, solltest du vermutlich ein Stück Kuchen bestellen.«

»Das Müsli und der schwache Kaffee von heute Morgen reichen nicht annähernd daran heran, mit dir Toast und Eier zu frühstücken.« Kane warf einen Blick auf seine Uhr. »Maggie wird das Sheriff's Department gerade erst aufgeschlossen haben. Die Deputys haben viel zu tun. Dr. Turner wird gerade auf dem Weg zu seiner Arbeit in der Schule sein, also werden wir ihn dort besuchen. Stan Williams fährt den Schulbus, also haben wir ein bisschen Zeit. Außerdem habe ich schon bestellt: Pfannkuchen, Speck und Ahornsirup.« Unbewusst rieb er sich über den Bauch. »Susie meinte, sie hätte es im Handumdrehen fertig.« Er schenkte sich Kaffee ein und gab Milch und Zucker hinzu. »Konntest du die Hexe zurück in ihren Käfig sperren?«

Lachend begegnete Jenna seinem ernsten Blick. Er hatte eine Augenbraue gehoben. »Nach zwei Tassen Kaffee, ja, ich glaube, sie ist wieder unter Kontrolle.«

»Gut.« Kane seufzte. »Wir müssen über diesen neuen Fall sprechen.«

Jenna hob eine Hand. »Bevor du anfängst, ich bin meine Notizen noch mal durchgegangen. Da in den letzten Tagen alles so schnell ging, haben wir es noch nicht geschafft Wyatt Cooper dazu zu befragen, dass seine DNA in der Unterhose in Lauries Mund gefunden wurde.« Sie fuhr mit einem Finger durch den verstreuten Zucker auf dem Tisch und zog die Augenbrauen zusammen. »Er wurde nach der Parade nicht mehr gesehen. Ist das Zufall oder hat er etwas mit den beiden Morden zu tun?«

»Hm, ich schätze, wir müssen seinen Vater anrufen und ihn bitten, ihn für eine Befragung aufs Revier zu bringen.« Kane nahm seinen Hut ab und legte ihn auf den Platz neben sich. »Da er noch nicht volljährig ist, könnte alles, was er ohne die Erlaubnis seiner Eltern sagt, bei der Verurteilung gegen uns verwendet werden.«

»Okay, ich werde Mr Cooper anrufen, sobald ich auf dem Revier bin.« Jenna lehnte sich in ihrem Stuhl zurück. »So, was hast du für mich?«

Nachdem Kane sie auf den neuesten Stand gebracht hatte, starrte Jenna in die Ferne und versuchte, all die Informationen zu verarbeiten. »Wolfe wird eine komplette forensische Durchsuchung der Wohnung vornehmen, aber wenn es wieder diese Teenies waren, wissen sie zu viel über Spuren, um welche hinterlassen zu haben. Ich habe überlegt, ob es sich bei Mrs Turners Mörder um einen Trittbrettfahrer handeln könnte. Es fühlt sich nicht nach denselben Mördern an.« Sie wartete, während Susie Kanes Frühstück und noch mehr Kaffee brachte. Sobald sie wieder außer Hörweite war, nahm sie ihr Handy und öffnete die Akte. »Andererseits wissen wir bereits, dass die Mörder clever sind und mit den Unterhosen anderer Leute den Verdacht auf sie lenken wollen. Vielleicht hatten sie keine Gelegenheit, noch eine Unterhose zu klauen?«

»Dann werden sie etwas anderes gefunden haben, um den Verdacht auf jemand anderen zu lenken.« Kane kaute langsam.

Jenna lehnte sich vor. »Was, wenn diese Teenager Zugang zu Lauries Pick-up haben? Wir wissen bereits, dass jemand ihren Wagen sabotiert hatte, also kennen sie sich mit dem Fahrzeug aus. Indem sie es dort parken und einen weiteren Mord begehen, zeigen sie mit dem Finger auf Dr. Turner.« Sie zuckte mit den Schultern. »Wie leicht ist es, so ein Fahrzeug kurzzuschließen?«

»Sehr leicht, und ich würde es vermutlich mit einem Schraubenzieher schaffen, aber wir müssten den Wagen untersuchen, um festzustellen, ob er manipuliert worden ist.« Kane runzelte die Stirn. »Ich bezweifle, dass wir nur wegen einer Sichtung des Fahrzeugs einen Durchsuchungsbeschluss bekommen würden. Dass das Auto gestern Abend dort geparkt war, ist kein hinreichender Verdacht.«

»Vielleicht bekommen wir von Dr. Turner die Erlaubnis, uns den Wagen anzusehen.« Jenna nippte an ihrem Kaffee. »Ich werde mich mit Mrs Turners Kolleginnen aus dem Schönheitssalon unterhalten. Sie könnten wissen, ob sie Feinde hatte oder Drohungen bekommen hat, aber ich bezweifle es. Für mich sieht es so aus, als wäre ihr einziges Problem ihr Ehemann gewesen. Was, wenn er etwas damit zu tun hat?« Sie massierte sich grübelnd die Schläfen, bevor sie wieder Kane ansah. »Obwohl die Feindseligkeit gegenüber seiner Frau und die Tatsache, dass der Wagen am Tatort gesehen wurde, sein Mitwirken so offensichtlich machen, dass es fast schon inszeniert wirkt.« Sie seufzte. »Und wie konnte er von diesen Details der Morde an den Cheerleaderinnen wissen? Wir haben uns nicht in die Karten schauen lassen. Die Todesursachen wurden an niemanden weitergegeben, auch ihm haben wir nicht erzählt, was genau seiner Tochter angetan wurde. Es kommt mir seltsam vor, dass Mrs Turner stranguliert und nackt gefunden wurde, mit nichts anderem als einem Pompon. Das entspricht nicht den Morden an den beiden Cheerleaderinnen.«

»Vielleicht denkt Dr. Turner, dass er uns an der Nase herumführen kann.« Kane knabberte an einem Streifen knusprigen Specks. »Wir dürfen nicht vergessen, dass er Psychotherapeut ist. Möglicherweise hat er es absichtlich so aussehen lassen, dass seine Beteiligung am Mord seiner Freu zu offensichtlich scheint. Ich würde ihn noch nicht von unserer Liste streichen.« Er zuckte mit den Schultern. »Ich würde darauf wetten, dass der rote Ford Pick-up schon bald als gestohlen gemeldet wird.«

Jenna nickte. »Ja, wenn er der Mörder ist, wäre das die übliche Vorgehensweise. Aber um das glaubhaft zu machen, hätte er den Wagen gestern Abend als vermisst melden müssen.« Sie schnaubte. »Ich meine, der Pick-up ist schwer zu übersehen. Wenn er nicht mehr in seiner Einfahrt gestanden hätte, wäre ihm das wohl kaum entgangen.« Sie begegnete seinem Blick. »Ich hätte gerne, dass du ihn zusammen mit Jo befragst. Wenn ihr beide dabei seid, haben wir gute Chancen herausfinden, ob er etwas damit zu tun hat. Aber vorher werden wir ihn über den Tod seiner Frau informieren und die Identifizierung organisieren.«

»Wir müssen versuchen, an seine Fingerabdrücke zu kommen.« Kane aß seinen Teller leer und griff nach dem Kaffee. »Ich lasse mir etwas einfallen.« Dann stellte er die Tasse zurück auf die Untertasse und seufzte. »Ich bin hier fertig.« Er zog sein Portemonnaie hervor und ließ ein paar Scheine auf den Tisch fallen. »Das geht auf mich.«

Jenna sammelte ihre Habseligkeiten ein und stand auf.

»Danke.« Auf dem Weg nach draußen winkte sie Susie Hartwig dankend zu.

Nachdem sie ihren Streifenwagen geparkt und Duke im Büro abgesetzt hatte, kletterte sie in das Biest und sie fuhren zur Highschool. Sie gaben der Dame an der Rezeption Bescheid und warteten darauf, dass sie Dr. Turner anrief, und gingen dann durch den langen Flur zu seinem Büro. Die Tür stand offen, und Dr. Turner erhob sich nicht, um sie zu begrüßen, er starrte sie nur über seinen Schreibtisch hinweg an. Jenna konnte sich nicht vorstellen, dass dieser Mann fähig war, Schüler zu beraten. Seine Haltung war unnahbar und feindselig. Sie nahm ihren Hut ab und nahm sich einen Moment, um sich ihre Worte zurechtzulegen. Es war besser, gleich zum Punkt zu kommen, ohne vorher um den heißen Brei herumzureden. »Es tut mir sehr leid, aber wir müssen Ihnen mitteilen, dass Ihre Frau gestorben ist.«

»Jeanette ist tot?« Turner lehnte sich in seinem Stuhl zurück und führte seine Finger zu einer Pyramide zusammen, als hätte sie ihm gerade gesagt, dass es heute regnen soll. »Überdosis?«

Jenna schüttelte den Kopf. »Wir kennen die Todesursache noch nicht. Wären Sie bereit, sie heute gegen Mittag im Büro der Rechtsmedizin zu identifizieren?«

»Wenn ich muss, aber Sie sollten doch Lauries DNA haben und einen Vergleich durchführen können. Eigentlich brauchen Sie mich nicht wirklich dafür, oder?« Turner sah aus, als hätte er gerade bei einem Spiel gepunktet. »Ich meine, um Laurie zu identifizieren brauchten Sie mich auch nicht, nicht wahr?«

»Ihr Verlust tut mir sehr leid.« Kane nahm seinen Notizblock hervor, blätterte zu einer unbeschriebenen Seite und reichte ihn Turner. »Wären Sie so freundlich, Jeanettes nächsten Angehörigen für uns aufzuschreiben? Wissen Sie, ob sie eine Lebensversicherung hatte? Und falls ja, könnten Sie den Namen der Versicherung ebenfalls aufschreiben?«

»Ich bin ihr nächster Angehöriger, und ich muss in meinen Unterlagen nach dem Namen und der Adresse der Versicherung suchen. Laurie zuliebe habe ich die Beiträge weiter gezahlt.« Turner breitete seine Finger über dem Notizblock aus, in seinen Augen blitzte Verärgerung auf. »Ihre Informationen sollte ich bis heute Mittag bereithaben.« Dann klappte er den Notizblock zu und reichte ihn Kane zurück. »Bitte gehen Sie jetzt. Ich erwarte Schüler für ihre Sprechstunden, und ich will nicht, dass sie Sie hier sehen. Sie werden noch glauben, dass ich meine Schweigepflicht breche.«

Jenna nickte. »Natürlich. Sollen wir jemanden anrufen, der Sie zu der Identifizierung begleitet? Einen Geistlichen, vielleicht?«

»Nein!« Turner winkte sie weg. »Würden Sie jetzt bitte gehen?«

Verblüfft von seiner Reaktion wandte sich Jenna zum Gehen, aber Kane blockierte die Tür.

»Bevor wir gehen ...« Kane betrachtete den Doktor mit verengten Augen. »Steht Lauries roter Ford Pick-up zu Hause?«

»Nein, *mein* roter Ford Pick-up steht draußen auf dem Mitarbeiterparkplatz.« Turners Augenbrauen wanderten nach oben. »Warum?«

Jetzt zog Jenna ihren Notizblock hervor und fing hastig an zu schreiben. Sie schaute zu Turner. »Haben Sie etwas dagegen, wenn wir ihn uns mal ansehen? Es gibt ein paar lose Enden, die wir zusammenführen wollen.«

»Der Staatsanwalt sagte, dass er den Wagen wieder freigegeben hat. Was ist denn jetzt noch?« Er nahm den Schlüssel aus seiner Tasche und warf ihn auf den Tisch. »Sie nehmen ihn nicht wieder mit, oder?«

»Nein, diesmal nicht.« Jenna reichte ihm ihren Notizblock. »Wenn Sie hier unterschreiben könnten? Ich brauche Ihre Erlaubnis, um mir das Fahrzeug ansehen zu dürfen.«

Zu Jennas Überraschung unterschrieb er und reichte ihr den Notizblock zurück. Sie nahm den Schlüssel vorsichtig mit ihren Fingernägeln auf und lächelte. »Wir bringen ihn in ein paar Minuten zurück.«

»Geben Sie ihn einfach vorne ab.« Turner bedeutete ihnen zu gehen. »Ich muss arbeiten.«

»Eine Sache müssen wir noch fragen, das verstehen Sie sicher?« Kane hatte eine besorgte Miene aufgesetzt. »Wo waren Sie gestern Abend zwischen sieben und zehn Uhr?«

»Zu Hause. Ich hatte eine private Sitzung.« Turners Augen loderten vor Empörung.

»Okay, vielen Dank.« Jenna führte ihren Weg nach draußen an und legte den Schlüssel auf der Motorhaube von Kanes Fahrzeug ab. Dann zog sie Handschuhe an und öffnete ihren Notizblock. »Bitte sag mir, dass wir darauf gute Fingerabdrücke finden.«

»Auf dem Notizblock dürften eine Handvoll sein.« Kane zog ebenfalls Handschuhe über und nahm den Laserscanner für Fingerabdrücke aus seiner Tasche. Vorsichtig tastete er den Notizblock damit ab. »O ja, wir haben ein paar tolle Abdrücke. Tüte den Block als Beweismittel ein.« Dann fuhr er mit dem Scanner über den Schlüssel und seinen eigenen Notizblock. »Ja, wir haben reichlich Abdrücke, die wir zum Abgleich nutzen können.« Er nahm einen Asservatenbeutel und ließ seinen Block hineinfallen. »Für den Fall, dass wir Fingerabdrücke sammeln müssen, habe ich immer einen Ersatzblock dabei. Das ist das erste Mal, dass ich davon Gebrauch machen konnte.«

Jenna drehte sich um und ließ ihren Blick über den Mitarbeiterparkplatz wandern. »Ich sehe Lauries Pick-up. Also wurde er gestern Abend auf jeden Fall nicht gestohlen.«

Sie eilten zu dem roten 1950er Ford Pick-up. Jenna wartete, während Kane das Fahrzeug untersuchte und jegliche Fingerabdrücke mit dem Scanner festhielt, auf dem Lenkrad, den Türen und Sitzen. Dann verriegelte er die Tür und sie gingen zum Schulgebäude zurück, um den Schlüssel am Empfang abzugeben. Als sie wieder nach draußen zum Biest gingen, schaute sie zu ihm rüber. »Du hast nicht viel gesagt. Hast du etwas gefunden?«

»Fingerabdrücke, aber keine Sabotage am Wagen.« Kane zog seine Handschuhe aus und warf sie in den Mülleimer. »Wer auch immer gestern Abend mit dem Pick-up gefahren ist, hatte die Schlüssel für ihn.« Er hob beide Arme in die Luft und ließ sie wieder fallen. »Es sei denn, in der Stadt gibt es noch einen identischen Pick-up, der gestern Abend vor Mrs Turners Wohnung gesehen wurde.«

VIERUNDVIERZIG

Als sie wieder im Biest saßen, lud Kane die Fingerabdrücke in die Akten hoch und schickte eine Kopie an Wolfe, während Jenna ihre Akten auf den neuesten Stand brachte. Sie hatten etwas freie Zeit. Das Forensikteam war noch nicht mit dem Tatort fertig, und es war noch zu früh, um mit Stan Williams zu sprechen. Er wohnte direkt neben Jeanette Turner, und wenn es einen Streit gegeben hatte, standen die Chancen gut, dass er etwas gehört haben könnte. Falls nicht, wollte Kane wissen, ob er für den gestrigen Abend ein Alibi hatte. Sein Bauchgefühl sagte ihm, dass Williams nicht zu trauen war, aber sie mussten vorsichtig vorgehen, um dem FBI kein Bein zu stellen, während sie seine Vorliebe für minderjährige Cheerleaderinnen untersuchten. Als die Akten aktualisiert und die Beweise verstaut waren, wendete er das Auto und fuhr Richtung Stanton Road. Er schaute auf den Wald hinaus und fuhr etwas langsamer, um die Aussicht zu genießen. Auf einer Seite erhoben sie die Berge und auf der anderen erstreckte sich die Prärie. »Sieh dir das an. Dieses Anblicks werde ich niemals überdrüssig.«

»Es ist das ganze Jahr über wunderschön, aber im Herbst sind die Farben einfach unglaublich und der Himmel scheint unendlich weit zu sein.« Jenna ließ ihr Fenster runter und atmete tief ein. »Der Name Big Sky Country ist wirklich verdient. Hier ist der Horizont unendlich weit. Es ist ein besonderer Ort, irgendwie zeitlos. Kein Wunder, dass Atohi so hart dafür arbeitet, die Wälder zu erhalten. Er möchte, dass jeder weiß, wie wertvoll sie sind.«

Kane presste die Lippen zusammen, als er an Atohi dachte. »Ich hoffe, Carter übt einen nicht zu großen Einfluss auf ihn aus. Sie sind heute wieder zum Angeln rausgefahren.«

»Einfluss auf Atohi?« Jenna stieß ein lautes Lachen aus. »Er ist seinen Ansichten ziemlich treu. Darum würde ich mir keine Sorgen machen.« Sie pikste ihn in den Arm. »Hat er das etwa bei dir versucht, gestern Abend?«

»Er hat es versucht.« Kane warf ihr ein Lächeln zu. »Aber ich bin meinen Ansichten auch ziemlich treu. Ich hätte nach Hause fahren sollen. Ich habe nichts getrunken, aber du kennst ja Ty. Er hat zwei Frauen in sein Zimmer auf ein paar Drinks eingeladen und ich war ihr Fahrer.« Er zuckte mit den Schultern. »Ich habe deutlich gemacht, dass ich kein Interesse habe, also hat die Dame, die Ty für mich vorgesehen hatte, sich ein Taxi gerufen. Heute Morgen ist Atohi aufgetaucht, und Ty ist einfach mit ihm losgezogen und hat mich mit seinem Date zurückgelassen.«

»Also warst du der Gentleman, der du eben bist, hast sie nach Hause gebracht, und sie hat dir dafür einen Kuss auf die Wange gegeben?« Jenna drückte seinen Arm. »Ich kenne dich schon sehr lange, Dave. Und ein Aufreißer bist du nicht.« Sie warf einen Blick auf die Uhr. »So gerne ich hier auch sitze und die Aussicht bewundere, wir müssen mit Williams sprechen und Wolfe erwischen, bevor er den Tatort verlässt. Ich wüsste gerne, ob sie schon irgendwelche Fortschritte gemacht haben.«

Kane lächelte sie an. »Verstanden.« Er drehte um. »Aber vergiss nicht, dass Williams mich für einen Freund hält. Wir dürfen ihn nicht wissen lassen, dass er unter Beobachtung des FBI steht.«

»Ich mag an manchen Tagen die böse Hexe sein, Dave, aber mein Gedächtnis funktioniert einwandfrei.« Jenna lachte.

Sie trafen Stan Williams in seiner Wohnung an. Als sie erwähnten, dass nebenan ein Mord stattgefunden hatte, wurden seine Augen groß, und Kane erlaubte Jenna, die Führung des Gesprächs zu übernehmen.

»Mr Williams, haben Sie nicht den Streifenwagen draußen bemerkt, als sie heute Morgen zur Arbeit gefahren sind?« Jennas entschlossene Miene verunsicherte ihn offensichtlich, und das nutzte sie zu ihrem Vorteil. »Wann haben Sie Ihre Wohnung verlassen?«

»Ich bin um kurz nach sechs aufgebrochen.« Williams lehnte im Türrahmen und verschränkte die Arme vor der Brust. »Wie Sie sehen können, parke ich mein Auto im Hof. Ich bin über die Seitenstraße auf die Main Street gefahren und habe niemanden gesehen. Ein paar Fahrzeuge sind vorbeigefahren, aber ich erinnere mich an kein bestimmtes.«

Kane tauschte einen bedeutungsschweren Blick mit Jenna aus. Williams musste losgefahren sein, noch bevor Jenna den Anruf des Müllwagenfahrers erhalten hatte. Er zog seinen Notizblock hervor und schrieb etwas nieder, wobei er versuchte, so desinteressiert wie möglich auszusehen. Er wollte, dass Williams ihn für einen Verbündeten hielt, der dieselben Interessen teilte, sonst wäre die Ermittlung des FBI vorbei, ehe sie richtig begonnen hatte. Er wartete darauf, dass Jenna die Befragung fortsetzte, und als Williams zu ihm aufsah, verdrehte er die Augen.

»Haben Sie gestern Abend irgendetwas gehört?« Jenna blieb hartnäckig. »Hat sich jemand gestritten, gab es einen Kampf oder etwas anderes Ungewöhnliches nebenan?«

»Nicht zwischen acht und zehn, zumindest habe ich nichts gehört.« Williams zuckte mit den Schultern, dann drehte er sich um und schaute in seine Wohnung. »Ich habe den gestrigen Abend damit verbracht, meine Fotos durchzusehen und Abzüge für meine Kunden zu machen. Ich hatte Kopfhörer auf und habe Musik gehört. So kann ich mich besser konzentrieren. Wahrscheinlich hätte ich nicht mal mitbekommen, wenn irgendwo eine Bombe hochgegangen wäre.« Sein Blick wanderte von Jenna zu Kane. »Tut mir leid, dass ich Ihnen nicht helfen kann, Sheriff. Ich wünschte wirklich, es wäre anders.«

»Okay, vielen Dank für Ihre Zeit.« Jenna machte auf dem Absatz kehrt und stieg die Treppe hinab.

»War schön, dich wiederzusehen, Dave.« Williams grinste. »Ich melde mich bald.«

Kane zwang sich zu einem Lächeln. »Danke sehr.« Dann ging auch er die Stufen hinunter.

Der Müllwagen war verschwunden, aber jetzt war Wolfes Van zurück und blockierte die Seitenstraße. An der Main Street sah Kane Deputy Walters in seinem Streifenwagen sitzen, winkte ihm zu und ging zu dem offenen Fenster. »Kann man dir irgendwie helfen?«

»Nein, ich komme zurecht. Wolfe meinte, viel länger als ein paar Minuten kann es nicht mehr dauern, dann kann ich mich wieder meinem Fernseher widmen.« Walters grinste. »Ich weiß die Arbeit wirklich zu schätzen, Dave.«

Kane nickte. »Ohne dich wären wir aufgeschmissen.« Dann ging er zurück zu Jenna.

Als er in die Seitenstraße bog, kam Wolfe die Stufen hinunter, die zu Jeanette Turners Wohnung führten. Er war tief in eine Unterhaltung mit Jenna versunken, ihre Stimmen waren gesenkt. Er gesellte sich an ihre Seite. »Was hast du gefunden?«

»Genau das, was du beschrieben hast.« Wolfe begegnete seinem Blick. »Offensichtlich wurde versucht, Fingerabdrücke abzuwischen, aber an den Stellen, die üblicherweise vergessen werden, haben wir mehrere gefunden, die zu Dr. Bob Turner passen.«

»Das ist interessant, wenn man bedenkt, dass er bei seiner Aussage behauptet hat, nicht zu wissen, wo seine Frau wohnt.« Jenna runzelte die Stirn. »Wenn das stimmt, müssen wir davon ausgehen, dass er gestern Abend das erste Mal hier war, und als Bonus wurde sein Pick-up draußen gesehen. Damit haben wir ihn.«

»Nicht so schnell mit den jungen Pferden.« Wolfe schaute zwischen ihnen hin und her. »Nur damit die Ermittlung in die richtige Richtung läuft: Ich habe auch mehr als einen Treffer für Wyatt Cooper gefunden.«

Verblüfft wandte sich Kane an Jenna. »Ich schätze, du solltest Mr Cooper lieber sofort anrufen. Ich würde wirklich gerne wissen, was Wyatt in Jeanette Turners Wohnung zu suchen hatte.«

»Ja, ich auch.« Jenna zog ihr Handy hervor und tätigte den Anruf. Nach einer Weile legte sie auf und nickte. »Er kommt heute Mittag vorbei. Er wird Wyatt bei der Schule abholen und sich in seiner Pause mit uns treffen.«

»Ich muss die Wohnung absperren und weiterhin als Tatort markieren. Wir sind hier noch nicht fertig.« Wolfe runzelte die Stirn. »Mit der forensischen Untersuchung sind wir durch, aber ich muss nach der Autopsie noch mal herkommen. Ich möchte eine genaue Vorstellung des Tathergangs haben, was ohne Untersuchung der Verletzungen des Opfers nicht möglich ist.« Er lächelte. »Rio hat drinnen alles gefilmt, und das bedeutet, dass wir die Szene mit unserer neuen 3D-Technik aus allen Winkeln betrachten können. Einen Medienexperten im Team zu haben ist ein absoluter Bonus, seine bisherige Arbeit ist außerordentlich.«

»Er passt gut ins Team.« Jennas Lippen verzogen sich zu einer dünnen Linie. »Doch obwohl ich von Experten umgeben bin, haben wir drei unaufgeklärte Morde und die Beweise sind ein totales Durcheinander. Nichts scheint zusammenzupassen. Es gibt so viele fehlende Teile, und obwohl mein Bauchgefühl sagt, dass wir es bei einem Fall mit zwei Mördern zu tun haben, deuten die Hinweise bei den anderen beiden Morden eher nur auf einen Täter hin.«

Kane schaute zwischen ihnen hin und her. »Dann müssen wir in Erwägung ziehen, dass wir es mit unterschiedlichen Tätern zu tun haben. Im Fall Becky Powell auf jeden Fall mit einem Pärchen, aber für den Tod von Laurie und ihrer Mutter könnte jemand völlig anderes verantwortlich sein.«

FÜNFUNDVIERZIG

Der Wind hatte zugenommen und blies mit einem geisterhaften Stöhnen durch die enge Straße, als würde die Natur um ein weiteres unschuldiges Opfer trauern. Als Jenna zum Biest ging, knirschte das Laub, das aus den überquellenden Dachrinnen gefallen war, unter ihren Stiefeln. Die Blätter hatten sämtliche Farben von Grün bis Honigbraun und brachten Erinnerungen aus ihrer Kindheit zurück, in denen sie durch knietiefe Laubhaufen gelaufen war und die Blätter in die Luft getreten hatte, um dann zu beobachten, wie sie langsam wie Federn wieder zu Boden schwebten. Sie schätzte die Blätter und ärgerte sich nicht über das Laub in ihrem kleinen Garten, auch wenn sie kaum Zeit hatte, ihn zu pflegen. Beim nächsten Regenfall würden die Blätter zerfallen und Nahrung für ihre Rosenbüsche bieten. Sie verdrängte die Erinnerungen, kletterte in den Wagen und schnallte sich an. Als sie Richtung Sheriff's Department fuhren, wandte sie sich an Kane. »Am liebsten würde ich Dr. Turner sofort in einen Befragungsraum zerren, aber ich schätze, damit sollten wir bis nach der Identifizierung warten.«

»Ich glaube, wir werden mit der Befragung von Wyatt

Cooper schon alle Hände voll zu tun haben.« Kane folgte dem Verkehrsfluss, der hauptsächlich aus Touristen zu bestehen schien, die den Anblick der Stadt genossen. Dann fuhr er vor dem Sheriff's Department auf den Parkplatz.

»Ich werde Rowley rüberschicken, dann kann er ihn nach der Identifizierung direkt hierherbringen.« Jenna starrte aus dem Fenster und grübelte. »Ich hoffe, dass Turner freiwillig mitkommt. Er ist nicht verpflichtet, mit uns zu sprechen, und ich bin nicht sicher, ob wir für einen Haftbefehl genug gegen ihn in der Hand halten. In letzter Zeit ist der Richter schwerer zu überzeugen.«

»Rowley soll ihm sagen, dass er mitkommen soll, um ein paar Dokumente zu unterschreiben.« Kane kratzte sich an der Wange. »Und er soll ihm sagen, dass er für die Ausgabe der Leichen einen Antrag stellen muss. Ich werde Wolfe anrufen, damit er Rowley die richtigen Dokumente mitgibt. Ich bezweifle, dass Dr. Turner weiß, dass das eigentlich von dem Rechtsmediziner erledigt wird.«

Jenna grübelte darüber nach und nickte. »Ja, wir bringen ihn in den Befragungsraum, lassen ihn die Dokumente unterschreiben und dann werden wir ihm ein paar Fragen stellen. Ich werde die Kamera anstellen und ihm seine Rechte vorlesen.« Sie blies ihre Wangen auf. »Wahrscheinlich rennt er direkt wieder raus.«

»Das werden wir sehen.« Kane überlegte einen Moment. »Denkst du, Jo würde herkommen und bei den Befragungen der beiden Verdächtigen dabei sein?«

Jenna hob eine Schulter. »Gestern wollte sie eine Tour durch die Saphirmine bei Louan machen. Sie könnte inzwischen schon wieder zurück sein. Ich bin mir nicht sicher, wann sie zurück sein wollte. Ruf sie an, dann wissen wir es.«

Sie betrat das Gebäude, und noch bevor sie Maggie begrüßen konnte, kam Duke aus ihrem Büro gerannt und blieb halb gähnend, halb winselnd vor ihr stehen. Sie beugte sich runter, um ihn zu streicheln, aber dann entdeckte er Kane hinter ihr und führte seinen üblichen Willkommenstanz auf. Sie drehte sich um und lachte. »Er freut sich, dass wir es zum Mittag zurückgeschafft haben. Wie oft am Tag fütterst du ihn? Die meisten Hunde bekommen nur einmal am Tag etwas. Und gestern Abend hat er eine ganze Schale Futter von mir bekommen.«

»Er hat sich an drei Mahlzeiten pro Tag gewöhnt.« Kane zuckte mit den Schultern. »Natürlich bekommt er nicht jeden Tag drei volle Näpfe. Aber seit ich ihn gefunden habe, machen wir es so. Der Tierarzt meinte, ich solle ihm kleinere Mahlzeiten geben, sonst könnte er sich übergeben, weil er davor so lange hungern musste.« Er beugte sich runter, um Dukes Seiten zu streicheln. »Er ist nicht zu dick, und es freut mich, wenn er glücklich ist.«

Jenna lächelte und wandte sich an Maggie. »Ist irgendwas passiert, von dem ich wissen sollte?«

»Gar nichts.« Maggie warf einen Blick auf das Telefon. »Ich erwarte ein paar Anrufe, sobald die Story über den Mord in den Nachrichten kommt.« Sie zeigte auf Rio und Rowley, die an ihren Schreibtischen saßen und arbeiteten. »Falls nötig, werden sie mir helfen.«

»Na ja, einen von ihnen kannst du haben.« Jenna deutete auf Rowley. »Ihn wollte ich heute Mittag losschicken, um bei der offiziellen Identifizierung des Opfers anwesend zu sein.« Sie ging zu Rowley und erklärte ihm ihren Plan, um Dr. Turner in den Befragungsraum zu kriegen. »Er ist sehr leicht reizbar, also bleib so freundlich wie möglich. Wir müssen ihm ein paar Fragen stellen, und ich habe das seltsame Gefühl, dass ihm das nicht gefallen wird.«

»Verstanden.« Rowley lehnte sich zurück und schaute zu ihr hoch. »Danke, dass du mir die Zeit gegeben hast, mich um Sandy zu kümmern. Es hat sie beruhigt, dass ich bei ihr sein konnte.«

Jenna lehnte sich mit der Hüfte gegen seinen Schreibtisch. »Die Familie ist wichtig, und irgendwie schaffen wir es hier immer, Jake. Unser Job ist hart, und es sind schon viele Ehen von Polizeibeamten durch die hohe Arbeitsbelastung zerbrochen. Ich werde sicherstellen, dass so etwas hier nicht passiert.« Sie schaute auf, als Mr Cooper und Wyatt das Büro betraten. »Hm, sie sind früh dran.«

Sie straffte ihre Schultern und begrüßte sie. »Ah, vielen Dank, dass Sie kommen konnten. Kann ich Ihnen etwas anbieten? Kaffee? Wasser?«

»Nein, wir brauchen nichts.« Mr Cooper sah besorgt aus. »Worüber möchten Sie mit meinem Jungen sprechen, Sheriff?«

Jenna wartete, bis sich Kane zu ihr gesellt hatte. Es war offensichtlich, dass ihm etwas auf der Seele lag. Sie lächelte Mr Cooper an. »Wir möchten ihm nur ein paar Fragen stellen. Geben Sie mir eine Minute? Ich bin gerade erst wieder hier angekommen. Deputy Rio wird Sie in einen Befragungsraum bringen. Dort ist es gemütlicher.« Sie wandte sich an Rio. »Bitte bring Mr Cooper und Wyatt runter in Befragungsraum eins und warte dort mit ihnen.« Dann schaute sie wieder zu Mr Cooper. »Es wird nicht lange dauern. Mir ist bewusst, dass Sie zurück zur Arbeit müssen.«

Sie zog sich mit Kane zurück. »Gibt es etwas Neues?«

»Nein, aber Jo ist auf dem Weg.« Kane schaute zu Maggie. »Glaubst du, es würde Maggie etwas ausmachen, eine Weile auf Jamie aufzupassen?«

»Ich frage sie mal.« Jenna ging zum Empfangstresen. »Jo hat angeboten, uns bei ein paar Befragungen zu helfen, aber sie hat Jamie dabei. Wenn Rio hier vorne übernimmt, könntest du dann auf sie aufpassen? Ihr könnt in mein Büro gehen.«

»Natürlich, das mache ich gern.« Maggie strahlte. »Sie ist so ein liebes Kind.«

Die Tür ging auf und Agent Jo Wells kam zusammen mit ihrer Tochter Jaime herein, die ihren Boston Terrier knuddelte.

Jenna begrüßte Jo mit einem Lächeln. »Vielen Dank, dass du hergekommen bist. Maggie wird sich solange um Jamie kümmern.«

»Ich bin gerade durch die Stadt gefahren und hatte nichts zu tun.« Jo zuckte mit den Schultern. »Jamie ist total erschöpft, und ich konnte Carter nicht erreichen. Ich wollte ihn fragen, ob er schon früher nach Hause fahren will.« Sie grinste. »Zumindest kann ich mir jetzt mit zwei Fällen die Zeit vertreiben. Kane hat mich auf den neuesten Stand gebracht. Wen befragen wir zuerst?«

Jenna ging zum Befragungsraum voran. »Wyatt Cooper und seinen Vater. Der Verdächtige ist erst sechzehn und war der feste Freund von Laurie Turner, doch sie haben sich kurz vor ihrem Mord voneinander getrennt.«

»Ja.« Jo schaute auf ihr iPad. »Ich habe die Fallakten hier, falls ich sie brauche. Ich weiß, dass ich nur als Beraterin hier bin, aber soll ich die Befragung leiten? Vielleicht schaffe ich es, zu ihm durchzudringen.«

Jenna nickte. »Ja, danke. Ich bekomme von dem Jungen gemischte Signale. Bestimmt können du und Dave ihn besser einschätzen. Ich werde alles beobachten und mir Notizen machen.« Im Flur vor dem Befragungsraum hielt sie ihre ID-Karte vor den Scanner und sie gingen hinein. »Danke, Rio. Übernimm jetzt den Empfang. Maggie ist beschäftigt.« Bevor sie Platz nahm, stellte sie die Kamera und das Aufnahmegerät ein. »Mr Cooper und Wyatt, das ist Special Agent Jo Wells, und Deputy Kane kennen Sie bereits.«

»Das FBI? Was ist denn hier los?« Mr Cooper wich die Farbe aus dem Gesicht. »Brauchen wir einen Anwalt?«

»Es stünde Ihnen zu, aber ich denke nicht, dass es nötig ist.« Jo setzte eine freundliche Miene auf. »Wir müssen mit Ihnen über einige sensible Informationen sprechen.«

»Allerdings ...«, Kane beugte sich vor, »muss ich Sie darüber informieren, dass alles, was Sie sagen, vor Gericht gegen Sie verwendet werden kann.« Mit den Worten schloss er die Rechtsbelehrung ab. »Haben Sie das verstanden?«

»Ich habe nichts Falsches getan.« Wyatt lehnte sich vor und legte seine Hände mit der Handfläche nach oben auf den Tisch. »Ich habe nichts zu verbergen. Stellen Sie Ihre Fragen.«

»Wenn Sie damit einverstanden sind, Mr Cooper?« Jo schaute zu dem besorgten Mann.

»Ich schätze schon.« Mr Cooper zuckte mit den Schultern.

»Erinnern Sie sich an verschwundene Unterwäsche, Wyatt? Eine grüne Unterhose, um genau zu sein?« Jo studierte Wyatt.

»Nein, ich habe haufenweise Boxershorts. Nachdem sie in meinem Wäschekorb gelandet sind, achte ich nicht mehr auf sie.« Wyatt lief rot an. »Warum?«

»Eine von Ihren Unterhosen wurde an dem Tatort von Laurie Turner gefunden.« Jo beobachtete ihn so intensiv, dass sie es nicht einmal wagte, zu blinzeln. »Durch die auf dem Stoff gefundene DNA konnten wir ermitteln, dass sie Ihnen gehört.« Sie lehnte sich ein Stück nach vorn. »Wie, denken Sie, konnte sie dorthin gelangen?«

»Ich habe keine Ahnung.« Wyatt presste einen Finger auf die Tischplatte. »Laurie war ein nettes Mädchen. Wir hatten keinen Sex und ich habe meine Boxershorts nie in ihrer Anwesenheit ausgezogen. Und ich habe ihr auch keine als Souvenir oder was auch immer gegeben. Sie müssen sich irren.«

»Leider nicht.« Jo machte sich ein paar Notizen auf dem iPad und sprach, ohne den Blick zu heben, weiter. »Gibt es jemanden, der an eine von Ihnen getragene Unterhose gekommen sein könnte?« Jetzt schaute sie auf. »Haben Sie Ihre Schmutzwäsche je irgendwo liegen gelassen, wo sie jemand hätte stehlen können?«

»Ich glaube nicht.« Wyatt starrte fast eine volle Minute lang an die Wand, bevor er mit den Fingern schnippte. »Ich habe gerade überlegt, wo ich überall war. Ich dachte an das

Schwimmbad, aber da sind meine Sachen in einem Spind und mir wäre aufgefallen, wenn sich jemand daran zu schaffen gemacht hätte. Aber beim Training oder bei Spielen sind sie nicht weggeschlossen. Danach bin ich verschwitzt, ziehe mich aus und gehe duschen, wie die meisten Jungs. Wenn ich fertig bin, stopfe ich die dreckigen Socken und Unterwäsche in eine Tasche. Ich gebe sie meiner Mom zum Waschen, und sie legt frische Klamotten in meinen Rucksack.« Er zuckte mit den Schultern. »Also, während wir duschen, liegen meine Sachen zusammen mit denen der anderen Jungs auf dem Boden in der Umkleide.« Er lehnte sich in seinem Stuhl zurück. »In den Umkleiden sind keine Mädchen erlaubt, also weiß ich nicht, wie sie sie geholt haben soll.«

»Wie gut kennen Sie Lauries Mutter?« Kane strich seinen Block glatt und nahm einen Stift auf.

»Ich habe sie ein paarmal getroffen.« Wyatt runzelte die Stirn. »Warum?«

»Wussten Sie, dass sie früher auch Cheerleaderin war?« Jo lächelte. »Sie hat damit auf dem College weitergemacht. Ich wette, sie hat Laurie einiges beigebracht.«

»Ja, das war alles, worüber sie sich unterhalten haben, als gäbe es nichts anderes auf der Welt.« Wyatt fuhr sich aufgeregt mit der Hand durchs Haar.

»Wann waren Sie das letzte Mal in Mrs Turners Wohnung?« Jos Blick durchbohrte ihn. »Waren Sie in letzter Zeit mal dort?«

»Nein. Das letzte Mal muss am Independence Day gewesen sein. Wir haben sie besucht, weil Laurie mit ihr die Parade ansehen wollte. Wir haben die Hälfte verpasst, weil ihre Ma mal wieder Kopfschmerzen hatte.« Wyatt verdrehte die Augen. »Das war das letzte Mal, dass ich in der Wohnung war.«

»Wir haben folgendes Problem.« Kane lehnte sich vor und musterte ihn eindringlich. »Es gibt zwei tote Frauen und Beweise, dass Sie an beiden Tatorten waren.« Er tippte mit dem

Stift auf die Tischplatte. »Wo waren Sie gestern Abend zwischen sieben Uhr und Mitternacht?«

»In der Stadt, mit den Jungs. Ich war noch vor zehn Uhr wieder zu Hause.« Wyatt sah entsetzt aus. »Ich habe niemanden umgebracht.«

»Was fahren Sie für ein Auto?« Jos Aufmerksamkeit war fest auf sein Gesicht gerichtet.

»Einen weißen Ford Pick-up.« Mr Cooper runzelte die Stirn. »Der ist noch auf mich zugelassen.«

»Okay, Wyatt, bitte schreiben Sie auf, wo Sie gestern Abend gewesen sind und auch wer mit Ihnen zusammen gewesen ist.« Kane schob ihm den Block lässig über den Tisch zu. »Wenn Sie fertig sind, müssen Sie es bitte unterschreiben, und Mr Cooper, Ihre Unterschrift brauchen wir ebenfalls.« Er stand auf. »Wir sind gleich zurück.« Dann stellte er das Aufnahmegerät aus und sie traten in den Flur hinaus.

Jenna schaute zwischen Kane und Jo hin und her. »Konntet ihr etwas herausfinden?«

»Ich glaube nicht, dass er etwas mit den Morden zu tun hat.« Jo zuckte mit den Schultern. »Er hat seine Hände offen auf dem Tisch gehalten, er hat nicht versucht, sich irgendwelche Ausreden einfallen zu lassen, und er schien aufrichtig schockiert zu sein.« Sie lächelte Jenna an. »Wir wurden schon von Psychopathen an der Nase herumgeführt, aber er hat keine der üblichen neunmalklugen Kommentare von sich gegeben, die ich erwartet habe. Er zeigt Empathie. Ich glaube ihm.«

Jenna nickte. »Das reicht mir.« Sie öffnete die Tür zum Befragungsraum und lächelte die Coopers an. »Vielen Dank, dass Sie hergekommen sind. Sobald Sie die Aussage unterzeichnet haben, können Sie gehen.«

SECHSUNDVIERZIG

Jenna lehnte sich gegen die Wand und beobachtete, wie die Coopers das Gebäude verließen. Als sie Kane ihre offene Hand hinhielt, legte er den Block mit seinen Aufzeichnungen zu der Befragung hinein, und sie überflog die Seiten. »Ich werde Rowley bitten, mit den Jugendlichen auf dieser Liste zu sprechen, wenn er Dr. Turner zur Schule zurückfährt. Das sind nur ein paar allgemeine Fragen, also brauchen wir nicht die Erlaubnis ihrer Eltern, um mit ihnen zu sprechen.« Sie blickte zu ihm hoch. »Cooper mag unschuldig wirken, aber er passt trotzdem ins Profil.«

»Im Augenblick traue ich keinem von ihnen.« Kane ließ den Stift in seine Tasche gleiten. »Und ihm am allerwenigsten.« Er deutete mit seinem Kinn Richtung Dr. Turner, der gerade mit Rowley den Flur entlangkam.

Als sie Turner sah, machte Jenna auf dem Absatz kehrt und ging zusammen mit Kane und Jo zurück in den leeren Befragungsraum. »Rowley soll sich um den Papierkram kümmern. Sobald wir hier fertig sind, werde ich ihm eine Liste von Wyatts Freunden geben, damit er in Absprache mit der Schule ein Gespräch mit ihnen organisieren kann.« Sie sah Jo an. »Zieht euer Ding durch, mit euch beiden haben wir tatsächlich die Chance, etwas aus Dr. Turner herauszubekommen.«

Ihr Handy klingelte. Es war Rio vom Empfang. »Gibt es ein Problem?«

»Nein, es ist nichts los, also habe ich mir die roten 1950er Ford Pick-ups im County angesehen. Abgesehen von dem, der Turner gehört, gibt es keinen, bei dem Baujahr, Model und Farbe auf die Beschreibung passen, weder hier noch in den benachbarten Countys.« Rio räusperte sich. »Das sind Oldtimer. Ein paar konnte ich aufspüren, die meisten in anderen Farben und die roten sind nicht so markant wie der von Laurie Turner.«

Jenna nickte. »Danke, das ist gut zu wissen.« Sie beendete das Gespräch und gab die Information an Jo und Kane weiter. »Ich bin gespannt, wie Turner sich aus dieser Sache herausreden will.« Sie fuhr mit den Fingern über den Rand des Notizblocks und dachte einen Augenblick lang nach. »Ich frage mich, ob er auch etwas mit Lauries Mord zu tun hat. Laut ihrer besten Freundin hatte Laurie Angst vor ihrem Vater und sie hatte einen Riegel an ihrer Schlafzimmertür. Das allein zeigt schon deutlich, dass etwas zwischen ihnen nicht gestimmt hat.«

»Da er Vertrauenslehrer an der Schule ist, hätte er Zugang zu den Umkleidekabinen des Footballteams. Niemand hätte es seltsam gefunden, ihn dort hineingehen zu sehen. Er hätte die Unterwäsche stehlen können, um die Schuld auf Wyatt zu lenken.« Jo runzelte die Stirn. »Er kennt den Wagen und hätte ihn sabotieren können, aber das passt nicht zu der Tatsache, dass Laurie am Abend ihres Todes gesehen wurde, wie sie in einen Chrysler stieg.«

»Wir mögen ein Zeugin haben, die gesehen hat, wie sie in das Fahrzeug gestiegen ist, aber wir wissen nicht, ob der Fahrer sie zu Hause abgesetzt hat.« Kane kratzte sich an der Wange. »Oder wo sie gestorben ist. Wir haben nur den Ort, an dem sie gefunden wurde. Vielleicht war es so: Turner sabotiert ihr Auto und weiß nicht, dass ihr Handy zerstört wurde. Er nimmt an, dass sie mit ihren Freunden nach Hause fahren würde. Als sie zu Hause ankommt, erwürgt er sie im Schlaf. Wir wissen, dass es keine Abwehrspuren gab, wenn sie auf dem Bauch gelegen hat, hätte er sie einfach von hinten strangulieren und ihre Leiche mit seinem Wagen zu den Minen bringen können. Die Messerstiche könnten ein Trick sein, um uns glauben zu lassen, dass jemand anderes dafür verantwortlich ist.« Er schaute zwischen ihnen hin und her. »Das Bett wurde frisch bezogen und alles war ordentlich. Alles deutet auf ihn hin.«

Jenna schüttelte den Kopf. »Das einzige Problem dabei ist, dass die Spucke, die am Tatort gefunden wurde, zu dem Schweiß in Rowleys Haus passt.« Sie fuhr sich mit der Hand übers Gesicht. »Also, wir haben Beweise, aber irgendetwas fehlt noch, die Teile passen nicht zusammen.«

»Ma'am.« Rowley steckt seinen Kopf zur Tür hinaus. »Ich bin mit dem Papierkram für Dr. Turner fertig. Ich habe ihm gesagt, dass ihr noch mit ihm sprechen möchtet.«

Jenna lächelte und zog die Tür ganz auf. »Danke, Jake.« Sie überreichte ihm eine Kopie von Wyatt Coopers Aussage. »Während wir mit ihm beschäftigt sind, ruf bitte in der Schule an und mach diese Zeugen ausfindig, damit wir wissen, ob sie Coopers Alibi bestätigen können. Und wenn du Dr. Turner später zur Schule zurückbringst, versuch bitte, mit ihnen zu sprechen. Das hat mit Mrs Turners Mord zu tun, also gibt es keinen Interessenkonflikt.«

»Sicher.« Rowley lächelte. »Ich habe vorhin Sandy angerufen, sie bedankt sich für all die Blumen, die ins Krankenhaus geschickt wurden, und auch das Essen.« Er machte sich auf den Weg den Flur entlang.

»Jederzeit.« Jenna warf ihm einen ernsten Blick zu. »Ich bin so froh, dass es ihr gut geht.« Dann wandte sie sich an Kane und Jo. »Auf geht's.«

Nachdem sie ihre ID-Karte durch den Scanner gezogen

hatte, führte Jenna sie in den Befragungsraum und stellte die Kameras ein. Nachdem sie fürs Protokoll alle ihre Namen genannt hatten, las sie Dr. Turner seine Rechte vor und nahm Platz. »Bestimmt fragen Sie sich, warum wir mit Ihnen sprechen wollten, Dr. Turner. Agent Wells würde Ihnen gerne ein paar Fragen zu dem Mord an Ihrer Frau stellen.«

»Meine Frau hat mich vor sechs Jahren verlassen. Wenn ich sie hätte umbringen wollen, hätte ich das schon lange getan.« Turner grinste Jo an. »Ehrlich, das FBI? Meine Frau war ein nutzloser Niemand. Warum interessiert sich das FBI dafür?«

»Sie haben in Ihrer Aussage angegeben, nicht zu wissen, wo Jeanette lebte, also nehme ich an, Sie waren nie in ihrer Wohnung?« Jo nahm eine neutrale Haltung ein.

»Warum sollte ich sie besuchen wollen?« Turners selbstgefälliges Zucken seiner Lippen kehrte zurück. »Sie hat mich verlassen, schon vergessen? Sie hat unser ganzes Geld mitgenommen, aber das Sorgerecht für Laurie hat sie nicht bekommen, nicht wahr? Nein, das habe ich sichergestellt.«

»Okay, und wie kommen Ihre Fingerabdrücke dann in ihre Wohnung?« Jo durchbohrte ihn mit ihrem Blick. »Und warum wurde Ihr Wagen gegenüber der Seitenstraße gesehen, in der ihre Wohnung liegt?«

»Ich will einen Anwalt.« Dr. Turner lehnte sich in seinem Stuhl zurück und schaute sie süffisant an. »Ich kenne meine Rechte. Rufen Sie Samuel J. Cross an. Ohne ihn sage ich kein Wort mehr.«

Jenna erhob sich. »Wie Sie wünschen.« Sie schaute zu Kane. »Nimm Dr. Turner zur Befragung wegen Mordverdachts fest und bring ihn in eine Zelle. Ich werde mal sehen, ob ich Sam Cross ausfindig machen kann.« Sie verdrehte die Augen. Von allen Anwälten war sie mit Sam Cross schon am häufigsten aneinandergeraten. Sie führte Jo aus dem Befragungsraum und wandte sich im Flur an sie. »Ich denke, er ist unser Mann.«

»Ja, aber er ist so selbstsicher. Irgendwie erwarte ich, dass er noch einen Hasen aus seinem Hut zaubert.« Jo starrte Turner durch das Einwegfenster an. »Die Beweismittel für beide Morde reichen für einen Haftbefehl gegen ihn, aber es wäre besser, wenn wir noch mehr gegen ihn in der Hand hätten. Wenn wir Zugang zu seinem Büro und seinem Haus bekommen könnten, fänden wir dort vielleicht belastende Beweise.« Sie zuckte mit den Schultern. »Für einen Durchsuchungsbeschluss braucht man keine richterliche Erlaubnis.«

Jenna nickte. »Darum kümmere ich mich.« Sie seufzte. »Die Autopsie seiner Frau ist um zwei. Kannst du noch lange genug bleiben, um bei der Befragung mit Sam Cross dabei zu sein?«

»Du könntest Turner über Nacht hierbehalten, bevor er weiter befragt wird.« Jo schob sich das iPad unter einen Arm und warf dem Häftling einen Blick zu. »Die Ergebnisse der Autopsie könnten ausschlaggebend für die weitere Befragung sein. Ich werde warten, bis ihr zurück seid, bevor ich den Anwalt anrufe. Wenn Mr Samuel J. Cross Bescheid gegeben hat, wann er eintreffen wird, werde ich einfach wieder herkommen.« Sie warf einen Blick auf ihre Uhr. »Ich werde mit Jaime zum Mittagessen zurück ins Hotel fahren.«

Jenna drückte ihren Arm. »Danke, Jo.«

Mit einem Klicken öffnete sich die Tür und Jenna trat zur Seite, als Kane Dr. Turner aus dem Zimmer führte. Der Doktor sagte nichts, starrte sie aber mit einem grausamen Grinsen an, als er an ihr vorbeiging. Jo hatte recht, er hatte noch einen Trumpf im Ärmel.

SIEBENUNDVIERZIG

Wegen der inneren Unruhe hatte er schon den ganzen Morgen Magenkrämpfe. Die ganze Sache hatte sich zu einem Albtraum entwickelt und die Aufregung, die er dabei verspürt hatte, seine Freundin bei einem Mord zu beobachten, war schnell verflogen. Er wusste nicht, was er tun sollte, und konnte sie nicht aufhalten. Sie war wie ein Tornado, wild und unkontrollierbar. Es beunruhigte ihn, nein, es versetzte ihn regelrecht in Angst und Schrecken. Er konnte sich nicht an den Sheriff wenden. Er steckte in der Sache mit drin und war genauso schuldig wie sie. Er hoffte, dass Dr. Turner ihm ein Alibi geben würde. Ihm blieb nichts anderes übrig, als bei der letzten Cheerleaderin auf ihrer Liste noch mitzuspielen und zu hoffen, dass es dann vorbei wäre. Als die Glocke ertönte und die Schüler aus den Klassenräumen strömten, um zu ihrer letzten Unterrichtsstunde vor der Mittagspause zu gehen, zog er sie in eine Nische. »Wir müssen reden.«

»Was ist los?« Sie lächelte ihn verführerisch an und lehnte sich näher. »Wir sollten nicht zusammen gesehen werden, nicht bevor wir uns nicht um Vicky Perez gekümmert haben.«

Aus Angst, jemand könnte ihn mit ihr reden sehen, stellte

er sich vor sie, um sie von den Blicken der anderen abzuschirmen. »Hier ist die Hölle los. Heute Morgen wurde Lauries Mom ermordet aufgefunden, und jetzt hat der Sheriff das FBI herbeordert.«

»Das FBI?« Sie blinzelte ihn an. »Wirklich?«

»Ja, ich habe sie zusammen gesehen, sie haben heftig diskutiert. Mit ihren Jacken sind sie kaum zu übersehen.« Er griff nach ihren Armen. »Hast du sie umgebracht?«

»Warum sollte ich Laurie Turners Mom umbringen?« Sie brach in Gelächter aus. »Wer hat dir denn diese Scheiße erzählt?«

Als könnte er ihr von seinem geheimen Treffen mit Dr. Turner gestern am späten Abend erzählen. Der Doktor hatte seine Frau ermordet aufgefunden und ihn um Hilfe gebeten. Dr. Turner war überzeugt, dass er nichts damit zu tun hatte, und hatte ihn gebeten, die Leiche in die Seitenstraße zu schaffen. Der Schock der Erkenntnis, dass seine Freundin ohne ihn mordete, hatte die Welt um ihn herum zusammenbrechen lassen. Er wusste, dass sie ihn anlog, und das machte ihn wütend. Er hatte das Durcheinander in der Wohnung gesehen, und es war nicht leicht gewesen, Mrs Turners Leiche in die Seitenstraße zu schaffen, auch nicht mit der Hilfe des Doktors. Es war unmöglich, dass seine Freundin Mrs Turner alleine überwältigt hatte. Er schüttelte sie leicht. »Lass das. Das ist nicht komisch.« Er studierte ihr Gesicht. »Du triffst dich hinter meinem Rücken mit jemandem, nicht wahr? Du bist gestern Abend ungefähr zu der Zeit irgendwo in der Stadt verschwunden, als Mrs Turner erwürgt wurde.«

»Ich bin nach Hause gefahren.« Sie blinzelte ihn an. »Ich wollte noch bleiben, aber als Vicky sich die ganze Zeit an dich rangemacht hat, bin ich so wütend geworden, dass ich sie am liebsten an Ort und Stelle abgestochen hätte.« Ihre Lippen kräuselten sich zu einem verführerischen Lächeln. »Das wäre zu schnell für sie gewesen, und ich will es mit ihr an unserem geheimen Ort zu Ende bringen. Ich stehe drauf, dass es dich antörnt, mich beim Töten zu beobachten.« Sie kicherte. »Du bist genauso kaputt wie ich, was?«

Bin ich das? Nach dem Mord an Becky hatten ihn Schuldgefühle und Übelkeit übermannt, seine Freundin jedoch schien sich nur nach dem nächsten Mord zu sehnen. Er kaute auf der Innenseite seiner Wange herum. Es war, als hätte sie überhaupt keine Gefühle, das Töten schien ihr nichts auszumachen. In diesem Augenblick erkannte er, dass sie ihn überhaupt nicht liebte. Sie war gar nicht fähig, zu lieben, und hatte ihn manipuliert, um irgendeine verrückte Fantasie auszuleben. Jetzt hatte sie sich offensichtlich mit einem anderen Kerl zusammengetan. Wenn er sie jetzt verließ, würde sie sich auf ihn stürzen wie eine Klapperschlange. Er starrte in ihre großen, schuldlosen Augen und knirschte mit den Zähnen. Er würde sich auf ihr Spiel einlassen und dann weit weg ziehen, um aufs College zu gehen. Er hatte schon Angebote und es war der einzige Weg, sie loszuwerden.

»Schau nicht so besorgt. Wir haben das unter Kontrolle.« Sie zwirbelte eine ihrer Haarsträhnen um einen Finger. »Weißt du, warum der Rektor Schüler in sein Büro bestellt? Denkt der Sheriff, dass einer von uns Lauries Mutter getötet hat?«

Er nickte. »Anscheinend, aber keine Sorge. Du stehst nicht auf ihrer Liste.« Er zuckte mit den Schultern. »Sie haben es nur auf Jungs abgesehen, also schätze ich, wenn du dich noch mit jemand anderem triffst, solltest du ihn warnen.«

»Es gibt nur dich und mich.« Sie schaute mit todernster Miene in seine Augen. »Wenn der Sheriff denkt, dass es jemand von der Schule war, werden sie alle ganz genau beobachten, also haben wir nicht viel Zeit. Es muss heute Abend passieren.« Sie lehnte sich zu ihm und befeuchtete ihre Lippen. »Ich habe Pläne für Vicky. Ich werde meinen Stil ändern, um die Cops zu verwirren. Auf jeden Fall werde ich sie nicht erwürgen, dafür ist sie zu stark.« Ihre Lippen verzogen sich zu einem Grinsen. »Erinnerst du dich an die alten Chemiefläschchen in der Scheune?«

Grauen legte sich über ihn wie ein dunkler, kühler Mantel. Er schluckte schwer. »Ja, Säure und so was, glaube ich. Warum?«

»Ich habe eine Flasche Chloroform gefunden.« Sie kicherte. »Weißt du, was das mit Leuten macht? Sie schlafen ein. Ein paar Tropfen davon auf einen Lappen, den man ihr vor den Mund hält, und sie ist weg. Wir können sie fesseln und unter unsere Kontrolle bringen. Dann kann ich mir Zeit lassen und tun, was auch immer ich will. Und sie wird nichts dagegen unternehmen können. Wir brauchen nur noch eine andere Unterhose. Ich habe doch gesagt, dass es die Cops verwirrt, wenn wir jedes Mal eine andere verwenden.«

Er kratzte sich am Kinn. »Dafür ist es zu spät, und ich werde nicht die Rücksäcke der Jungs auf der Suche nach verschwitzter Unterwäsche durchwühlen.«

»Dann bring eine von deinen mit.« Sie legte ihre Hände auf seine Wangen. »Ich weiß, was ich tue. Bei drei verschiedenen DNA-Spuren an den Tatorten werden sie glauben, dass deine Boxershorts auch nur wieder gestohlen wurden. Mach dir keine Sorgen, uns wird niemand schnappen, und bald ist das alles vorbei.«

Er schob die Hände in seine Taschen, um das Zittern zu unterdrücken. Sie war zu allem fähig, und er wollte nicht dabei zusehen, wie sie Vicky folterte. Er schüttelte den Kopf. »Es wird dieses Mal schwerer sein, sie loszuwerden. Wo können wir sie hinbringen, ohne gesehen zu werden? Die Cops sind mittlerweile überall, sie haben sogar Verstärkung aus Blackwater.«

»Es spielt keine Rolle, wo wir sie entsorgen.« Sie ließ verärgert ihre Hände sinken. »Wir werden sie irgendwo an den Straßenrand werfen, an irgendeiner abgelegenen Stelle.« Sie nahm ihren Rucksack wieder auf. »Ich muss los. Wir sehen uns heute

Abend bei der Scheune. Bring sie gegen acht Uhr dorthin. Ich werde drinnen warten.«

Er rieb sich den Nacken. »Vielleicht kommt sie gar nicht mit mir.«

»Das wird sie. Sie hat gar nicht mehr aufgehört, von dir zu schwärmen.« Wut blitzte in ihren Augen auf. »Sie macht mich wütend. Sorg einfach dafür, dass sie dort ist, denn du willst doch nicht, dass ich wütend auf dich werde, oder?«

ACHTUNDVIERZIG

Nach ihrem Besuch bei dem Richter gab Jenna Kane ein aufgeregtes High Five. »O mein Gott, ich war mir sicher, dass er es ablehnen würde. Wir dürfen zwar nicht in seine Fallakten sehen, aber Turner muss immerhin irgendeine Art Terminplaner haben.« Sie grinste Kane an und fuchtelte triumphierend mit dem Dokument herum. »Wann überbringen wir Dr. Turner die guten Neuigkeiten?«

»Wir haben noch eine halbe Stunde, bevor wir zur Autopsie müssen.« Kane warf einen Blick auf seine Uhr. »Das reicht nicht für eine Durchsuchung ... Außerdem sollte Wolfe uns dabei begleiten. Aber für einen Zwischenstopp beim Aunt Betty's müsste es reichen.« Er öffnete die Tür zu seinem Wagen.

Jenna zog die Beifahrertür auf und kletterte hinein. »Sicher, ich habe auch Hunger.«

Das Aunt Betty's bot ihnen eine Pause von der Anspannung der Mordermittlung. Jenna atmete den Duft ein, der sie an die früheren Besuche bei ihrer Grandma erinnerte und wie es in der Küche gerochen hatte, wenn diese gebacken hatte. Als

Kind hatte sie ihre Grandma gerne besucht und ihr beim Backen von Kuchen und Keksen geholfen. Das war Teil ihrer Routine gewesen, nachdem die Kinder flügge geworden waren. Da sie nur noch für Grandpa und sich selbst kochen musste, hatte ihre Grandma jede Woche reichlich Essen zubereitet und es für Jenna für den Rest der Woche eingefroren. So hatte sie sich über das Abendessen nie Gedanken machen müssen. Sie hatte immer mehrere Gerichte zur Auswahl gehabt und es hatte jeden Abend geschmeckt, als würde sie zum Essen ausgehen.

Da Jenna nicht über die bevorstehende Autopsie nachdenken wollte, ging sie zur Theke und begutachtete das Tagesangebot. Sie bestellte eine große Portion Beef Pie mit Pommes und beobachtete, wie Kanes Mundwinkel sich zu einem Lächeln verzogen. Sie warf ihm einen Blick zu. »Was?«

»Der Pie sieht gut aus, er hat so viele Lagen und sieht aus, als würde er im Mund regelrecht zerschmelzen.« Kane bestellte sich das gleiche Gericht. »Aber du isst sonst wie ein Vögelchen. Ich frage mich, ob du die Jenna bist, die ich kenne, oder ob du von einem Alien-Double ausgetauscht wurdest.«

Jenna führte sie zum Tisch in der hinteren Ecke. »Ich habe Hunger, das ist alles. Ich nasche nicht den ganzen Tag so wie du, und ich hatte nicht mal Zeit, noch einen Kaffee zu trinken.«

»Das sollte kein Vorwurf sein.« Kane setzte sich, nahm seinen Stetson ab und warf ihn neben sich auf den Sitz. Dann ließ er einen langen Seufzer entweichen. »Was hat es mit Festivals und Verbrechen nur auf sich? Ich hatte gehofft, wir hätten den Fall mittlerweile schon abgeschlossen und könnten es am Samstag doch noch zu dem Tanzabend schaffen.«

»Wolltest du da wirklich hingehen?« Jenna grinste. »Du weißt, dass ich dir nicht permanent auf die Füße treten würde, wenn du mich irgendwo mit hinnehmen würdest, wo man nur ein bisschen zur Musik zappeln muss.«

»Vertrau mir.« Kane schüttelte den Kopf. »Das wird nie

passieren.« Er beugte sich ihr entgegen. »Es gefällt mir, wenn der Tanz einem Muster folgt … und ich gewöhne mich langsam daran, dass du mir die Stiefel zerfetzt.«

Sobald sie das Leichenhaus betraten, schwand ihre ausgelassene Stimmung. Die kühle Luft wirkte wie ein Schlag ins Gesicht und schien sämtliche Freude aus Jenna herauszusaugen. Der nur zu bekannte Geruch des Gebäudes drang an ihre Nase und holte sie auf den harten Boden der Realität zurück. Sie folgte Kane den kahlen weißen Flur entlang, das Echo seiner Schritte hallte durch die Stille. Als sie in der Nische anhielten, um sich die Schutzkleidung anzuziehen, klang das Ticken der Uhr in dem leisen Gebäude viel zu laut. Sie sah Kane an. »Wo sind denn alle?«

»Oh, richtig.« Er zog sich die grüne Schutzkleidung wieder über den Kopf und hängte sie zusammen mit seiner Jacke an einen Haken. »Wolfe ist bestimmt in seinem Büro. Er wollte unsere Nähte begutachten, bevor er mit der Autopsie startet. Ich schätze, Emily und Webber bereiten den Untersuchungsraum bereits vor.« Vorsichtig fuhr er mit der Fingerspitze über die gelbe Prellung unter ihrem Auge. »Wie geht es deinem Auge?«

Jenna zog die Schutzkleidung wieder aus und hängte sie neben seine Sachen. »Es geht mir gut. Darum mache ich mir überhaupt keine Sorgen.« Sie ging zu Wolfes Büro und klopfte an.

»Herein.« Wolfes gedämpfte Stimme drang durch die Tür.

»Hallo.« Jenna ging hinein. »Dave sagt, du wolltest unsere Nähte überprüfen?«

»Ja, zieht eure T-Shirts aus.« Wolfe nahm einen Medizinkoffer von der Arbeitsfläche und zog ein paar Dinge heraus. Er stülpte sich Handschuhe über und entfernte Jennas Wundpflaster. »Jenna, bei dir sieht alles gut aus. Lass das neue Pflaster noch eine Woche drauf. Es ist wasserfest, also kannst du damit duschen, nur die Badewanne solltest du vielleicht noch meiden.« Er klebte das neue Pflaster auf, wechselte die Handschuhe und wandte sich an Kane. »Hm, das sieht nicht so gut aus.« Er säuberte die Wunde, ging zu seinem Koffer und kehrte mit einer Spritze zurück. »Mach deine Hüfte frei, ich werde dir ein Antibiotikum verabreichen.«

Jenna hatte sich ihr T-Shirt gerade wieder über den Kopf gezogen, als die Tür geöffnet wurde. Sie zupfte den Stoff zurecht und wandte sich Emily zu. »Hallo, Em. Suchst du nach uns?«

»Noch mehr Dornen?« Emilys Augenbrauen wanderten nach oben. »Ihr zwei gebt diese Woche aber wirklich alles.«

»Nein, keine Dornen.« Wolfe warf die Spritze in einen Behälter und zog sich die Handschuhe mit einem Klatschen aus. »Ich sehe nur nach meinen Patienten, das ist alles. Ist alles vorbereitet?«

»Ja.« Emily lehnte sich gegen den Türrahmen. »Ich habe mir die Ergebnisse aller Opfer angesehen, und die Erstuntersuchung von Mrs Turner sagt mir, dass es ein anderer Mörder war. Falls dem nicht so ist, muss ich etwas übersehen haben.«

»Wir werden gleich anfangen und sehen, was wir herausfinden können.« Wolfe zeigte in den Flur. »Wir sind schon auf dem Weg.«

Im Untersuchungsraum ging Jenna gleich zu den verschiedenen Bildern, die auf den Bildschirmen präsentiert wurden. Ihr gefiel, dass Wolfe auch alle Informationen zu den anderen Opfern parat hatte. Nur so konnten sie wissen, ob dieselbe Person für die Reihe an Morden verantwortlich war. Beim Vergleich der Ergebnisse würde ein Nachahmungstäter herausstechen wie ein bunter Hund. Sie überflog die Bilder und machte sich in Gedanken Notizen zu jedem der Opfer. Bis auf die Tatsache, dass alle Opfer Cheerleaderinnen waren, waren die Fälle sehr verschieden. Die Verletzungen der Opfer sahen alle vollkommen unterschiedlich aus. Sie sah Kane an. »Gott sei Dank gibt es Rechtsmediziner. Vor einigen Jahren musste der Sheriff in so einem Fall noch die Entscheidungen treffen. Für mich sieht es so aus, als hätten wir es mit zwei verschiedenen Fällen zu tun.«

»Ja, ich frage mich, wie Dr. Turner plant, sich aus dem Mord an seiner Frau herauszureden.« Kane schüttelte den Kopf. »Die Sache scheint zu offensichtlich zu sein.«

»Manche Morde sind offensichtlich.« Wolfe zuckte mit den Schultern. »Nicht jeder Mord ist ein Mysterium. Meistens ist die verantwortliche Person ein nahestehender Familienangehöriger. In acht von zehn Fällen der Lebensgefährte.« Vorsichtig nahm er das Laken von Jeanette Turners blasser Leiche, richtete sein Mikrofon und schaute sie über seine Maske hinweg an. »Okay, beginnen wir mit meinen ersten Erkenntnissen.«

»Eins ist sicher, sie ist nicht draußen in der Straße gestorben.« Kane näherte sich der Leiche und studierte ihre Füße. »Abgesehen von den Zerrspuren an ihren Hacken sind die Füße sauber. Die Kratzer an ihren Fersen passen zu den Schleifspuren, die wir in der Seitenstraße gefunden haben.« Er wandte sich an Wolfe. »Sie wurde auch nicht die Treppe heruntergerollt. Ich habe unten an der Treppe nach Aufprallspuren gesucht, aber nichts gefunden, das auf einen Sturz hindeutet.«

»Die Verletzungen geben dir Recht, aber es gibt eine Stelle an ihrer linken Hüfte, eine Schürfwunde mit Splittern darin, keine Blutung oder Prellung. Das deutet darauf hin, dass sie post mortem über die Stufen gezerrt wurde.« Wolfe zeigte auf verschiedene andere Wunden auf ihrem Körper. »Die sind alle zur selben Zeit entstanden und alle weisen subdermale Hämatome auf, was darauf hindeutet, dass sie noch am Leben war, als ihr diese Verletzungen zugefügt wurden.« Er drehte den Kopf des Opfers vorsichtig. »Seht euch die Prellungen in ihrem

Gesicht an, seht ihr die kleine Platzwunde auf dem Wangenknochen?«

Ein kühler Schauer überkam Jenna, als sie auf die Wunde und dann auf die Vergrößerung auf dem Bildschirm blickte, die Wolfe geöffnet hatte. Schon zu oft hatte sie Frauen gesehen, die genau die gleichen Verletzungen aufwiesen wie Jeanette Turner. »Solche Verletzungen habe ich schon in Fällen von häuslichem Missbrauch gesehen. Ein Schlag mit der offenen Hand, gefolgt von der Rückhand, und in diesem Fall hat die verantwortliche Person einen Ring getragen.«

»Noch besser.« Wolfes Augen funkelten über seine Maske hinweg. »Ich denke, in dem Ring könnte ein Stein sein, und wenn dem so ist, stehen die Chancen gut, dort DNA-Spuren zu finden.« Er schaute zu Jenna. »Trägt Dr. Turner einen Ring?«

Jenna zuckte mit den Schultern. »Ich bin mir nicht sicher.«

»Ja, das tut er.« Kane griff nach seinem Handy. »Er musste all seine Wertsachen in eine Tüte legen, bevor ich ihn in seine Zelle gebracht habe.« Er stiefelte auf die Tür zu. »Und wir haben einen Durchsuchungsbeschluss. Macht weiter, ich hole seine Habseligkeiten.«

»An dieser Stelle müssen wir noch auf etwas anderes hinweisen.« Emily rief mehrere Röntgenbilder auf dem Bildschirm auf. »Mrs Turner hat im Laufe ihres Lebens mehrere Knochenbrüche erlitten und einer entspricht dem, den wir auch bei Laurie gefunden haben. Beim Blick in die Krankenakten der beiden Opfer sieht man, dass sie deutlich zu oft in der Notaufnahme waren.«

Jenna starrte verständnislos auf die Röntgenbilder. »Was bedeutet das?«

»Die Verletzungen an den Armen der beiden Frauen entstehen, wenn jemand den Arm verdreht.« Wut blitzte in Emilys Augen auf. »Wenn beide Frauen aus demselben Haushalt ähnliche Verletzungen aufweisen, deutet das auf häusliche Gewalt hin. Ich bin schockiert, dass die Ärzte, die sie im Krankenhaus behandelt haben, nicht eins und eins zusammengezählt und die Behörden alarmiert haben.«

Die Verzweiflung, die Jennas Herz erfüllte, schlug in Abscheu für den Mann um, der für diese Verletzungen verantwortlich war. Sie bemühte sich, professionell zu bleiben und sich bei der Ermittlung nicht von ihrer Wut beeinflussen zu lassen. »Leider haben viele Leute weggesehen, was häusliche Gewalt angeht, bevor ich Sheriff wurde. Die Menschen denken, dass es sie nichts angeht und sie sich nicht einmischen sollten. Jetzt ist das anders. Die Frauen wissen, dass sie in meiner Stadt Hilfe bekommen und ich sie unterstützen werde.« Sie betrachtete Emilys bestürzte Miene. »Das passiert natürlich nicht nur Frauen. Auch Männer können von ihren Frauen missbraucht werden. Viele glauben, dass es nicht männlich sei, sich zu beschweren, also leiden sie im Stillen. Ich arbeite daran, diese Ansicht zu ändern, damit jeder Mann in einer solchen Situation vertraulich mit meinen Deputys darüber sprechen kann.«

»Machen wir weiter.« Wolfe nickte Kane zu, als dieser zurückkehrte. »Livores mortis ... Die violette Verfärbung im Gesäß und in den unteren Gliedmaßen deutet daraufhin, dass das Opfer kurz nach ihrem Tod am Fundort platziert wurde. Nun, anhand der Leichenstarre und der Temperatur zum Zeitpunkt des Leichenfundes, kann ich den ungefähren Todeszeitpunkt eingrenzen. Ich schätze, er liegt zwischen acht Uhr abends und Mitternacht, höchstwahrscheinlich jedoch zwischen acht und zehn Uhr am gestrigen Abend.« Er deutete auf die Male auf Mrs Turners Armen und Oberschenkeln. »Anders als bei den anderen Opfern, haben wir bei Jeanette Turner Hinweise auf sexuelle Aktivität kurz vor ihrem Tod gefunden. Nach meiner Untersuchung würde ich sagen, dass es nicht einvernehmlich war.«

»Nein, Liebe gab es zwischen Dr. Turner und seiner Frau keine mehr.« Kane schüttelte den Kopf. »Die letzte Machtdemonstration, bevor er sie erwürgt hat?«

»Es ist wahrscheinlicher, dass sie während des Angriffs erwürgt wurde.« Wolfe deutete auf die Daumenabdrücke auf Jeanettes blassem Hals, bevor er ihren Kopf drehte und die ausgeprägten Fingerabdrücke auf beiden Seiten ihres Halses offenbarte. »Ein Frontalangriff. Er wollte ihr beim Sterben zusehen, und so, wie es in ihrer Wohnung aussah, hat sie um ihr Leben gekämpft. Aber nachdem er ihr die Hände mit dem Gürtel ihres Bademantels hinter dem Rücken gefesselt hatte, hatte sie keine Chance mehr gegen ihn.« Er hob ihre Hände an und deutete auf die Male auf ihrer Haut. »Die Abdrücke passen zu dem Gürtel. Er hat die Fesseln gelöst, bevor er sie nach draußen gebracht hat, aber Turner ist nicht sehr groß. Es muss schwer für ihn gewesen sein, sie die Treppe hinunterzubewegen.« Wolfe runzelte die Stirn. »Die Treppe ist steil, und sich eine Leiche über die Schulter zu werfen wäre schwer gewesen. Sie einfach auf den Arm zu nehmen und runterzutragen, so gut wie unmöglich.« Er schaute zu Jenna. »Er hat sie nicht nach unten gezerrt oder sie hinuntergeworfen. Er muss Hilfe gehabt haben.«

Ein Verdacht beschlich Jenna. »Ist das ein Nachahmungstäter, oder haben wir es mit den Mördern von Laurie und Becky zu tun?«

»Es ist ein Nachahmungstäter.« Kane trat näher heran. »Aber er hatte Insider-Informationen. Er wusste, dass die Opfer stranguliert worden waren und dass irgendwie ein Pompon involviert war. Aber ich schätze, den Rest hat er improvisiert. Es ist Dr. Turner. Er hat ein Motiv und wir haben Beweise gegen ihn in der Hand. Wenn wir ihre DNA auf seinem Ring finden, haben wir ihn.«

»Dem muss ich zustimmen.« Wolfe trat von der Leiche zurück. »Emily wird die interne Untersuchung unter meiner Aufsicht durchführen, aber ich glaube nicht, dass wir – abgesehen von dem Offensichtlichen – noch etwas finden werden. Alles deutet auf Erstickungstod durch Strangulation hin: die

Fingerabdrücke auf der Haut, das gebrochene Zungenbein, die Hämatome in den Augen. Sie hatte keinen Alkohol getrunken, und auch die üblichen Drogentests waren negativ, wobei wir den Tox-Screen noch durchführen müssen.«

Unbehagen breitete sich in Jenna aus. Ihr Team legte stets größte Verschwiegenheit an den Tag. Niemand von ihnen gab Informationen preis, doch irgendwie war Turner an vertrauliche Informationen gekommen, um den Mord an seiner Frau so aussehen zu lassen, als hätte Lauries Mörder auch dieses Verbrechen begangen. In Gedanken ging sie die Meldungen in den Nachrichten durch. Die Presseerklärung nach Lauries Tod hatte die Entdeckung der Leiche eines nackten Teenagers beinhaltet, aber darin kam nichts über die Strangulation oder die Stichverletzungen vor. Bei Becky wurde über einen nur spärlich bekleideten Teenager gesprochen, sonst wurde nichts erwähnt, und bei keiner stand etwas darüber, dass sie Cheerleaderinnen waren.

Der Buzzer an der Eingangstür ließ die rote Lampe im Untersuchungsraum aufleuchten. Jenna ging Richtung Tür. »Das dürften seine persönlichen Gegenstände sein.« Sie schaute zu Kane und Wolfe. »Sind wir hier fertig?«

»Ja, Em kann ab hier übernehmen.« Wolfe folgte ihr aus dem Untersuchungsraum, Kane dicht auf seinen Fersen.

Draußen vor der Doppeltür aus Glas konnte Jenna Rio stehen sehen und eilte zu ihm. »Wie geht es unserem Häftling?«

»Seit ich ihn darüber informiert habe, dass wir einen Durchsuchungsbeschluss haben und sein Hab und Gut zur forensischen Untersuchung gebraucht wird, schreit er nach seinem Anwalt. Ich habe ihm eine Kopie des Beschlusses gegeben.« Rio zuckte mit den Schultern. »Er benimmt sich wie ein Verrückter, aber ich bin meiner Pflicht nachgekommen und habe ihm etwas zu Essen gebracht.« Er reichte ihr einen Umschlag, auf dem Dr. Turners Name stand sowie ein Code, mit den ihm seine Habseligkeiten zugeordnet wurden. »Habt ihr etwas gefunden, um ihn anzuklagen?«

»Reichlich.« Jenna führte ihn durch den Flur zu Kane und Wolfe. »Wenn Mrs Turners DNA auf diesem Ring ist, besteht kein Zweifel mehr.« Sie reichte Wolfe den Umschlag. »Hier, ungeöffnet, seit Dr. Turners Habseligkeiten hineingelegt wurden.«

»Gut.« Wolfe wechselte Kittel, Maske und Handschuhe. »Ihr könnt durch das Fenster zusehen, aber ich will die Beweismittel nicht kontaminieren.« Er hielt seine ID-Karte vor den Scanner und verschwand in seinem Labor.

Aufgeregt huschte Jenna in das kleine Beobachtungszimmer. Links und rechts ragten Kane und Rio über ihr auf und linsten konzentriert auf Wolfe, als der sich an die Arbeit machte. Ein freudiges Zittern durchfuhr sie, als Wolfe einen Objektträger unter das Mikroskop schob. Die wenigen Sekunden, die er brauchte, um die Probe zu begutachten, kamen ihr wie ein ganzes Jahr vor. Als er aufsah und seinen Daumen hob, griff sie nach Kanes Arm und spürte, wie sich die Muskeln unter ihren Fingern wölbten. Sie grinste ihn an. »Er hat etwas gefunden.«

Sie warteten, während Wolfe die DNA-Sequenzierung vorbereitete und sich dann wieder dem Umschlag widmete, aus dem er eine Uhr mit einem größenverstellbaren Armband herauszog. Er betrachtete den Verschluss eingehend und zog etwas mit einer Pinzette dort heraus. Jenna drückte auf den Knopf des Mikrofons. »Was ist das?«

Wolfe trat wieder an das Mikroskop und nahm einige Einstellungen vor. Dann sicherte er das Beweismittel in einem Plastikröhrchen, verschloss es und ging zu seinem Mikrofon.

»Ein paar Haare klemmten in dem Verschluss seiner Uhr.« Wolfe schaute sie über seine Maske hinweg an. »Sie haben die richtige Farbe, ich werde ein paar Tests durchführen, um herauszufinden, ob sie von Jeanette Turner stammen. Auf dem

Ring habe ich Haut- und Blutspuren gefunden. Die DNA-Ergebnisse habe ich in einer Stunde. Mrs Turners DNA haben wir bereits hinterlegt, ich werde anrufen, sobald ich etwas Neues weiß.«

Jenna blickte zu Kane. »Ich glaube, die nächste Stunde wird die längste meines Lebens.«

NEUNUNDVIERZIG

Hoffentlich würde Wolfe DNA-Beweise gegen Dr. Turner finden, aber da Jenna und Kane nichts für selbstverständlich hielten, gingen sie zurück ins Büro und holten den Papierkram für den Durchsuchungsbefehl. Aus dem Umschlag mit seinen persönlichen Besitztümern hatten sie bereits einige Schlüssel, aber um ohne Schwierigkeiten Zugang zu seinem Büro in der Schule zu bekommen, mussten sie den Beschluss vorzeigen. Jenna schnaubte und grinste zufrieden bei dem Gedanken, dass die Frau an der Rezeption versuchen könnte, sie an der Durchsuchung zu hindern.

»Was ist so komisch?« Kane sah sie an, als sie auf die Main Street abbogen.

Jenna zuckte mit den Schultern. »Oh, gar nichts. Ich musste nur gerade daran denken, wie wir Turners Büro in der Schule auseinandernehmen.«

»Und?« Kane warf ihr einen irritierten Blick zu.

Sie kicherte. »Na ja, wenn es ihnen nicht gefällt, dass wir sein Büro auf den Kopf stellen, wen wollen sie anrufen, um sich zu beschweren? Den Sheriff?«

»Ich verstehe.« Kane fuhr auf seinen Parkplatz vor dem

Sheriff's Department. »Und deshalb halten wir uns an alle Regeln.«

Sie gingen hinein und Jenna steuerte ihr Büro an, als Rowley an ihre Seite eilte. Ihr erster Halt war die Kaffeemaschine. »Was hast du für mich, Jake?«

»Alle von Wyatt Coopers Freunden sagen aus, dass sie am Abend von Beckys Mord mit ihm zusammen unterwegs waren, aber keiner war sich bei der Zeit hundertprozentig sicher. Offenbar sind sie irgendwann zum Aunt Betty's gegangen, hatten eine schöne Zeit und haben nicht auf die Uhr geschaut. Zwei erinnerten sich, die Ausstellung für Holzschnitzerei besucht zu haben, und ich konnte herausfinden, dass die um halb neun in der Stadthalle anfing. Es sieht also aus, als wäre die Gruppe, die komplett aus Footballspielern besteht, praktisch überall gewesen. Ich habe mich mit jedem einzeln unterhalten und sie vor der Befragung voneinander getrennt. Der Rektor war die ganze Zeit über anwesend, als Vertreter ihrer Eltern. Nicht, dass das nötig gewesen wäre.«

Jenna schenkte Kaffee in zwei To-go-Becher und fügte Milch und Zucker hinzu. »Also kann niemand für Coopers Aufenthaltsort zwischen acht und zehn Uhr bürgen?«

»Nicht direkt, nein.« Rowley kratzte sich am Kopf. »Dass keiner sich auf eine Zeit festlegen konnte, macht es schwierig, aber sie waren alle sehr auskunftsfreudig.«

»Hm.« Kane lehnte sich mit der Hüfte gegen Jennas Schreibtisch. »Wenn er der Mörder wäre, würde die Verteidigung das als begründeten Zweifel für sich ausspielen. Wir können ihn nicht sicher mit dem Tatort in Verbindung bringen. Er könnte zum Zeitpunkt von Beckys Mord in der Gegend gewesen sein oder auch nicht.«

»Tut mir leid, dass ich nichts Genaueres herausfinden konnte.« Rowley schob die Hände in die Taschen seiner Jeans. »Aber wenn wir die Überwachungskameras vom Aunt Betty's überprüfen, dürften wir zumindest einen Anhaltspunkt haben.«

Jenna drückte jeweils einen Deckel auf jeden der Becher und wandte sich ihm zu. »Überprüf das. Rio kann hier die Stellung halten, während wir Dr. Turners Büro und sein Haus durchsuchen, sobald Shane so weit ist.«

»Ja, Ma'am.« Rowley machte auf dem Absatz kehrt und lief den Flur entlang.

Nachdem sie Kane die Becher überreicht hatte, holte Jenna eine Kopie des Durchsuchungsbeschlusses und schaute sich mit dem Gefühl, etwas vergessen zu haben, im Büro um. »Wo ist Duke?«

»Maggie dreht eine Runde mit ihm.« Kane stieß sich vom Schreibtisch ab. »Er weiß noch nicht, dass wir wieder zurück sind.«

»Für diese Durchsuchung brauchen wir ihn nicht.« Jenna faltete das Dokument und schob es in ihre Tasche. »Vielleicht können wir uns rausschleichen, ohne dass er es merkt?«

»Auf keinen Fall.« Bei dem Klang von Pfoten, die über die Fliesen eilten, stellte Kane die Becher auf dem Schreibtisch ab. Als er sich umdrehte, hüpfte Duke ins Zimmer. »Hey, du.« Er kraulte den Hund hinter den Ohren. »Bereit, ein Büro zu durchsuchen?«

Jenna verdrehte die Augen, als Duke zustimmend bellte. »Vielleicht sollte ich ihm eine Dienstmarke geben.« Sie ging aus dem Büro voran. »Das würde Carter sicher übel aufstoßen, oder?«

Ihre Ankunft in Dr. Turners Büro lief glatt ab, obwohl die neugierige Frau von der Rezeption darauf bestand, Wache zu halten, um sicherzustellen, dass der vertrauliche Umgang mit den Patientenakten nicht verletzt wurde. Zu Jennas Überraschung verwandelte sich die Frau in eine nützliche Informationsquelle. Den Schülern, die zu Dr. Turner kamen, wurde allen eine Nummer zugeteilt. Diese Nummer wurde genutzt, um die Schüler zu identifizieren, und war, genau wie die Akten, nur für die Augen des Doktors bestimmt. Da sie nicht auf den Aktenschrank zugreifen durften, schnappte sich Jenna sofort den Terminkalender. Als sie entdeckte, dass Turner sowohl Termine in der Schule als auch bei sich zu Hause durchführte, stellten sich ihr die Nackenhaare auf. Sie hatte angenommen, dass er die »privaten« Sitzungen, die er zuvor als Alibi angegeben hatte, mit Patienten seiner Praxis führte und nicht mit Schülern der Highschool. Sie machte sich in Gedanken eine Notiz, die Rezeptionistin danach zu fragen. Dann konzentrierte sie sich auf den Abend von Jeanette Turners Mord. Aus seinen Notizen ging hervor, dass er an dem Abend, an dem seine Frau gestorben war, einen Patienten gehabt hatte. *So will er also mit diesem Mord davonkommen.*

Sie biss sich auf die Zunge, um sich davon abzuhalten, diesen Gedanken mit Kane zu teilen, und wandte sich an die Frau, die sie beide aufmerksam beobachtete. »Ist es für Dr. Turner üblich, sich mit den Schülern bei sich zu Hause zu treffen?«

»Ich weiß nichts über seine Termine, die er außerhalb der Schule oder mit den Eltern der Schüler wahrnimmt, aber es wäre ungewöhnlich. Die meisten Patienten wollen anonym bleiben, und ihre Eltern sind meistens die Letzten, die etwas von ihren Gesprächen mit Dr. Turner erfahren sollen, so traurig das auch ist.« Sie erschauderte. »Dr. Turner hat auch eine private Praxis, aber ich bin mir sicher, dass er sich mit den Problemen, die während des Unterrichts auftauchen, nur hier in der Schule befasst.« Ihr Blick wanderte über Jenna wie der eines Bussards auf der Suche nach seiner nächsten Mahlzeit. »Er ist ein zertifizierter Doktor. Wir können froh sein, ihn bei uns zu haben.«

»Ich verstehe das Nummernsystem für seine Patienten

nicht. Es ist ja nicht so, dass sie ihre Probleme vor ihrem Besuch bei Dr. Turner preisgeben müssten. Für gewöhnlich nennen die Leute einem Arzt ihren Namen, auch wenn der Besuch vertraulich ist. Ich verstehe den Grund hinter diesem System nicht.« Kane schaute von dem Mülleimer auf, den er gerade durchsuchte. »Können Sie uns das erklären?«

»Das kann ich in der Tat.« Die Frau reckte ihr Kinn. »Dr. Turner hat das Nummernsystem eingeführt, weil Schüler nicht darauf vertrauen, dass er oder jemand von der Rezeption sich nicht doch über sie lustig machen könnten, weil sie ihn um Hilfe bitten. Also wurde das Nummernsystem eingeführt. Ich kenne die Namen der Schüler nicht, die herkommen, und auch niemand sonst, abgesehen von dem Doktor.«

Wie praktisch. Jenna schaute von dem Terminplaner auf. »Was ist mit ihren Eltern? Für die Stunden bei ihm zu Hause muss jemand bezahlt haben.«

»Da bin ich mir nicht sicher.« Die Frau sah nervös aus. »Ich befürchte, dazu kann ich Ihnen keine Auskunft geben.«

Nachdem sie das Büro nach jeglichen Hinweisen, Notizen und allem, was für ihre Ermittlung von Wert sein könnte, durchsucht hatten, legte Jenna ein Notizbuch, den Terminplaner und ein paar Blätter aus dem Mülleimer in einen Asservatenbeutel und wandte sich an Kane. »Ich bin hier fertig.« Sie schaute zu der Frau. »Vielen Dank für Ihre Hilfe.« Dann ging sie nach draußen.

Als sie zurück beim Wagen waren, wandte Jenna sich an Kane und wedelte mit dem Terminplaner herum. »Laut diesen Aufzeichnungen, hatte er zum Zeitpunkt von Jeanette Turners Tod eine Sitzung mit Patient 124.« Sie öffnete den Terminplaner und blätterte ihn durch. »Dieselbe Person wie bei den anderen beiden Morden.«

»Kein Wunder, dass er so zuversichtlich ist.« Der Muskel in Kanes Kiefer zuckte. »Die Gesetze schützen die Identität seiner Patienten, und mit Sam Cross als Anwalt wird er einen Weg finden, jeden unserer Beweise zunichtezumachen. Wenn der Staatsanwalt Anklage erhebt, wird Cross dafür sorgen, dass er auf Kaution freikommt. Außer wir finden Beweise, die sein Alibi widerlegen.« Er warf ihr einen bedeutungsschweren Blick zu. »Er hat uns ausgetrickst, Jenna.« Er öffnete die Autotür für Duke und schnallte ihn an seinem Geschirr an.

Jenna schüttelte den Kopf. »Auf keinen Fall.« Sie schnaubte. »Ich hätte nie gedacht, jemals den Tag zu erleben, an dem du nicht eine andere Herangehensweise ausprobierst, um ein Problem zu lösen. Dieser mysteriöse Patient könnte der Schlüssel zur Lösung dieses Falls sein.« Sie kletterte auf den Beifahrersitz.

»Genau darum mache ich mir Sorgen. Ich bin überzeugt, dass Turner Hilfe brauchte, um Jeanette in ihrer Wohnung die Treppe hinunterzutragen.« Kane setzte sich hinter das Lenkrad und fuhr vom Parkplatz. »Das führt uns zur guten alten Routinearbeit zurück. Wir müssen den Namen von Patient 124 durch ein Ausschlussverfahren ermitteln.«

Jenna starrte aus dem Fenster und schlang ihre Arme unbewusst um ihren Körper. Ihr Magen fühlte sich plötzlich an, als wäre er mit Säure gefüllt. »Wenn unser Patient 124 unser Täter ist, warum würde er riskieren, Hilfe bei Lauries Vater zu suchen? Es sei denn, er wusste, dass Turner die Frauen in seinem Leben misshandelte und es ihm egal wäre?« Sie grübelte einen Augenblick darüber nach. »Wie konnte er Turner auf seine Seite ziehen?«

»Den ersten Kontakt hatten sie höchstwahrscheinlich nach Beckys Ermordung.« Kane starrte geradeaus, die Hände fest am Lenkrad. »Lauries Mord lief sauber ab, sie wurde von hinten stranguliert. Natürlich will ich die postmortalen Verletzungen nicht außen vor lassen, aber denken wir nur mal an den Mord an sich. Patient 124 könnte Zeuge des Mordes geworden sein und bei der Entsorgung der Leiche geholfen haben. Sein Komplize rastet aus und lässt die Wut an der Leiche aus, aber dann wird Patient 124 in Beckys Mord und Sandys Überfall mit reingezogen. Wir wissen, dass zwei Leute an Beckys Mord beteiligt waren, jemand hat versucht, sie zu erwürgen, und ich würde einen Haufen Geld darauf verwetten, dass Patient 124 sie mit einem stumpfen Objekt erschlagen hat. Nach Wolfes Aussage war es eine Taschenlampe, das gleiche Objekt, mit dem Sandy angegriffen wurde, wenngleich nicht unbedingt genau dieselbe Taschenlampe.«

Als die Szene sich vor Jennas innerem Auge aufbaute, nickte sie. »Du glaubst nicht, dass Patient 124 Laurie umgebracht hat, oder?«

»Nein, und deshalb hat er sich sicher genug gefühlt, um zu Turner zu gehen. Verdammt, wenn er den Mord nur beobachtet hat, könnte er wahrscheinlich einen Lügendetektortest überstehen. Er ist ein Mitläufer, ein Untergebener, der die Befehle von jemandem befolgt, den er bewundert.« Kane warf ihr einen Blick zu. »Es ist ziemlich sicher eine Frau, und sie konnte es bei Becky nicht zu Ende bringen, also hat sie ihm befohlen, sie zu töten. Er war nicht in der Lage, sich ihr zu verweigern. Jetzt hat er ein schlechtes Gewissen, fühlt sich schuldig und braucht Hilfe. Er weiß, dass Turner ihn nicht verraten darf, und hat wahrscheinlich die ›Ich habe ein paar Leute reden hören und habe Angst um mein Leben‹-Karte ausgespielt, um selbst unschuldig zu wirken.«

Jenna drehte sich aufgeregt auf ihrem Sitz zu ihm. »Aber Turner hat ihn durchschaut. Er muss gewusst haben, dass derjenige, der für den Mord an Becky verantwortlich war, direkt vor ihm saß und dass er sich an die ärztliche Schweigepflicht halten muss.«

»Dann kann es so oder so gelaufen sein.« Kanes Mund verzog sich zu einem Lächeln. »Turner könnte gedroht haben, ihn zu verraten, oder vielleicht hat er vorgegeben, ihm zu glauben, und dann angeboten, 124 ein Alibi zu geben. Er muss nach Einzelheiten zu den Morden gefragt haben, um sicherzustellen, dass 124 nicht gelogen hat, und dann hat Turner seine Frau als Nachahmungstäter umgebracht und einen Gefallen eingefordert. Er hat Patient 124 gebeten, ihm bei der Entsorgung der Leiche seiner Frau zu helfen. Wie hätte er das ablehnen können?« Er hielt am Bordstein an. »Geh noch mal den Terminkalender durch und sieh dir die Einträge zu den ersten Sitzungen durch, besonders dort, wo er seinen Patienten ihre Nummern gegeben hat. Hat er bei jedem Eintrag denselben Stift benutzt? In dem Glas auf seinem Schreibtisch standen ein paar verschiedene.«

Aufgeregt blätterte Jenna durch das Buch. »Nein, er hat unterschiedliche Stifte benutzt.« Sie kaute auf ihrer Unterlippe herum und schlug noch mal die Daten der Morde auf. Ihre Hand zitterte, als sie zu Kane aufblickte. »Es sieht aus, als hätte er für alle Termine, die zu den Zeitpunkten der Morde bei ihm zu Hause stattgefunden haben, dieselbe schwarze Tinte benutzt. Der Termin an der Schule nach Beckys Mord, an dem diesem Patienten eine Nummer zugeteilt wurde, ist in blauer Tinte eingetragen. Laut dem Terminplaner hatte Patient 124 zum Zeitpunkt von Lauries Mord einen Termin. Aber wenn das stimmt, wieso wurde ihm erst zu einem späteren Zeitpunkt die Patientennummer zugeteilt? Ich denke, der Tag nach Beckys Mord war der erste, an dem er mit Patient 124 gesprochen hat. Dann hat er die anderen Termine nachgetragen, um sich und seinem Komplizen ein Alibi zu verschaffen.«

»Das ergibt für mich absolut Sinn.« Kane lenkte den Wagen wieder auf die Straße. »Jetzt müssen wir nur noch den Namen von Patient 124 herausfinden, bevor noch eine Cheerleaderin abgeschlachtet wird.«

FÜNFZIG

Nach der Ankunft von Wolfe und Webber durchsuchten sie gemeinsam Dr. Turners Haus, fanden aber nichts von Interesse. Wie es schien, bewahrte er alle Patientenakten in dem verschlossenen Schrank in der Schule und seinem Büro zu Hause auf. Der Terminplaner auf seinem Schreibtisch enthielt für das ganze Jahr keine Termine, aber die Nummer 124 war hinzugefügt worden, um mit dem Terminplaner in der Schule übereinzustimmen. Abgesehen von seinem Terminplaner fanden sie nichts, weder Trophäen der Mordopfer noch Pompons. Tatsächlich hatte der Doktor sichergestellt, dass keine Spuren von seiner Tochter und Frau zurückgeblieben waren. Es waren keine Fotos mehr da, und Lauries Schlafzimmer war ausgeräumt worden. Es war, als hätten seine Frau und seine Tochter nie existiert.

Als Jenna das Haus wieder abschloss, summte Wolfes Handy, und sie blickte ihn an. Sobald die DNA-Sequenzierung einen Treffer ausgespuckt hatte, würde Emily ihn anrufen. Ihr Herz pochte erwartungsvoll, und als er das Telefonat beendete, stellte sie sich an seine Seite. »War das Emily mit den Ergebnissen?«

»Ja.« Wolfe drehte sich mit einem verblüfften Ausdruck zu ihr um. »Ich habe gute und überraschende Neuigkeiten. Die DNA, die auf Turners Ring gefunden wurde, passt zu Jeanette, aber ihre Todesursache war ein Herzinfarkt. Ich werde Emilys Untersuchungsbefunde kontrollieren, aber eigentlich kennt sie sich aus, und es wäre nicht ungewöhnlich, dass jemand, der um sein Leben kämpft und gewürgt wird, einen Herzinfarkt erleidet.« Er kratzte sich am Kinn. »Es ist nicht ungewöhnlich, nach der Öffnung der Leiche eine andere Todesursache zu finden, und Em war besorgt und hat ein paar Tests gemacht. Die Blutproben zeigen einen erhöhten Troponinwert, was ihre Diagnose untermauert. Das ist ein Indikator für einen Herzinfarkt.« Er seufzte. »Sie schickt euch die Berichte jetzt zu.«

Jenna führte sich den Schrecken vor Augen, den Jeanette in den Augenblicken vor ihrem Tod durchlebt haben musste, und nickte langsam. »Ich gehe mit diesen Beweisen direkt zum Staatsanwalt und besorge einen Haftbefehl für Turner. Wir werden ihn offiziell anklagen, und ich schätze, dann sollte ich wirklich Sam Cross anrufen.« Sie schaute zu Kane. »Ich denke nicht, dass er Turner mit den Beweisen, die wir gegen ihn haben, noch aus der Sache rausholen kann. Mit der DNA nageln wir ihn fest.«

»Ich setze dich im Büro ab und fahre dann zum Staatsanwalt.« Kane ging zu seinem Wagen voran. »Es sei denn, du willst, dass ich mit Sam Cross spreche?«

Jenna zog die Tür des Biests auf. »Nein, ich will nicht, dass er glaubt, ich hätte Angst vor ihm.« Sie kraulte Duke, bevor sie sich anschnallte. »Er ist ein verdammt guter Anwalt, weshalb wir nur noch gründlicher arbeiten müssen, und das ist nichts Schlechtes – obwohl er mir ein Dorn im Auge ist.«

»Hm.« Kane winkte Wolfe zum Abschied und fuhr Richtung Stadt. »Ich halte ihn trotzdem für einen arroganten Mistkerl.«

Eine Stunde später, nachdem Sam Cross wie ein Tornado

durch ihr Büro gefegt war, wartete sie mit Kane und Jo vor dem Befragungsraum eins. Zusammen mit Jo hatte sie die Möglichkeit besprochen, dass sich Turner mit seiner Einstellung gegenüber Frauen bei der Befragung selbst ein Bein stellen könnte, und sie hatten beschlossen, dass Kane draußen bleiben sollte. Die Beratung zwischen Klient und Anwalt hatte stattgefunden, und nun führte Jenna Jo in den Befragungsraum. Jenna schaltete die Aufnahmegeräte ein und nahm Platz. Nachdem sie fürs Protokoll aufgezählt hatten, wer alles anwesend war, übernahm Jenna das Kommando. »Dr. Turner, Sie wurden bereits über Ihre Rechte informiert. Ich würde gerne zum gestrigen Abend zurückkehren. Wo waren Sie zwischen acht und zehn Uhr?«

»Zu Hause, ich hatte eine Sitzung mit einem meiner Patienten.« Turner lehnte sich mit diesem leichten, selbstgefälligen Grinsen zurück, das er ständig zu zeigen schien. »Es ist ein besonders kniffliger Fall, deshalb brauchte ich mehr Zeit und habe die Sitzungen zu Hause fortgeführt.«

Jenna hob eine Augenbraue. »Ohne die Einwilligung der Eltern?«

»Meine Liebe, Sie sollten sich wirklich besser informieren.« Turner verdrehte die Augen. »Die Eltern eines Schülers unterzeichnen einen Wisch, der es den Schülern erlaubt, diese Sitzungen in Anspruch zu nehmen. Die Black Rock Falls Highschool bietet das ohne zusätzliche Gebühren an.«

Die Rezeptionistin an der Schule hatte zwar gesagt, dass es ungewöhnlich war, aber vor Gericht würden sie Beweise brauchen, also musste sie herausfinden, ob die Schule tatsächlich für Sitzungen außerhalb der Schulzeit bezahlte, und falls ja, wie häufig. Doch tief im Innern spürte sie, dass er log. »Okay.« Jenna schob ein Foto von Lauries rotem 1950er Pick-up über den Tisch. »Das ist Lauries Wagen, beziehungsweise jetzt Ihrer, nehme ich an?«

»Ja, sieht so aus.« Turner runzelte die Stirn. »Warum?«

»Das ist ein sehr auffälliges Fahrzeug, und nach dem

Abgleich mit den Datenbanken der Kfz-Zulassungsstelle haben wir festgestellt, dass es das einzige seiner Art in der Gegend ist. Können Sie erklären, warum er in der Mordnacht gegenüber von Jeanettes Wohnung geparkt hat?«

»Welche Beweise haben Sie, dass es sich um Dr. Turners Pick-up handelt? Die Stadt platzt geradezu vor Touristen.« Sam Cross tippte an seinen Stetson. Der ungepflegte Cowboy-Anwalt einschließlich Pferdeschwanz war scharfsinnig. »Haben Sie Fotos, Videoaufnahmen, ein Kennzeichen möglicherweise? Oder nur die zweifelhafte Aussage von jemandem, der sich vorher ordentlich auf dem Festival amüsiert hat?«

Jenna begegnete, ohne zu zögern, seinem Blick. »Der Zeuge stand nicht unter Alkoholeinfluss, und wir haben eine offizielle Aussage.«

»Die ist nicht mehr wert als das Papier, auf dem sie steht.« Cross grinste sie an. »Machen Sie weiter.«

Jenna wandte ihre Aufmerksamkeit wieder Turner zu, und bemühte sich unter Cross' falkenartigem Blick um eine ruhige Stimme. »Nach der Entdeckung der Leiche, wurde Jeanette Turners Wohnung forensisch untersucht und es wurden Ihre Fingerabdrücke gefunden.« Sie nahm eine Aussage auf und wedelte damit vor seinem Gesicht herum. »Als wir Sie zum Mord an Laurie befragt haben, haben Sie angegeben, dass Sie Ihre Frau seit sechs Jahren nicht gesehen haben und nicht wissen, wo sie wohnt. Ist das korrekt?«

»Ja, das war zum Zeitpunkt der Aussage korrekt.« Turner grinste sie an. »Nach der Aussage nicht mehr. Ich bin zu meiner Frau gefahren, um ihr nach dem Tod unserer Tochter beizustehen.«

Wut stieg in Jenna auf, als sie den selbstgefälligen Mann vor sich betrachtete. »Sie haben mir erzählt, dass Sie sie dafür hassen, Sie verlassen zu haben.«

»Das ist Hörensagen, Sheriff, und das wissen Sie genau.« Cross lehnte sich in seinem Stuhl zurück. »Das war Strike

Nummer zwei, machen wir doch gleich mit dem dritten weiter, hm? Ich wäre gerne zum Abendessen wieder zu Hause, und der Richter führt Kautionsanhörungen nur bis fünf Uhr.«

Dann würde sie sich eben auf den Homerun stürzen. Sie zog eine Kopie des DNA-Berichts hervor und schob ihn über den Tisch zu Sam Cross. »Während Jeanette Turners Autopsie wurde eine Wunde gefunden, die auf einen Schlag mit der Rückhand hindeutet, bei dem ein Ring getragen wurde. Wenn Sie sich bitte diese Bilder anschauen würden? Nachdem uns der Durchsuchungsbeschluss gewährt wurde, wurde Dr. Turners Ring untersucht und es wurden Gewebeproben gefunden. Anschließende DNA-Tests haben gezeigt, dass sie von Jeanette Turner stammen. Unsere Beweise zeigen, dass Dr. Turner sich zum Zeitpunkt des Mordes am Tatort aufgehalten hat, und die DNA des Opfers wurde auf seinem Ring gefunden. Dies ist ein eindeutiger Fall.«

»Ist es nicht.« Turner stellte sein selbstgefälliges Grinsen zur Schau. »Ich habe sie oft geschlagen, deshalb hat sie mich verlassen. Das Blut könnte dort seit sechs Jahren kleben. Ich nehme den Ring ab, wenn ich mir die Hände wasche. Sie haben gar nichts. Ich war mit einem Patienten zusammen, und Sie werden einen Gerichtsbeschluss brauchen, um seinen Namen zu erfahren. Und selbst dann wird er bestätigen, dass er bei mir war.«

»Ich glaube, das war der dritte Strike.« Sam Cross machte Anstalten, sich zu erheben. »Der Richter wartet für die Kautionsanhörung auf uns, aber Sie haben nichts, um damit vor Gericht zu gehen.«

»Wenn es zum Prozess kommt, werden wir noch mehr Beweise vorlegen – und es wird zu einem Prozess kommen.« Jennas Stimme klang stark und selbstbewusst. »DNA zersetzt sich mit der Zeit, und Dr. Wolfe wird bestätigen können, dass die Blutprobe frisch war. Der Staatsanwalt wird mehr als bereit sein, mit der jungen Person zusammenzuarbeiten, die Sie versucht haben, zu einem Alibi zu zwingen. Ich bin mir sicher, dass mein Bericht und Dr. Wolfes Befunde dem Staatsanwalt mehr als ausreichen werden.«

»Ganz ehrlich, Sheriff, Sie müssen sich etwas Besseres als diesen Schwachsinn ausdenken.« Turner breitete seine Hände aus. »Nur ich kenne die Namen der Leute, die zu meinen Sitzungen kommen, und der junge Mann würde ohnehin nicht mit Ihnen sprechen. Ich werde Ihnen seinen Namen nicht verraten, und Sie haben nicht genug Beweise, um einen Gerichtsbeschluss zu erwirken, mit dem Sie Einsicht in meine Akten bekommen würden.«

»Das FBI hat Mittel und Wege, um Personen ausfindig zu machen, Mr Cross, und glauben Sie mir, mein Team wird keine Ruhe geben.« Jos Lippen wurden schmal. »Für wie klug Sie sich auch halten mögen, Dr. Turner, mich können Sie nicht an der Nase herumführen. Glauben Sie mir, das haben schon viele versucht, aber am Ende liege ich immer richtig.«

Jenna nickte zustimmend und stand auf. »Wir werden den Häftling zur Anhörung begleiten, und ich werde mich gegen eine Freilassung gegen Kaution aussprechen.«

»Viel Glück damit.« Cross gluckste. »Dr. Turner ist ein Stützpfeiler der Gesellschaft und es besteht kein Fluchtrisiko, Jenna. Warum geben Sie sich die Mühe, wenn Sie doch wissen, dass Sie gegen mich nicht gewinnen können?«

Jenna zwang sich zu einem Lächeln. »Da wäre ich mir an Ihrer Stelle nicht so sicher. Ich denke, wir werden diese Entscheidung dem Gericht überlassen müssen.«

EINUNDFÜNFZIG

Kane ging in Jennas Büro voran, begab sich direkt zur Kaffeemaschine und setzte eine Kanne frischen Kaffee auf. Als Jenna hinter ihm eintrat, die Tür schloss und ihre Unterlagen von der Kautionsanhörung auf den Tisch knallte, drehte er sich um, um sie anzusehen. »Ich weiß, du bist wütend, weil Dr. Turner auf Kaution freigekommen ist, aber der Staatsanwalt hat die Anklage nicht fallen gelassen. Er glaubt immer noch, dass wir genug in der Hand haben, um eine Gerichtsverhandlung zu erwirken.«

»Vorausgesetzt, wir können genug Beweise liefern.« Jenna ließ sich auf einen Stuhl fallen und starrte ins Nichts. »Denkst du, es ist zu spät, um Wolfe darum zu bitten, die DNA-Proben noch einmal zu überprüfen?« Sie kaute auf ihrer Unterlippe herum. »In letzter Zeit hat er für seine Töchter überhaupt keine Zeit mehr.«

Kane wandte sich um, lehnte sich gegen den Tresen und schüttelte den Kopf. »Nein, sie sind daran gewöhnt, dass er arbeiten muss. Sobald die Arbeitsbelastung abflacht, verbringt er viel Zeit mit ihnen. Ruf ihn an.« Er richtete sich auf und ging zur Tür. »Wir müssen jetzt nur noch herausfinden, wer Patient

124 ist. Wir wissen, dass es ein Schüler der Highschool ist, und Dr. Turner hat ihn als ›jungen Mann‹ bezeichnet.«

»Ja, das ist ihm rausgerutscht, nicht wahr?« Jenna hob die Hand. »Warte mal. Jo ist überzeugt, dass Turner schuldig ist, aber für den Moment überlassen wir Wolfe die Beweismittelsuche. Wir müssen uns auf die Cheerleaderinnen-Morde konzentrieren und den Namen des Patienten 124 herausfinden. Ich bin mir sicher, dass Dr. Turner etwas gegen ihn in der Hand hat und dass 124 der Schlüssel ist, um das Geheimnis um die Morde zu lüften. Ich habe dafür gesorgt, dass Jo und Carter stets auf dem neusten Stand sind. Jo wird den Fall mit Carter besprechen, und sie sehen zu, wie sie uns helfen können.«

»Ich werde Rio fragen, ob er heute ein paar Überstunden machen und uns ebenfalls zur Hand gehen kann. Jake können wir heute leider nicht fragen.« Kane sah sie an und legte beide Hände auf dem Tisch ab. »Ich gehe mit deinen Feststellungen mit, Patient 124 muss in die Cheerleaderinnen-Morde involviert sein, und er ist derjenige, der geholfen hat, Jeanette Turner die Treppe herunterzutragen. Ich denke, wir sollten anfangen, uns unter den Jungs aus der Footballmannschaft umzusehen. Es ist mehr als wahrscheinlich, dass es einer von ihnen ist, weil nur jemand, der Zugang zum Team hat, die Unterwäsche hätte stehlen können. Wenn sich jemand in der Nähe der Umkleidekabinen herumgetrieben hätte, hätte Wyatt Cooper es erwähnt, schätze ich. Den Jungs entgeht es nicht, wenn sie beobachtet werden, besonders in der Umkleidekabine.«

»Uns liegen nur Listen mit den Namen der Schüler vor, die auf dem Festival gewesen sind.« Jenna stand auf, ging zum Tresen und holte zwei Becher heraus. »Sie waren zu verschiedenen Zeiten überall in der Stadt unterwegs. Wie soll uns das weiterbringen?«

Kane lächelte. »Es geht nicht darum, wer dort gewesen ist, Jenna. Sondern darum, wer es nicht war.« Er ging zur Tür und stieß sie auf. »Zac ist wie ein Computer, und er bekommt Dinge schneller gelöst als jeder andere von uns, weil sein Gehirn anders funktioniert. Ruf du ruhig Wolfe an, und ich rede mal mit Zac.«

»Bin schon dran.« Jenna zückte ihr Handy.

Kane ging zu den Deputys, die an ihren Plätzen saßen und sich die Ergebnisse der Autopsie durchlasen. »Hey, ich brauche eine Liste mit den Mitgliedern des Football-Teams. Ich möchte einen Abgleich mit unseren Akten durchführen, um festzustellen, ob jemand aus der Mannschaft in der Turnhalle nicht aufgetaucht ist.« Er warf Rowley einen Blick zu. »Ich erwarte dich noch nicht im Dienst. Sandy hat im Moment Priorität.«

»Sie hasst das Essen im Krankenhaus.« Rowley runzelte die Stirn. »Ich schätze, dass sie morgen nach Hause entlassen wird. Ich bringe ihr etwas zu essen vorbei, bleibe kurz bei ihr und komme dann zurück, wenn ihr mich braucht. Sie ist froh, wenn sie im Moment fernsehen und schlafen kann.«

»Ich weiß nicht, wie lange es dauern wird. Bleib bei Sandy, und ich rufe dich an, sollte hier die Hölle losbrechen.« Kane wandte sich an Zac. Auch der junge Deputy hatte seine eigenen häuslichen Verpflichtungen und würde sie wenn nötig zurückstellen. »Kommen die Zwillinge mit der Haushälterin gut zurecht?«

»Die beiden sind sechzehn, und Mrs Jakobs hat eine scharfe Zunge.« Er schmunzelte. »Sie wird schon dafür sorgen, dass sie zurechtkommen. Sie wissen, dass meine Arbeitszeiten nicht planbar sind. Ich rufe sie an, und lasse sie wissen, dass es heute spät wird.« Er lächelte Kane an. »Du hast doch selbst noch Pferde zu versorgen.«

»Das übernehme ich.« Carter trat hinter Kane und klopfte ihm auf den Rücken.

Kane schnappte bei dem Schlag auf seine Wunde nach Luft, unterdrückte aber jede weitere Reaktion. Er wandte sich Carter zu und lächelte. »Ich dachte, du wärst gekommen, um uns bei dem Fall zu helfen.« Er beugte sich vor, um Carters Hund Zorro zu streicheln.

»Ich habe mir die Informationen durchgelesen, die ihr bisher zusammengetragen habt, und werde mein Bestes geben, um mit den Pferden zurechtzukommen.« Carter klemmte den Zahnstocher zwischen die Zähne und grinste. »Ich würde dich ja liebend gerne um dein Fahrzeug bitten, aber Jennas Auto tut es auch. Ich nehme nicht an, dass du ein Gerät hast, mit dem du aus der Distanz deine Alarmanlage ausschalten und das Tor öffnen kannst?«

»Nein.« Kane schüttelte den Kopf. »Die Gefahr wäre zu groß, es zu verlegen. Jenna ist in ihrem Büro, frag sie nach dem Schlüssel für ihren Streifenwagen.« Er blickte auf seine Uhr. »Hol dir auf dem Rückweg aus dem Aunt Betty's etwas zu Essen. Es wird eine lange Nacht werden. Lass es auf die Rechnung des Sheriff's Department setzen.«

»Klar, gern. Bis später.« Carter spazierte in Jennas Büro und folgte ihr kurze Zeit später nach draußen. Pfeifend und mit Zorro an seiner Seite begab er sich zur Tür.

»Hol deine Sachen und arbeite von meinem Büro aus.« Jenna wandte sich ab und nahm hinter dem Schreibtisch Platz. »Und bedien dich am Kaffee.« Sie sah Kane an, zog eine Keksdose aus ihrer untersten Schublade und schob sie ihm hin. »Ich habe Wolfe angerufen, und er ist sich ziemlich sicher, dass die Haut und das Blut, die er verwendet hat, um die DNA zu extrahieren, frisch waren, aber er wird Gewebeproben zum Abgleich vorbereiten, damit sie vor Gericht Bestand haben.« Sie seufzte. »Er will mich in etwa einer Stunde zurückrufen. Und er hat erwähnt, dass er nach Kontaktspuren-DNA Ausschau hält.«

Kane schenkte sich Kaffee ein, fügte Milch und Zucker hinzu und setzte sich. »Ja, ich habe über dieses besondere Verfahren gelesen. Wolfe scheint inzwischen die DNA aus Fingerabdrücken auf allen möglichen Oberflächen extrahieren zu können, einschließlich auf der Haut. Ich schätze, er wird versuchen, Spuren von Dr. Turners DNA auf dem Gesicht seiner Frau zu finden. Er hat sie geohrfeigt, so viel steht fest.«

»Ich bin mit dem Verfahren der Kontaktspuren-DNA ebenfalls vertraut.« Zac schenkte sich eine Tasse Kaffee ein und nahm sie mit zum Schreibtisch. Er setzte sich hin. »Jeder Mensch verliert Hautzellen, und das neue Verfahren identifiziert sie als DNA-Spuren. Wir alle verlieren ständig Hautschuppen, ohne uns dessen bewusst zu sein.« Er lächelte. »Prinzipiell könnte eine Person jemandem die Hand schütteln und dann zu einem Messer greifen, um einen Mord zu begehen. Mithilfe des neuen Verfahrens würde man DNA-Spuren von beiden Parteien auf dem Messergriff finden. Ich frage mich, ob dadurch die DNA-Beweise schwerer geltend gemacht werden könnten.«

Kane zuckte mit den Schultern. »Ich bin mir sicher, dass das Forensikteam in der Lage sein wird, zwischen abgestorbenen Hautschuppen und dem Öl zu unterscheiden, das in Fingerabdrücken oder frischem Blut zu finden ist. Aber ich denke auch, dass das neue Verfahren Argumente für begründete Zweifel liefern könnte.«

»Ähm, Sheriff.« Rowley betrat das Büro. »Ich habe die Namen der Football-Mannschaft und die neusten Mannschaftsbilder zu deinen Akten hinzugefügt. Auch die Bilder des Cheerleader-Teams samt Namensliste sind jetzt drin.«

»Danke.« Jenna lächelte ihm zu. »Ja, sie scheinen oft zusammen abzuhängen. Danke, Jake. Es ist halb sechs. Du solltest dich auf den Weg nach Hause oder ins Krankenhaus machen. Grüß sie von mir.«

»Werde ich.« Rowley ging hinaus.

Kane führte einen Druckbefehl aus, sodass der Drucker surrte und tuckerte, um Dokumente auszuspucken. »Ich habe Kopien der Namenslisten der beiden Teams gedruckt. Das dürfte den Abgleich mit den Anwesenden in der Turnhalle nach Lauries Verschwinden erleichtern – auch ohne Bobby

Kalo. Er hätte die Namen einfach durch eines seiner Programme gejagt.« Er stand auf und ging zum Drucker. »Wer aus dem Footballteam war abwesend?« Er reichte die Namenslisten herum.

»Soweit ich mich erinnere, sind alle in der Turnhalle aufgetaucht, als wir nach Laurie gesucht haben.« Jenna starrte auf das Papier. »Und wir haben ihnen genau diese Frage gestellt. Wir wollten wissen, ob sich jemand daran erinnern konnte, dass eine Person beim Training vor Lauries Verschwinden abwesend war.«

Sie legte die Papiere zu einem Stapel zusammen und sah Kane an. »Rowley hat auch alle Schüler der Highschool gefragt, wer nicht am Training teilgenommen hatte. Nicht alle konnten sich daran erinnern, Wyatt Cooper den ganzen Abend über gesehen zu haben. Aber sie hatten sich auf dem Parkplatz in Grüppchen aufgeteilt, und einige von ihnen waren mit ihren Freundinnen unterwegs.«

»Hm, also ist Wyatt Cooper ein möglicher Verdächtiger?« Zac überflog die Listen immer wieder und hob den Kopf. »Wenn wir uns nur auf die Abende konzentrieren, an denen die Morde von Becky Powell und Jeanette Turner stattgefunden haben, können wir die abwesenden Personen auf einige wenige beschränken.« Er zeigte auf die Bilder. »Die Jungs machen die Stadt zu zweit oder zu dritt unsicher. Manche von ihnen haben ihre Freundinnen dabei. Wir wissen, dass Wyatt Cooper und Becky Powell zu besagten Zeiten abwesend waren, und sich zwischen den Freundesgruppen hin- und her bewegt haben. Wenn wir uns die Cheerleaderinnen anschauen, gibt es zwei Mädchen, die nach den ersten Treffen vor acht Uhr an beiden Abenden nicht erwähnt wurden: Verna Hughes und Marlene Moore.«

Kane beugte sich über die Listen. »Wenn Verna Hughes in der Stadt gewesen ist, dann in Begleitung ihres Bruders Cory. Die beiden wurden an beiden Abenden gemeinsam gesichtet, und sie scheinen ständig zusammen abzuhängen. Verna hat eine sehr dominante Persönlichkeit und hat Probleme mit anderen Cheerleaderinnen. Sie versucht es nicht einmal, ihre Abneigung gegen Menschen zu verheimlichen.« Er schaute zu Jenna auf. »Sie leben mit ihrer Mutter zusammen. Corys Vater hat die Familie verlassen, kurz nachdem sie Verna adoptiert hatten. Das ist kein stabiles Umfeld, sie passen gut in das Profil unserer Verdächtigen.«

»Ich habe noch jemanden gefunden, der sich zwischen den Gruppen hin- und herbewegt hat.« Jenna tippte auf ein Foto. »Dale Collins, der Quarterback. Erinnert ihr euch an ihn? Er betreibt den Kiosk seiner Tante an Trainingstagen der Cheerleaderinnen in der Turnhalle.« Sie fuhr mit dem Finger die Liste der Leute ab, mit denen die Spieler an den Mordabenden zusammen gewesen waren. »Er ist dort gewesen, wurde dann aber nicht mehr erwähnt. Er könnte sich weggeschlichen, Becky ermordet, und wieder zu seinen Freunden dazugesellt haben.« Sie fuhr sich mit den Fingern durchs Haar. »Er hatte sich mit Marlene Moore und Laurie in der Turnhalle unterhalten.«

»Er ist der Quarterback.« Rio lehnte sich in seinem Stuhl zurück und grinste. »Selbst wenn er einem Affen ähneln würde, würden ihn die Mädchen immer noch für einen guten Fang halten. Die wenigen, die ich kannte, sind sehr großzügig mit ihrer Liebe umgegangen. Er könnte mit jeder Menge Mädchen das Festival besucht haben. Collins dürfte ziemlich beliebt sein.«

»Ja, ich erinnere mich an die Highschool-Zeit.« Jenna seufzte. »Es waren drei unterschiedliche Autos, die an den Tatorten gesehen wurden. Wenn wir nur eine einzelne Verbindung finden könnten, würden wir den Patienten 124 enttarnen.«

Kane lächelte. »Durch das Ausschlussverfahren haben wir die Liste auf fünf mögliche Verdächtige reduziert, aber Stan Williams traue ich noch immer nicht über den Weg. Er wird sich in der Stadt herumgetrieben haben. In seinem Apartment hat er Bilder, die in der Nacht des Festivals aufgenommen worden sind.«

»Also haben wir eine Shortlist mit sechs Leuten.« Jenna nippte an ihrem Kaffee. »Aber sie basiert nur auf Hörensagen.« Sie blickte Kane an. »Lass uns tiefer graben. Ich will alles über jeden einzelnen unserer Verdächtigen wissen: über die Familie, die Berufe der Eltern und was Oma als Sonntagsessen zubereitet hat. Fangen wir an.«

ZWEIUNDFÜNFZIG

Eine kühle, abendliche Brise zog durch das Fenster ins Wageninnere, als er das Auto auf einen Stellplatz gegenüber dem Aunt Betty's lenkte. Sein Herz stockte beim Anblick von Vicky Perez, die am Fenster saß und auf ihr Handy starrte, und begann dann zu rasen. Er hatte ihr zwar ein Abendessen versprochen, aber Vicky würde ihre letzte Mahlzeit niemals essen, und wenn seine Freundin erst mit ihr fertig war, würde sie niemand mehr erkennen. Mit beiden Händen rieb er sich über das Gesicht und gab sich selbst eine Ohrfeige. Eine Mischung aus Angst und Aufregung erfüllte ihn, als hätte er einen bösen Zwilling, der an seinem Innersten zerrte. In seinem Kopf nörgelte eine Stimme immerzu, dass es falsch war, seiner Freundin beim Töten zuzusehen. Aber er schob sie beiseite und hieß den unstillbaren Hunger nach mehr willkommen, der ihm Beifall entgegenbrüllte.

Es war nicht über Nacht geschehen, er hatte sich langsam zur Marionette seiner Freundin entwickelt, doch nun war er in ihrem Netz gefangen. So wie das paarungswillige Männchen einer schwarzen Witwe, das nur darauf wartete, verspeist zu werden. Sie erschreckte und faszinierte ihn in gleichem Maße, und er sehnte sich danach, mit ihr zusammen zu sein. Die Morde hatten sie noch näher zusammengeschweißt und jedes Mal, wenn sie in seiner Nähe war, durchfuhr ihn die Erregung, aber konnte er ihr vertrauen? Oder würde er zu ihrem letzten Opfer werden? Er hatte ihre Augen beim Töten gesehen, den Ausdruck von Hunger nach immer mehr. Ein eiskalter Schauer rann ihm den Rücken hinunter und Gänsehaut kroch über seine Arme. Er schüttelte den Kopf. »Nein, ich traue dir nicht.«

Besorgt, sie könnte seine laut ausgesprochenen Gedanken gehört haben, obwohl sie kilometerweit entfernt war und die Scheune vorbereitete, sah er sich um, bevor er sein Handy zückte. Mit voller Absicht hatte er sich verspätet und tief in seinem Inneren gehofft, dass Vicky nicht auf ihn warten würde, aber seine Freundin hatte alles geplant und er hatte keine andere Wahl, als sich zu fügen. Er starrte auf das Wegwerfhandy, das nur Vickys Nummer eingespeichert hatte. Aus den Krimiserien, die er sich im Fernsehen angesehen hatte, wusste er, wie leicht es für den Sheriff war, auf einen Handyverlauf zuzugreifen, und hatte darauf bestanden, diesen Teil des Plans mit einem Wegwerfhandy abzuwickeln. Er hatte Vicky darüber angerufen, um das Date mit ihr zu vereinbaren, und in den letzten vierundzwanzig Stunden oft mit ihr telefoniert. Er hatte ihr die Sache mit seiner Stalkerin erklärt, womit er die Notwendigkeit begründet hatte, das Treffen geheim zu halten. Er lächelte. Es war so einfach, die Mädchen dazu zu bringen, seine Ansagen zu befolgen. Sie waren genauso, wie seine Freundin es gesagt hatte, und mehr als bereit, mit ihm zu gehen, nur um ihn zu demütigen – aber die Gelegenheit dazu würden sie niemals bekommen.

Er kurbelte sein Fenster herunter, betrachtete Vicky durch das Schaufenster des Aunt Betty's hindurch und wählte ihre Nummer. »Hey, Vicky, entschuldige, dass ich nicht früher angerufen habe.« Er atmete seufzend aus. »Meine Stute hat gefohlt, und ich wollte sichergehen, dass sie okay ist. Ich sitze im roten Pick-up vor dem Café, bin aber nicht passend für ein Date gekleidet, weil ich doch im Stall war und so.«

»Sie hat ein kleines Fohlen bekommen? Kann ich es sehen?« Vicky sah durch das Fenster nach draußen und winkte dann wie verrückt. »Ich sehe dich.«

Seine Freundin hatte ihm von Vickys Pferdevernarrtheit erzählt, und ihr Plan hatte funktioniert. Er betrachtete ihr erwartungsvolles Gesicht und lächelte. »Na klar. Du kannst sie bewundern, während ich mich frisch mache.«

»Oh, es ist ein weibliches Fohlen?« Vicky ging zur Tür. »Wirst du sie behalten?«

Er kicherte. »Sicher doch. Leg jetzt auf, bevor dich ein Sattelschlepper beim Überqueren der Straße umnietet.« Er trennte die Verbindung, holte die Batterie heraus, öffnete die Tür und ließ das Wegwerfhandy in einen Gully fallen.

Als die Beifahrertür geöffnet wurde, bemerkte er den Blick, mit dem sie die Plastikfolie anstarrte, die die Sitze bedeckte. Er grinste. »Ich nehme an, du wunderst dich über die Plastikfolie? Die Sitze sind mit Dampf gereinigt worden und sind noch ein wenig feucht. Ich wollte nicht, dass du dir dein Outfit ruinierst.«

»Du bist so rücksichtsvoll.« Sie kletterte auf den Beifahrersitz, wobei das Plastik knisterte und knarzte. »Ich komme an den Anschnallgurt nicht heran.« Sie runzelte die Stirn.

Er zuckte mit den Schultern. »Es ist doch nur etwa ein Kilometer, und die meiste Zeit fahren wir über Nebenstraßen. Dir wird schon nichts passieren.« Er setzte einen zerknirschten Ausdruck auf. »Ich habe versucht, es dir so angenehm wie möglich zu machen. Die verdammte Autowaschanlage war überfüllt, also habe ich den Dampfsauger von Ma benutzt.«

»Ist okay.« Vicky drückte seinen Arm. »Vielleicht könnten wir in der Scheune etwas zu Abend essen? Kekse und Milch würden mir schon reichen, aber denk bitte daran, dass ich um halb neun wieder im Aunt Betty's Café sein muss, sonst dreht mein Pa noch durch.«

Er nickte. »Ja, klar.«

Er konnte sein Glück kaum fassen, als er die Main Street entlangfuhr und auf den Highway einbog, bevor er ihn in Höhe Stanton Road verließ, um über Nebenstraßen zur Ranch seiner Familie zu gelangen. Die Scheune wurde schon seit Jahren nicht mehr benutzt und stand stabil, aber verlassen unweit des Hauses, in dem er wohnte. Außer seiner Freundin und ihm selbst suchte sie niemand mehr auf, es war ihr Geheimplatz. Er drehte das Radio auf und summte die Melodie mit. Neben ihm starrte ihn Vicky wie hypnotisiert an. Sie rumpelten über die Schotterpiste, bogen um die Ecke, und seine Scheinwerfer leuchteten die Scheune an. Er stellte den Wagen draußen ab, holte eine Taschenlampe aus seiner Jackentasche heraus und stieg aus. »Pass auf, wo du hintrittst.« Er richtete die Taschenlampe auf die Tür und schaltete sie dann mit klopfendem Herzen und voller Vorfreude ab.

»Es ist schrecklich dunkel hier.« Vicky ergriff seinen Arm und lehnte sich näher zu ihm heran.

»Hier, nimm du die Taschenlampe.« Er winkte sie durch die Tür. »Da drin gibt's eine Lampe, ich schalte sie gleich ein. Die Stute ist dort hinten, am Heuboden vorbei und dann gleich links. Geh schon mal vor.«

»Okay.« Vickys Stimme zitterte, aber sie ging vor ihm her.

Vicky hatte kaum ein paar Schritte getan, als seine Freundin aus der Dunkelheit heraussprang. Ihr Gesicht war hinter einem Schal verborgen. Alles ging sehr schnell, und im nächsten Moment war seine Freundin schon auf Vickys Rücken. Zusammen fielen sie hin und kamen in einem Gewirr von Gliedmaßen hart auf dem staubbedeckten Boden auf. Kurz darauf presste seine Freundin einen Stofffetzen auf Vickys erstauntes Gesicht. Die Taschenlampe rollte aus Vickys Hand und schickte einen Strahl über sie hinweg, wobei sie riesige

Schatten auf die Scheunenwand warf. Als ein chemischer Geruch die Luft erfüllte, bedeckte er sein Gesicht und trat zurück.

Die beiden Mädchen wälzten sich stöhnend auf dem Boden. Vicky wehrte sich, aber bald ließ ihre Kraft nach und seine Freundin verknotete den Stofffetzen hinter ihrem Kopf. Eine Ewigkeit schien zu vergehen, bis Vicky endlich erschlaffte und verstummte.

Er fand den Lichtschalter neben der Tür und schaltete die Lampe ein. Im Lichtstrahl wirbelten Staubkörnchen wie goldener Regen umher. Er starrte auf Vicky hinunter; Staub bedeckte ihre Kleidung und in ihrem Haar hatte sich Heu verfangen. Er wandte seinen Blick ab und blickte seine Freundin an. »Ist sie ohnmächtig?«

»Ich glaube schon.« Seine Freundin kniff sie fest, und als Vicky nicht reagierte, durchwühlte sie ihre Taschen und holte ihr Handy hervor. Sie stand auf und ging auf ihn zu, brach das Handy auf, nahm den Akku und die SIM-Karte heraus und warf beides in einen Eimer mit Wasser. »Das Chloroform wird sich bald verflüchtigt haben, halt draußen Wache, uns bleibt genügend Zeit, bevor sie zu sich kommt.«

Er starrte auf Vicky hinunter, die ganz still dalag. »Zu viel davon wird sie umbringen.«

»Zu wenig und sie wacht zu früh auf. Ich habe an meinem Hund geübt. Ein paar Tropfen haben gereicht, um ihn für gute fünf Minuten auszuschalten.« Seine Freundin nahm den Schal ab, band ihn sich um die Taille und lehnte sich näher zu ihm. »Uns bleibt genügend Zeit, um sie zu fesseln und in die Pferdebox zu ziehen, die ich zu unserem Vergnügen vorbereitet habe. Diesmal habe ich die Plastikfolie an Wände und Boden getackert.« Sie schenkte ihm ein teuflisches Grinsen, und holte ein Jagdmesser hervor. »Gefällt dir das?«

Eine Gänsehaut kroch seine Arme hinauf, als er auf das unbefleckte Messer starrte. Bilder von seiner Freundin, wie sie

Laurie erstochen hatte, schwirrten ihm durch den Kopf. Diesmal gäbe es Blut, viel Blut. Er schluckte schwer und versuchte, sich zu fokussieren. Die Dinge entwickelten sich viel zu schnell und er konnte nicht klar denken. »Es sieht aus, als wäre es brandneu.«

»Könnte sein.« Seine Freundin fuchtelte damit herum. »Ich habe es einem Kerl abgenommen.«

Er blinzelte sie an. »Du hast was getan? Bist du verrückt geworden?«

»Nö. Das war in einer Menschenmenge auf dem Festival. Er hat es in seinem Gürtel getragen und ich habe es einfach herausgezogen. Der Kerl war zu besoffen, um irgendetwas mitzubekommen. Klasse, was?« Sie drehte sich um, um Vicky einen Blick zuzuwerfen, und zog sich dann das T-Shirt über die Nase. »Hilf mir, sie in die Pferdebox zu ziehen. Ich habe alles vorbereitet.« In ihren Augen blitzte eine teuflische Freude. »Dann warten wir, bis sie zu sich kommt. Ich will nicht, dass ihr irgendetwas entgeht.«

DREIUNDFÜNFZIG

Jenna stand auf, räumte die Essensverpackungen von ihrem Schreibtisch und setzte neuen Kaffee auf. Kane und Rio saßen über ihre Laptops gebeugt und der Drucker surrte und spuckte Dokumente in einem unglaublichen Tempo aus. Sie hörte, wie sich die Eingangstür öffnete, dann ertönte das Geräusch von Krallen auf den Fliesen. Im nächsten Augenblick kam Duke durch die Tür herein, überprüfte, dass Kane immer noch da war, wo er ihn zurückgelassen hatte, trottete dann zu seinem Körbchen, vollführte seine üblichen drei Drehungen und ließ sich niederplumpsen. Schritte näherten sich über den Flur, und dann betrat Carter mit Zorro im Schlepptau den Raum. Jenna deutete auf den Schreibtisch. »Dein Laptop hat einen Ton von sich gegeben. Ich schätze, da ist eine Nachricht angekommen.«

»Das hoffe ich. Ich habe Kalo einige Informationen geschickt, in der Hoffnung, dass er etwas Interessantes dazu findet.« Carter ging zu seinem Laptop und lächelte. »Aha.«

Jenna ließ sich auf ihren Stuhl sinken und sah ihn an. »Was hast du für uns herausgefunden?«

»Interessante Hinweise.« Carter zog seinen Zahnstocher zwischen den Zähnen hervor und schnippte ihn in den Mülleimer. »Ich hatte Kalo gebeten, die Datenbank der Steuerbehörde nach weiteren Informationen über zwei der Verdächtigen zu durchforsten. Er hat die aktuellen Tätigkeiten der Väter von Dale Collins und Cory Hughes herausgefunden. Da wir über die beiden nur vage Informationen von ihren Ex-Frauen erhalten haben, habe ich mir gedacht, dass diese Information von Belang sein könnte. Mr Collins ist Autoverkäufer und Mr Hughes arbeitet als Leitungsmonteur.«

»Hat er an Laurie Turners Fundort gearbeitet?« Kane sah von seinem Laptop auf.

»Genau dort.« Carter lächelte. »Was für ein Zufall.«

»Ja, aber Al Watson war der Einzige, der an dem Tag, an dem Laurie Turner gefunden wurde, gearbeitet hat.« Rio lehnte sich in seinem Stuhl zurück. »Soviel ich weiß, lebt Cory Hughes Vater nicht mehr mit der Familie. Ich glaube nicht, dass er in diesem Fall relevant ist.«

»Solange wir noch nichts Sicheres haben, könnte alles relevant sein.« Carter sah ihn über seine Nase hinweg an. »Denk darüber einmal darüber nach. Bei einem Besuch könnte Corys und Vernas Pa ihnen erzählt haben, wo er arbeitet und warum. Er könnte die alten Minen auf dem Gelände erwähnt haben und erzählt haben, wie abgelegen es dort ist.« Er schob seinen Stetson ein Stück zurück und verengte seine Augen. »Wie sonst sollten die jungen Leute von diesen Minen erfahren haben? Sie sind nicht gerade der Ort, an den man zum Picknicken gehen würde, nicht wahr?«

»Schätze nicht.« Rio stand auf, ging zum Drucker und sah die Unterlagen durch. »Wir scheinen Wyatt Cooper ausgeschlossen zu haben. Warum?« Er machte ordentliche Stapel und reichte sie herum.

Jenna zuckte mit den Schultern. »Ich bin nicht überzeugt, dass er der Täter ist. Warum sollte er die Aufmerksamkeit auf sich lenken, indem er Laurie seine Unterhose in den Mund stopft? Ich denke, wir sollten uns auf die anderen konzentrieren.«

»Okay.« Rio fuhr mit den Fingern durch die Unterlagen. »Das sind die Zeitleisten aller Beteiligten, die auf den Hinweisen beruhen, die wir bisher zusammengetragen haben.«

»Dafür hätten wir locker die Bildschirmaufteilung auf unseren Laptops nutzen können.« Carter sah mit fassungsloser Miene das Papier an.

»Manchmal funktioniert Althergebrachtes besser.« Rio zuckte mit den Schultern. »Unsere Gehirne gewöhnen sich an die Routine. Ändern wir sie und die Dinge beginnen herauszustechen. Versuch es mal.«

Als Jennas Handy Wolfes Klingelton spielte, sahen sie alle erwartungsvoll an. Sie stellte ihr Handy auf Lautsprecher. »Hallo, Shane. Irgendwelche Neuigkeiten?«

»Ja, die Proben von dem Ring sind frisch. Ich hatte nicht viel Material, mit dem ich arbeiten konnte, aber es besteht kein Zweifel, dass die Haut, die ich vom Ring extrahiert habe, aus der Mordnacht stammt, in der Mrs Turner starb. Es scheint, als hätte Dr. Turner den Ring zum Händewaschen abgenommen. Es gab keine Spuren von Seife. Die DNA selbst hatte sich noch nicht zersetzt, dafür braucht es Jahre, also war die Zersetzungsgeschwindigkeit der Hautprobe ausschlaggebend. Ich habe einen Abgleich der Gewebeproben, die gefunden, und solcher, die von ihrem Körper entnommen wurden, durchgeführt. Die Geschwindigkeit der Zersetzung der Proben von ihrem Körper und dem Ring ist identisch.« Wolfe hämmerte auf seiner Tastatur herum. »Darüber hinaus habe ich Spuren von Dr. Turners DNA auf der Wange seiner Frau gefunden. An der Stelle, an der er sie geschlagen hat, und um die Fingerabdrücke herum, die bei der Strangulation entstanden sind. Das ist der schlüssige Beweis, dass Turner seine Frau erwürgt hat. Ich formuliere das aus und schicke es an den Staatsanwalt.« Er räusperte sich. »Ich setze euch in Kopie. Gute Arbeit, Kollegen, ihr habt ihn überführt.«

Jenna lächelte und dann schweiften ihre Gedanken zu Laurie und Becky ab. »Aber solange wir den Patienten 124 nicht gefunden haben, können wir ihn mit den Cheerleaderinnen-Morden nicht in Verbindung bringen. Ihr Mörder läuft immer noch frei herum.«

»Turner wird trotzdem versuchen, sich aus dem Mord an seiner Frau herauszuwinden.« Kane blickte sie an. »Es gibt einen Weg, wie man einen Arzt dazu bringen kann, den Namen seines Patienten bei einer Strafsache herauszugeben. Das setzt einen Gerichtsbeschluss voraus, und er muss seinen Patienten darüber informieren.« Er zuckte mit den Schultern. »Dazu müsste er zu ihm hinfahren, nicht wahr? Tja, wir haben einen Deputy aus Blackwater, der sein Grundstück überwacht. Sein Fahrzeug hat das Gelände bisher nicht verlassen, aber ich wette, sobald Shanes Beweise vorgelegt werden, setzt er sich in Bewegung, und dann erfahren wir den Namen des Patienten 124.«

»Ich habe jede Möglichkeit überprüft, ob Turner an den anderen Morden beteiligt gewesen sein könnte, aber nichts gefunden.« Wolfe seufzte. »Jeanette Turners Mörder war ein Nachahmungstäter. Turner war nachlässig und hat Fingerabdrücke hinterlassen. Er hat nicht einmal versucht, seine Anwesenheit am Tatort zu verbergen. Bei den anderen Morden haben die Täter kaum Spuren hinterlassen.«

»Kam schon etwas von der DNA-Phänotypisierung zurück?« Kane stand auf, streckte sich zu seiner vollen Größe und ging zur Kaffeekanne.

»Ich sollte bald etwas erhalten.« Wolfe klang erfreut. »Die Information könnte den Fall in Gang bringen.«

Jenna lächelte. »Das hoffe ich sehr. Ruf mich an, sobald du etwas hast.«

»Das mache ich.« Wolfe trennte die Verbindung.

Jennas Handy klingelte erneut und sie verzog das Gesicht. »Oh, großartig. Das hat uns gerade noch gefehlt: ein Notruf über die 911.« Sie nahm den Anruf entgegen. »Sie sprechen mit Sheriff Alton, welchen Notfall haben Sie?«

»Hier ist Tony Perez. Ich mache mir Sorgen um meine Tochter Vicky. Ich habe sie beim Aunt Betty's Café abgesetzt, weil sie mit einer Freundin zu Abend essen wollte. Ich habe ihr gesagt, dass ich sie um halb neun abholen werde. Aber dort ist sie nicht und sie geht nicht an ihr Handy.«

Jenna machte sich schnell Notizen und blickte zu den anderen auf. Es war halb zehn. »Hat sie erwähnt, dass sie noch irgendwo anders hingehen wollte?«

»Nein, aber ich habe mit diesem Fotografen gesprochen, und er sagte, sie sei in einem roten Pick-up vom Aunt Betty's weggefahren. An die Zeit kann er sich nicht mehr erinnern.« Perez holte tief Luft. »Seit dem Mord an Laurie haben wir Vicky überall hingefahren, wo sie hinmusste, und sie zu einer vereinbarten Uhrzeit wieder abgeholt. Ich habe diese Regel eingeführt, und sie durfte nirgendwo hingehen, ohne uns Bescheid zu sagen. Sie geht sonst immer an ihr Handy, sie legt es nie aus den Händen. Irgendetwas muss ihr zugestoßen sein.«

»Hier ist Special Agent Carter vom FBI. Geben Sie mir die Handynummer Ihrer Tochter durch, und ich werde jemanden damit beauftragen, das Gerät zu orten.« Carter griff nach einem Stift und schrieb die Details nieder, dann stand er auf und ging auf den Flur hinaus, um Bobby Kalo anzurufen.

Jenna konnte die gedämpfte Unterhaltung hören. »Der Fotograf, mit dem Sie gesprochen haben; war das Stan Williams?«

»Ja, genau. Er war es. Er hängt ständig bei dem Cheerleader-Team herum und schießt Fotos von den Mädchen.« Perez atmete tief durch. »Hören Sie, Sheriff, meine Frau hat bereits alle Freundinnen meiner Tochter angerufen. Niemand von ihnen kennt jemanden außer Laurie, der einen roten Pick-up hat, und doch hat mir Williams erzählt, dass Vicky der Person im Auto zugewunken hat und auf sie zugegangen ist. Williams hat nicht gesehen, wer sich im Auto befand. Ich weiß nicht, was ich tun soll. Für den Fall, dass sie zurückkommt, habe ich hier im Aunt Betty's gewartet. Aber ich wollte nicht noch mehr Zeit verstreichen lassen, bevor ich Sie anrufe. Nicht, wenn in Black Rock Falls ein Mörder frei herumläuft.«

»Sie haben genau richtig gehandelt. Bleiben Sie bitte in der Leitung, Mr Perez? Ich muss kurz mit meinen Deputys sprechen.« Sie drückte die Stummschalttaste und schaute zu Rio und Kane. »Lasst die Verdächtigen und sämtliche Familienmitglieder durch die Daten der Verkehrsbehörde laufen. Finden wir heraus, ob noch jemand einen roten Pick-up besitzt.« Jenna stellte die Stummschaltung ab. »Hat Williams eine Marke oder ein Modell erwähnt?«

»Nein, aber er ist noch immer im Café. Warten Sie, ich frage bei ihm nach.«

Jenna kaute auf dem Ende ihres Stifts herum, während sie wartete. Das Geräusch der klappernden Computertastatur war der einzige Laut, der den Raum erfüllte. Da Fotografen meistens ein Auge für Details hatten, war es wahrscheinlich, dass Williams sich zumindest an die Marke erinnern würde. Sie seufzte erleichtert auf, als Mr Perez wieder in der Leitung war. »Ja, ich bin dran, Mr Perez.«

»Er denkt, es könnte ein Dodge RAM gewesen sein.«

Als Kane und Rio beide den Kopf schüttelten, spülte ein überwältigendes Gefühl, versagt zu haben, über Jenna hinweg. »Okay, bleiben Sie, wo Sie sind. Ich organisiere einen Suchtrupp und schicke jemanden vorbei, der mit Ihnen zusammen warten wird.« Sie trennte die Verbindung und rief den pensionierten Deputy Walters an, der ganz in der Nähe wohnte und schnell im Aunt Betty's sein könnte. Jenna warf den drei Männern vor ihr einen Blick zu. »Rio, gibst du bitte eine Presserklärung für ein vermisstes Mädchen heraus? Du weißt ja, wie so was abläuft.«

»Klar, wird erledigt.« Rio stand auf und ging zum Schreibtisch herüber.

Ein anderer Klingelton ertönte und Carter griff nach seinem Handy auf dem Schreibtisch. »Es ist Kalo.« Er sah zum Whiteboard. »Was hast du für mich, Bobby?« Carter hörte eine Weile zu. »Aha. Hast du die Nummer zurückverfolgt? Okay, danke.« Er trennte die Verbindung. »Der letzte Anruf, den sie erhalten hat, stammt von derselben Nummer wie mehrere Anrufe innerhalb der letzten vierundzwanzig Stunden. Die Nummer gehört zu einem Wegwerfhandy und Vickys Handy ist außer Betrieb. Ich glaube, Vicky könnte das nächste Opfer werden.«

VIERUNDFÜNFZIG

Vicky zwang sich, die Augenlider zu öffnen, obwohl sie Übelkeit und Schwindel plagten. Sie konnte ihren Kopf nicht heben, und etwas steckte in ihrem Mund. Ihr Gesicht schmerzte. Ihre Wange brannte, als hätte sie jemand immer wieder geohrfeigt. Die Erinnerung daran, angegriffen worden zu sein, überschwemmte sie wie eine Flutwelle der Angst. Sie wollte schreien, aber sie erinnerte sich an die Worte ihres Vaters, nachdem Laurie entführt worden war. Er hatte ihr geraten, so ruhig wie möglich zu bleiben, wenn sie eines Tages mal entführt werden sollte, weil sich die Verrückten von der Angst anderer nährten. Wenn sie einen kühlen Kopf bewahrte, hätte sie eine Chance, lange genug am Leben zu bleiben, um gerettet zu werden. Ihr Pa hatte gut reden, schließlich saß er nicht gefesselt in einer Scheune. Als sie begriff, dass ihre Hände und Füße gefesselt waren, stieg Panik in ihr auf. Vicky spannte ihre Muskeln an, aber das dicke schwarze Band, mit dem sie gefesselt war, gab kein Stückchen nach. An ihren Händen spürte sie den glatten Kunststoff. Das schwache Licht einer batteriebetriebenen Lampe spiegelte sich in der Plastikfolie, mit der die Wand, an der sie lehnte, beschlagen war. Eiskalte Angst hüllte sie ein. Sie hatte genügend Horrorfilme gesehen, um zu wissen, dass man sie an einem Ort festhielt, an dem gemordet wurde. Als von draußen der Klang flüsternder Stimmen in ihr Gefängnis drang, lauschte sie konzentriert mit halb geschlossenen Augenlidern.

»Ich habe dir doch gesagt, dass du ihr von dem Zeug zu viel gegeben hast.« Die dumpfe Männerstimme wurde von Schritten begleitet, die sich ihr näherten. »Sie ist hier schon zu lang. Wir hätten sie längst erledigen müssen. Warum erwürgst du sie nicht einfach, und wir entsorgen sie irgendwo im Stanton Forest?«

»Nach allem, was ich wegen ihr durchgemacht habe?« Die weibliche Stimme, die sie zu erkennen glaubte, klang wütend. »Ich will, dass sie dafür bezahlt. Auf keinen Fall lasse ich sie während der Bestrafung schlafen. Ich werde dafür sorgen, dass sie jeden einzelnen Schnitt spürt.« Sie lachte glockenhell auf, als sie die Scheune betraten. »Siehst du das? Da ist Salz drin. Ich werde es auf ihre zerfetzte Haut reiben, damit die Schmerzen für sie unerträglich werden.« Sie kicherte erneut. »Ich habe Schwefelsäure im Regal gefunden, aber das Zeug stinkt, also wird das Salz genügen müssen.« Sie befeuchtete ihre Lippen. »Diesmal darfst du ihr auch Schnitte zufügen. Hast du ein Messer dabei?«

»Ja, das Jagdmesser meines Vaters. Er wird es nicht vermissen, weil er nicht mehr ins Haus kommt.« Er holte das Messer heraus und fuchtelte vor ihr damit herum.

»Perfekt.« Sie strich ihm über die Wange. »Versuch sie jetzt aufzuwecken. Verpasse ihr eine Ohrfeige, sie sollte bald wieder zu sich kommen. So viel Chloroform war es nicht.«

»Wenn ich sie zu hart schlage, breche ich ihr den Kiefer.« Er klang besorgt. »Ich werde einen Eimer Wasser besorgen und ihn über ihr auskippen.«

»Nein!« Offensichtlich hatte das Mädchen den Hut auf. »Mit dem Wasser würde das Blut überallhin laufen. Wir müssen darauf achten, dass es hier sauber bleibt. Ohrfeige sie noch mal. Ich hole eine Flasche Wasser aus dem Rucksack und wenn ich zurück bin, will ich, dass sie wach ist.« Sie schnippte mit einem Zippo-Feuerzeug. »Wenn du sie nicht wach bekommst, werde ich etwas anderes versuchen.«

Obwohl ihr vor Angst das Herz zu zerspringen drohte, blieb Vicky mit dem Kopf auf der Brust an die Wand gelehnt sitzen. Die Schritte kamen näher, und jemand fasste ihr mit OP-Handschuhen ans Kinn und hob es hoch. Gegen das Bedürfnis ankämpfend, sich ihm zu entwinden, zwang sie sich weiterzuatmen. Ein und aus. Ein und aus. Langsam und gleichmäßig. Wie damals, als sie noch ein Kind war und vorgab zu schlafen. Seine Berührung war beinahe zärtlich.

»Vicky, wach auf.« Er tätschelte ihre Wange. »Bitte wach auf, ich will dich nicht wieder schlagen müssen.«

Er wollte sie nicht wieder schlagen müssen? Hatte sie einen Verbündeten gegen die Irre, die sie zerschneiden wollte? Plötzlich spürte sie einen Schmerz auf ihrer Wange, kippte von dem unerwarteten Schlag um und rollte zu Boden. Ihr Kopf schlug mit einem dumpfen Knall auf, was ihr ein Stöhnen entlockte, das sie nicht unterdrücken konnte. Daraufhin wurde sie wieder in eine sitzende Position gezerrt, und kräftige Finger zwangen ihr Augenlid auf. Sie starrte in das Gesicht ihres Dates, ließ ihren Kopf aber wieder fallen, sobald er sie losließ. Wenn das Mädchen wollte, dass sie wach war, wenn sie sie aufschlitzte, dann würde sie sich so lange wie möglich ohnmächtig stellen. Ihrem Pa sollte ihr Verschwinden längst aufgefallen sein, und irgendjemand musste sie dabei gesehen haben, wie sie in seinen Wagen gestiegen war.

»Wach auf.« Er schüttelte sie grob. »Du machst sie nur sauer. Je länger du ohnmächtig bleibst, desto wütender wird sie, und das lässt sie doch wieder an dir aus.«

»Machst mit Vicky rum, was?« Die Stimme des Mädchens

war so süß wie Honig. »Jetzt bin ich eifersüchtig.« Sie trat näher heran und ließ die Plastikfolie bei jedem ihrer Schritte rascheln.

Ihr Atem streifte Vickys Gesicht und dann wurde etwas Kaltes über ihre Wange gezogen. Wärme strömte ihr in einem Schwall über das Gesicht und sie konnte spüren, wie Tropfen auf ihrem nackten Arm auftrafen. Hatte sie sie geschnitten?

»Nicht mehr so hübsch, oder?« Das Mädchen riss Vickys Kopf zurück. »Oder?«

»Ich habe nie gesagt, sie wäre hübsch.« Seine Stimme klang etwas zittrig. »Ich wollte bloß, dass sie aufwacht, damit wir sie töten und dann rummachen können, bevor wir ihre Leiche entsorgen.« Er stieß ein zaghaftes Lachen aus. »Es warst immer nur du. Du bist meine Freundin, die anderen bedeuten mir nichts, und daran wird sich niemals etwas ändern.«

»Das läuft nicht nach Plan.« Sie trat gegen die Schuhsohle von Vickys Stiefeln. »Ich will, dass sie wach ist, wenn ich sie in Stücke schneide. Ich will hören, wie sie um ihr Leben fleht. Sie soll am eigenen Leib erfahren, wie es sich anfühlt, gemobbt zu werden. Inzwischen ist ihr kleiner Freundeskreis nicht mehr am Leben, und wenn sie tot ist, werde ich zur Anführerin.«

»Du wirst auch so zur Anführerin.« Seine Stimme sank zu einem Wimmern. »Lass es uns zu Ende bringen, bevor man uns vermisst. Es ist schon spät.«

»Meine Eltern denken, ich bin in meinem Zimmer, und deine Ma geht davon aus, dass du deine Aufgaben erledigst, also haben wir alle Zeit der Welt.« Sie kicherte. »Sie wird bald aufwachen.« Sie beugte sich ganz nah zu Vickys Ohr hinunter. »Wach schon auf, damit ich dich umbringen kann.«

Vicky wurde von Furcht gepackt. Die Zeit lief ihr davon und niemand wusste, dass sie die Sicherheit des Aunt Betty's mit ihm verlassen hatte. Ihr vermeintlicher Verbündeter war ein rückgratloser Feigling. Er hatte darauf bestanden, ihr Treffen geheim zu halten, und jetzt wusste sie auch, warum. Die beiden hatten sie so fest gefesselt, dass sie sich nicht wehren konnte, und wenn sie bemerkten, dass sie wach war, würden sie sie qualvoll foltern. Um zu überleben, musste sie sie überlisten. Das waren die Menschen, die ihre Freundinnen ermordet hatten, und sie erwarteten von ihr, dass sie schrie und um ihr Leben kämpfte, aber sie würde ihnen diese Befriedigung nicht geben. Zorn stieg in ihr auf und schlug dann in Entsetzen um. Vicky biss fest auf den Stoff in ihrem Mund und bemühte sich, bewusstlos zu wirken. Sie würde sie nicht ewig täuschen können. Ihr Gesicht pochte, und unter ihren Wimpern konnte sie erkennen, wie Blut auf ihren Arm tropfte. Ein unkontrolliertes Zittern sprudelte durch sie hindurch. War es den beiden aufgefallen? Vicky wappnete sich für das Unausweichliche. *Ich werde unter qualvollen Schmerzen sterben.*

FÜNFUNDFÜNFZIG

Die Ruhe zu bewahren, wenn die Welt aus den Fugen geriet, war Teil von Jennas Ausbildung gewesen und das Schicksal hatte sie mit mindestens zwei weiteren Menschen zusammengeführt, die über die gleiche Eigenschaft verfügten. Jetzt wild im Kreis herumzurennen, würde Vicky Perez nichts nützen. »Wir haben drei männliche Hauptverdächtige, rufen wir sie an. Ich will wissen, ob sie zu Hause sind. Ich übernehme Wyatt Cooper. Carter, du versuchst Dale Collins zu erreichen, und Rio übernimmt Cory Hughes. Ihre Festnetz- und Mobilfunknummern sind in ihren Akten hinterlegt. Ich möchte wissen, wo sie sind und mit wem sie sich dort aufhalten.«

Jenna rief Wyatt Cooper an und fand ihn zu Hause vor. Nachdem sie mit seinen Eltern gesprochen hatte, strich sie ihn von der Liste. Bei den anderen zwei Verdächtigen hatten ihre Kollegen weniger Glück. Ihre Handys waren ausgeschaltet, und sie waren nicht zu Hause. »Also, Cory Hughes und Dale Collins sind nicht erreichbar. Wissen wir, welche Autos sie fahren?« Sie blickte auf die Hinweise auf dem Whiteboard.

»Hughes war mit einem weißen Pick-up bei der Highschool unterwegs, aber der Wagen könnte eine Verwirrungstaktik sein und er eigentlich ein anderes Fahrzeug fahren.« Kane tippte auf seiner Computertastatur. »Auf ihn ist kein anderes Fahrzeug eingetragen.«

»Das hat nichts zu bedeuten.« Carter rieb sich über den Nacken. »Die jungen Leute leihen sich oft Autos aus. Er könnte mit dem Fahrzeug von jemand anderem unterwegs sein.« Carter zeigte mit dem Finger auf das Whiteboard. »Was ist mit Dr. Turner, wurde er auf Kaution entlassen?«

Jenna begegnete seinem Blick. »Ja. Die Deputys aus Blackwater patrouillieren immer noch in der Stadt und behalten sein Haus im Auge. Ich rufe einen von ihnen an und bitte ihn, vorbeizufahren und nach ihm zu sehen.« Sie setzte den Anruf ab und vermeldete dann: »Der Kollege ist dort ganz in der Nähe. Ich bleibe in der Leitung, bis er Turner unter die Lupe genommen hat.«

Jenna wartete eine gefühlte Ewigkeit, bis der Deputy wieder in der Leitung zu hören war. Jenna nickte. »Okay, danke. Beobachten Sie ihn für eine Weile und dann setzten Sie die Patrouille wieder fort. Es wird nicht schaden, wenn er weiß, dass wir an ihm dran sind.« Sie trennte die Verbindung.

»Dr. Turner ist zu Hause.« Jenna sah die Männer an. »Eine junge Frau ist da draußen in Gefahr. Wir müssen sie finden. Komm schon, Dave, wo würde jemand sie hinbringen, um sie zu töten?«

»Vielleicht an einen Ort, der in der Nähe des Zuhauses von einem der Mörder liegt. Mit sechzehn würden sie es nicht riskieren, sie in den Wald zu bringen.« Konzentriert zog Kane die Augenbrauen zusammen. »Ich werde die Umgebung mithilfe von Google Earth nach verlassenen Ranches oder Geschäften durchsuchen.«

»Okay.« Jenna wandte sich an Rio. »Fahr rüber zum Aunt Betty's und wirf einen Blick auf ihre Videoaufzeichnungen. Versuch herauszufinden, um wie viel Uhr Vicky weggefahren ist. Vielleicht bekommst du auch das Fahrzeug zu sehen.« Sie drehte sich zu Carter um. »Kannst du die Aufzeichnungen der Videokameras auf der Main Street überprüfen? Vielleicht wirst du dort fündig.«

Mit einem Nicken eilten die beiden Männer davon. Jenna drehte sich um und starrte auf das Board, als Wolfes Klingelton ertönte. Sie nahm den Anruf entgegen und stellte ihn auf Lautsprecher. »Ich hoffe, du hast etwas für mich, Shane. Gerade haben wir eine weitere Meldung über ein vermisstes Mädchen erhalten. Es ist Vicky Perez.«

»O Gott.« Wolfe schwieg einen Augenblick. »Ich hoffe, das wird euch weiterhelfen. Das Ergebnis der DNA-Phänotypisierung ist da. Das ist eine beeindruckende Technologie. Wir haben ein Bild von einer Frau. Ich schicke es jetzt auf dein Handy. Hast du Bildmaterial, mit dem du es abgleichen kannst? Dunkles Haar, braune Augen, weiß.«

Erstaunt starrte Jenna das Bild auf ihrem Handy an. »Sie kommt mir bekannt vor. Kane hat eine Akte mit aktuellen Bildern der Cheerleaderinnen angelegt. Ich kümmere mich sofort darum. Danke, Shane.«

»Ruf mich im Büro an, wenn ihr etwas herausgefunden habt oder wenn ihr Unterstützung braucht. Es wird spät bei mir heute.« Er trennte die Verbindung.

»Ich habe etwas, zu einem möglichen Versteck.« Kane sah von seinem Laptop auf. »Sowohl bei Hughes als auch bei Collins gibt es Nebengebäude auf den Ranches. Bei Hughes gibt es etwas, das nach einem alten, heruntergekommenen Gebäude aussieht, etwa einen Kilometer von seinem Haus entfernt. Auch bei Collins gibt es ein ähnliches Gebäude. Beides könnten alte Scheunen aus der Zeit sein, als sie noch Viehbestand hatten.« Er hämmerte wieder auf die Tastatur. »Ich habe die Akte der Cheerleaderinnen, zeig mir das Bild.«

Jenna setzte sich neben ihn und gemeinsam sahen sie die Fotos durch. Das Bild, das Wolfe geschickt hatte, ähnelte mehr einem Phantombild als einem Foto, und sie starrte all die

Gesichter vor ihr an. So viele der Mädchen hatten dunkles Haar und braune Augen. »Was ist mit ihr? Verna Hughes?«

»Ja, die Ähnlichkeit ist groß genug, um Hughes nachzugehen.« Kane scrollte durch die Bilder. »Und sie. Mit ihr habe ich mich unterhalten. Sie war am Kiosk und hat mit Dale Collins gesprochen.« Er blickte zum Whiteboard. »Marlene Moore.«

Es überraschte Jenna, dass zwei ähnlich aussehende Mädchen mit zwei ihrer Verdächtigen in Verbindung standen. Sie nahm ihr Handy zur Hand und rief Rio an. »Dreh um und komm zurück, wir haben eine Spur.« Sie eilte den Flur hinunter und stürmte in den Besprechungsraum. »Ty, wir konnten die Verdächtigen auf zwei mögliche Pärchen einschränken. Wir müssen uns aufteilen. Kane glaubt, die mutmaßlichen Standorte gefunden zu haben.«

»Zeig mal her.« Carter lief zurück in ihr Büro und schaute sich Kanes Suchergebnisse an. »Ja, es liegt abgeschieden genug, um nicht gehört zu werden, und doch nahe genug an den Wohnhäusern, dass die jungen Leute nicht vermisst werden.« Er drehte sich um und sah sie an. »Ruf die Mädchen nicht an. Du willst sie doch nicht vorwarnen, Jenna. Sie könnten etwas Dummes tun. Gib mir die Koordinaten.«

»Ja, dem stimme ich zu.« Kane erhob sich. »Wenn ich richtig liege und das Mädchen der dominante Part ist, wäre alles möglich.«

Jenna nickte zustimmend. »Okay, wir gehen leise rein. Zieht eure Kevlar-Westen an, ich will nicht, dass uns jemand überrumpelt.«

»Der Tag, an dem ich von einem Teenager überrumpelt werde, wird der Tag sein, an dem ich in Rente gehe.« Carter schnaubte. »Trotzdem werde ich die Weste tragen.«

»Vicky hat Aunt Betty's um acht verlassen.« Rio rauschte in den Raum. »Ich konnte den roten Pick-up nicht identifizieren, aber als ich die Presseerklärung eingereicht habe, habe ich eine

Fahndung nach einem Fahrzeug und dem Mädchen herausgegeben.«

Jenna nickte. »Gute Arbeit. Wenn sie schon so lange fehlt, müssen wir Gas geben.«

»Was habt ihr gefunden?« Rio hob fragend die Augenbrauen.

Jenna brachte ihn auf den neusten Stand. »Passt auf, ich will nicht, dass die jungen Leute im Kugelhagel sterben. Ich bezweifle, dass sie bewaffnet sind, und ich würde gerne wissen, was hinter dieser Mordserie steckt.«

»Ich habe gehört, dass du Scharfschütze bist.« Kane schaute Rio an. »Wie gut bist du?«

»Verdammt gut.« Rios Gesicht war todernst. »Ich drücke nicht ab, außer mein Partner oder ich sind in Lebensgefahr.«

»Gut zu wissen.« Kane nickte.

»Nur als Randnotiz.« Carter starrte Kane an. »Ich treffe selbst ein Zehncentstück aus Entfernung. Jetzt, wo wir unsere Kompetenzen abgesteckt haben, sollten wir aufbrechen, bevor das Mädchen ermordet wird, oder nicht?« Er drehte sich zu Jenna um. »Ich übernehme die Ranch von Hughes. Rios SUV dürfte nicht besonders auffallen.«

Jenna konnte die Anspannung im Raum förmlich spüren und atmete tief durch. »Okay, rücken wir aus.« Sie griff zu ihrem Handy und rief Deputy Walters im Aunt Betty's an, um ihn über den Fortschritt aufzuklären, danach begaben sie sich nach draußen und zu Kanes Wagen.

Rios SUV schlängelte sich durch den dichten Festivalverkehr und verschwand in der Ferne. Währenddessen schlüpfte Jenna in ihre Kevlar-Weste und legte dann Duke sein Geschirr an. Der Spürhund wäre eine Bereicherung und würde sie warnen, wenn sich jemand in der Nähe versteckte. Ihr Herz raste, als sie auf den Beifahrersitz kletterte und sich anschnallte. Sie warf Kane einen Blick zu, der mit seinem Kampfgesicht die Ausrüstung anlegte. »Ich hoffe, wir finden sie.«

»Ich denke, einer von uns wird es tun.« Kane fuhr mit dem Biest auf die Main Street und manövrierte den Wagen mit Blaulicht durch den Verkehr. »Obwohl logisches Denken und psychopathisches Verhalten einander oft ausschließen, folgt ihre Vorgehensweise überhaupt keiner Logik. Wenn es wirklich eine der Cheerleaderinnen ist, könnte das an ihrem jungen Alter und der fehlenden Erfahrung liegen.«

Jenna sah ihn an. »Soll ich Jo nach ihrer Einschätzung fragen?«

»Uns bleibt keine Zeit.« Kane bog auf die Stanton Road ab und beschleunigte. »Die Mörderin ist eine unbekannte Komponente, bis zum Äußersten unberechenbar. Sie glaubt, dass sie die Leute kontrollieren kann, also wird sie versuchen, das Opfer zu spielen. Bleib auf der Hut. In Anbetracht der bisherigen Morde, insbesondere der Stichwunden auf Laurie Turners Leiche, dürfen wir unsere Deckung nicht vernachlässigen. Dieses Mädchen wird vor nichts zurückschrecken, und es ist ihr egal, wen sie verletzt.«

Der Wagen raste in die Dunkelheit, und die blinkenden roten und blauen Lichter ließen den Wald surreal erscheinen. Die hohen Kiefern wurden in ein Meer aus Rot und Blau getaucht, als sie an ihnen vorbeizogen, und die dunklen Tiefen des Waldes flimmerten wie ein Stummfilm um sie herum. Jenna brauchte niemandem zu erklären, dass die Zeit gegen sie spielte. Kane reizte mit dem Biest die Grenze des sicheren Tempolimits aus und beschleunigte den Wagen bis zur Höchstgeschwindigkeit. Sie würde sich niemals an die Art gewöhnen, wie er mit dem Wagen auf die nächste Lücke zwischen zwei Fahrzeugen zusteuerte und es schließlich hindurchschaffte. Das Herz rutschte ihr in die Hose und sie klammerte sich an den Sitz, als Kane auf der geraden Strecke abermals beschleunigte. Das Biest dröhnte zustimmend auf, als wäre es endlich aus seinem Käfig befreit worden. Sie rasten auf der falschen Seite des Highways entlang, überholten Fahrzeuge, als stünden sie still, und zogen wieder auf die rechte Fahrspur, gerade als sie sich einer langgezogenen Kurve näherten und ein Sattelschlepper an ihnen vorbeirauschte.

Als Jenna die Stimme des Navis hörte, beugte sie sich vor und schaltete das Blaulicht aus. »In etwa fünfhundert Metern rechts, dann scharf links in die Straße zur Ranch abbiegen.«

»Verstanden.« Kane verlangsamte das Biest. »Unweit des Hauses gibt es ein altes Gebäude. Halte auf der linken Seite nach einem Weg Ausschau, der laut dem Satellitenbild überwuchert sein könnte. Ich schalte die Scheinwerfer aus. Wir können uns anhand des Parklichts orientieren. Sollte jemand hier sein, ist das Letzte, was wir wollen, sie vorzuwarnen.«

Sie holperten über die von Bäumen gesäumte Schotterpiste, und Jenna suchte den Straßenrand nach einem Pfad ab, der zur Scheune führen könnte. Zwischen den Bäumen entdeckte sie eine kahle Stelle, die zu einem Feldweg führte. »Halt. Ich denke, ich kann die Abzweigung sehen; wir sind gerade daran vorbeigefahren.«

»Okay.« Kane fuhr ein Stück zurück und bog dann auf den Feldweg ein.

Jenna beugte sich vor und spähte durch die Dunkelheit geradeaus. »Der Weg wird oft befahren, vielleicht sind wir hier doch falsch.«

»Es sieht aus, als wären wir richtig. Die Scheune sollte etwa einhundert Meter weit weg vom Hauptweg liegen. Wir müssen das überprüfen, und zwar schnell. Vickys Leben könnte am seidenen Faden hängen.« Kane stellte den Wagen zwischen den Bäumen ab. »Von hier aus gehen wir zu Fuß.« Er blickte aus dem Fenster. »Wir werden keine Taschenlampe brauchen; es ist Vollmond und ich habe Augen wie eine Katze.«

Jenna drehte sich der Magen um. Sie mussten sich einer ihnen unbekannten Situation stellen, was ihren Adrenalinspiegel in die Höhe schießen ließ. Sie nickte Kane zu. »Los. Du gehst zuerst. Ich habe wenig Lust, in Spinnweben hineinzulaufen.«

»Klar, ich liebe Spinnen.« Kane verzog das Gesicht. »Weich einfach nicht vom Weg ab, dann wird schon alles schiefgehen.«

Duke ging an der Leine vor ihnen her, Kane folgte ihm und Jenna bildete das Schlusslicht, wobei sie sich dicht am Wegesrand hielt, der auf beiden Seiten von Bäumen gesäumt war. Die Äste ragten von beiden Seiten so weit in die Schneise hinein, dass sie sich in der Mitte beinahe berührten. Das Mondlicht drängte sich an den Ästen vorbei und warf gestreifte Schatten auf den Boden. Sie trat näher an die Bäume heran, und Spinnweben verfingen sich in ihrem Haar. Jenna streifte sie ab und hörte dann einen erstickten Schrei. Vor ihr war Duke zu einer Statue erstarrte, die Nackenhaare aufgestellt. Nervös machte Jenna einen Schritt vorwärts und zerrte an Kanes Hemd. Sie senkte ihre Stimme zu einem Flüstern. »Was war das?«

SECHSUNDFÜNFZIG

Das Zippo klickte erneut, und als die Flamme an ihren nackten Zehen leckte, schrie Vicky auf. Der Stoff in ihrem Mund dämpfte ihren Schrei, als unerträgliche Schmerzen in ihrem Fuß explodierten und mit jeder Sekunde an Intensität zunahmen.

»Ihr fehlt nichts und sie ist jetzt wach.« Das Zippo wurde nach oben geführt und die Flamme tanzte in den irren Augen von Marlene Moore. »Stell dich hinter sie.« Sie legte das Feuerzeug weg, griff nach einem Messer und fuchtelte damit herum, sodass sich das Licht der Lampe darin verfing. »Siehst du das?« Sie trat näher. »Vielleicht steche ich dir die Augen aus, oder nur eins für den Anfang. Ich würde nicht wollen, dass du irgendetwas von dem Spaß verpasst.«

Von Grauen erfüllt, hilflos, gefesselt und zwei Irren ausgeliefert, die sie langsam umbringen wollten, warf Vicky ihren Kopf hin und her und wand sich auf der Plastikfolie. Tränen rannen ihr über die Wangen, und sie rang nach Luft, weil ihre laufende Nase die Atemwege blockierte. Was hatte sie Marlene getan, um ihren brennenden Hass zu wecken?

»Ich habe etwas gehört.« Dale Collins Hände zitterten, als er Vicky an den Schultern packte. »Hör doch.«

»Außer ihrem Winseln höre ich gar nichts.« Marlene lächelte zufrieden. »Aber ich will hören, wie sie diese lustigen Geräusche ausstößt. Ein Jammer wegen dem Knebel, stimmt's, Vicky? Niemand außer mir kann dich hören.« Vor ihren Augen schwenkte sie ein Jagdmesser und ein kleines Küchenmesser hin und her. »Welches soll ich zuerst nehmen?«

Vicky spitzte die Ohren. Sie hatte auch etwas gehört. Das Gebell eines Hundes, das allerdings aus einiger Entfernung zu ihnen herübergeweht wurde. Es erklang noch einmal, scharf und eindringlich, diesmal näher. Auch Marlene hatte es gehört und richtete sich auf, um hinter die Stalltür zu linsen.

»Da ist ein Hund.« Marlene riss den Kopf herum, um Dale anzusehen. »Dein Hund ist doch gestorben. Kennst du jemanden in der Nähe, der einen Hund hat und mit ihm auf deiner Ranch herumschnüffeln würde?«

»Nein.« Dales Stimme klang zittrig. »Als ich mich mit dem Sheriff unterhalten habe, hatten sie einen Spürhund dabei. Was machen wir, wenn sie uns aufgespürt haben?«

»Für den Anfang machen wir das Licht aus. Ich klettere auf den Heuboden hinauf. Sollte jemand hereinkommen, könnte ich sie überrumpeln. Sie würden mich nicht kommen sehen.« Marlene rannte zur Tür. »Falls es Sheriff Alton ist, wird sie von so jungen Menschen nicht erwarten, dass sie sich wehren.«

»Vielleicht sollten wir sie einfach machen lassen und zu dir nach Hause zurückfahren.« Dales Stimme wurde zu einem heiseren Flüstern. »Es steht ihr Wort gegen unseres. Wir könnten Seitenstraßen nehmen. Ich setze dich ab und entsorge den Wagen.«

»Auf keinen Fall.« Marlene klang zuversichtlich. »Es könnte auch nur ein Streuner sein, der Viechern zwischen den Bäumen hinterherjagt. Wir warten ab und finden es heraus.«

Die alte Treppe zum Heuboden ächzte, und Vicky konnte

Schritte über ihr und zu ihrer Rechten hören. In der Ferne erklang erneut Hundegebell. Sie rollte sich auf die Seite, um zu Dale aufzusehen. Mondlicht, das sich durch eine Dachluke ins Scheuneninnere stahl, erhellte sein Gesicht, das einer grauen Maske glich. Seine Mundwinkel hingen hinab. Während sie zu ihm hinaufblickte, wünschte sie sich, er würde sie losbinden und gehen lassen.

»Wirst du den Mund halten, wenn ich dich jetzt gehen lasse?« Dales warmer Atem streifte ihr Ohr.

Das würde Vicky sich nicht zweimal sagen lassen. Sie packte die Gelegenheit zu entkommen beim Schopf und nickte. Als er sich über sie beugte, schimmerte das Mondlicht in der Klinge seines Messers. Sie hielt den Atem an. Stimmen, laut und dienstlich, gefolgt von Schritten, durchbrachen die Stille. Kurz darauf wurde sie von einer Taschenlampe geblendet.

»Sheriff's Department. Lassen Sie das Messer fallen. Lassen Sie sofort das verdammte Messer fallen.« Ein groß gewachsener Mann trat aus der Dunkelheit heraus.

Das Messer traf auf der Plastikfolie auf, und Dale wurde mit dem Gesicht voran gegen die Wand gedrückt. Dann wurden ihm Handschellen angelegt. »Wer ist sonst noch hier?« Der Mann stand mit dem Rücken zu Vicky. »Ist Marlene Moore bei Ihnen?«

Dale schwieg und schüttelte nur den Kopf.

»Sichere den Bereich. Ich kümmere mich um Vicky.« Eine Frau bückte sich und schaltete die Taschenlampe auf dem Boden ein, dann drehte sie sich zu ihr um. »Ist schon gut. Niemand wird Ihnen jetzt noch etwas zuleide tun.« Sie kniete sich neben ihr nieder.

Vicky erkannte Sheriff Alton und Deputy Kane. Panik ergriff sie. Sie schrie gegen den Stofffetzen an und versuchte, mit ihren Augen zum Dachboden zu deuten.

»Hey, beruhigen Sie sich. Alles wird gut.« Sheriff Alton zog vorsichtig an dem Klebeband, das Vickys Mund bedeckte. »Es ist vorbei. Sitzen Sie still, ich werde Ihre Fesseln durchschneiden.«

Vicky schüttelte den Kopf und versuchte, das Wort ›Nein‹ herauszuwürgen. Mit dem Kopf zeigte sie zum Dachboden. Zu spät. Das Grauen schwappte wie ein Tsunami über ihr zusammen. Deputy Kane marschierte direkt auf Marlenes Falle zu.

SIEBENUNDFÜNFZIG

Marlene lächelte still in sich hinein. Wie selbstbewusst sich der Deputy durch die Scheune bewegte. So wie die meisten Männern, gestand er einer Frau zu, Entscheidungen für ihn zu treffen. Männer ließen sich so einfach manipulieren, und inzwischen war sie zu einer Expertin darin geworden. Dale war erst der Anfang, aber sie wollte hoch hinaus und würde die Männer benutzen, um alles, was sie in ihrem Leben haben wollte, zu bekommen. Sie kauerte in der Dunkelheit und wartete darauf, dass der Deputy die Scheune durchsuchte. Gleich würde er sich umdrehen und zurückgehen. Vielleicht würde er dann die Treppe ansteuern, sodass sie sich auf ihn stürzen könnte. Er war groß und gab ein breites Ziel ab. Sie würde auf seinen Hals zielen. Niemand könnte mit einem Jagdmesser in der Kehle überleben. Sie beäugte die beiden scharfen Klingen in ihren Händen. Sie würde ihr Ziel nicht verfehlen. Er würde nicht erwarten, dass sie zwei Messer bei sich trug, und wenn er erst am Boden lag, würde sie sich Sheriff Alton widmen. Es wäre wunderbar, ihr beim Verbluten zuzusehen.

Aufregung durchflutete sie, während sie langsam durch die Nase ausatmete. Genau dafür lebte sie – für die Lust am Töten.

Sie warf einen Blick auf Sheriff Alton, die immer noch damit beschäftigt war, Vicky zu beruhigen, die wie eine Idiotin um sie herumhüpfte. Es erweckte den Anschein, als wäre sie verrückt geworden. Zu schade, dass die Zeit nicht gereicht hatte, um ihr beim Sterben zuzusehen. Ihr Herz raste, als der Deputy zurückkam, um die Pferdeboxen zu überprüfen. Dabei rollte er die Heuballen zur Seite, um dahinter zu schauen. Nur noch ein paar Schritte, und sie hätte ihn genau dort, wo sie ihn haben wollte. Ihr Atem ging schwer, als sie die Messer fest umfasste, die Beine anspannte und sich mit einem triumphierenden Schrei vom Heuboden auf den Deputy stürzte.

Es fühlte sich an, als würde das Messer auf Beton stoßen, als sie es in sein Brustbein rammte. Sie hörte, wie er die Luft einsog, doch statt zurückzutaumeln, schlang er die Arme um sie, als würde er sie vor dem Sturz bewahren wollen. Sie holte aus, bohrte das zweite Messer unter seinen Arm tief in seinen Brustkorb und nahm den Ausdruck auf seinem Gesicht wahr, der sie mit Furcht erfüllte. Seine Augen wirkten so kalt wie die eines Mörders – wie ihre eigenen. Ihr Angriff hatte ihm keinerlei Reaktion entlockt. Als würde sie gegen einen Roboter kämpfen. Es war unmöglich, ihn aufzuhalten. Plötzlich fühlte sie Furcht vor ihm in sich aufsteigen und trat nach ihm, doch er hielt sie fest in seinen großen Armen gefangen. »Lassen Sie mich sofort los.«

»Greif beim nächsten Mal an, ohne deinen Gegner vorher vorzuwarnen.« Er schaute auf sie herab. »Dummes Kind. Ich hätte dich bei diesem Stunt töten können.«

Marlene wurde in die nächste Box geschleudert, kämpfte sich auf die Füße und wich zurück, als Deputy Kane mit einem Messer in der Brust, die Box betrat und sie an beiden Armen packte. Genugtuung durchströmte sie beim Anblick der purpurnen Flüssigkeit, die seinen Arm hinunterlief. Sie grinste ihn an. »Du hast verloren, Deputy. Du blutest.«

»Um einen Kerl meiner Größe umzuhauen, musst du dir

schon mehr Mühe geben.« Der Deputy starrte sie an. »Du hattest Glück, dass ich noch rechtzeitig bemerkt habe, dass ich es mit jemand Minderjährigem zu tun habe. Für gewöhnlich bin ich nicht besonders nett zu Menschen, von denen ich angegriffen werde.«

Marlene lachte über seinen strengen Ausdruck. Sie hatte ihn übel verletzt und er kam nicht damit klar, von einem Teenager geschlagen worden zu sein. Sie hob ihr Kinn und starrte zurück. »Versager. Ich komme nicht ins Gefängnis, weil ich mich auf dich gestürzt habe. Schließlich bin ich nur eine Minderjährige, die sich selbst schützen wollte. Vielleicht gibt es eine Geldstrafe, aber mehr auch nicht. Du hast ein Privatgrundstück unbefugt betreten.«

»Du wanderst wegen Mordes ins Gefängnis, und es ist mehr als wahrscheinlich, dass du das Tageslicht nie wieder erblicken wirst. In diesem Staat wirst du strafrechtlich als Erwachsene verfolgt werden. Unter anderem auch für den Angriff auf einen Polizeibeamten mit einer tödlichen Waffe.« Er wirbelte sie herum und wandte sich an Sheriff Alton. »Sie gehört dir, Jenna.«

ACHTUNDFÜNFZIG

Schockiert von dem blutigen Anblick vor ihr hielt Jenna Marlene fest, während Kane an der Wand nach unten rutschte und auf dem Boden zusammensackte. »Dave, sieh mich an.«

»Es geht schon, leg der Strafgefangenen die Handschellen an.« Blut strömte an Kanes Seite hinunter und sickerte ins Stroh.

Jenna schaute ihn an. »Du *weißt* aber schon, dass dir ein Messer in der Brust steckt?«

»Ist es so offensichtlich? Gott sei Dank gibt es die Kevlar-Westen«, grunzte Kane und zog sich in eine sitzende Position. Er lehnte sich mit dem Rücken an die Holzpaneele in der Box, drückte seine Hand an seine Seite und betrachtete dann das Blut, das von seinen Fingern tropfte. »Das ist nicht der Rede wert.«

Jenna fühlte Furcht in sich aufsteigen, weil Kane sämtliche Farbe aus dem Gesicht gewichen war, aber ihr blieb nichts anderes übrig, als Marlene Handschellen anzulegen, sie aus dem Stall zu zerren und sie an dieselbe Stange zu fesseln wie Dale Collins. Es verging keine Sekunde, bis die beiden Sträflinge begannen miteinander zu streiten.

Jenna warf ihnen einen Blick zu. »Ruhe jetzt. Beide. Oder ich werde euch die Münder mit Klebeband zukleben.« Sie kehrte zu Kane zurück. »Ich rufe die Sanitäter.«

»Nein, hilf Vicky. Sie hat absolute Priorität.« Kanes Stimme war nicht mehr als ein Keuchen.

Wider besseres Wissen biss sich Jenna fest auf die Unterlippe. Kane brauchte dringend ärztliche Hilfe, aber ihre Fürsorgepflicht gegenüber einem Opfer hatte Priorität. Neben Vicky ging sie auf ihre Knie. »Okay, dann wollen wir mal Ihre Fesseln loswerden. Der Schnitt in Ihrem Gesicht ist nicht besonders tief.« Den Knebel hatte sie im Handumdrehen aus ihrem Mund gezogen, aber das Klebeband haftete fest an ihren Haaren. »Das wird warten müssen.« Sie schnitt das Klebeband, das ihre Hände und Füße fesselte, durch. »Besser?«

»D...Danke. D...Das war Rettung in letzter Sekunde.« Mit Tränen auf den Wangen hob Vicky die zitternde Hand und zeigte auf Kane. »Ich werde schon wieder, aber der Deputy sieht nicht besonders gut aus.«

Bei der Blutmenge, die er innerhalb von wenigen Sekunden verloren hatte, wurde Jenna angst und bange. Sie krabbelte zu ihm hinüber. »Dir geht es nicht gut, Dave.« Sie griff nach ihrem Handy. »Ich rufe jetzt die Sanitäter.«

»Noch nicht.« Kanes Stimme war kaum noch zu hören.

Ihr Herz raste. Jenna schluckte schwer und wünschte sich gleichzeitig, über mehr Erfahrung in der Feldmedizin zu verfügen. »Lass mich mal einen Blick auf deine Verletzung werfen.«

»Fass das Messer nicht an.« Kane zuckte zusammen und noch mehr Farbe wich aus seinem Gesicht, wenn das überhaupt noch möglich war. »Die Weste hat das Schlimmste verhindert, aber mir ist schwindelig. Sie hatte zwei Messer, und ich nehme an, sie hat mich irgendwo im ungeschützten Bereich getroffen. Sieh unter meinem linken Arm nach.« Er holte mühsam Luft. »Bevor du die Sanitäter rufst, musst du die Blutung stoppen. Finde etwas, das du gegen die Wunde pressen kannst, und ziehe es mithilfe von Dukes Leine fest. Danach rufst du die Sanitäter.«

»Okay.« Ohne darüber nachzudenken, schlüpfte Jenna aus der Jacke, warf die Weste ab und zog ihr T-Shirt aus. Letzteres knüllte sie zusammen und drückte es auf die Stichwunde, aus der das Blut herauspulsierte. »Halte deinen Ellbogen bitte kurz nach unten, um den Druck aufrechtzuhalten.«

Sie hatten Duke an der Scheunentür zurückgelassen, als sie eingetreten waren. »Duke, komm her, Junge.«

Als der Hund zu ihr sprang, griff Jenna nach seiner Leine, löste sie von seinem Halsband, wickelte sie um Kane und zurrte sie um ihr T-Shirt fest. Der Blutfluss ließ sofort nach, was ihr einen erleichterten Seufzer entlockte. »Das hält die Blutung auf.«

Duke stieß ein langes Winseln aus, ließ sich auf den Bauch fallen, kroch an Kanes Seite und leckte seine Hand ab. Jenna schluckte schwer. Der Hund musste gespürt haben, dass etwas nicht stimmte. Auf Kanes Stirn hatten sich Schweißperlen gesammelt, die im Lichtschein schimmerten, und Jenna drehte sich der Magen um. Sie hatte ihn schon oft schwer verletzt gesehen, aber noch nie so schlimm wie jetzt. Sie griff nach ihrem Handy und rief die Sanitäter an. Es stellte sich heraus, dass die gesamte Mannschaft zu einer Massenkarambolage auf dem Highway nach Blackwater gerufen worden war. Panik ergriff sie. Verdammt, Kane brauchte dringend Hilfe. Jenna wählte Carters Nummer. »Wir haben Vicky gefunden, aber Kane ist verletzt. Wir brauchen sofort einen Mediziner, aber die Sanitäter sind verhindert. Wo bist du gerade? Kannst du Wolfe hierherfahren, ist er bei der Arbeit?«

»Ich bin gerade auf dem Weg ins Sheriff's Department. Wir haben die Verdächtigen zu Hause angetroffen. Wie schlimm steht es um ihn?«

Jenna warf einen Blick auf Kane. »Schlimm.«

»Verstanden.« Carter klang besorgt. »Der Hubschrauber

steht abflugbereit auf dem Dach der Rechtsmedizin. Ich hole Wolfe ab und schicke Rio mit dem Wagen los. Wir werden da draußen Beleuchtung brauchen. Mit Scheinwerfern und Warnblinklichtern sollte es gehen. Ruf Wolfe an und erzähl ihm alles. Ich mache mich auf den Weg.« Er trennte die Verbindung.

Als Jenna Wolfe anrief, wollte er Einzelheiten hören. »Er hat eine Stichwunde oben links in der Brust. Das Messer ist in situ. Eine weitere Wunde, die stark blutet, befindet sich unter seinem linken Arm. Die Blutung habe ich mit einem Druckverband zu stoppen versucht.«

»Bin unterwegs. Beweg ihn nicht, und halte ihn wach.« Wolfe trennte die Verbindung.

Die Sorge um Kane drohte sie zu überwältigen. Sie war an Kanes Seite gewesen, als er weitaus schlimmere Verletzungen erlitten hatte, aber er war so furchtbar blass. Sein schwerer, schneller Atem ging von Minute zu Minute flacher, aber er versuchte vorzugeben, dass alles in Ordnung sei. »Carter fliegt Wolfe mit dem Hubschrauber hierher, und Zac wird die Sträflinge abführen und sie verhaften.« Kanes Augen waren glasig. »Du wirst schon wieder. Ich hole den Wagen. Carter wird das Licht der Scheinwerfer brauchen, um uns zu finden.«

»Später.« Kanes Finger bewegten sich kaum, als er versuchte, auf den Boden neben sich zu klopfen. »Bleib bei mir. Da ist etwas, das ich dir sagen muss.«

Von Angst erfüllt ließ sich Jenna auf die Knie sinken und griff nach seiner Hand. Sie war kalt und klamm. »Ich bin hier, was möchtest du mir sagen?«

»I...Ich ...« Kanes Kopf sank auf seine Brust und er verdrehte die Augen.

O Gott. Angst drohte sie zu übermannen. »Dave, Dave, jetzt komm schon.« Sie strich über sein Gesicht, dann tastete sie nach seinem Puls. Sein Herz raste und setzte ein paarmal aus. »Dave, wach auf.«

Sie schaffte es nicht, ihn aufzuwecken, und er schien immer tiefer in die Bewusstlosigkeit abzudriften. Als sie seine Taschen nach dem Autoschlüssel durchsuchte, war sein Atem kaum noch hörbar. Da Jenna ihn nicht allein zurücklassen wollte, wandte sie sich an Vicky. »Passen Sie auf ihn auf. Versuchen Sie weiterhin, ihn wachzurütteln. Ich bin gleich zurück. Wir haben den Wagen am Straßenrand abgestellt.«

»Ich passe auf ihn auf, aber Sie müssen den Wagen nicht holen.« Vicky sah sie an. »Dales Pick-up steht draußen, und die Schlüssel sollten in seiner Tasche sein.«

Jenna schob sich den Schlüssel für das Biest in die Tasche ihrer Jeans und rannte zu Collins hinüber. »Wo ist der Schlüssel?«

»Jackentasche.« Collins sah sie hilflos an. »Ich wollte nicht, dass der Deputy verletzt wird.«

»Halte am besten den Mund.« Jenna durchsuchte seine Taschen und fand den Schlüssel. Sie schnappte sich ihre Jacke und die Taschenlampe und rannte nach draußen. Es dauerte nicht lange, bis der Motor ansprang und die Scheinwerfer samt Warnblinklichtern eingeschaltet waren. Sie warf die Taschenlampe auf den Beifahrersitz und schlüpfte in ihre Jacke. Der Lichtstrahl fiel auf ein paar Wasserflaschen. Jenna sammelte sie auf und seufzte erleichtert auf. Dave würde Wasser brauchen, wenn sie es schaffte, ihn aufzuwecken. Ihr Blick glitt zum Himmel, und sie schluckte die Tränen herunter, die ihr in den Augen brannten, bevor sie aus dem Pick-up sprang. So schnell es ging, eilte sie in die Scheune zurück, reichte Vicky eine Wasserflasche und sah dann nach Kane, doch sein Zustand blieb unverändert. Ihr T-Shirt war von seinem Blut durchtränkt, und ihr blieb nichts anderes übrig, als die Leine um seinen Körper etwas fester anzuziehen. Als sie fertig war, wandte sie sich an Vicky. »Wie hat Dale dich dazu gebracht, mit ihm hierherzukommen?«

»Er hat mich zu einem Abendessen ins Aunt Betty's Café

eingeladen. Später hat er mich angerufen und mir Lügen über ein neugeborenes Fohlen erzählt.« Vicky starrte Collins entgeistert an. »Er hält sich für ganz toll, dabei riecht er, als hätte er seit Jahren nicht mehr geduscht.«

»Du stinkst wie ein Schwein.« Marlene lachte laut auf.

»Ich sagte, Mund halten.« Widerstrebend wandte sich Jenna Vicky zu. »Rede weiter auf Deputy Kane ein, sein Name ist Dave. Wir müssen ihn wachbekommen.«

»Okay.« Vicky kroch näher zu ihm hin und berührte Kanes Gesicht. »Dave. Kannst du mich hören?«

Jenna richtete sich auf. Der Hubschrauber war auf dem Weg zu ihnen, und sie hatte für Kane alles getan, was in ihrer Macht stand. Aber sie würde dafür sorgen, dass die Strafe für die beiden Täter so hart wie möglich ausfiel. Sie würde es nicht zulassen, dass die beiden davonkämen. Sie würde sie für ihre Verbrechen zur Rechenschaft ziehen. Jenna trat an die Straftäter heran und las ihnen ihre Rechte vor. »Da ihr älter als sechzehn seid, könnt ihr auf euren Rechtsanspruch verzichten und unsere Fragen ohne die Anwesenheit eurer Eltern beantworten. Ihr werdet ins Sheriff's Department gebracht und dort in Zellen eingesperrt werden. Wir werden eure Eltern informieren, euch aber nicht freilassen, sondern euch im Morgengrauen dem Richter vorführen. Es ist mehr als wahrscheinlich, dass ihr direkt danach in eine Jugendstrafanstalt gebracht werdet.«

»Keine Eltern.« Collins wirkte alarmiert. »Ich will nicht, dass meine Ma auftaucht und mich anschreit. Pa wird sich nicht im selben Raum mit ihr aufhalten wollen. Ich verzichte auf meine Rechte.«

»Ich auch.« Marlene lachte auf. »Du jagst mir keine Angst ein.«

Leicht genervt von der prahlerischen Attitüde einer sichtlichen Psychopathin, nickte Jenna und holte ihr Handy heraus. Sie startete die Videoaufnahme und hielt es mit einer Hand hoch, während sie mit der Taschenlampe in der anderen Hand auf die Straftäter leuchtete. »Okay, Sie kennen Ihre Rechte und wollen darauf verzichten. Ist das korrekt?«

»Ja.« Collins blinzelte ins Licht. »Ich habe nichts verbrochen.«

»Ihr habt keine Beweise, die uns belasten könnten.« Marlene grinste sie höhnisch an.

»Sie haben keine Vorstellung davon, in welchen Schwierigkeiten Sie sich befinden, oder?«

Erschöpft lehnte sich Jenna gegen die Wand, ließ aber die Videoaufnahme weiterlaufen. »Wir haben Ihre DNA an beiden Tatorten gefunden, und jetzt kriegen wir Sie wegen Vickys Entführung dran. Ich werde eine lange Anklageliste zusammenstellen und sie dem Staatsanwalt persönlich übergeben. So wie mein Deputy schon sagte, ist es wahrscheinlich, dass Sie, Marlene, das Tageslicht erst wieder erblicken, wenn Sie alt und grau sind.« Sie wandte sich an Collins. Es war ein Bluff, aber sie wollte einen Versuch wagen, indem sie ihn überrumpelte. »Noch etwas. Wir wissen, dass Sie mit Dr. Turner gesprochen haben. Sie sind Patient 124, richtig?«

»Er sagte, er würde es niemandem erzählen.« Collins verengte die Augen. »Er sagte, wenn ich ihm helfe, die Leiche seiner Frau wegzuschaffen, verschafft er mir ein Alibi.«

»Du hast es Dr. Turner erzählt?« Marlene zerrte an dem Kabelbinder, mit dem sie an die Pferdestange gefesselt war. »Sag kein weiteres Wort, sie blufft nur.«

»Woher sollte ich sonst über die geheime Nummer Bescheid wissen?« Jenna befeuchtet ihre trockenen Lippen. Sie war so nah dran. »Dr. Turner hat Termine in seinen Terminkalender eingetragen, um Sie zu decken. Ich hab eigentlich erwartet, dass er einknicken und Ihnen die Schuld am Tod seiner Frau geben würde.« Sie zuckte mit den Schultern. »Er wird behaupten, Sie hätten ihn bedroht oder etwas in der Art.«

»Ich habe ihn nur einmal in der Schule aufgesucht.« Collins schien schockiert zu sein. »Ich war nie bei ihm zu

Hause. Er hat mich angerufen und mich gebeten, ihm im Apartment seiner Frau zu helfen. Ich hatte Handschuhe und eine Sturmhaube an, ihre Leiche ist uns im Treppenhaus aus den Händen gerutscht. Sie war schwerer, als sie aussah. Wir mussten sie aus der Wohnung schleppen.«

»Okay.« Jenna unterbrach die Videoaufzeichnung, um noch einmal nach Kane zu sehen. Die Wunde hatte aufgehört zu bluten, aber sein Zustand war unverändert. Er steckte in Schwierigkeiten, aber es gab nichts, was sie hätte tun können, um ihm zu helfen. Jenna kehrte zu den Tätern zurück und startete die Videoaufnahme wieder.

»Wir wissen, dass Sie Laurie getötet haben, Marlene.« Jenna hob das Kinn. »Der Plan, ihren Pick-up zu manipulieren und ihr Handy kaputt zu machen war genial.«

»Ja.« Marlene schien sich der Handykamera, die auf sie gerichtet war, nicht bewusst zu sein und zeigte sich bei dem Kompliment ganz stolz. »Während die Leute in der Turnhalle waren, hat Dale ihren kostbaren Pick-up manipuliert, und auf dem Parkplatz habe ich sie so richtig hart angerempelt und dann ihr Handy zertreten.« Sie grinste. »Du hättest ihr Gesicht sehen sollen.«

»Das hättest du ihr nicht sagen dürfen.« Collins wirkte entsetzt. »Jetzt wird man mich für den Mord an Laurie belangen, dabei hast du sie getötet, nicht ich.«

Jenna sah sie an. »Danach habt ihr Becky Powell umgebracht. Wir wissen, dass Sie daran beteiligt waren, Dale.« Sie hielt ihr Handy hoch und filmte weiter, um sämtliche Beweise festzuhalten, die sie kriegen konnte. »Warum im Haus von Deputy Rowley?«

»Wir wussten nicht, dass es sein Haus war.« Collins verzog ungläubig das Gesicht. »Es stand leer, das ist alles. Marlene war aufgefallen, dass jemand die Schlüssel über der Tür hatte, und als sie sie dort fand, nahm sie einen der Schlüssel für die Hintertür mit.«

Jenna blickte von einem zum anderen. »Also wollen Sie behaupten, Mrs Rowley nicht angegriffen zu haben?«

»Ich habe niemanden angerührt.« Collins starrte Marlene an.

»Als würde ich einfach so zugeben, die Frau eines Deputys verletzt zu haben.« Marlene verdrehte die Augen.

Jenna schluckte schwer. Ihre Gedanken waren bei Kane und nicht bei den beiden Psychopathen vor ihr. Sie wollte seine Hand halten und sich um ihn kümmern, aber sie musste die beiden dazu bringen zu reden. Sie würden die Aussagen als Beweise brauchen. »Warum haben Sie Beckys Leiche dort zurückgelassen? Laurie haben Sie bei den Minen entsorgt.«

»Wir haben gesehen, wie der SUV des Deputys vor dem Haus gehalten hat, und sind weggerannt.« Collins zuckte mit den Schultern. »Uns blieb nicht genug Zeit, um ihre Leiche wegzubringen.« Er legte die Stirn in Falten. »Ich werde für den Mord an Laurie nicht ins Gefängnis gehen.«

Jenna unterbrach die Aufnahme und senkte das Licht der Taschenlampe von seinem Gesicht. »Sagen Sie einfach die Wahrheit und das Gericht wird klären, wer schuldig zu sprechen ist, aber lassen Sie Dr. Turner nicht davonkommen – und das wird er, wenn Sie uns nicht alles sagen, was sie über ihn wissen.«

»Das wird er nicht – jetzt nicht mehr.« Collins starrte in Kanes Richtung. »Warum hat ihr Deputy Marlene nicht davon abgehalten, auf ihn einzustechen? Er hat sie aufgefangen. Mit Leichtigkeit hätte er einfach zur Seite gehen und sie auf dem Boden aufschlagen lassen können.« Er schüttelte den Kopf. »Sehen Sie doch nur, wie groß er ist. Er hätte ihr mit einem Fingerschnipsen den Kopf abreißen können.«

Die Sorge um Dave drohte sie zu überwältigen, und Jenna schüttelte den Kopf. »Deputy Kane schlägt keine Frauen.«

»Dann ist er ein Dummkopf.« Marlene lachte auf. »Ich habe ihm eine Lektion erteilt. Er wird dazulernen, das tun

Männer immer. Frauen haben das Sagen. Ist es nicht so, Sheriff Alton?«

Wut kochte in Jenna hoch und sie sah sie an. »Nein, so ist es nicht. Er hätte Ihnen das Genick wie einen Zweig brechen können, aber er hat Sie mit Respekt behandelt. Ihre Haltung gegenüber Männern widert mich an.«

Das Geräusch der Hubschrauberrotoren erfüllte den Nachthimmel und Jenna rannte mit der Taschenlampe nach draußen, um sie hin- und herzuschwenken. Sie sprang in den Pick-up und setzte zurück, um die weite offene Fläche neben der Scheune zu beleuchten. Als das erledigt war, stieg sie wieder aus. Der Hubschrauber müsste genügend Platz zur Landung haben. Getrocknetes Gras und Erde prallten gegen die Windschutzscheibe, als der Hubschrauber auf dem Boden aufsetzte. Fast zeitgleich sprang Wolfe mit Emily an seiner Seite heraus. Carter blieb am Steuer, während Staubwolken von den Rotorblättern aufgewirbelt wurden.

Eine Trage wurde auf das Gras heruntergeworfen. Wolfe baute sie zu ihrer vollen Höhe auf, warf seine Tasche darauf und schob sie schnell auf Jenna zu.

Jenna führte ihn zur Scheune, doch der Lärm des Hubschraubers machte es ihr unmöglich, sich mit ihm zu unterhalten. Sie betrat die Pferdebox. »Er ist seit etwa zehn Minuten bewusstlos. Ich habe ihn nicht aufwecken können.«

»Er verblutet.« Wolfe beugte sich über Kane und sah zu Jenna und Emily auf. »Ihr nehmt die Oberschenkel.« Wolfe spannte sich hinter Kane an und hob ihn mühsam auf die Trage. »Em, hol das Plasma.« Er legte einen Stauschlauch um Kanes Arm und zog ihn fest. »Ich brauche eine Vene, komm schon, Dave. Wage es ja nicht, mir unter den Händen wegzusterben.«

Jennas Beine drohten unter ihr nachzugeben und sie hielt den Atem an, als Wolfe den Zugang legte und den Plasmabeutel hochhielt. Hilflos und wie betäubt stand sie da, während

Wolfe Kane untersuchte und sich dann ihr zuwandte. Sorge spiegelte sich auf seinem Gesicht, und ihr Magen sank. »Es steht schlimm um ihn, nicht wahr?«

»Ja, und ich kann nicht riskieren, hier mehr als seine Erstversorgung zu gewährleisten. Die Zeit spielt eine entscheidende Rolle, und ich habe einen Chirurgen organisiert, der im Krankenhaus auf seine Ankunft wartet. Rio und Rowley sind auf dem Weg.« Wolfe drückte ihren Arm. »Ich werde mich gut um ihn kümmern, Jenna, und ich werde keine Sekunde von seiner Seite weichen. Er hat schon viele schlimme Dinge überstanden und ist in körperlicher Bestform, dennoch will ich dich nicht anlügen, Jenna. Es könnte sein, dass er es nicht bis ins Krankenhaus schafft.«

Von Trauer übermannt blickte Jenna in Kanes kalkweißes Gesicht. Als Kane das letzte Mal verletzt gewesen war, war Wolfe mit ihm in ein Militärkrankenhaus geflogen. »Du nimmst ihn nicht mit ins Walter Reed, oder?«

»Nein, dafür bleibt uns nicht genügend Zeit.« Wolfe zeigte auf Emily. »Nimm Vicky mit.« Ohne ein weiteres Wort eilten sie zum Hubschrauber zurück.

Jenna wünschte sich verzweifelt, bei Kane bleiben zu können, und starrte der kleinen Gruppe mit Bestürzung hinterher. Zitternd sah sie zu, wie der Hubschrauber vom Boden abhob und hinter den Bäumen verschwand. Neben ihr stieß Duke ein markerschütterndes Heulen aus, aber ihr blieben die Worte des Trostes in der Kehle stecken. Sie sah auf Kanes Blut, das an ihren Händen klebte und langsam trocknete, hinunter. Unfähig, die Tränen aufzuhalten, die ihr über die Wangen rannen, sank sie auf die Knie und starrte in den Himmel. Es fühlte sich an, als hätte ihr jemand das Herz aus der Brust herausgerissen. »Wage es nicht, mir diesen guten Mann wegzunehmen.«

NEUNUNDFÜNFZIG

Rowley fand das Biest am Straßenrand und drängte Rio, schneller zu fahren. »Dort. Da vorne kann ich Licht erkennen.«

Mit dem Scheinwerferlicht seines SUV erfasste Rio Jenna, die an der Scheune lehnte. Sie wandte ihr Gesicht vom grellen Licht ab. Kaum stand der Wagen, sprang Rowley heraus und rannte auf sie zu. Überraschung zeichnete sich auf seinem Gesicht ab, als Jenna, die als Sheriff stets kühl und ruhig blieb, schluchzend in seine Arme fiel. »Hey, Jenna. Alles okay, Verstärkung ist da.«

»Dave geht es wirklich schlecht. Es wäre möglich, dass er es nicht schafft.« Jenna sah zu ihm auf, ihre Wangen glänzten feucht im Mondlicht. »Zwei Stichwunden. Mein Gott, das Messer steckt noch immer in seiner Brust.« Sie sog tief die Luft ein. »Habt ihr irgendetwas von ihm gehört.«

»Er ist in einem kritischen Zustand und wurde sofort in den OP-Raum gebracht. Wolfe ist dort und hält ihn unter Beobachtung. Er wird ihn nicht allein lassen.« Rio umrundete die Motorhaube und blieb mit den Händen in den Hüften stehen. »Carter hat vorhin angerufen. Er ist ebenfalls im Krankenhaus und wird uns auf dem Laufenden halten. Nichtsdestotrotz dürfte es noch Stunden dauern, bis wir gute Nachrichten zu hören bekommen.«

»Gut.« Jenna richtete sich auf, schüttelte den Kopf und schien sich zusammenzureißen. »Das sind minderjährige Straftäter und als solche sind sie zu behandeln. Beide sind über sechzehn und werden vermutlich als Erwachsene angeklagt werden, aber vorerst halten wir uns an das Protokoll. Wir dürfen sie maximal für vierundzwanzig Stunden festhalten, also werden wir den Jugendrichter und den Staatsanwalt aus ihren Betten holen müssen. Die Beweise, die ich habe, reichen aus, um sie beide anzuklagen, außerdem gibt es eine Zeugin. Vicky Perez ist am Leben, zwar mit Schnitt- und Brandwunden am Körper, aber sie werden heilen. Ich habe ihren Vater bereits verständigt. Der arme Mann hat noch immer zusammen mit Deputy Walters beim Aunt Betty's gewartet. Er ist gerade auf dem Weg ins Krankenhaus.«

Rowley lächelte sie an. »Ich wusste, dass du den Fall lösen würdest.« Er folgte ihr ins Scheuneninnere und das Licht seiner Taschenlampe traf auf eine Reihe von Pompons auf einem der Regale. »Sind dir die Pompons aufgefallen?«

»Nein.« Jenna starrte sie an. »Tüte sie ein, bevor wir aufbrechen. Die Straftäter sind dort drüben.« Sie zeigte in Richtung eines brennenden Lichts. Rowley zuckte beim Anblick der Blutlache in der Pferdebox zusammen. »Brauchst du weitere Beweise von hier?«

»Im Moment nicht. Wir riegeln die Scheune mit Polizeiband ab und lassen den Rest hier. Wolfe wird eine Spurensicherung durchführen müssen. Der rote Pick-up, den Collins genutzt hat, um die Opfer zu transportieren, steht draußen, aber ich war schon drin und habe die Beweismittel kontaminiert.« Jenna schob sich mit ihren blutverschmierten Händen die Haare aus dem Gesicht. »Setz die Straftäter in den Wagen. Im Anschluss bringst du mich und Duke zum Biest.«

Besorgt wegen Jennas blassem Gesicht und ihren weit

aufgerissenen Augen begleitete Rowley Moore und Collins zum SUV und sicherte sie auf der Rückbank. Nachdem er die Pompons in Beweismittelbeuteln verstaut hatte, ging er zum roten Pick-up, legte den Motor still und kehrte dann zu Jenna zurück. »Ich denke, es ist besser, wenn ich das Biest fahre. Du siehst nicht besonders gut aus, Jenna.«

»Klar, danke.« Sie warf ihm einen Blick zu. »Du darfst Dave nur nicht verraten, dass ich dich hinter das Lenkrad seines Babys gelassen habe.«

Rowley lachte auf. »Abgemacht.« Er hob Duke in den Wagen, setzte sich hinters Lenkrad und strich über sein Fell. »Guter Hund.«

Nachdem Jenna und Rio eingestiegen waren, fuhren sie zum Biest zurück. Jenna und Rowley wechselten mit Duke den Wagen. Rio würde den SUV mit den Häftlingen zum Revier fahren. Rowley musste sich eingestehen, dass die Vorstellung, Kanes ganzen Stolz zu fahren, ihn einschüchterte, aber gleichzeitig stellte er fest, dass sich das Biest viel besser lenken ließ als erwartet, und schon bald fuhren sie auf dem Highway. Er wandte sich an Jenna. »Mir liegen Informationen vor, die die losen Enden in diesem Fall zusammenführen könnten.«

»Schieß los.« Jenna lehnte sich zurück. »Ich könnte ein wenig Aufmunterung gut gebrauchen.«

»Wir haben nicht verstanden, wie es kommen konnte, dass in den Nächten, in denen die Opfer verschwanden, verschiedene Fahrzeuge gesehen wurden.« Er sah Jenna an. »Als Rio und Carter realisiert haben, dass es Dale Collins und Marlene Moore gewesen sein mussten, haben sie etwas tiefer gegraben. Dale Collins Vater besitzt einen Autohof in der Stadt und Dale geht jeden Morgen mit ein paar anderen Jungs dorthin, um die Fahrzeuge flottzumachen. Dafür gibt ihm sein Vater die Erlaubnis, jedes beliebige Auto vom Platz zu nehmen und es einen Tag lang zu fahren. Er hat die wechselnden Fahrzeuge genutzt, um uns hinters Licht zu führen. Sobald er sie zurückgebracht hatte, hat er sie durch die Waschanlage laufen lassen und den Innenraum anschließend mit einem Dampfreiniger gereinigt. So wurden alle Beweise vernichtet.«

»Also finden wir die Fahrzeuge, die für die Morde genutzt worden sind, wahrscheinlich alle im Inventar des Autohofs wieder?« Es schien, als würde Jenna wieder zum Leben erwachen. »Das ist brillant.«

Rowley nickte. »Ja, das stimmt. Die jungen Leute waren recht clever. Sie haben gewusst, wie man Beweise vernichtet, aber ich würde gern wissen, ob Collins an dem Mord von Mrs Turner beteiligt war.«

»Nicht an dem Mord selbst, nein.« Jenna seufzte. »Ich habe sein Geständnis auf Video. Collins hat zugegeben, Patient 124 zu sein und Dr. Turner mit der Leiche seiner Frau geholfen zu haben. Der Arzt wird sich für den Mord an seiner Frau verantworten müssen, und dieser Beweis besiegelt sein Schicksal.«

Rowley schlug die Richtung zur Main Street ein. »Was ist mit Laurie, Becky und dem Überfall auf meine Frau?«

»Er beteuert seine Unschuld.« Jenna zuckte mit den Schultern. »Kane glaubt, dass Collins sich einer dominanten Mörderin unterworfen und nur mitgemacht hat, um die Frau, die er liebte, zu besänftigen. Ich werde Jo bitten, ihn zu befragen. Er hat auf seine Rechte verzichtet. Sie wird wissen, welche Fragen sie ihm stellen muss. Ich glaube nicht, dass er ein Psychopath ist. Er schien aufrichtig Reue zu empfinden, dass Kane verletzt wurde. Ganz im Gegenteil zu Marlene.« Sie schaute ihn an. »Sie wird nicht wanken. Wir sollten hoffen, dass Jo Collins überreden kann, gegen Marlene auszusagen. Das ist unsere einzige Möglichkeit, die ganze Wahrheit zu erfahren. Wenn der Staatsanwalt ihm einen Deal anbietet, könnte Collins bereit sein, gegen sie auszusagen, auch wenn er dadurch nicht freikäme. Collins hat drei Mädchen entführt. Dieser Tatbestand allein reicht schon für eine Haftstrafe aus.«

Rowley stellte den Wagen vor dem Sheriff's Department

ab. »Du wirst eine Aussage von Vicky Perez brauchen. Soll ich ins Krankenhaus fahren? Vielleicht gelingt es mir, mit ihr zu sprechen.«

»Nicht heute Abend.« Jenna sprang aus dem Wagen heraus und half Duke nach draußen. »Sie ist traumatisiert. Wir reden morgen früh mit ihr, vorausgesetzt der Arzt gibt seine Erlaubnis dazu.« Sie streckte ihre Hand nach dem Autoschlüssel aus. »Fang mit dem Papierkram zu den Straftätern an, verständige den Staatsanwalt und die Eltern der Heranwachsenden. Ruf vielleicht nur Collins Vater an, er wollte nicht, dass seine Mutter involviert wird. Die Straftäter können die Nacht in ihren Zellen verbringen. Um die beiden kümmern wir uns morgen früh. Fordere ein paar Deputys aus Blackwater an, die einige der Schichten übernehmen. Ich dusche kurz und ziehe mich um. Ich kann hier nicht untätig herumsitzen und auf Neuigkeiten warten.«

»Ich fahre dich ins Krankenhaus.« Rio sprang aus seinem Wagen. »Wir kommen hier schon klar.«

»Danke, aber ich fahre mit dem Biest hin.« Jenna nickte. »Ich muss dort sein, egal wie es ausgeht.« Sie sah Rowley an. »Versuch, Atohi zu erreichen. Er sollte über Kanes Zustand Bescheid wissen.«

»Wird erledigt.« Rowley sah ihr hinterher, wie sie mit durchgestrecktem Rücken und Duke auf den Fersen durch die Tür verschwand, dann eilte er zu Rios Wagen, um seinem Kollegen mit den Straftätern zu helfen.

»Sie ist eine sehr starke Frau.« Rio starrte ihr nach.

Rowley schüttelte den Kopf. »Sie mag tough wirken, aber in ihrer Brust schlägt ein Herz aus Gold.«

EPILOG

SONNTAG

Kane erwachte von Schmerzen geplagt und fand Wolfe über ihn gebeugt vor. Er versuchte zu sprechen, aber kein Wort verließ seinen Mund. Ein anderes Gesicht, das er nicht erkannte, blickte auf ihn herab, dann ließ der Schmerz abrupt nach und er driftete wieder in die Besinnungslosigkeit ab. Als er das nächste Mal die Augen öffnete, dämmerte es bereits. Er war sich sicher, zu halluzinieren, blinzelte zweimal und versuchte sich dann auf blaue Bartblumen, die am anderen Ende seines Bettes standen, zu konzentrieren. Kane hob einen Arm, und der Schmerz schoss wie tausend heiße Klingen durch ihn hindurch. Er keuchte und blickte sich durch seine Wimpern hindurch im Raum um. Nur schwaches Licht beleuchtete das Zimmer, aber er konnte das übliche Zubehör eines Krankenhauszimmers erkennen. Etwas war in seiner Hand, und seine Finger waren um warme Haut geschlungen. Als er seinen Kopf drehte, fand er Jenna vor, die sich auf einem Sessel in eine Decke eingekuschelt hatte. Sie schlief tief und fest. Kane drückte ihre Finger und sie schlug die Augenlider sofort auf. »Hey.«

»Du hast mich zu Tode erschreckt.« Jenna griff nach der Notruftaste. »Der Arzt wird wissen wollen, dass du wach bist.«

Er schüttelte den Kopf. »Noch nicht. Wie lange war ich weg?«

»Es ist halb sechs am Sonntag in der Früh.« Jenna gähnte und streckte sich wie eine Katze. »Carter hat dich mit dem Hubschrauber hierhergebracht, und ich schätze, Wolfe hat dir das Leben gerettet. Er hat dir auf dem gesamten Weg hierher Blutkonserven verabreicht. Du bist noch immer in der Stadt, es war nicht genug Zeit, um dich ins Walter Reed einzuliefern. Der Arzt wird dir erklären, was passiert ist, aber sie mussten dich stundenlang operieren und unter Narkose halten. Moore hatte eine Arterie durchtrennt. Die Operation war sehr komplex, das Jagdmesser steckte noch in deinem Brustbein. Es wird eine Weile dauern, bis alles verheilt ist.« Sie drückte seine Hand. »Wusstest du, dass Wolfe sich geweigert hat, dich auch nur für eine Sekunde allein zu lassen? Er ist erst gestern Abend gegangen. Zuvor ist er hier quasi vorübergehend eingezogen und wir haben uns abgewechselt.«

»Ich danke dir und es freut mich ungemein, dich zu sehen.« Kane lächelte sie an. »Wolfe hat sich um mich gekümmert, aber dabei hat er auch das Protokoll befolgt. Ich könnte unter Medikamenteneinfluss etwas gesagt haben, und er nimmt es mit Befehlen sehr genau.«

»Er war krank vor Sorge.« Jenna fuhr sich mit der Hand durchs Haar. »Er wusste, dass du unter furchtbaren Schmerzen gelitten hast, trotzdem hat er mit dem Arzt gestritten, dir nicht zu viel Morphium zu verabreichen. Du warst so schwach, dass dich eine zu hohe Dosis umgebracht hätte.« Sie kaute auf ihrer Unterlippe. »Erinnerst du dich noch an irgendetwas davon?«

Kane betrachtete ihr zerzaustes Haar und die schlaftrunkenen Augen. »Ja, Marlene Moore hat sich vom Heuboden hinuntergestürzt, und ich habe den Fehler begangen, sie aufzufangen. Sie hat auf mich eingestochen. Ich habe gar nichts gespürt.« Er sog die Luft ein und verzog vor Schmerzen das Gesicht. »Ich dachte, die Weste hätte das Jagdmesser abgefangen. Sie wurden so entworfen, dass sie scharfe Klingen abwehren können, also habe ich mir darüber keine Sorgen gemacht. Die Einstichwunde habe ich erst bemerkt, als ich das Blut gesehen habe.« Er seufzte. »Ich schätze, sie hat mich unter dem Arm erwischt. Hast du das Messer gefunden?«

»Ja, Webber und Emily haben die Scheune nach Beweisen durchsucht. Da drin gab es nicht viel zu holen.« Sie lächelte. »Aber sie haben zwei perfekte Fingerabdrücke gefunden, die mit Laurie Turners übereinstimmen. Wir wissen, dass sie von ihnen dort ermordet und dann zu den Minen gebracht wurde. Sie haben verschiedene Autos verwendet, die sich Collins vom Autohof seines Vaters ausgeliehen hatte. Deshalb haben wir keine Spur finden können.«

Kane nickte erstaunt. »Also befinden sie sich in Gewahrsam?«

»Ja, sie sind in einer Jugendstrafanstalt.« Jenna stützte sich mit den Ellbogen auf der Bettkante ab. »Collins hat auf seine Rechte verzichtet, und Jo hat ihn vernommen. Sie hat ihm erklärt, welche Optionen ihm blieben und womit er dem Gesetz nach zu rechnen hat. Das hat ausgereicht, damit er gegen Marlene und Dr. Turner aussagt. Er hat zugegeben, Becky zweimal geschlagen zu haben, während Marlene sie gewürgt hat, weshalb er Schuldgefühle empfand, beharrte aber darauf, dass Laurie von Marlene getötet wurde. Er sagt, es sei alles Marlenes Idee gewesen. Er leugnet, gewusst zu haben, dass sich Sandy im Haus aufgehalten hat, als Becky ermordet wurde, und wir glauben ihm. Sandy hat nur eine Person gehört. Wir denken, Marlene hat sie angegriffen, bevor Collins mit Becky eingetroffen ist.«

Kane versuchte zu schlucken, aber seine Kehle war wie ausgedörrt. Als hätte Jenna seine Gedanken gelesen, hielt sie ihm einen Becher mit Strohhalm an die Lippen. Nachdem er einen Schluck genommen hatte, bedankte er sich bei ihr. »Zu welcher Schlussfolgerung ist Jo in Bezug auf die beiden gelangt?«

»Collins hat eine dominante Mutter, die ihn als nutzlos beschimpft. In ihren Augen gleicht er seinem Vater.« Jenna füllte das Wasser nach und stellte den Becher in seiner Reichweite ab. »Seit der Vater die Familie verlassen hat, war niemand mehr da, der die Mutter unter Kontrolle hielt. Das hat etwas mit ihm gemacht. Jo hat gesagt, dass er sich nach Zuneigung sehnte. Deshalb hätte er alles getan, was Marlene von ihm wollte, um ihre Anerkennung zu bekommen. So wie du gesagt hast: ein typischer Untergebener einer dominanten Mörderin. Ihm hat es nicht gefallen zu töten, dafür aber seiner Freundin, also hat er mitgemacht.«

»Ja, das klingt nach einer treffenden Zusammenfassung.« Kane fuhr sich mit der Hand über das Gesicht und zuckte aufgrund der Bartstoppeln zusammen. »Und Marlene?«

»Wurde als Kind von Männern misshandelt, denen sie vertraut hat.« Jenna verengte die Augen. »Es wäre möglich, dass sie bereits als Psychopathin auf die Welt gekommen ist, und es nur einen Auslöser gebraucht hat. Da sie Männern nicht vertraut, hat sie Collins dazu gebracht, ihr seine Liebe zu beweisen, indem sie ihn zum Mittäter gemacht hat. Sie hat Trophäen mitgenommen. Wir haben die verschwundenen Pompons der ermordeten Mädchen in der Scheune gefunden.«

»Klassischer Fall.« Als eine Krankenschwester das Zimmer betrat, verbiss sich Kane die Worte, die ihm auf der Zunge lagen. Sie stellte ein typisches Krankenhausfrühstück ab und verließ das Zimmer wieder ohne ein Wort. Kane überflog den Inhalt auf dem Tablett und schob es angewidert von sich weg.

»Alles okay?« Jenna sah besorgt aus. »Trink wenigstens den Orangensaft aus. Du hast seit Tagen nichts gegessen.«

Kane drückte ihre Hand. »Mir geht's gut. Es tut etwas weh, aber ich hasse das Krankenhausessen. Allerdings könnte ich jetzt ein paar Pancakes, Speck und Ahornsirup aus dem Aunt Betty's gut vertragen.«

»Ich auch.« Sie zückte ihr Handy und gab eine Bestellung auf. »Es wird im Nullkommanichts geliefert, aber zuerst sollte ich mit dem Arzt sprechen.«

Er grinste. »Mit meinem Magen ist alles in Ordnung, und am liebsten würde ich all diese Schläuche sofort loswerden, aber erzähl mir doch bitte zuerst von Dr. Turner.«

»Oh, seinen Fall haben wir ebenfalls aufgeklärt.« Sie lächelte. »Er ist so ein arroganter Mistkerl. Du hättest sein Gesicht sehen sollen, als ich ihm erklärt habe, dass uns 124 alles erzählt hat. Sogar Sam Cross hat es diesmal nicht geschafft, ihn wieder auf Kaution rauszuholen. Turner sitzt im Bezirksgefängnis und wartet auf seinen Prozess.«

Kane gähnte. »Sehr gut, und Vicky Perez?«

»Ihr fehlt nichts. Für den Schnitt in ihrem Gesicht hat sie eine plastische Operation gebraucht, aber gleich darauf durfte sie nach Hause gehen. Sie hat zugesichert vor Gericht gegen Bonnie und Clyde auszusagen.« Jenna lächelte ihn an. »Und last but not least: Mr Law bleibt bis zu seiner Verhandlung im Bezirksgefängnis. Seine Frau und sein Kind sind sicher und wohlauf. Sie genießt weiterhin den Schutz der Her Broken Wings Foundation, bis sie Arbeit und eine Wohnung für sie gefunden haben. Du kannst dich in Ruhe erholen; alle Fälle sind aufgeklärt.«

Kane seufzte erleichtert. Nun konnte er sich endlich entspannen. »Das ist großartig. Sind Carter und Jo schon nach Snakeskin Gully zurückgekehrt?«

»Nein, sie sind noch in der Stadt. Sie wollten nicht abreisen, bevor sie sich sicher sein konnten, dass es dir gut geht.« Jenna lächelte. »Also, rechne am besten mit baldigen Besuchern.« Sie lehnte sich näher zu ihm heran. »An dem Abend, an dem du niedergestochen worden bist, wolltest du mir etwas sagen, kurz bevor du ohnmächtig geworden bist. Weißt du noch, was es war? Es nicht zu wissen, macht mich wahnsinnig.«

Der Ausdruck der Sorge auf ihrem Gesicht hatte sich für immer in sein Gehirn eingebrannt. Kane nickte. »Ja, ich erinnere mich daran. Du hast so besorgt ausgesehen. Ich habe dir nur sagen wollen, dass alles okay ist und wir es schaffen werden, so wie immer.«

»Und du hattest recht. Du bist zu stur, um zu sterben.« Sie lächelte.

Kane verdrehte die Augen. »Verdammt, wir haben schon wieder den Herbstfestival-Tanz verpasst.«

»Aber ich habe Blumen für mein Date besorgt.« Jenna kicherte.

Das grelle Licht des frühen Morgens fiel durch die Jalousien, und Kane betrachtete die Blumenvase mit den leuchtend blauen Bartblumen an seinem Bettende. Im Blumenstrauß steckte eine Karte mit der Aufschrift: Es ist ein Junge. Er schmunzelte. »Aha.«

»Die ›Gute Besserung‹-Karten waren ausverkauft, und es ist doch die Geste, die zählt, nicht wahr?« Jenna lachte, und ihre Augen funkelten verschmitzt.

Kane drückte ihre Hand. »Ich werde es für immer in Erinnerung behalten.«

MEHR VON BOOKOUTURE DEUTSCHLAND

Für mehr Infos rund um Bookouture Deutschland und unsere Bücher melde dich für unseren Newsletter an:

deutschland.bookouture.com/subscribe/

Oder folge uns auf Social Media:

facebook.com/bookouturedeutschland
x.com/bookouturede
instagram.com/bookouturedeutschland

EIN BRIEF VON D.K. HOOD

Liebe Leser:innen,

vielen Dank, dass ihr euch für meinen Roman entschieden und mich auf einem weiteren spannenden Abenteuer mit Kane und Alton in *Für immer Mein* begleitet habt.

Wenn euch das Buch gefallen hat und ihr über meine neusten Veröffentlichungen informiert werden möchtet, könnt ihr euch gerne unter dem folgenden Link in meine Mailingliste eintragen. Eure Daten werden nicht an Dritte weitergegeben, und ihr könnt euch jederzeit abmelden.

deutschland.bookouture.com/subscribe/

Eine Geschichte über so junge Mörder zu verfassen, hat mir ganz neue Dimensionen aufgezeigt und eine sehr interessante Recherche über die Denkweise von Verbrechern angestoßen.

Ich wäre euch sehr dankbar, wenn ihr eine Rezension hinterlasst und mein Buch Freund:innen und Familie empfehlt. Ich freue mich sehr, von meinen Leser:innen zu hören, also zögert bitte nicht, mir jederzeit Fragen zu stellen. Ihr könnt über meine Facebook-Seite, X oder meinen Blog gerne Kontakt zu mir aufnehmen.

Vielen Dank für eure Unterstützung.

D.K. Hood

BLEIB IN KONTAKT MIT D.K. HOOD

www.dkhood.com

facebook.com/dkhoodauthor
x.com/dkhood_author
instagram.com/d.k.hood

DANKSAGUNG

So viele Menschen waren hinter den Kulissen an der Entstehung dieser Geschichte beteiligt, und bei ihnen allen möchte ich mich bedanken.

Allen voran bei meinem Mann Gary, der bei vielen der komplizierten Szenen in dieser Geschichte mein Stimmstock war.

Ich danke dem Team von Bookouture – ihr wisst, von wem ich spreche. Um hier einige zu nennen: Helen, meinem Fels in der Brandung, die mir die richtige Richtung weist; Alex, der sicherstellt, dass mein Werk perfekt ist; dem fantastischen Team, das hinter den Hörbüchern steht, und meiner wundervollen Hörbuchsprecherin Patricia Rodriquez. Noelle Holten, die an Veröffentlichungstagen die Extrameile für mich geht. Kim und Sarah, die meine Bücher promoten. Dem Marketing- und Werbeteam, das mich niemals im Stich lässt.

Den Rezensent:innen und den wundervollen Menschen, die mir auf ihren Blogs eine Bühne geben, und nicht zuletzt bei meinen fantastischen Leser:innen und denjenigen, die mich auf Social Media unterstützen. Ihr seid unglaublich.

Danke euch allen.

D. K. Hood

Printed in Poland
by Amazon Fulfillment
Poland Sp. z o.o., Wrocław

64878240R00245